Rob Alef

Bang Bang stirbt

Roman

SHAYOL

Rob Alef

Bang Bang stirbt

Roman

SHAYOL

Paria 3003

Rob Alef: Bang Bang stirbt
Originalausgabe

Lektorat: Lisa Kuppler
Redaktion: Hannes Riffel
Korrektur: Sara Schade, Anne-Minou Fengler
Umschlagfotos: Ursula Eichhorst, Bernhard Hoppe, Ronald Hoppe
Satz, Umschlaggestaltung & Produktion: Ronald Hoppe
Druck: FINIDR s.r.o.

Der Shayol Verlag ist ein Projekt des SHAYOL.NET • Netzwerk für Kultur, Bildung und Wissenschaft e. V. und arbeitet ohne Gewinnorientierung.

SHAYOL Verlag
Bergmannstraße 25
10961 Berlin
E-Mail: shayol@epilog.de
Internet: www.shayol-verlag.de

ISBN 3-926126-44-2

In jener Nacht, in der er entführt wurde, schlief Bang Bang unruhig. Vor dem Fernseher hatte er vergeblich gegen die schlechte Laune angekämpft und dabei die zwanzig Lychees verdrückt, die er sich aufgespart hatte. Jetzt lag er vollgefressen auf der Couch. Regelmäßig blies er den warmen Atem in die schwüle, stickige Luft der Zelle hinein. Er träumte einen der beiden Träume, die er hier immer wieder träumte.

Er tappte durch ein Wäldchen, sehr weit weg von hier, unterwegs zu einem Routinetermin. Alte Bambusblätter knirschten unter seinen Schritten. Jemand hatte aufgemuckt, und Bang Bang musste ihm klarmachen, dass die Organisation Eigenwilligkeiten nicht duldete. Die meisten Leute wurden erstaunlich kooperativ, wenn sie erst einmal einen halben Zahnstocher unter jedem Fingernagel stecken hatten. Auf einmal konnte Bang Bang auf dem vertrauten Pfad etwas riechen, das nicht dorthin gehörte. Er blieb stehen, und so wie im Traum zog er auch auf der Couch die schwarze Nase kraus und schnupperte. Er konnte den Geruch nicht genau bestimmen, säuerlich und verbraucht roch es, aber er spürte, dass etwas nicht in Ordnung war. Vorsichtig ging er zwei Schritte weiter. Als er den dritten Schritt machen wollte, gab der Boden unter ihm nach, und er verlor das Gleichgewicht. Er fiel in ein Loch, das jemand mitten auf dem Pfad gegraben und perfide gut getarnt hatte. Er schlug auf, und als er nach oben sah, erblickte er die Visage eines Polizisten, der sich über die Falle beugte.

Der Bulle brüllte etwas, dann traten weitere Männer hinzu, lachten und sahen zufrieden nach unten. Einer von ihnen hatte ein Gewehr in der Hand und legte auf Bang Bang an. Bang Bang duckte sich instinktiv weg, aber das half ihm nichts. Er hörte das kurze *Thonk*, als die Nadel mit der Narkoseampulle in seiner rechten Schulter einschlug. Das Gift stieg ihm schnell in den Kopf, und er wurde müde. Zwei Männer seilten sich ab. Sie fesselten ihn und schnallten ihm einen Gurt um den Leib. Als er hochgehievt wurde, zerkratzte er sich den Rücken an den Steinen im Erdreich. Die Männer legten ihn auf eine Trage und banden ihn mit drei breiten Riemen darauf fest. Als sie die Trage hochhoben, war Bang Bang eingeschlafen.

An dieser Stelle des Traumes erwachte Bang Bang für gewöhnlich. Auch jetzt sah er sich benommen um. Sofort roch er etwas, das nicht hierher gehörte. Etwas Vergorenes oder verdorbenes Getreide. Er wusste nicht, ob es der Nachklang seines Traumes war, oder ob etwas in der Zelle so roch. Er spannte seine Muskeln an. Jemand war hier im Haus. Lautlos und langsam schlich er zur Gittertür. Jemand hatte sie aufgeschoben. Bang Bang trat von der Zelle in den Raum für die Besucher. Jetzt sah er, dass auch die Tür nach draußen nur angelehnt war. Er wollte sie gerade aufdrücken und ins Freie treten, da hörte er ein Rascheln hinter sich. Jemand zog ihm schnell eine Plastiktüte über den Kopf, in der ein riesiger Wattebausch steckte, der feucht war und süß und tückisch roch. Bang Bang musste tief Luft holen. Seine Knie wurden weich, er schnaufte noch einmal heftig, dann sackte er in sich zusammen.

Zwei schwarz gekleidete Gestalten beugten sich über den Panda. Eine zog eine Achter-Stricknadel aus der Hosentasche und piekte den Panda damit kräftig in den Hintern. Als der Bär keine Reaktion zeigte, nickten sich die beiden zu, und die andere Gestalt zog ihm die Plastiktüte wieder vom Kopf. Dann hoben sie ihn vorsichtig und leise ächzend hoch. Sie schleppten ihn nach draußen, legten ihn auf eine Trage, schnallten ihn fest und trugen ihn davon, quer durch den nächtlichen Zoologischen Garten.

Die Pandaräuber hasteten den Hauptweg entlang. Sie passierten das Gehege der Tapire, die im Schlaf lächelten. Schließlich erreichten sie mit Bang Bang die S-Bahnbrücke. Dem Schild *Durchgang für Zoo-Besucher verboten* schenkten sie keine Beachtung, sondern marschierten weiter Richtung Wirtschaftshof. Auf der anderen Seite stand ein Krankenwagen mit offenem Heck. Sie wuchteten Bang Bang hinein, arretierten die Trage und schlossen leise die Tür. Dann zogen sie die Skimützen aus und rote Sanitäterjacken über ihre schwarzen Pullover. Das Auto rumpelte langsam über das Kopfsteinpflaster in Richtung Ausgang. Einer rannte voraus, öffnete das große Metallgittertor, schloss es, als der Wagen draußen war und stieg ein. Kein Wort wurde gewechselt. Das einzige Geräusch war das Zischen einer Bierbüchse, die die Person auf dem Beifahrersitz jetzt öffnete.

Dreimal bog der Krankenwagen rechts ab, dann fuhr er gleichmäßig und ohne Blaulicht auf der Straße des 17. Juni gen Osten. Bang Bang schlief traumlos.

»Dies ist der letzte Aufruf für Herrn Julius Dongle, Flug Nummer BVG 2334 um 8.20 Uhr von Gate C. Last call for Mr Julius Dongle, flight number BVG 2334 at 8.20 from Gate C.«

Die Metallzeiger der riesigen Uhr, die an der Wand im Milchglasdesign hing, zeigten 8.13 Uhr. Der blonde Mann mit dem hellen Dreitagebart verzog keine Miene. Das Kinn vorgeschoben, stand er leicht in den Knien gebeugt am Eingang der riesigen Abfertigungshalle und sah sich um, als erwarte er einen Angriff. Der Kiosk in der Mitte hatte schon geöffnet. Eine Familie mit zwei kleinen Kindern wollte einen Reiseführer kaufen, aber die Kinder quengelten nach einem Quartett mit Flugzeugen. Die großen Fenster in den Ladenzeilen links und rechts, die bis zum Boden reichten, waren hell erleuchtet. Die Frau von der Autovermietung trug wie immer eine grüne Bluse und ein dunkelblaues Halstuch. Sie stellte die Tafel mit dem Sonderangebot für das Cabrio vor die Ladentür. Der Kellner vom Café *Check-In* putzte träge die silberfarbenen Tischchen und Stühle.

Julius Dongle kannte das alles, hatte es in den acht Wochen, in denen er jetzt hier logierte, fast jeden Tag zur Kenntnis genommen. Einmal hatte er sich das Cabrio für einen Tag ausgeliehen, den Kopf auslüften, nach der ganzen Lernerei. Zusammen mit Romea war er hinaus ins Grüne gefahren, an den Schwielowsee zu einem melancholisch heruntergekommenen Schloss. Ein wenig Zeit wollten sie gemeinsam genießen, bevor die Stunde des Abschieds kommen musste.

Jetzt war sie da. Die letzte Nacht hatten sie in getrennten Zimmern verbracht, das war im Reglement so vorgesehen. Er würde sie nie wiedersehen, ein paar Worte noch, die aufgezeichnet wurden. Das war es dann gewesen.

Er schob das Kinn noch weiter vor und biss die Zähne fest zusammen. Die hervortretenden Muskeln verliehen seinem weichen Gesicht etwas Grimmiges. Er packte seine winzige Reisetasche etwas fester und ging quer durch die Halle zum Abfertigungsschalter. Die Frau von der Bodencrew schob seine Boarding Card durch das Prüfgerät, lächelte ihn an und gab ihm den Abschnitt mit dem Aufdruck C 1 zurück. Dongle ging durch das Drehkreuz, bog rechts ab, lief die Treppen hinunter und trat hinaus ins Freie. Das lange Halbrund des Hotelgebäudes erstreckte sich nach links und rechts. Drüben bei den Hangars standen ein paar Flugzeuge. Bei manchen sah er auf den Heckflossen ein weißes Kreuz auf rotem Grund, das

Logo einer bankrott gegangenen Fluglinie, die früher einmal häufig von Zürich aus geflogen war. Julius Dongle stieg in den wartenden Shuttle. Die Türen schlossen sich mit einem gepressten Pfeifen. Lautlos und gut gefedert rauschte der Bus zu Dongles Maschine. Auf der gelben Heckflosse des Flugzeugs konnte er den allgegenwärtigen Schriftzug mit seinen charakteristisch abgerundeten Buchstaben in dem gelben Quadrat lesen. Dongle freute sich jedes Mal, dass bei der Avro RJ 100 die Schwanzflügel mit den Querrudern oben und nicht seitlich an der Heckflosse angesetzt waren. Er stieg aus dem Bus, erwiderte mechanisch den Gruß des Fahrers und stieg langsam die kleine Gangway hinauf. Als er oben war, sah er sich noch einmal um. Es war schon warm, kein Wölkchen stand am Himmel, ein herrlicher Tag. Sein letzter. Er betrat das Flugzeug, verschloss die Tür und setzte sich auf seinen Platz.

Im Cockpit war es still, die Luft hatte den sterilen Beigeschmack der Klimaanlage. Der Groundcheck war bereits absolviert, man kümmerte sich hier wirklich um jedes Detail. Alles war perfekt organisiert. Auch sein Wunschflugzeug hatte er natürlich bekommen. Die Avro war keine fünf Jahre alt, aus der Schweiz.

Er hatte sie im Simulator geflogen und war mit ihr die vorgeschriebenen zehn Alleinflugstunden in der Luft gewesen. Es hatte ihm großen Spaß gemacht, nur das Landen war bis zuletzt immer ein wenig wackelig gewesen. Aber das Landen war seine geringste Sorge. Er zuckte die Achseln und setzte sich das Sprechgeschirr auf den Kopf. Zeit den Tower zu rufen. Romea musste in diesem Moment die Abfertigungshalle betreten. Was sie wohl anhatte?

Der DJ wiegte sich in seinem bequemen Sessel, schob den Regler nach unten und hauchte mit einem routinierten Lächeln in der Stimme ins Mikrofon: »Ein Oldie für alle, die im Herzen jung geblieben sind, das unvergessliche *Seasons in the Sun* von Terry Jacks, wirklich auch einer meiner ganz persönlichen Lieblingshits hier bei Radio THF, The Hit Factory. Wir spielen die Songs, auf die Sie fliegen. Und gleich geht's weiter hier bei Radio THF mit unserem Triple, drei aktuelle Hits hintereinander, damit Sie sich auch in diesen Tag mit ganz viel guter Laune eingrooven können. Radio THF, The Hit Factory.« Der DJ startete die nächste CD, fuhr den Regler wieder hoch und schaltete auf einen anderen Kanal. »Tower für BVG 2334, Roger.«

Im zwanzigsten Stock des Hauses Helene-Weigel-Straße Nummer 13 knieten zwei Jungen auf der Kücheneckbank und sahen aus dem Fenster. Eugen Willmann und sein bester Freund Quetzalcoatl Schmidt waren beide neun Jahre alt. Weil Quetzalcoatls Vater Archäologe war und jedes Jahr einige Monate in Mexiko arbeitete, wohnte sein einziges Kind ein bisschen auch bei Eugen und dessen Eltern, eine Treppe höher. Mit seinen neun Jahren pflegte Quetzalcoatl eine Obsession, die sein gesamtes Denken, Fühlen und Trachten beanspruchte: Er sammelte Murmeln. Und im Moment hatte er nur ein Ziel. Er wollte Murmelkönig werden. Murmelkönig der 8. Grundschule in Marzahn-Hellersdorf. Dazu musste er den doofen und angeberischen Jan Bäblich aus der Parallelklasse aus dieser Position verdrängen. Und dafür war Quetzalcoatl fast jedes Mittel recht. Besonders gern wettete er mit jedem, der seinen Weg kreuzte und unvorsichtigerweise erwähnte, dass er Murmeln besaß. Manchmal verlor er, aber irgendwann gewann er alles zurück und noch viel mehr dazu. In der Wohnung im neunzehnten Stock, die er mit seinem Vater bewohnte, türmten sich die Murmeln in Kistchen, Säckchen und Tütchen. Deshalb und weil sein Name, den sein Vater mit so viel wissenschaftlicher Inbrunst für ihn gewählt hatte, von niemandem, außer von seiner Klassenlehrerin korrekt ausgesprochen werden konnte, nannte ihn jeder Murmel.

Murmel stieß Eugen in die Seite. Beide kicherten, als sie sahen, wie unten auf dem Parkplatz zwei Autofahrer aneinander gerieten. Sie hupten wild und drohten einander mit den Fäusten, während sie die Köpfe aus den Fenstern streckten.

»Wollen wir wetten?«, fragte Murmel mit einer Freundlichkeit in der Stimme, als wollte er Eugen ein Eis spendieren. Er nahm das Messer und beschmierte sich ein Brötchen dick mit Nutella.

Julius Dongle liebte diesen Augenblick. Eben noch hatte er das dumpfe Rumpeln des Fahrwerks auf der Piste bis in den Steuerknüppel hinein gespürt. Er zog ihn zu sich heran, und sofort schwebte die Maschine steil und kühn nach oben. Sie trotzte der Schwerkraft und schob sich unwiderstehlich in den Himmel hinein. Ein kurzer Blick nach rechts aus dem Fenster zeigte ihm das Panorama des Flughafens. An der Nordseite des Geländes stand die Radaranlage zur Luftraumüberwachung, die aussah wie ein kugeliges Wespennest auf röhrenförmigen Stelzen. Daneben ein altes Soldatenkino, in dem jetzt Konzerte stattfanden. Die Hotelleitung führte einen verbissenen juristischen Kampf dagegen. Südlich sah er das doppelte Band von Autobahn und S-Bahn. Sein Aufstieg war schulmäßig, er hatte die Maschine im Griff. Er fühlte einen bitteren, fadenscheinigen Stolz. Er wollte nicht noch einmal den inneren Dialog nachsprechen, den er in den letzten Monaten mehrmals täglich mit sich geführt hatte. Er wusste längst, dass die Antwort auf die Frage, ob dies die richtige Entscheidung gewesen war, nur ja heißen konnte. Sonst würde er nicht hier sitzen, sonst würde Romea nicht auch sehr bald über die Startbahn rollen. Es war ihr gemeinsamer Plan gewesen. Er warf einen Blick auf die Gerätetafel. Die Spitze seines Flugzeugs auf dem künstlichen Horizont war durch einen kleinen roten Ball gekennzeichnet, der knapp über der Nulllinie schwebte. Er stieg immer noch sehr schnell. 2500 Meter waren fast erreicht und er schob den Steuerknüppel leicht nach vorne. Der rote Ball senkte sich auf die Nulllinie des künstlichen Horizonts und der Höhenmesser pendelte sich bei 2500 Metern ein.

Julius Dongle zog den Steuerknüppel mit einer Bewegung des Handgelenks leicht nach rechts, und seine Maschine flog eine langgezogene Rechtskurve. Vor ihm tauchte das leuchtende Band eines Gewässers auf, das aussah wie ein langgestreckter See, von dem er aber gelernt hatte, dass es sich um einen Fluss handelte. Die spitze Schnauze der Avro drehte nach rechts und der Kompass drehte sich mit. Kurs 270, 310, 340 Grad. Die Nadel im Display passierte 360 Grad Nord und drehte sich weiter. Als sie auf Kurs 040 stand, korrigierte er die Drehbewegung und zog den Steuerknüppel wieder in die Mitte. Sein Anflug hatte begonnen.

Eugen Willmann kuckte wie ein ziemlich kluges Schaf, dem man gerade eine Besichtigung des Schlachthofs am Tag der Offenen Tür vorgeschlagen hatte. Er wusste, was sein bester Freund, genannt Murmel, im Schilde führte. In Eugens Zimmer lag noch das Päckchen von seiner Patentante aus Köln mit der Tüte aus dreifach gelegtem blauen Papier, das so verheißungsvoll raschelte. Seit zwei Tagen zeigten Murmels Augen wegen dieser Tüte einen verderblich-glasigen Glanz, der Eugen klarmachte, dass Murmel von dem Dutzend allerfeinster Murmeln aus Muranoglas, sämtlich himmelblau mit weißen

Einsprenkseln und mit einem atemberaubenden Durchmesser von 3 (drei!) Zentimetern längst Wind bekommen hatte.

Eugen überlegte, während er aus dem Inneren seines Brötchens unablässig kleine Figuren knetete. Murmel hatte die letzten drei Wetten verloren, bei der vor drei Tagen hatte er sogar richtig geblutet und seine größte Marmormurmel an Eugen aushändigen müssen. Aber lief es nicht so, dass man Anfänger gewinnen ließ, damit man sie später um so besser ausnehmen konnte? Eugens Mund war trocken, obwohl er schon beim zweiten Becher Ovomaltine war. »Um was wetten wir?«

Murmel machte eine Handbewegung Richtung Fenster. »Marchwitzastraße 1/3«, sagte er.

Eugen kannte das Haus, es stand seit Jahren leer. Ein Doppelhochhaus mit zwei mal einundzwanzig Etagen. Ein Abrisskandidat für Blinde. Er zuckte die Schultern. »Das ist doch gar nichts. Mit Ansage. Such dir einen Dümmeren.« Er rührte in der Ovomaltine, als wollte er ein Loch in seine Tasse bohren.

Murmel schüttelte langsam den Kopf. »Zwei. Eins für die Eins, eins für die Drei.«

Eugen legte den Löffel zur Seite und sah zu, wie sich die Ovomaltineklümpchen in rasender Fahrt weiterdrehten. »Zwei? Wann?«

»Heute Morgen.«

»Du spinnst doch.«

Quetzalcoatl rollte mit den Augen und setzte sich gerade hin. »Du wolltest doch eine richtige Wette.«

Eugen fragte: »Was setzt du ein?«

»Meine Giraffen«, antwortete Murmel wie aus der Pistole geschossen.

Eugen brach der Schweiß aus. Die Giraffen waren zwölf wunderschöne, mit einem gelblichen Gittermuster auf dunklem Grund gestaltete Murmeln, ein Schnäppchen von einem ihrer vielen Flohmarktbesuche.

Murmel schmierte sich ein weiteres Nutella-Brötchen und sagte: »Wenn ich gewinne ...«

»Schon gut, ich weiß was du willst«, erwiderte Eugen. Er seufzte. »Ich habe sie noch nicht einmal ausgepackt.«

Quetzalcoatl Schmidt klopfte zweimal auf den Küchentisch. »Mann, entscheide dich. 8 Uhr 50 geht unser Bus.« Er hielt Eugen seine fette kleine Hand hin.

Eugen überlegte und knetete einen kleinen Brötchenklumpen mit den Fingern. Er hatte noch nie, nie, nie von zwei Flugzeugen am gleichen Tag im gleichen Gebäude gehört oder gelesen, nie. Die zwei Türme, die fünfhundert Meter Luftlinie von seinem Wohnturm entfernt lagen, standen seit Jahr und Tag leer. Aber ein großes Flugzeug würde für beide völlig reichen. Und wer flog in zwei Flugzeugen? Nicht einmal siamesische Zwillinge, gerade die nicht. Eugen seufzte. Im schlimmsten Fall würde Jan Bäblich, die blöde Sau, schon sehr bald nicht mehr Murmelkönig sein. Er hob die Hand und schlug ein.

Romea Cache. Sie hatten sich auf einer Oldtimer-Ausstellung in München kennen gelernt. Er hatte unschlüssig vor einem roten Bugatti Cabriolet Typ 49 gestanden, da hatte sie ihn spitzbübisch von der Seite angesehen und ihn aufgefordert: »Steigen Sie doch mal in meinen BMW 328 Roadster. Das Silbergrau passt so gut zu Ihren blauen Augen.« Das hatte er sich nicht zweimal sagen lassen und war ihr gefolgt. In wortloser Übereinkunft waren sie gemeinsam losgezogen. Sie fuhr ihr Schmuckstück Baujahr 1937 mit eleganter Routine. Eingehüllt in den gleichmäßigen Gesang des Motors und angetan mit altmodischen Ledermützen erkundeten sie stundenlang die Voralpen.

Dongle schob den Steuerknüppel kräftig nach vorne, und die Nase des Flugzeugs dippte steil nach unten. Der Zeiger des Höhenmessers drehte sich gegen den Uhrzeigersinn. Er flog zwar nach Koordinaten, aber eigentlich müsste er sein Ziel bald sehen können.

Sie hatten über vieles geredet – die Preisentwicklung bei alten Autos, die Bauern in dieser Gegend und ihre einfache Art, österreichischen Wein, die Autobahnmaut, die nun bald eingeführt werden sollte. Angenehm durchgerüttelt und hungrig kehrten sie schließlich bei einem Gasthof ein, im hinterletzten Winkel des Chiemgaus. In jener Nacht war er in ihren Umarmungen und zwischen ihren Schenkeln ein anderer Mensch geworden. Im Morgengrauen lagen sie Arm in Arm, kuschelten die Füße aneinander und diskutierten über die Reifengröße bei Kinderbuggys, ganz unverbindlich-verbindlich. Es folgten heitere unbeschwerte Wochen, in denen sie zusammen so vieles und sich einander entdeckten. Eines Abends sagte sie nach der Präsentation der neuen Modekollektion eines bekannten ehemaligen Tennisstars zu ihm: »Komm doch noch mit zu mir, es ist gleich um die Ecke.«

Er folgte ihr, aufgeregt wie ein Schuljunge, und ließ sich von ihr die Wohnung zeigen. Dieser erste Blick auf ihr Leben gefiel ihm sehr, doch als er das Arbeitszimmer betrat, in dem ihre letzten Entwürfe auf dem Schreibtisch lagen, bekam er einen Schreck. Ratlos und schweigend stand er da, dann flüsterte er: »Du hast einen Mac?«

Sie sah ihn gedankenverloren an. »Ja, schon immer. Ich komme damit viel besser zurecht, außerdem sehen sie richtig gut aus. Mein Bruder verkauft die Dinger, da habe ich meine private Service-Hotline.« Sie fasste seine Hand und wollte ihn ins Wohnzimmer zum Sofa führen, aber er entzog sich ihr und starrte auf den Boden. Sie merkte sofort, dass er unglücklich war. Erst ruhig, dann immer verzweifelter fragte sie, was mit ihm los sei. Schließlich offenbarte er ihr, dass sein Vater die größte Vertriebskette für PCs im südlichen Raum sein eigen nannte. Er war ein verbohrter alter Kerl, der lieber eine Schlägerei vom Zaun brach, als dass ein Mac auch nur in die Nähe seiner Familie gekommen wäre. »Das sind keine Rechner, sondern Kaugummiautomaten«, zitierte Julius einen Standardsatz aus seinen Kindheitstagen. Er war für die Nachfolge in der Firma ausersehen, schon in der Schule hatte sein Vater jeden Kontakt mit Klassenkameraden »vom anderen Ufer«, wie er sich ausdrückte, rigoros unterbunden. »Du stehst für etwas, mein Sohn, du bist nicht vom Himmel gefallen.«

Romea schwieg eine Weile, zuckte mit den Achseln und sagte, sie werde sich einen PC zulegen. Aber Julius wehrte ab. Ausgeschlossen, das würde nichts helfen, wegen ihres Bruders. Sie schlug einen Vorstellungstermin bei seinen Eltern vor, aber als er ihr die Zeitungsausschnitte über den Prozess zeigte, bei dem sein Vater verurteilt worden war, weil er seinen Hund auf einen Mann gehetzt hatte, der mit einem iBook im Englischen Garten gesessen hatte, sagte sie gar nichts mehr.

Sie verbrachten immer noch viel Zeit miteinander, von der sie jetzt wussten, dass sie gestundet war, und sprachen nicht mehr über die Reifengröße von Buggys. Schließlich mieteten sie sich für den achtwöchigen Kurs im Wellness Lufthotel® ein.

Dongle wusste, dass er nur noch wenige Sekunden hatte. Die Erde kam mit rasender Geschwindigkeit auf ihn zu. Romea war jetzt auch in der Luft, hinter ihm im kalten Blau dieses heißen Tages. Er suchte nach dem Knopf für die Black Box. Eine halbe Minute für die letzten Worte. Die Aufnahme würde später bei der Beerdigung vorgespielt werden, als letzter Gruß an die Hinterbliebenen. Die Häuser vor ihm wurden so schnell groß, als hätte er aufgezoomt. Da standen die zwei Türme, der westliche von beiden war seiner. Wieder bewunderte er die großartige Planung. Im Flugsimulator war er hier bereits oft gewesen. Er kannte alles, die niedrige Baracke des Supermarkts mit den Graffitis, den Brunnen mit der kugelförmigen Bronzeskulptur, die umliegenden Häuser mit ihren pastellfarbenen Fassaden. Das Flugzeug senkte sich weiter, 460 Meter, 320, 180. Er war genau in der Einflugschneise. Hundert Meter: »Romea, ich habe dich mein ganzes Leben lang gesucht und mein ganzes Leben lang geliebt. Ich war zu feige, um für dich zu kämpfen. Du fehlst mir so.«

Es gab den charakteristischen ohrenbetäubenden Knall, und die Explosion ließ die Scheiben in der Küche erklirren. Murmel wandte geblendet den Blick ab, blinzelte einige Sekunden und trug zusammen mit dem Tagesdatum und Adresse *Avro?* in ein kleines Notizbuch ein, während der westliche Turm des Plattenbaus aus dem Jahr 1978 in einer Wolke aus Staub und Dreck zusammensackte. Eugen versuchte unbeeindruckt dreinzuschauen und sagte: »Es gibt keine halben Wetten.« Geschäftig kramte er nach seinem Schulranzen und zog sich die Schuhe an. »Wir verpassen den Bus.«

Auch Murmel zog sich langsam an, sah auf die Uhr und schüttelte den Kopf. »Wir haben noch drei Minuten.« Eugen legte die Hand auf den Knauf der Wohnungstür, dann nickte Murmel mit dem Kopf dem Himmel zu, wo ein kleiner Punkt auftauchte, der sich ihnen näherte und schnell größer wurde. Genau um 8.47 schlug die zweite Maschine im östlichen Turm des stillgelegten Anwesens Marchwitzastraße 1/3 ein. Als sie völlig außer Atem im Bus saßen, der an der Einschlagstelle vorbeifuhr, war die Feuerwehr schon eingetroffen, hatte das Gelände abgesperrt und löschte die Brände, von denen schwarzer Rauch aufstieg. Ein Teil des Fahrwerks mit dem unbeschädigten schwarzen Gummireifen lag auf dem Bürgersteig. »Das zweite war eine Embraer RJ 145. Die sind selten«, sagte Murmel und zückte das Notizbuch. Eine blaue Tüte aus Köln raschelte in seiner Jackentasche.

Das Polizeipräsidium lag gegenüber des Flughafens. Vom Schreibtisch aus hatte Hauptkommissar Pachulke die beiden Flugzeuge mit Julius Dongle und Romea Cache gesehen. Aber er hatte ihnen keine Beachtung geschenkt. Er zählte Büroklammern: neunundvierzig, fünfzig, einundfünfzig. Es stimmte genau. Er nickte leicht beim Zählen, und der Bürostuhl quietschte dabei. Gestern waren es noch dreiundfünfzig gewesen. Mit einer hatte er die Spesenbelege des letzten Quartals zusammengeheftet, mit der zweiten hatte er sich die Fingernägel sauber gepult und sie dann weggeworfen, eine dritte hatte er seinem Assistenten Dorfner geschenkt. Als Zugang verbuchte er einen Fund im Aufzug auf dem Weg in sein Büro. Einundfünfzig. Drei mal zählen sollte eigentlich reichen, er hasste übertriebene Gründlichkeit. Er sah auf den Abreißkalender an der Wand zu seiner Linken: Noch genau 5963 Tage bis zur Pensionierung. Da musste man sich die Kräfte einteilen. Er spähte in dem kleinen Zimmer umher, auf der Suche nach einer die Sinne betäubenden Betätigung. Die Sonnenstrahlen schienen unbarmherzig deutlich auf die Schlieren an den Fenstern und den Teppichboden in der Farbe von eingetrocknetem Senf. Die grauweißen Wände waren kahl, abgesehen von einem großen mit Pappe unterlegten Stadtplan, in dem bunte Markierungsnadeln steckten. Auf einem kleinen Tisch in der Ecke hinter der Tür stand ein alter Kopierer, der dumpf vor sich hinbrummte. Die Neonlampe an der Decke war aus. Eigentlich war sie kaputt, aber jetzt war sie aus. Das war die Bürowabe, die der »SoKo Veganischer Terrorismus« als Hauptquartier diente. Pachulke betrachtete seine Kollegin.

Kriminalkommissarin Xenia Yolantha Zabriskie saß barfuß und mit untergezogenen Beinen in einem roten Ohrensessel und las Zeitung. Über ihr Gesicht huschte ab und an ein kleines Grinsen. Scheinbar völlig vertieft kraulte sie den kleinen sprungbereiten schwarzen Panther, der auf ihrer linken Schulter eintätowiert war, während sie las: *»Sollte es möglich sein, dass eine Handvoll Desperados den Einzelhandel dieser Stadt in Angst und Schrecken versetzt? Fast kein Tag ohne Anschlag auf einen Gewerbebetrieb, und die Damen und Herren bei der Kripo liegen anscheinend geschlossen im Strandbad Plötzensee. In Tarifverhandlungen heißt es gebetsmühlenartig, bei der Polizei gebe es so schrecklich viele Überstunden. Dann sollen sie eben noch ein paar mehr machen und diesen selbst ernannten ‚Fun-Guerilleros' endlich das Handwerk legen.«* Der Leitartikler war schon in Zeile zehn zu voller Form aufgelaufen, Zabriskie erkannte das neidlos an. Man konnte ahnen, wie er beim Schreiben das Wort »Fun-Guerilleros« gegen die Mattscheibe seines Computers gespuckt hatte. Am 7. April hatten sie das erste Mal zugeschlagen. Sie überfielen eine Zoohandlung in Neukölln und befreiten alle Tiere: Vögel, Hamster, Fische, Geckos, sogar das Lebendfutter, Kakerlaken und Schnecken. Die 84-jährige Eigentümerin musste tatenlos zusehen. Von da an hatte es fast keine Woche ohne Überfall gegeben. Hundesalons, Pelzgeschäfte, Steakhäuser – sogar eine Agentur, die Tiere für Filmaufnahmen vermittelte. Auf ihrem und Pachulkes Schreibtisch stapelten sich siebzehn Bekennerschreiben. Das letzte war heute Morgen per Fax gekommen. Ein Angriff auf ein Hutgeschäft in Charlottenburg. Die Forderung war immer die gleiche: Freiheit für alle Tiere. »Rote Bete Fraktion«, knurrte Zabriskie. »Beschissene kleine Bastarde.«

Sie lugte an der Zeitung vorbei. Assistent Dorfner saß am Schreibtisch und las in einer Zeitschrift mit vielen bunten Bildern. Mit gerunzelter Stirn beugte er sich über das aufgeschlagene Heft und markierte sich wichtige Stellen mit dem Kugelschreiber. Gelegentlich fuhr die Zunge aus dem Mund und leckte über die Oberlippe.

»Na, Dorfner«, brüllte Zabriskie, »lernst du wieder deinen Schweinkram auswendig?«

Dorfner zuckte zusammen, sah Zabriskie durch die Brillengläser an und presste die Lippen aufeinander. »Einer muss es ja lesen«, sagte er kurz und beugte sich wieder über das Heft.

Zabriskie fuhr sich mit gespreizten Fingern durch ihre kurzen Haare und fühlte den leichten Schweißfilm. Plötzensee. Das wäre jetzt die richtige Abwechslung. An der alten Hängeregistratur aus bräunlichem Metall klebte eine Postkarte mit dem Tafelberg: *Greetings from South Africa*. Eine Erinnerung an die vorletzte Tourismusbörse. Keiner der drei war jemals in Südafrika gewesen. Nicht einmal Nordafrika. Tunesien, dachte Zabriskie. In einer dämlichen Touristenburg am Strand liegen und Drinks schlürfen, das wäre es jetzt. Aber da wurde ja gefoltert. Also doch nur Baden an der Plötze. War aber auch pietätlos, als Bulle neben den ganzen Knackis. Sie warf die Zeitung auf den Schreibtisch.

»Weiß man schon, von wo aus das Fax geschickt wurde?«, fragte sie.

Pachulke überlegte, ob er die Glasplatte des Kopierers vielleicht noch einmal reinigen sollte. Die Sprühflasche stand im Schrank. Oder sollte er besser Dorfner langsam an diese Aufgaben heranführen? Als er Zabriskies Frage hörte, zog er die Mundwinkel nach unten.

»Ja«, sagte er knapp. Ihre Mischung aus Fleiß und Lebensfreude waren für ihn eine ständige Irritation. Zabriskie klopfte mit der Faust einmal leicht auf ihren Schreibtisch, und er spürte ihren Blick auf sich ruhen. Seine Augen suchten das Weite, fanden aber nur den eingestaubten Eimer, der in der jetzigen Trockenperiode funktionslos neben seinem Schreibtisch stand. Die meiste Zeit des Jahres war er zusammen mit seinen Geschwistern, Wannen und Töpfen, ein eifersüchtig gehütetes Utensil. Pachulke lehnte sich in seinem Sessel zurück und hob die Arme. Dicke Schweißflecken kamen zum Vorschein. »Es war ein Faxgerät im Gemüsemarkt an der Beusselstraße. Sehr originell. Ich habe mit dem Vorarbeiter der Packer dort telefoniert. Er kann unmöglich den Überblick behalten, wenn sechzig Leute mit dem Ausladen beschäftigt sind. Jeden Tag kommen andere, das Einzige, was man zur Tarnung braucht, ist eine grüne Kittelschürze. Es gibt ein Büro dort, so ein Kabuff für den Verwaltungskram. Wenn sie die Ware abladen, ist das Büro meistens leer, weil der Vorarbeiter unterwegs ist. Ein Fax schicken dauert keine Minute.« Er nahm das Bekennerschreiben aus der Ablage. »Um 4.30 Uhr ist es bei uns eingegangen.« Er räusperte sich und las vor: *»Wir haben gestern Abend das Hutatelier Jähnisch in der Damaschkestraße 12 in Charlottenburg angegriffen und zerstört. Die Wolle gehört den Tieren. Wie du Cashmere, so ich dir. Hanf statt Angora. Freiheit für die Pudelmützen! Freiheit für alle Tiere! Rote Bete Fraktion. Dieses Bekennerschreiben wurde maschinell erstellt und ist daher ohne Unterschrift gültig.«*

Pachulke wollte die Personalien und Essgewohnheiten von sechzig Gemüsepackern nicht überprüfen. »Essen Sie eigentlich Fleisch?« Diese Frage hatte er in den letzten Wochen zu oft gestellt. Er sagte zu Zabriskie: »Du fährst zum Großmarkt und hörst dich dort um. Sprich mit dem Vorarbeiter.«

Zabriskie nickte, und ihr Kinn klappte nach unten. Pachulke war nur halb zufrieden. Er wollte genauso wenig nach Charlottenburg fahren und Mützen zum Stückpreis von 350 Euro betrauern, während er mit der Ladeninhaberin – ihr zirpendes, nimmermüdes Stimmchen klang ihm noch im Ohr – über ihr faszinierendes Leben plaudern musste, bis sie endlich eine vernünftige Personenbeschreibung ausspuckte. Aber Dorfner konnte er da nicht hinschicken. Am Ende stellte er wieder etwas an.

Viel war es nicht, was er und seine beiden Kollegen bisher über die Rote Bete Fraktion wussten. Sie waren Vegetarier. Eingefleischte Vegetarier, wie ein Kollege nach dem dritten Überfall, es war ein Steakhaus gewesen, süffisant bemerkt hatte. Sie hatten genaue Kenntnis von allen Örtlichkeiten, die sie aufsuchten. Sie waren nicht dumm. Sie waren wahnsinnige und gemeingefährliche Dogmatiker. *Hodelditadeldi! – Hodelditadeldi!* machte das Telefon. Pachulke zuckte zusammen und sah, wie Zabriskie zu ihm herüberschaute. Er nahm den Hörer ab, sagte Ja und Aha, dann Soso und TsTs, dann wieder Ja, Also weeßte und zum Schluss Nein. Schließlich legte er auf und bedachte Zabriskie seinerseits mit einem langen Blick.

»Und?«

»Wir müssen in den Zoo. Der Panda ist weg. Dorfner, du bleibst hier und untersuchst die Bekennerschreiben nach grammatikalischen Auffälligkeiten. Dem Dativ auf der Spur bleiben.« Dorfner wollte protestieren, aber Pachulke drehte sich nicht mehr nach ihm um, und Zabriskie winkte nur, als sie die Wabe verließen.

Der Bereich um das Pandahaus war weiträumig abgesperrt worden. Pachulke und Zabriskie zückten ihre Ausweise vor dem größten der vier Securitatis-Männer, die mit ihren schwarzen Hunden auf den Kieswegen Wache standen und unablässig vor sich hin malmten. Einer fischte einen Kaugummi aus der Jackentasche und schob ihn seinem bettelnden Hund ins Maul: »Hier, rohe Leber, das magst du doch so. Aber lass mir was übrig.«

Die beiden Ermittler gingen weiter zum Pandahaus. Ein Kollege von der Spurensicherung hüpfte in gebückter Haltung über den Boden und pickte kleinste Erdkrümel mit einer Pinzette auf. Ein Fotograf machte seine Aufnahmen. Aber Spuren auf Kies waren fast nicht nachzuweisen. Vor der Tür des Pandahäuschens stand Engine Plink, die Leiterin der Spurensicherung. Sie trug wie immer Jeans und ein weißes Herrenhemd, dessen Ärmel sie hochgekrempelt hatte. Als sie Pachulke und Zabriskie sah, entblößte sie ihre Zähne zu einem strahlenden Lächeln und hielt Pachulke zwei kleine Plastikbeutel unter die Nase: »Diesmal haben sie etwas hinterlassen. Endlich.« Sie hatte Recht. Außer vollständiger Verwüstung hatte die Rote Bete Fraktion am Tatort bisher bei keiner ihrer Aktionen irgendetwas hinterlassen. Plink fuhr fort: »Das Bekennerschreiben und – eine Gabel.«

»Eine Gabel?«, echote Pachulke.

»Vielleicht ist das ein Zeichen für eine neue Phase der Eskalation, eine Art verschlüsselte Kriegserklärung«, sagte Zabriskie schnell.

»Wie dem auch sei. Mit ihr wurde jedenfalls das Bekennerschreiben in die Zielscheibe im Käfig gesteckt«, sagte Engine Plink zu Pachulke. »Morgen früh kann ich Ihnen Genaueres sagen. Wir jagen die Gabel durch unseren Rasterblasterspektralperforator, und dann wissen wir mehr.« Pachulke warf einen Blick auf das Bekennerschreiben. Es war ein einfaches Blatt Papier, die Schrift ein Computerausdruck: *Heute Nacht haben wir Bang Bang aus den Händen des kannibalischen Establishments befreit. Es ist bärenverachtend und zynisch, wenn mit der Gefangenschaft unschuldiger Tiere Millionen verdient werden. Kampf dem zoologischen System. Kampf seinen Helfershelfern und Spießgesellen. Freiheit für alle Tiere. Rote Bete Fraktion.*

»Vielleicht hilft uns die Tintenanalyse weiter«, sagte Engine Plink, während Zabriskie das Erdreich zu ihren Füßen studierte und Pachulke einen Punkt hinter Plinks Schulter zu fixieren schien.

»Warten wir's ab«, sagte Pachulke. »Wo ist der Wärter?«

»Pfleger, unsere Mitarbeiter heißen Pfleger«, schnarrte der Zoodirektor, der unbemerkt herangetreten war. Er trug einen Overall im grünlich gefleckten Tarndesign und ein Namensschildchen: *Hier verwahrt Sie Dr. Ukas Kern, Direktor Zoologischer Garten*.

Er zeigte keinerlei Zeichen von Erschütterung, sondern quetschte die Hand von Pachulke, als wollte er sie abschrauben. Auch Zabriskie verzog das Gesicht.

»Wo Menschen arbeiten, werden Fehler gemacht. Und ein großes Unternehmen macht auch einmal einen großen Fehler«, sagte er in einem Ton, als würde er diese Erkenntnis einem vollbesetzten Vortragssaal mitteilen. »Kaiser!« Er winkte einen Mann heran, der hinter ihm in Wartestellung stand. Auch er trug einen Tarnanzug, allerdings hatte er auf den Schultern nur zwei Streifen. Dr. Ukas Kern hatte fünf. »Die Herrschaften von der Polizei haben sicherlich jede Menge Fragen an Sie.«

Der Mann stellte sich als Nils Kaiser, Pandapfleger, vor. Kern ergänzte: »Unser Tier hatte einen Einzelfallbetreuer. Besondere Gefahrenlage, Sie verstehen.«

»Hatte?«, fragte Pachulke.

Dr. Kern formte seinen Mund zu einem lautlosen *Äh*.

Kaiser presste die Lippen zusammen. Offenbar durfte er seinen Chef nicht mit Fragen behelligen.

»Nun ja, jetzt wo er weg ist, kann Kaiser ja nichts machen.«

Pachulke nickte vage und wandte sich an Kaiser. »Seit wann war Bang Bang bei Ihnen eingesperrt?«

Kaiser runzelte die Stirn. »Mein Klient befindet sich seit etwas mehr als vier Jahren in meiner Obhut.«

»Das ist bestimmt eine große Herausforderung für den Zoo?«

»Ja, das kann man so sagen. Ein derart gefährliches Tier hatte ich noch nie. Um so schlimmer«, er warf einen Blick auf den Zoodirektor, »dass er jetzt weg ist.«

Dr. Kern fügte hinzu: »Kaiser hat Recht, wir haben hier einen Ruf zu verlieren. Wir sind der führende Hochsicherheitszoo in Europa. Was hatten wir hier nicht schon alles.« Er nickte einem nur für ihn sichtbaren Auditorium zu.

Pachulke kratzte sich am Ohr. Der Zoo war 1844 eröffnet worden. Erster Insasse war ein riesiger Orang-Utan gewesen, der drei Jahre zuvor in Paris zwei Frauen ermordet hatte. Hier im Zoo war er dann, grauhaarig und verfettet, siebenunddreißig Jahre später gestorben. Diese erfolgreiche Verwahrung hatte den Ruhm der Institution begründet. Eine Bronzeskulptur des Orang-Utan stand heute vor dem Affenhaus.

Zabriskie betrachtete das Pandahäuschen, das ein bisschen aussah wie ein chinesischer Tempel, den sie vor langer Zeit einmal in Legoland gesehen hatte. Sie überlegte, ob sie Kaiser in die Eier treten sollte, dessen Blick im Ausschnitt ihres T-Shirts eine dünne Schleimspur hinterließ. Doch die ewigen Dienstaufsichtsbeschwerden stahlen ihr zu viel kostbare Lebenszeit. Glotz doch, armer Schlucker. Sie betrat das Pandahaus, nachdem ihr Engine Plink bedeutet hatte, dass die Spurensicherung hier fertig war.

Bang Bangs Zelle war sauber, aber unordentlich. Auf einer roten Veloursschlafcouch lagen ein paar alte Decken, an denen schwarze und weiße Haare klebten. Ein Rolltisch, darauf ein Fernseher mit einem Videorecorder. Drei Videokassetten lagen vor der Couch auf dem Boden und Zabriskie entzifferte *Peking Opera Blues*.

An der rückwärtigen Wand, in der sich auch die Klappe befand, die zum Freigehege führte, hing eine selbst gemalte Zielscheibe aus Pappe. Sie war fast genau kreisrund zurechtgebissen, Zabriskie konnte die Zahnspuren am Rand erkennen. Im Bull's Eye war ein kleines Männchen aufgemalt. Es konnte ein Polizist sein oder ein Einzelfallbetreuer. Sie begutachtete die drei Löcher, die von den drei Zinken der Gabel stammten. Der geflieste Boden war mit irgendwelchen Kernen übersät.

Über dem Bett hing ein alter Jahreskalender des *Bamboo Garden Restaurant* in Hongkong. Drum herum an der Wand klebten zahllose kleine Zettelchen, wie man sie in Glückskeksen findet. Zabriskie las: *Wer sich am Morgen ärgert, beschmutzt den neuen Tag.*

Ihr Fuß stieß unter dem Sofa gegen etwas Weiches. Sie bückte sich und sah zwei graue Filzpantoffeln, etwa Größe 56. Sie zog einen Einweghandschuh und eine Plastiktüte aus ihrer Hosentasche und packte die Schuhe ein.

In einem kleinen Nebenraum befand sich ein gemauertes Geviert, das mit Katzenstreu gefüllt war. Das Oberlicht hatte kein Glas und war vergittert. Das Pandaklo.

Zabriskie ging zurück zu Pachulke, der offenbar im Stehen döste, während er den Erläuterungen von Nils Kaiser lauschte.

»Nein, es gab überhaupt keine Anzeichen für eine Entführung. Die regelmäßigen Besucher, die jeden Tag kommen, hätten jeden Neuankömmling, der etwas hätte ausspionieren wollen, sofort eifersüchtig unter die Lupe genommen. Auch Bang Bang hat sich verhalten wie immer. Ich kenne ihn.«

»Gab es besondere Vorkommnisse?«

»Nein, gar nicht.«

Zabriskie merkte, wie Kaisers Blick seine Wanderung über ihren Brustkorb wieder aufnahm.

»Das Einzige, was anders war als in den vergangenen Wochen, war die bevorstehende Reparatur des Wassergrabens, der Bang Bangs Freigehege vom Publikum trennt. Wir haben hier keine Mauer mehr, wie Sie sehen«, sagte Kaiser.

»Der Graben war kaputt?«, fragte Pachulke.

»Nein, eigentlich nicht kaputt, aber es gibt einen größeren Riss, der verfugt werden muss. Außerdem muss man das ganze Essen herausholen, das die Leute hineinwerfen. Bang Bang hätte in der Zeit

Hausarrest gehabt, insofern ist das jetzt nicht unpassend, dass er weg ist.«

Dr. Kern schmatzte zweimal und Kaiser zog den Kopf zwischen die Schultern.

»Aber das Wasser ist noch da.«

»Das soll morgen abgelassen werden.«

Kaiser beugte seinen Kopf leicht in Zabriskies Richtung, und ihr fiel auf, dass er Mundgeruch hatte.

»Kennen Sie jemanden, der ein Motiv für die Entführung von Bang Bang haben könnte?«, wollte Pachulke wissen.

Kaiser bekam einen roten Kopf. »Wie bitte? Sie haben doch das Bekennerschreiben gesehen, oder etwa nicht?«

Pachulke überging diesen Einwand und murmelte etwas, das vielleicht Zustimmung signalisieren sollte. Lauter sagte er dann: »Was für ein Typ war Bang Bang?«

»Eigentlich ist er ein brutaler Killer«, sagte Nils Kaiser. »Aber die Haft hier hat ihn sehr ruhig gemacht. Er hat viel meditiert. Ich denke, unter meiner Obhut hat er sich mit seinem bisherigen Leben zum ersten Mal richtig auseinander gesetzt.«

Der Zoodirektor mischte sich wieder ein. »Die lange und harte Haftzeit hier ist für viele unserer Klienten eine Art rituelle Reinigung. Ein Fundament für einen Neuanfang oder so. Deswegen haben ihn die chinesischen Behörden auch an uns überstellt. Bei uns hat das Wort Strafe noch eine Bedeutung.«

»Hatte er besondere Kennzeichen?«, fragte Pachulke.

»Nein«, sagte Dr. Ukas Kern.

»Doch«, sagte Nils Kaiser. »Bang Bang hat eine lange Narbe am Hals. Kein Tierarzt hat sie richtig erklären können. Am ehesten könnte sie von einem Messer oder einer Klaue herrühren.«

»Aha«, sagte der Zoodirektor.

Zabriskie wechselte einen Blick mit Pachulke.

»Vorlieben, Abneigungen, Feinde?«, fragte dieser.

»Jemand mit so einem Vorleben hat natürlich Feinde, und natürliche Feinde auch. Die hat jedes Tier. Außerdem hasst Bang Bang Hunde. Er geht nicht ins Freigehege, wenn er einen Hund bei den Zuschauern sieht. Auch wenn er dadurch seine kleinen Vergünstigungen aufs Spiel setzt, die ich ihm gewähren kann.«

»Sie meinen den Videorecorder?«, fragte Zabriskie.

»Ja, unter anderem«, erwiderte Kaiser.

»Aber das Video *Rasierte Thai-Muschis, Teil IV* in Bang Bangs Käfig gehört Ihnen?«

Wieder schmatzte Dr. Kern, und Nils Kaiser wurde knallrot: »Nein ... das ist ... das soll ... in Gefangenschaft ... die Hormone ... zum Ausgleich ... ein geschlechtsreifes Tier.«

»Ich sehe schon, Versorgung auf höchstem medizinischen Niveau.« Zabriskie hob die Tüte mit den Filzpantoffeln hoch. »Die nehmen wir mit, für die Spürhunde. Die Videos brauchen wir nicht. Vielleicht haben Sie ja noch einen Gorilla, der sich ab und zu mal einen runterholen möchte. Gibt es hier sonst noch persönliche Habseligkeiten von Bang Bang?«

Kaiser zögerte einen Moment und sagte dann mit winziger Stimme: »Es gibt da noch ...«, er trat an einen kleinen Schrank und holte einen Pappkarton hervor, »... das hier.« Er hob den Deckel, und Zabriskie sah einen Berg Postkarten und Briefe. Sie waren in kindlicher Jungmädchenhandschrift *An den knuffigen Bang Bang* oder *An das süße Bärchen* adressiert.

Kaiser sagte: »Alles Fanpost. Das hier ist nur das Aufkommen der letzten Monate. Er war der absolute Star hier.«

Und du nicht, dachte Zabriskie. Ihr fielen die Pandaschneekugeln, Pandaradiergummis, Pandatopflappen und das andere Pandazubehör vorne am Kassenhäuschen wieder ein. Jeder Scheiß wird Merchandise. Sie nahm die Kiste mit der Fanpost in Empfang, ohne Kaiser dabei zu berühren.

»Weiß das Publikum, dass Bang Bang ein ehemaliger Mafiakiller ist?«, fragte Pachulke.

»Nein«, sagte der Zoodirektor. »Das ist geheim. Das soll unseren Tieren den Neuanfang in ein unbescholtenes Leben ermöglichen. Außerdem sind sie nach außen hin natürlich Sympathieträger. Wer will schon ein Poster von jemandem kaufen, der Menschen bei lebendigem Leib Bambusschößlinge durch den Körper hat wachsen lassen?«

Pachulke nickte. Das hätte Dorfner interessiert. Zum Glück war er nicht hier.

Kaiser suchte in einem Ordner und überreichte Pachulke ein Foto von Bang Bang. »Das hier ist vier Wochen alt. Ich habe es für die neuen Autogrammkarten gemacht.«

»Autogrammkarten?«

»Ja, ein faksimilierter Pfotenabdruck.«

»Vielen Dank, das ist uns eine große Hilfe.«

»Wollen Sie eine Großfahndung nach ihm durchführen oder so?«, fragte der Zoodirektor.

»Wir wissen noch gar nicht, was wir machen. Entführungen sind immer heikel«, sagte Pachulke und hob die Hände, als wollte er den Zoodirektor segnen.

»Nicht dass die Entführer durchdrehen und ihn umbringen«, sagte der Zoodirektor.

Kaiser schüttelte den Kopf. »Das größte Risiko für Bang Bang ist die Ernährung. Pandas haben einen ausgesprochen sensiblen Magen. Denen können Sie nicht einfach einen Sack Karotten oder eine Dose Hundefutter hinstellen.«

Dr. Ukas Kern blickte auf seinen Mitarbeiter, als hätte dieser ihm gerade eröffnet, dass die Erde die Form einer Brezel habe.

Kaiser ließ sich nicht beirren. »Ich habe lange herumexperimentiert, und mehr als einmal hat Bang Bang in seinen Käfig erbrochen oder Durchfall bekommen. Einer unserer Tierärzte war in dieser Zeit praktisch jede Nacht bei ihm. Die Ernährung eines Panda in Gefangenschaft ist eine Kunst.« Er strich seinen Overall über dem Bauch glatt.

»Was kriegt er denn?«, fragte Pachulke.

Nils Kaiser stellte sich in Positur: »Bang Bang muss alle zwölf Stunden frisches Futter erhalten. Ein Menü besteht aus sieben Gängen, die stets gleich bleiben und die er in der immer gleichen Reihenfolge verzehrt. Zu Beginn gibt es siebenmal die Acht Kostbarkeiten. Das ist eine gemischte Gemüseplatte, unter anderem mit Wasserkastanien und Cashewnüssen. Danach folgen sechs vegetarische Frühlingsrollen. Als nächstes gibt es fünf Portionen Bambus mit Glasnudeln und Pilzen.«

Pachulke lief das Wasser im Mund zusammen.

»Dann bekommt er vier Lychees als Zwischengang, gefolgt von drei Tellern Bambussprossensalat und zwei Portionen Wan-Tan-Suppe mit Krabbenfüllung. Bang Bang verabscheut Schweinefleisch.«

»Die Suppe kommt zum Schluss?«, fragte Pachulke.

»In der chinesischen Küche kommt die Suppe immer zum Schluss«, erklärte Kaiser und zog die Augenbrauen hoch. »Den Abschluss bildet ein Glückskeks.«

Der Zoodirektor leckte sich die Lippen. »Was Sie nicht sagen, Kaiser. Was man nicht alles lernt, wenn man diesen ganzen Verwaltungskram mal hinter sich lässt und hinaus ins Leben tritt. Und wenn er das nicht bekommt?«

»Da gibt es viele Möglichkeiten. Er wird krank oder er stirbt sofort. Mit ziemlicher Sicherheit wird er übellaunig und aggressiv. Ein falsch ernährter Panda ist das tückischste Tier, das ich kenne. Und ich habe lange bei den Wasserbüffeln gearbeitet.«

Zabriskie hatte das Menü mitgeschrieben. »Und Sie kochen das für Ihren ... äh ... Klienten alles selbst?«

»Um Himmels willen, nein. Bang Bang hat einen chinesischen Leibkoch, er heißt Bolle. Hier.« Er zeigte auf eine kleine Metalltür neben dem Eingang zum Pandahäuschen. »Hier lebt und arbeitet er.«

Pachulke öffnete die Tür und blickte in eine penibel aufgeräumte kleine Kochzeile mit einem zweiflammigen Gasherd. Auf den Wandregalen türmten sich Gewürz- und Konservendosen. Es roch nach Sesamöl und Austernsoße. Durch einen schmalen Durchgang, der mit einem Glasperlenvorhang abgetrennt war, blickte er in eine winzige Kammer mit einer ordentlich gemachten Pritsche und einem kleinen Tisch, auf dem das Buch *Deutsch für Chinesen, Band 3* und ein Schreibblock lagen: *Wenn ich ein Vöglein wär‘ und auch zwei Flügel hätt‘, flög‘ ich zu Dir.* stand darauf. *Wär‘*, *hätt‘* und *flög‘* waren rot unterstrichen. Über dem *flög* befand sich ein kleines Fragezeichen. Auf einem Bücherbrett standen drei offenbar auf Chinesisch verfasste Bücher.

»Bolle heißt der Koch?«, fragte Pachulke und wandte sich an Dr. Kern.

»Ja, das ist ein Teil des Assimilationsprogramms. Damit sich neue Facharbeiter schneller eingewöhnen, bekommen sie regionaltypische Namen verliehen. Wie Sie bemerkt haben dürften, enthält Bolle kein ›R‹, extra chinesenfreundlich.«

»Wir müssen diesen Bolle unbedingt sprechen.«

»Das ist leider nicht möglich«, sagte der Zoodirektor und studierte die Fingernägel seiner rechten Hand. »Er hat letzte Woche ein Schreiben der Ausländerbehörde erhalten. Nichts Besonderes, eine Routinesache wegen des Sprachkurses. Ich habe ihm das vorgelesen und erklärt. Aber er muss es falsch verstanden haben. Er ist seit vorgestern nicht mehr zur Arbeit erschienen.«

»Und wie ernähren Sie den Panda seither?«, fragte Zabriskie.

»Ich habe einen ... äh ... Lieferservice beauftragt«, antwortete Nils Kaiser.

»Ist das nicht gefährlich? Könnte man nicht einen Dietrich oder eine Pistole in einer Frühlingsrolle verstecken?«

»Könnte man schon, aber der Laden ist absolut zuverlässig. Die haben schon das Catering für unseren Faschingsball der Einzelfallbetreuer gemacht. Die gehören quasi zur Familie«, sagte Kaiser.

»Außerdem ist das nur eine Übergangslösung«, ergänzte Kern. »Wir suchen natürlich einen neuen Koch in Festanstellung oder so, wenn Bang Bang wiederkommt.«

»Ein Foto von diesem Bolle haben Sie nicht zufällig?«, fragte Pachulke.

»Doch, er war auf unserem Belegschaftsfoto im vergangenen Sommer drauf, natürlich sehr klein, bei mehr als zweihundert Leuten. Das könnte ich Ihnen selbstverständlich raussuchen«, sagte Dr. Ukas Kern und vermied den Blickkontakt mit Pachulke.

Schließlich sah er hoch. »Das hier ist eine echte Katastrophe für uns. Und wenn Bolle nicht abgehauen wäre – diese Ausländerbehörde hat aber auch einen Ton drauf. *Du nix besser Deutsch, Aufenthalt futschiweg tschüssikowski pardautz*, schreiben die da einem gut ausgebildeten, fleißigen Spezialisten –, dann wäre Bang Bang vielleicht noch hier.«

»Wahrscheinlich war es für Herrn Bolle besser, dass er nicht da war. Die Rote Bete Fraktion hat sich bisher nie von Leuten am Tatort abhalten lassen. Bis auf weiteres gehen wir davon aus, dass sie für Bang Bangs Verschwinden verantwortlich ist.«

»Bis auf weiteres?«, fragte Kaiser.

»Wir müssen in alle Richtungen denken«, sagte Pachulke. Er wollte gehen.

»Wenn Ihnen noch etwas einfällt oder Herr Bolle auftaucht, rufen Sie uns bitte sofort an«, ergänzte Zabriskie. »Sie haben uns sehr geholfen.«

Als sie wieder vor dem Elefantentor standen, sagte Pachulke: »Dieser Kern ist aus allen Wolken gefallen, als er von Bang Bangs Speiseplan gehört hat. Das war ihm gar nicht recht.«

»Ich denke, er steckt schwer in der Bredouille. Jede Informationslücke kann ihm als Versagen ausgelegt werden.«

»Hätte er ein Motiv für eine vorgetäuschte Entführung?«

»Das halte ich für ausgeschlossen. Er ruiniert ja seinen Ruf als Hardliner. An seiner Stelle müsste er dem Tierpark in Friedrichsfelde schaden, damit jeder sieht, dass reformierter Strafvollzug nicht sicher ist.«

»Das stimmt. Für Kern wäre eine Befreiungsaktion im Tierpark genau das Richtige. Das hier muss ein Alptraum für ihn sein. Was ist mit Kaiser?«

»Kaiser stinkt aus dem Mund und im Kopf, aber er weiß alles über Bang Bang. Wir müssen ihn noch einmal befragen, wenn Kern nicht dabei ist.«

»Ich finde, das passt alles nicht zur Rote Bete Fraktion. Ein Tier entführen – verbunden mit dem Kampfschrei: Freiheit für alle Tiere, das ist doch Quatsch.«

»Nö, Dialektik. Der Guerillakampf hat seine eigenen Gesetze. Sie wollen Härte zeigen.«

»Dorfner soll den Zoodirektor überprüfen.«

»Um Himmels willen.«

»Nein, nur den Papierkram. Buchhaltung, private Finanzen, auf keinen Fall eine Vernehmung.«

»Besser so. Ich muss jetzt los, sonst haben die Packer in der Beusselstraße endgültig Feierabend. Die haben heute Morgen um halb vier angefangen. Grüß mir die Kapotthütchen.«

Sie ging davon, grinsend, wie so häufig.

Pachulke wollte erst etwas essen, bevor er nach Charlottenburg fuhr. Schließlich waren Frühlingsrollen jetzt Ermittlungsarbeit.

Der Regierende Bürgermeister Und Geliebte Bausenator räusperte sich ein letztes Mal und blickte in die gespannten Gesichter. Dann sprach er: »Verehrte Anwesende, Männer und Frauen! Liebe Kinder! Ein neues Einkaufszentrum ist immer ein willkommener Anlass für mich, vor Ort die erfahrungsgesättigte Luft eines Bezirks in tiefen Zügen einzuatmen.« Er atmete tief ein. »Heute, an diesem sonnigen Tag wird mir diese Ehre im schönen ...« Er blickte verstohlen auf seinen Spickzettel: »... Biesdorf zuteil. Biesdorf kennen heißt Biesdorf lieben. Biesdorf lieben heißt Biesdorf erneuern. Dass sich viele Chancen für dieses geschichtsträchtige Quartier hier mitten im historischen Zentrum der Stadt zwischen Friedrichsfelde, Kaulsdorf und

Wuhletal aus dem heutigen Tag ergeben werden, das weiß ich gewiss.« Das Publikum schwieg. »Oben und unten, vorne und hinten, drinnen und draußen, Jacke wie Hose – hier prallen die Gegensätze aufeinander und hier erweist sich die Stadt einmal mehr als Labor für Zukünftiges. Und Ihr, liebe Biesdorfer, habt die Ehre, das Recht und die Pflicht, in diesem Labor die Versuchskarnickel zu sein!« Der Regierende Bürgermeister Und Geliebte Bausenator brach ab und schüttelte den Kopf. »Ach Mist, so geht das nicht.« Die sechs russischen Holzpuppen, die er auf seinem Schreibtisch der Größe nach aufgebaut hatte, beobachteten ihn stumm.

»Sie müssen«, so hatte es ihm sein Coach ein ums andere Mal eingetrichtert, »Sie müssen von Anfang an das Feuer in Ihrem Publikum entfachen. Sie müssen es packen, aufs Kreuz legen, wieder aufrichten und am Ende Arm in Arm mit ihm nach Hause gehen.«

Es klopfte. »Herein.« Prunk. Natürlich, den hatte er ganz vergessen.

»Herr, es ist Zeit«, sagte Staatssekretär Prunk, und der Regierende Bürgermeister Und Geliebte Bausenator sah auf die Uhr. Prunk hatte Recht, sie hatten es eilig. Jetzt stand die Sitzung in der Stadtentwicklungskommission auf dem Programm und dann Auf! Auf nach Biesdorf! Er grüßte die Matroschkas und ging, Prunk im Gefolge, zum Sitzungszimmer.

Zwei Stunden später fuhren sie in der Dienstlimousine über die Frankfurter Allee gen Osten. Der Staatssekretär teilte die aktuellen Neuigkeiten mit. Als der Regierende Bürgermeister Und Geliebte Bausenator von dem Überfall auf das Hutgeschäft erfuhr, die Polizei sollte jeden Überfall sofort an sein Büro weiterleiten, schlug er mit der Faust auf sein Knie. »Diese Bande. Sie werden immer dreister. Wer weiß, was sie als Nächstes vorhaben. Wie kann man sie nur stoppen?«

Prunk sagte: »Das Problem ist, dass es so viele Tiere in dieser Stadt gibt. Dadurch können sie sich ihre Angriffsziele praktisch frei aussuchen. Wenn man bedenkt, sechstausend Zoogeschäfte. Und auch sonst.« Der Staatssekretär und sein Chef tauschten einen schnellen Blick.

»Ja, Tiere gibt es an jeder Ecke«, sagte der Regierende Bürgermeister Und Geliebte Bausenator.

»Oder tierische Produkte«, ergänzte der Staatssekretär düster. »Steaks und Würste.«

Eine Zeitlang schwiegen beide. »Vielleicht kann man ihnen einen Waffenstillstand vorschlagen«, griff Prunk das Thema nach einer Weile wieder auf.

»Ausgeschlossen!« Der Regierende Bürgermeister Und Geliebte Bausenator sprach mit einer gequetschten, hohen Stimme. »Mit Terroristen werden wir nicht verhandeln. Ein Regierender Bürgermeister Und Geliebter Bausenator lässt sich nicht erpressen. Nicht von einer Bande von Fun-Guerilleros.«

Prunk wischte sich verstohlen ein wenig Spucke aus dem Gesicht.

»Wir werden wachsam sein, wir werden wehrhaft sein und wir werden ihnen das Handwerk legen!«

»Richtig Chef, so isses«, ließ sich der Fahrer vernehmen, der die letzten Worte mitgehört hatte. »Keinen Millimeter darf man diesem Pack nachgeben. Unser Geld hat man uns genommen, unsere Ehre kann uns keiner nehmen. Härte heißt das Gebot der Stunde.« Er schnitt einen neben ihm fahrenden Lieferwagen, um seiner Forderung Nachdruck zu verleihen.

Die restliche Strecke zum in der letzten Woche fertiggestellten Biesdorf-Karree, einer Passage für Einzelhandelsgeschäfte, verbrachten die drei Männer schweigend.

Der Regierende Bürgermeister Und Geliebte Bausenator betrachtete versonnen die endlose Kette von Schnellreinigungen und Schlüsseldiensten, die am Wegesrand vorüberflog. Die Franchisenehmer standen vor ihren Existenzen und winkten fröhlich, als der Wagen mit der Bärenfellmütze auf der Kühlerhaube über die große Chaussee brauste.

Prunk glotzte aus dem Fenster und fingerte an seiner Krawattennadel herum. Er zählte die Infos, gelb, blau, orange, und wieder blau. Ein roter war nicht dabei. Auf dem Dach des schwarzen Wagens spiegelte sich die Sonne, die den wolkenlosen Himmel für sich allein hatte.

Der Fahrer fuhr.

Jeder Mann ist ein potentieller Vegetarier, dachte Zabriskie, als sie die Gemüsehalle im Großmarkt an der Beusselstraße betrat. Der Vorarbeiter, Dirk Hack, war zwar freundlich, aber völlig anderer Meinung. Für seine Mitarbeiter hätte er die Hand ins Holzkohlefeuer gelegt. »Alles Fleischesser, alles anständige Leute«, sagte er immer wieder, während er seine Papiere durchblätterte. »Da bin ich mir völlig sicher.«

Zabriskie war beruhigt. Das Kriterium »Vegetarier« hielt sie bei der Suche nach der Roten Bete Fraktion für ausgesprochenen Schwachsinn. Sicher, sie waren eine veganische Guerilla. Aber alle waren heute Vegetarier. Ihr Metzger war Vegetarier. Pachulke, dieser sture Bock, zog sich daran hoch, dass sie ellenlange Namenslisten am Telefon abarbeiten musste, während er in Charlottenburg mit der Hutmacherin auf der Chaiselongue saß und sich Anekdoten erzählen ließ. Armleuchter. Wenigstens war in diesem schrappeligen Büro, in dem sie mit dem Vorarbeiter jetzt stand, das Fax abgeschickt worden.

Dirk Hack zuckte mit den Schultern. »Jeder kann hier rein, wenn ich in der Halle unterwegs bin.« Dass in seiner kleinen Bude ein echtes terroristisches Bekennerschreiben abgeschickt worden war, überzog seinen Arbeitstag mit einem unwirklichen Glanz.

Das Protokoll des Faxgeräts wies vier abgeschickte Faxe nach 4.30 Uhr aus, Fingerabdrücke konnte man vergessen. Trotzdem wollte Zabriskie wissen, ob die Arbeiter bei der Arbeit Handschuhe trugen. Alle, erklärte Hack. Und alles anständige Leute. Ein paar von ihnen standen mittags meistens an einer der Pommesbuden gegenüber von der Haupteinfahrt zum Großmarkt. An der dritten Bude wurde Zabriskie fündig. Sechs Männer standen um einen weißen Tisch und aßen Currywurst mit Fritten. Einer aß Krautsalat.

»Essen Sie eigentlich Fleisch?«, fragte ihn Zabriskie, ohne sich lange vorzustellen. Bevor der Krautsalat runtergeschluckt hatte, fragte sein Nebenmann: »Machst hier wohl ne Umfrage, was? Nöle-Neumann, höhö!«

Zabriskie zückte ihren Ausweis, und nachdem sie in dem kurzen Moment betretenen Schweigens erklärt hatte, was der Grund ihrer Anwesenheit war, tauten die Leute auf. Körnerfresser an die Wand, machte man ihr Mut. Einer hob seine Currywurst mit zwei Fingern, schielte Zabriskie an und sagte verschwörerisch: »Stehst du auf Fleisch? Willst du was von meiner Wurst?«

Zabriskie grinste ihn an und sagte: »Deine Wurst sieht schlapp aus, das kommt vom frühen Aufstehen.« Allgemeines wissendes Nicken, und Zabriskie hatte sich ihren Platz in der Runde erobert. Zufällig stand sie neben dem Krautsalat, der immer noch bedächtig Gabel um Gabel in seinen Mund hievte.

»Und?«, fragte Zabriskie.

»Ich mag kein Fleisch«, sagte der Mann ruhig. Er war groß und braungebrannt, hatte einen blonden Vollbart und sah auch sonst so aus, als sei er gerade aus einer Werbung für Urlaub im schwedischen Ferienhaus entsprungen.

Zabriskie musterte ihn unverwandt und kämpfte gegen ein Blinzeln an.

»Tote Tiere sind ekelhaft. Wissen Sie, wie so ein Rind getötet wird?«

Zabriskie sagte nichts. Für einen bestimmten Tafelspitz fuhr sie am Wochenende gelegentlich bis nach Neubrandenburg, aber der Mann mit dem Krautsalat ließ sie vergessen, dass sie Spinat hasste.

»Mann Ole, du alter Scheißer«, mischte sich ein anderer der Männer ein und wischte sich die Currysoße mit der Serviette ab. »Weißt du, Frau Kommissarin, Ole is mit so einer Etruskerin verheiratet.«

»Esoterikerin«, sagte ein dritter.

»Mir doch egal. Esoterikerin. Weißt du, essen nur Grünzeug und Haferpampe, und Sex nur an ungeraden Donnerstagen, wenn der Mond voll ist.«

»Ach, halt die Schnauze. Lass meine Frau zufrieden. Hast ja nicht mal ne Freundin«, sagte der Mann, der Ole hieß.

Zabriskie hatte Hunger. Sie holte sich eine doppelte Portion Currywurst mit Pommes und stellte ihre Fragen. Alle arbeiteten für Hack, Handschuhe hatte keiner. »Jeder Student, der hier am ersten Tag ankommt, bringt Handschuhe mit. Und am zweiten schmeißt er sie weg.« Hack nannten sie den »Flitzer«, weil er dauernd gestresst durch die Halle und wieder in sein Kabuff flitzte. »Aber vielleicht wird das jetzt anders, wenn er sich eine Sekretärin zulegt«, sagte Ole und lachte.

Hübsches Lachen, dachte Zabriskie. Kurzzeitig tauchte ein offener Kamin vor ihrem geistigen Auge auf, in den ein großer, blonder, bärtiger splitterfasernackter Mann ein neues Holzscheit legte. Blöde Etruskerin. Von einer Sekretärin hatte Hack nichts erwähnt. Heute, am frühen Morgen, war jedoch eine Frau in Hacks Büro gewesen. Der Kerl, der Zabriskie seine Wurst angeboten hatte und Bernd hieß, hatte sie gesehen. Sie war jung gewesen und hatte es sehr eilig gehabt. Viel zu gut angezogen für einen Großmarkt, »so einen roten Fummel«, brummte Bernd. Rote Handschuhe hatte sie auch getragen. Bingo.

Zabriskie aß zu Ende, ließ sich unter viel Gelächter erklären, was der Unterschied zwischen einer Currywurst und einer Salatgurke war, und tappte durch die Mittagshitze zurück in die Gemüsehalle. Hack fiel aus allen Wolken. Er hatte keine Ahnung, was es mit der Frau auf sich hatte. Mit Ausnahme von Frau Kommissarin Zabriskie hatte er schon seit Monaten keine Frau in dieser Halle gesehen. Eine Sekretärin stand nicht zur Debatte. Zabriskie war sehr zufrieden, als sie den Großmarkt verließ. Pachulke wusste jetzt wahrscheinlich alles über die Modefarben des kommenden Herbstes, aber sie hatte eine richtige Verdächtige. Bernd würde morgen ins Präsidium kommen, und zusammen würden sie ein Phantombild basteln. Sie hätte viel lieber Ole wiedergesehen. Sie konnte ihn als sachverständigen Zeugen für vegetarische Kost vernehmen. Und hinterher könnten sie zusammen essen gehen. In der Kantine wurde immer auch ein vegetarisches Gericht angeboten. Im Kamin sprühten die Funken.

»Und 1976 haben wir die neue Scheibe einsetzen lassen. Doppelglas. Hat im Winter immer so gezogen vorher. Ein Freund von meinem Mann war Glaser, und der hat die Scheibe eingesetzt. An einem Samstag im Juni, ich erinnere mich, als wäre es gestern gewesen. Zwanzig Jahre hat die Scheibe gehalten. Und dann haben zwei so Lausebengels sie in tausend Stücke geschossen. Sie haben eins gegen eins gespielt, da draußen auf dem Bürgersteig. Der ballführende Angreifer kam über halblinks und wollte elegant vorbeiziehen. Erst dachte ich noch, der Abwehrspieler grätscht ihn ab, aber dann war da eine Unebenheit, eine schief verlegte Platte. Der Ball tippte überraschend auf, und der Abwehrspieler spitzelte ins Leere. Der Stürmer ist noch zwei Schritte gelaufen, täuschte kurz an, legte sich den Ball auf links und versenkte ihn mit einem platzierten und harten Vollspannschuss in die aus der Sicht meiner damaligen Hut- und Mützenfachverkäuferin rechte untere Ecke unserer Schaufensterscheibe. Zum Glück hat die Versicherung alles bezahlt.«

Mathilde Jähnisch musste tief Luft holen, und Pachulke nutzte seine Chance. Seit zwei Stunden hörte er jetzt die wechselvolle Geschichte des Hutateliers Jähnisch, und schon längst war die Zeugin weit in die neunziger Jahre vorgerückt. Er blickte Frau Jähnisch, die am Tag zuvor Opfer eines politisch motivierten Gewaltverbrechens geworden war, fest in die Augen und fragte: »Was war gestern?«

»Ja selbstverständlich, gestern«, sagte Mathilde Jähnisch, froh, wieder zu Wort zu kommen. »So gegen zwanzig vor sechs, kurz vor

Ladenschluss. Ich halte ja nichts von diesen neuen Geschichten mit den Öffnungszeiten, müssen Sie wissen. Kurz vor sechs stehe ich hinter meiner Ladentheke und garniere einen Filzhut. Ein schönes Stück. Eine Kundin hatte ihn sich für den Renntag in Hoppegarten zurücklegen lassen. Stehen da zwei Gestalten in meinem Laden. Ich denke, es ist Karneval und die Bonner sind los. Sie waren verkleidet, die beiden, müssen Sie wissen. Der eine als Karotte und der andere als, als ...« Hier stockte Frau Jähnisch und blickte Pachulke Hilfe suchend an.

»Tomate?«, soufflierte dieser. »Rettich? Broccoli?«

»Nein, Broccoli war es nicht, aber etwas Italienisches.«

»Rucola?«, bot ihr Pachulke an.

Die Zeugin schüttelte den Kopf. »Nein, es war – eine Zutschini!« Frau Jähnisch nickte heftig und nahm den Faden wieder auf. »Die Karotte hat mein *Geschlossen*-Schild im Schaufenster nach draußen gedreht und so eine Haltung eingenommen. So.« Frau Jähnisch stellte sich breitbeinig vor Pachulke hin und verschränkte ihre kräftigen Arme vor der Brust. Jetzt sah sie aus wie die Türsteherin vor einem Club der Einsamen Herzen. Sie setzte sich wieder und erzählte weiter: »Die Zutschini ist durch den Laden gelaufen. Ohne ein Wort. Sie hat ein paar Hüte angegrabscht und hat dann zu mir gesagt: ›Hübsches Geschäft, was Sie hier haben, Frau Jähnisch. Nur leider klebt das Blut unschuldiger Tiere an dieser Mütze hier. Und an dieser und an dieser.‹ Dabei hat er verschiedene Mützen aus den Regalen gerupft, und dann hat er sie langsam und genüsslich vor meinen Augen aufgeribbelt.« Bei den letzten Worten begann ihre Stimme zu zittern.

»Wie sahen die beiden aus?« Pachulke wollte Frau Jähnisch behutsam weg von langwierigen Sentimentalitäten führen.

Frau Jähnisch schluckte kurz. »Es waren zwei Männer, sie hatten Männerstimmen und haarige Arme. Die Zutschini kam einmal ganz nah an mich ran, und da hab ich gemerkt, dass er nach Bier gerochen hat. Sie waren kräftig, nicht sehr groß, so groß wie Sie ungefähr.«

»Die Farbe der Haare auf den Armen?«, fragte Pachulke.

»Irgendwie hell, blond, jedenfalls nicht schwarz oder dunkel. Nicht sehr viele Haare, ein paar nur. Haarige Arme.« Frau Jähnisch schüttelte sich.

»Können Sie ihre Stimmen beschreiben?« Pachulke klang jetzt nach Kaffeekränzchen. Er war ganz Plauderton.

»Die Stimmen. Ach Gott. Ganz normal. Junge Stimmen. Ich glaube, die Karotte hat ein klein wenig gestottert, deshalb hat sie so wenig gesagt. Die Zutschini hatte so was Diabolisches in der Stimme, so was Eiskaltes. Wissen Sie, mein Mann, als der den Führerschein gemacht hat, hatte er einen Fahrlehrer, der hatte auch so eine kalte Stimme. Der hat, als mein Mann das erste Mal durch die Prüfung gefallen ist, jetzt kann ich's ja sagen, wo er tot ist, zu ihm gesagt: ›Zu dumm zum Blinken‹. Das muss man sich mal vorstellen. Und so, genau so hat die Stimme von dieser Zutschini geklungen. Eiskalt.«

Pachulke ließ den Nachmittag mit einem Panorama der Autos im Leben von Frau Jähnisch ausklingen, dann verabschiedete er sich höflich, aber bestimmt. Sie redete viel, diese Frau. Aber sie hatte ihm die bisher beste Beschreibung von »Rote Bete 1« und »Rote Bete 2« geliefert. So hieß das Duo in den Ermittlungsakten. Eiskalt. Bisher waren sie immer langärmlig aufgetreten. Heute ein paar Haare, eine Stimmfärbung, eine Gabel. Keine Spuren, aber wenigstens Spurenelemente.

»Hier prallen die Gegensätze aufeinander und hier erweist sich die Stadt einmal mehr als Labor für Zukünftiges. Und ihr, liebe Biesdorfer, habt die Ehre und das Recht, Zeuge dieser großen Zukunft zu sein.« Der Regierende Bürgermeister Und Geliebte Bausenator stand hinter dem Rednerpult und war in seinem Element. Die verpatzte Generalprobe hatte sich gelohnt. Hinter ihm auf der Tribüne standen die drei Vertreter des Bauhauptgewerbes, die gerade im Chor ihre Dankesadresse verlesen hatten. Davor warteten die Biesdorfer und starrten mit erwartungsfrohem Blick auf die riesige Videowand, die hinter der Rednertribüne errichtet worden war. Ihr Interesse galt dem nagelneuen Biesdorf-Karree. Viele hielten Eimer und Spaten oder Spitzhacke bereit. Prunk stand hinter seinem Chef und trug ein schnurloses rotes Mikrofon auf einem silbernen Tablett.

Der Regierende Bürgermeister Und Geliebte Bausenator wusste, was er seinem Publikum schuldig war. Seine Stimme dröhnte aus den Lautsprechern: »Und deshalb, weil wir an diese Stadt glauben, übergebe ich die Parzelle, die heute noch das stolze Biesdorf-Karree trägt, ihrer zukünftigen Bestimmung. Jeder Abbruch ist ein Aufbruch. Jede Ruine ist ein Grundstein, jeder Ruin eine Chance. Möge dieser in den nächsten Tagen entstehende Freiraum genutzt werden, um neue

Projekte zu verwirklichen.« Bei diesen Worten trat Prunk vor und bot dem Regierenden Bürgermeister Und Geliebten Bausenator das Tablett dar.

Der Regierende Bürgermeister Und Geliebte Bausenator nahm das Mikrofon: »Biesdorf für Tower, Roger.«

»Hier Tower. Sind Sie so weit?«

»Wir sind fertig. Kann kommen.«

»OK, wir lassen das Baby jetzt runter, Roger.«

Das Orchester der Freiwilligen Feuerwehr Biesdorf spielte einen Tusch, und tosender Applaus vermischt mit Jubelschreien brandete auf. Der Regierende Bürgermeister Und Geliebte Bausenator sah auf seine Uhr und blickte in den Himmel. Aus der Ferne, aus dem Licht näherte sich ein kleiner Punkt, der schnell größer wurde. Das Publikum vor der Tribüne reckte die Köpfe und klopfte mit den Stielen der Hacken und Spaten gegen die Eimer. Das Flugzeug ging in den Sinkflug über, die gelbe Heckflosse funkelte, der Turbinenlärm war ein ohrenzerfetzendes Gebrüll. Eine Wand aus Lärm fiel auf die Erde. Prunk, sein Chef und die Vertreter des Bauhauptgewerbes blickten auf ihren Monitor, nickten einander zu und schüttelten sich die Hände, als sich das Flugzeug, eine alte Boeing 737, akkurat in das Biesdorf-Karree bohrte.

Mauerbrocken und Ziegelsteine flogen im hohen Bogen durch die Luft. Glassplitter funkelten in der Nachmittagssonne. Eine riesige Staub- und Rauchsäule zog in den Himmel.

Der Regierende Bürgermeister Und Geliebte Bausenator trat wieder ans Rednerpult: »Liebe Trümmerfrauen, liebe Trümmermänner, eure Stunde ist gekommen. Schafft Platz für das Neue. Denkt daran, ihr werdet nach Abraum bezahlt, hängt euch rein. Und ihr, liebe Trümmerkinder, freut euch: Die zehn fleißigsten von euch bekommen ein Jahr lang Lernmittelfreiheit. If you kehr for us, we kehr for you. Auf die Plätze, fertig, los.« Die Biesdorfer Bevölkerung setzte sich in Bewegung. Frauen boxten sich nach vorne. Männer rannten mit fliegenden Armen über das offene Feld. Der Pulk der Kinder fiel schnell zurück, das Geschrei ihrer hohen Stimmen erfüllte die Luft. Jeder wollte die Einschlagstelle als Erster erreichen.

Das Biesdorf-Karree war Vergangenheit. Wieder einmal eine perfekte Punktlandung. Eine Brache würde an seine Stelle treten. So vieles, was man dort bauen und wieder würde abreißen können, dachte der

Regierende Bürgermeister Und Geliebte Bausenator. Ein Bowling-Center, ein Internationales Handelszentrum, einen Förderturm. Vielleicht sogar aus Fördermitteln finanziert. Er konnte seine visionäre Kraft kaum zügeln.

Mitten in seinem Gedankenflug vibrierte das Handy in seiner Jackentasche. Prrö-prrö, prrö-prrö. Als der Regierende Bürgermeister Und Geliebte Bausenator nicht sofort reagierte, warf Prunk seinem Chef einen fragenden Blick zu.

»Äh, was?«

»Ihr Handy.« Prunk deutete auf seine Brust.

»Ach ja.« Der Regierende Bürgermeister Und Geliebte Bausenator zog das summende Gerät heraus und reichte es seinem Staatssekretär. »Gehen Sie ran Prunk, ich bin gerade nicht zu sprechen.«

Dieser nickte und drückte die Taste: »Staatssekretär Prunk am Handy des Regierenden Bürgermeisters Und Geliebten Bausenators, Sie wünschen?«

»Deinen Chef.«

»Wie bitte?«

»Ich wünsche deinen Chef und zwar dalli.«

»Mein Herr, ich darf Sie darauf hinweisen ...«

»Gar nichts darfst du, außer den Hörer weitergeben. Wir haben Bang Bang.«

Prunk wurde blass und tat, wie ihm befohlen.

»Ja, Tachchen auch. Hier der Regierende Bürgermeister Und Geliebte Bausenator. Und selbst?«

»Hör zu, du Schwätzer. Hier spricht die Rote Bete Fraktion. Wir haben Bang Bang. Er ist bei uns, verstehst du?«

»Ich verstehe«, krächzte der Regierende Bürgermeister Und Geliebte Bausenator.

»Gut. Wir haben eine ganz einfache Forderung. Bis Sonntag um Mitternacht müssen alle Tiere im Tierpark befreit sein.«

»Bitte?«

»Der Tierpark, du Trottel. In Friedrichsfelde.«

»Der Tierpark?«, sagte der Regierende Bürgermeister Und Geliebte Bausenator. Seine Stimme war merkwürdig guttural geworden. Die drei Vertreter des Biesdorfer Baugewerbes merkten, dass etwas nicht in Ordnung war. Unwillkürlich traten sie etwas näher heran und spitzten die Ohren.

»Alle Tiere müssen freigelassen werden, alle. Sonst seht ihr Bang Bang niemals wieder. Verstanden?«

Zeit gewinnen, Zeit gewinnen.

»Alle Tiere befreien, wie Sie es nennen. Das geht nicht so schnell, manche Tiere reisen nicht gern, manche sind krank.«

»Keine dummen Ausreden. Lasst euch was einfallen.«

Seine Augen wurden von den fragenden Blicken der drei Bauunternehmer eingefangen. Er sah zu Boden.

»Woher weiß ich, dass Bang Bang in Ihrer Gewalt ist?«

»Du Schlaumeier willst einen Beweis? Fang mit der Emanzipation der Tiere an, dann kriegst du deinen Beweis. Die Zeit läuft. Freiheit für alle Tiere. Rote Bete Fraktion.«

Klick. Das Gespräch war zu Ende.

Der Regierende Bürgermeister Und Geliebte Bausenator schluckte und sah Prunk an. »Der ganze Tierpark«, stöhnte er. »Bis Sonntag.«

Prunk ergänzte schwach: »Allein die ganzen Maulwürfe.« Sie gingen wortlos zum Auto.

»Na, war ich gut?«, fragte der Regierende Bürgermeister Und Geliebte Bausenator den Fahrer mit fester Stimme, als er mit seinem Staatssekretär wieder im Wagen saß.

»Chef, es ist ein Erlebnis. Ich hätte fast selbst zur Spitzhacke gegriffen. Ich bin so stolz. Eine technische Meisterleistung. War so ein Prinz von so einem Inselkönigreich, in diesem Flugzeug. Die Mutter dankt nicht ab, und er wurde immer älter. Außerdem hatte er Segelohren. Ich hab's heute Morgen in der Zeitung gelesen. Wenn wir so weitermachen, sind wir in 321 Jahren schuldenfrei.« Er ließ den Wagen an. »Übrigens, Chef, nochmals danke für meinen Sohn. Dem macht das eine irrsinnige Freude bei Ihnen. Spricht von nichts anderem mehr. ›Im Herzen der Macht‹, sagt er immer.«

»Schon gut, Schulz. Man hilft, wo man kann.«

Schwarz. Weiß. Schwarz. Weiß. Schwarz. Weiß. Bang Bang tastete mit seinem Blick vorsichtig die neue Behausung ab. Sein Hirn schwamm in einer milchigen Flüssigkeit, ihm war speiübel. Aber die Farbgebung gefiel ihm. Und dass Nils Kaiser nicht da war, gefiel ihm auch. Die Aussicht, dass ihn Nils Kaiser und Horden winkender Rentner bis an sein Lebensende begleiten würden, hatte Bang Bang schwermütig gemacht. Dauernd hatte Kaiser ihm Briefe von irgendwelchen, vermutlich supersüßen Mädels vorgelesen, die an ihn, Bang Bang, gerichtet waren, und sie dann auch noch in seinem Namen beantwortet. Dieser Spanner.

Er kroch auf allen Vieren vom Futon herunter. Sein neues Gefängnis war offenbar ein Raum, der bereits früher zur Tierhaltung verwendet worden war. An der Wand hingen große Trinknäpfe aus weißem Stein, gegenüber war eine Reihe von Verschlägen, in jedem ein weiterer großer Trinknapf mit einem Reifen und einem Deckel aus Holz. Es roch ein bisschen streng. Welches Tier man dort gefangen gehalten hatte, konnte er nicht genau sagen, aber es musste gefährlich gewesen sein. In einer Ecke unter dem Fenster stand ein Kinderschwimmbecken gefüllt mit frischem Katzenstreu.

Das Gefühl, dass die Zelle fährt. Ein stampfendes Geräusch in seinem Kopf. Bang Bang beugte sein Maul über das Katzenstreu und übergab sich. Dann schlief er wieder ein.

Pachulke betrachtete den Mann, der ihm gegenüberstand. Er war etwa 1,75 Meter groß und hatte kurz geschnittene Haare, deren Farbe zwischen dunkelblond und hellbraun lag. Ein eher plumpes, fleischiges Gesicht mit einer festen, kompakten Nase. Geschwungene Lippen, eventuell sogar schön geschwungene Lippen. Der Rumpf war ein wenig aus der Form gegangen. Liebesringe nannten manche die Wülstchen an den Hüften, weil man sich *in actu* daran festhalten konnte, und diese gingen vorne nahtlos in den Bauchansatz über. Trotzdem sah Pachulke, dass sich dieser Mann in jahrzehntelanger Sorge um sich einen zuverlässigen Muskelapparat aufgebaut hatte. Arme und Schultern zeigten die charakteristischen Rundungen. Die Oberschenkel hatten den Durchmesser von Kohlköpfen. Der Bauch hing nicht schlapp herunter, er war nur ein klein wenig zu groß. Mehr als zehn Kilo Übergewicht waren das nicht, allerhöchstens fünfzehn. Wenige Haare auf der Brust. Dunkle Haare auf Armen und Beinen, der schwarze Schatten einer Andeutung von Bartansatz an Kinn und Hals. Die Augen waren dunkelgrau. Über ihnen buschige Augenbrauen, die dem Gesicht eine gewisse Düsternis und Strenge verliehen, vor allem, wenn die Augen genau hinsahen, so wie jetzt. Trotz der Strenge links und rechts einige Lachfältchen. Gepflegte Füße, gepflegte Hände, beide klein und zierlich. Unterhalb des Bauchnabels eine gut verheilte Narbe.

Er hatte großes Glück gehabt damals. Ein paar Tage hatte er »zwischen Baum und Borke« gehangen, wie der Arzt das ausgedrückt hatte. Pachulke hatte nie erfahren, was nun Baum und was Borke gewesen war. Jedenfalls war er am Leben. Er korrigierte den Sitz seiner Unterhose, indem er mit dem Daumen in den Bund fasste und ihn nach vorne zog. Mit einem leichten Klaps schnalzte die Oberkante der Hose auf den Bauch. Tadellos. Jetzt die Socken. Schwarz, nicht mehr ganz neu, mit zwei fadenscheinigen Stellen unten an der Sohle – dort, wo der Ballen der großen Zehe aufsaß. Nie würde jemand diese Stellen zu Gesicht bekommen. Jedenfalls nicht heute Abend. Das Unterhemd. Jetzt sah er aus wie der Proll aus dem Versandhauskatalog. Er überlegte, ob es einen Zusammenhang gab zwischen der halbfertigen geistigen Entwicklung von Menschen, die ihr Leben in Unterwäsche vor dem Fernseher verbrachten, und ihrer Gewohnheit, sich halbfertig anzukleiden. Aber das konnte nicht stimmen. Die dümmsten und gemeinsten Sätze hatte er aus Mündern vernommen, unter denen eine Krawatte hing.

Der Proll stellte sich vor seinen Kleiderschrank und überlegte, als was er heute Abend gehen wollte. Er entschied sich für: leicht beschwingter Mensch am Feierabend und griff zu einem hellen Leinenanzug. Sandfarben hatte der Verkäufer ihn genannt. Pachulke fragte sich, ob die sandfarbenen Anzüge auf Teneriffa alle schwarz waren. Wie nannte man Mongolismus in der Mongolei? Heute hieß das Down-Syndrom. Auch dort? Dazu ein schwarzes, leichtes Seidenhemd mit silbergrauen dünnen Streifen, das gnädig und luftig den Bauch umspielte. Krawatte? Heute nicht. Er zog seine Schuhe an – never wear brown after six – und richtete Jackett und Hose. Vor dem Spiegel in der Diele bleckte er die Zähne und schnitt ein paar von den Grimassen, die er sich den Tag über hatte verkneifen müssen. Im Treppenhaus summte er leise: »recondita armonia«. Endlich war es wieder so weit. Er lebte. Durch ihr, mit ihr, aber leider noch nicht in ihr. Obwohl er sich da unschlüssig war. Aber er würde sie sehen, heute Abend.

Zabriskie lag in der Badewanne, trank Whiskey straight und dachte über ihre Ernährungsgewohnheiten nach. Brot für die Welt, aber die Wurst bleibt hier. Fleisch ist ein Stück Lebensraum, nein, Lebenskraft hieß das. Lebensraum war früher. Lebenskraft, Lebensraum, Lebensborn, Lebertran, Leberwurst. Alles anständige Leute. Sie tauchte den Kopf unter und musste dazu ihre Knie der mit 29 Grad unangenehm kühlen Badezimmerluft aussetzen. Prustend tauchte sie wieder auf, das Wasser warf gefährlich hohe Wellen und schwappte auf die Bodenfliesen, deren Farbgebung ein offenbar farbenblinder Vormieter auf grün-orange festgelegt hatte. Das Wasser umspülte das Glas mit dem schweren Fuß, in dem sich noch fast ein Fingerbreit der kostbaren Substanz befand. Gleich würde es vom Rand der Wanne fallen. Sie griff schnell danach, es lag glitschig und kalt in ihrer Hand, und füllte ihren Mund bedächtig mit der bräunlichen Flüssigkeit. Ein Häufchen Schaum überdeckte den Kopf des schwarzen Panthers auf ihrer Schulter. Sie dachte an den Krautsalat ihrer Mutter. Und den geräucherten Schweinebauch. Und die Blutwürste vom Bauern nebenan. Eigene Metzgerei mit Hausschlachtung. So was gab es hier im Umkreis von vierzig Kilometern nicht. Dafür aber Hausgeburten. Sie war betrunken. Wie schön.

»Nun hör schon auf, da ist nichts.«

»Sei doch nicht so naiv, Tomate. Die pigs sind nicht so dumm, wie wir es gerne hätten.«

»Marietta hat Recht, da hast du heute Mo-Mo-Morgen schon nachgesehen. Und heute war immer einer v-v-von uns hier.«

Unter dem Spülbecken tauchte ein verschwitzter roter Kopf auf.

»Haben wir nun Codenamen oder haben wir keine? Die Genossin heißt To-ma-te, merk dir das ein für allemal, Genosse Karotte. Wir sind hier nicht bei den Pfadfindern.«

Genossin Tomate und Genosse Karotte sahen sich genervt an.

Dann sagte die Frau, die nicht Marietta genannt werden durfte: »Oh Mann, du klingst fast schon so pissig wie Sö ... wie Rettich. Hast du jetzt die Planstelle als Chef übernommen?«

Die Inspektion des Siphons war beendet. Das dritte Mitglied der Rote Bete Fraktion richtete sich auf, legte die Taschenlampe auf das Küchenbüffet und setzte sich an den runden, dunkelbraunen Tisch, auf dem ein Stövchen mit einer Teekanne stand. Über der Spüle hing ein großes Poster, das einen Mann in einer weißen Schürze zeigte, der einem Kalb gerade ein Bolzenschussgerät an den Kopf hielt. Das Kalb war in einer grotesken Bewegung eingefroren, die Beine hilflos gespreizt, den Kopf verdreht. Hinter ihm warteten weitere Kälber in der Reihe. *Meat is Murder* stand in weißen Buchstaben auf dem Plakat.

Zucchini tickte schnell mit dem gekrümmten Zeigefinger auf den Küchentisch, auf dem zwei Döschen mit vegetarischem Brotaufstrich, eine Packung Reiswaffeln und eine Schüssel mit Äpfeln standen. Sein Kopf war nicht mehr ganz so rot, und er brachte ein schiefes Lächeln zustande: »Alles sauber. Wir können anfangen.« Er legte seine Hand auf die von Genossin Tomate, aber sie entzog sich ihm und räusperte sich nur. »Genossin Tomate, das ist doch nur eine Routinemaßnahme. Wenn du später mal klandestin leben willst, musst du solche Sachen im Schlaf beherrschen.«

»Ich will aber nicht klandestin leben. Und ich will auch nicht, dass du jedes Mal die komplette Wohnung nach Wanzen durchforstest.«

»Das heißt nicht Wanzen, Genossin. Die Sprache der pigs kann nicht unsere Sprache sein. Die Bezugnahme auf die Familien der Heteroptera soll nur die technologischen Möglichkeiten der voll entwickelten Überwachungsgesellschaft verniedlichen.«

»Aber du sagst doch auch immer pigs, Genosse Zu-zu-cchini«, mischte sich Genosse Karotte wieder ein. »Wieso sollen die anderen denn die p-p-pigs sein, wenn wir für Schweinerechte kämpfen?«

Zucchini lächelte und klopfte Karotte auf die Schulter. »Aus historischen Gründen. Wer seinen Feind nicht kennt, kann den Kampf nicht führen. Wir setzen dem Herrschaftswissen etwas entgegen, wenn wir von pigs sprechen. Das hat doch mit dem Schwein an sich gar nichts zu tun. Du verwechselst mal wieder die Ebenen, Genosse Karotte.«

Karotte nickte schuldbewusst und hielt sich an seiner Teetasse fest. Dieses Plenum hier war fast so ungemütlich wie das Plenum gestern Abend. Wie er Politik verabscheute. All dieses endlose Gelaber. Rolf und Sören konnten einen an die Wand quatschen, dass man hinter jeden Schrank passte. Karotte wollte nicht quatschen, sondern was tun und was erleben. Nicht so wie Sören. Der Genosse Rettich war ein anderes Kaliber. Das gestern war wirklich ein übler Auftritt von Sören gewesen. Er hatte die anderen drei angeschnauzt: »Irgendwann musst du dich entscheiden, ob du vegan handeln und denken willst, oder ob du gemeinsame Sache mit dem Schweinesystem machst. Es gibt keinen dritten Weg, entweder Schwein essen oder Mensch werden. Und wie es aussieht, seid ihr leider in einer kleinbürgerlichen, postpubertierenden Abenteurermentalität stecken geblieben.« Das mit dem postpubertierend hatte Karotte besonders wehgetan, denn obwohl er bereits zweiundzwanzig war, hatte er leider noch zahlreiche

Pickel. Er hatte den Verdacht, dass es eine Rosenkohlallergie war, aber ein Gang zum Hautarzt wäre ihm wie Verrat an der revolutionären Moral vorgekommen.

Eigentlich hatte es gestern angefangen wie immer. Sie saßen am Küchentisch, ein Planausschnitt, der den Großmarkt Beusselstraße zeigte, hing an der Wand. Sören führte das große Wort. »Hier ist die Haupteinfahrt, da fällt es garantiert auf, wenn wir mit unserer Kiste reinfahren wollen. Aber hier, wenn man einmal um das Gelände herumfährt, gibt es einen kleinen Nebeneingang, da kommt man nur zu Fuß rein. Unser Vorteil: Er liegt direkt neben der Gemüsehalle.«

Die übliche Vorbesprechung. Ihre minutiöse Planung hatte sie immer wieder aufs Neue beflügelt und sie immer kühner werden lassen. Mit Scheiben einwerfen bei Nacht hatte es begonnen, mittlerweile schlugen sie auch am hellichten Tag zu, und eigentlich war es genau das, was sie wollten. Dachten sie alle.

Doch dann schob Sören seinen Teleskopzeigestab zusammen, schürzte die Lippen und sagte: »Ich hoffe, dass dies die letzte Aktion dieser Art sein wird.«

»Wieso, willst du aufhören?«, fragte Zucchini.

Sören schüttelte langsam den Kopf: »Ich will nicht aufhören. Ich will endlich anfangen. Was wir hier machen, ist doch symbolische Politik. Alles reine Zeitverschwendung.«

Karotte wollte widersprechen, aber Tomate war schneller. »Ich verstehe dich nicht. Wir haben doch von Anfang an gesagt: Nichts wirklich Schlimmes. Nichts, was eine Versicherung nicht bezahlt.«

»Genau dieses Sicherheitsdenken ist es, was uns nicht weiterbringt. Was interessieren uns denn die Versicherungen? Hast du auf einmal dein Herz für die pigs entdeckt?«

»Blödsinn, Sören. Blas dich bloß nicht so auf«, blaffte Marietta zurück.

»Das System werden wir mit diesem Kleckerkram niemals wirklich in seinen Grundfesten erschüttern.«

»Das werden wir in hundert Jahren nicht erschüttern.«

Sören sagte: »Ich will nicht immer nur Flugi, Spucki, Transpi, Bekennerschreibi. Ich will endlich auch mal Widersprüchi zuspitzi. Wollt ihr das denn nicht?«

Zucchini sagte: »Doch, Genosse Rettich. Natürlich wollen wir auch Machtfragi stelli.«

Aber als Genosse Rettich ein paar Vorschläge für größere Aktionen machte, über die er zusammen »mit ein paar befreundeten Genossen« schon konkrete Pläne ausgearbeitet hatte, bekamen sie ihre Zweifel. Rolf, bis gestern ein freundlicher Genosse, heute auf dem Weg zur Alpha-Zucchini, hatte gesagt: »Tut mir Leid, so was mache ich nicht. Das ist mir alles eine Nummer zu groß, außerdem ist es nicht ungefährlich. Das ist nicht mein Kaliber.«

Und Marietta ergänzte: »Wenn etwas Unvorhergesehenes passiert, werden Unschuldige dabei ums Leben kommen.«

»Unschuldige, Unschuldige«, äffte Rettich sie nach. »Wenn ich dieses pfäffische Geschwätz schon höre. Es gibt keine richtige Ernährung im Falschen. Wie oft soll ich dir das noch erklären?«

Auch Karotte, der ein glühender Bewunderer von Rettich und seinen vielen ausgekochten Plänen war, zögerte. »Das ist ein Ha-Ha-Haufen Arbeit, was du da vorhast. Wir müssen alle jobben.« Er räusperte sich schnell. »W-W-Wir sind den spätkapitalistischen Reproduktionszwängen unterworfen. W-W-Wann sollen wir das denn machen?«

Rettich verwies nur auf »die Genossen«, die Karotte schon deswegen unsympathisch waren, weil einer von ihnen »Rosenkohl« als Decknamen führte. Außerdem arbeitete Rosenkohl in einem Krankenhaus. Bei Krankenhausluft bekam Karotte sofort weiche Beine.

»Das ist doch Quatsch«, sagte Zucchini. »Ausgerechnet derartig riskante Aktionen willst du mit Leuten machen, die wir noch nicht einmal kennen.«

»Nicht alle gleichzeitig, erst mal antesten. Vielleicht fällt uns ja auch noch was Besseres ein«, antwortete Rettich. »Jetzt ist subversive Phantasie gefragt. Es muss richtig knallen.«

»W-W-Was ist, wenn einer von den anderen Genossen ein Spitzel ist?«, fragte Karotte.

»Was ist, wenn du deinen Decknamen einfach in Mixed Pickles änderst?«, giftete Genosse Rettich zurück. Das war das Ende des politischen und der Anfang des privaten Teils dieser Session, die damit endete, dass Rettich ein paar Sachen packte, seinen Genossen den gestreckten Mittelfinger zeigte und bei offener Tür zum Abschied brüllte: »Dann ziehe ich das eben ohne euch durch. Und wenn Typen dabei kaputt gehen, ist es mir scheißegal. Bleibt doch in euren Sandkastenspielchen stecken, bis ihr wieder anfangt, Buletten zu essen.«

Jetzt saßen sie wieder zu dritt hier und wollten die morgige Aktion vorbereiten, die noch vom Genossen Rettich geplant worden war. Marietta sagte: »Ich finde, das morgen ziehen wir noch durch. Und dann sollten wir mal eine politische Bewertung vornehmen.«

Karotte und Zucchini nickten. Sie hielten das für eine gute Idee. Die Qualitätskontrolle musste man auch als Guerillero im Auge behalten. Außerdem hatte sich Genossin Tomate noch nie den Schneid abkaufen lassen. Auch von Rettich nicht.

»Hallo.«

»Es gibt eine Änderung im Plan.«

»Änderung?«

»Keine Zeit, hör zu. Das Tier braucht eine spezielle Ernährung, sonst krepiert es.«

»Krepiert? Aber wir haben doch schon ...«

»Egal, gib es zurück.«

»Ich soll hundertzwanzig Portionen Sheba ...?«

»Ja.«

»Und was nun?«

»Er braucht alle zwölf Stunden folgendes Menü. Hast du etwas zum Schreiben?

»Momentchen. Ja, kann losgehen.«

»Siebenmal die Acht Kostbarkeiten. Das ist vermischtes Gemüsezeug mit Wasserkastanien oder so. Dann sechs vegetarische Frühlingsrollen. Als nächstes fünf Portionen Bambus mit Glasnudeln und Pilzen.«

»Nicht so schnell, nicht so schnell. Fünfmal Bambus mit ...«

»Bambus mit Glasnudeln und Pilzen.«

»Ja, hab ich.«

»Dann vier Lychees.«

»Wie schreibt man das?«

»Schreib auf, wie du es hörst.«

»Ok, hab' ich. Weiter.«

»Drei Teller Bambussprossensalat.«

»... sprossen-salat. Ja.«

»Zwei Portionen Wan-Tan-Suppe mit Krabbenfüllung.«

»Ja.«

»Zum Schluss ein Glückskeks.«

»Glückskeks?«

»Ja, Glückskeks. Aber das ist noch nicht alles. Die Bullen kennen den Speiseplan auch.«

»Die Bullen? Woher wollen die das denn wissen?«

»Sie wissen es eben. Die Bullen werden nach diesem Speiseplan fahnden. Ihr müsst euch tarnen, wenn ihr einkauft, oder so.«

»Tarnen?«

»Ja, ihr dürft auf keinen Fall zu irgendeinem Chinesen latschen und einfach dieses Menü bestellen. Ihr müsst es aufteilen.«

»Aufteilen?«

»Ja, zum Teufel noch mal! Kauf zwei Lychees beim Chinesen A und zwei beim Chinesen B, drei Frühlingsrollen bei A und drei bei B.«

»Chinese A?«

»Ihr müsst es stückeln, beim Einkaufen stückeln.«

»Kein Problem, hier gibt es zwei Chinarestaurants gleich um die Ecke.«

»Ihr dürft auf keinen Fall zweimal zum gleichen Restaurant gehen. Das ist viel zu gefährlich.«

»Aber ...«

»Nichts aber. Macht, was ich euch sage. Und denkt daran: pünktlich alle zwölf Stunden. Ohne unsere Geisel sind wir aufgeschmissen.«

»Und wo finden wir die ganzen Chinesen?«

»Schaut in die Gelben Seiten.«

»Zum Abschluss der Nachrichten auf Radio THF, The Hit Factory, direkt aus dem Wellness Lufthotel®, die Verkehrsübersicht. Wie immer präsentiert von Blockado: Saftige Steaks statt saftige Preise, das ist unser Motto. In der Sonnenallee ist zwischen Ziegrastraße und Ederstraße in Richtung Hermannplatz wegen einer Wanderbaustelle nur eine Spur befahrbar. Am U-Bahnhof Eberswalder Straße gibt es Behinderungen wegen Gleisbauarbeiten an der Straßenbahntrasse. Achtung! Wegen einer planmäßigen Punktlandung bleibt die Friedrichstraße im Bereich S-Bahnhof Friedrichstraße bis morgen um 6.30 Uhr gesperrt. Die Bergungs- und Aufräumarbeiten am ehemaligen Admiralspalast werden die ganze Nacht andauern. Geblitzt wird heute Nacht auf der Avus stadteinwärts sowie im Wedding auf der Seestraße zwischen Müllerstraße und Osloer Straße. Lassen Sie sich nicht erwischen. Die Verkehrsübersicht wurde Ihnen wie immer präsentiert von Blockado: Saftige Steaks statt saftige Preise, das ist unser Motto.«

Staatssekretär Prunk strich mit der Kuppe des Zeigefingers über seine Krawattennadel. Zabriskie lutschte auf dem Zuckerwürfel, den sie sich stibitzt hatte. In ihrem whiskeyschweren Kopf suchte sie nach dem roten Faden, der ihr den Weg durch diese Besprechung wies. Gestern war lange her. Als Konzentrationshilfe zählte sie die übrigen Zuckerwürfel in dem Schälchen, das neben Tassen, Kanne und Kaffeesahne auf dem Besprechungstisch stand. Es waren zwölf. Pachulke starrte auf seine Fußspitzen. Es hatte den Anschein, als müsse er alle Energie aufwenden, damit er nicht nach vorne von der Sitzgarnitur kippte. Der Regierende Bürgermeister Und Geliebte Bausenator warf den dreien wütende Blicke zu. Keiner sagte ein Wort. Die Strafpredigt des Regierenden Bürgermeisters Und Geliebten Bausenators, die soeben niedergegangen war, klang noch nach. Zabriskie hatte auch da mitgezählt: Achtmal »unfähig«, fünfmal »Gespött« und dreimal »Fun-Guerilleros« war darin vorgekommen, und bei »Fun-Guerilleros« hatte der Regierende Bürgermeister Und Geliebte Bausenator jedesmal bis zu ihr hinübergespuckt.

Pachulke wartete, bis der Regierende Bürgermeister Und Geliebte Bausenator aus den Höhen seiner Fensterrede wieder herabgestiegen war. Als er den Kopf hob, sah er, wie Prunk verstohlen ein Kügelchen Naseninhalt aus dem linken Loch pflückte und unter seinem Sitzpolster verrieb. Pachulke sagte: »Eine unglaubliche Dreistigkeit, da haben Sie zweifellos recht.«

Der Regierende Bürgermeister Und Geliebte Bausenator gab ein kurzes Grunzen von sich: »Sie sollen mir nicht Recht geben, Sie sollen sie finden. Sie haben die Rote Bete Fraktion unterschätzt. Wir stehen hilflos vor einer Serie dreistester Gewaltverbrechen. Und jetzt das. Eine Entführung aus dem Hochsicherheitstrakt.« Prunk schob seinem Chef langsam den Stapel Zeitungen etwas näher heran, der neben ihm auf dem Sofa lag, und stierte zu Zabriskie hinüber.

Der Regierende Bürgermeister Und Geliebte Bausenator nahm die oberste Zeitung und schlug mit dem Handrücken dagegen. »Nun hören Sie sich das mal an: *Fangt sie und zieht ihnen die Haut ab!* Das muss ich mir von der größten Zeitung der Stadt ins Gesicht schreiben lassen. Oder hier die Konkurrenz.« Er griff in den Stapel und hielt ein weiteres Titelblatt in die Höhe. »*Und zwar in Streifen!* Sie können von Glück sagen, dass die Medien so besonnen reagieren und die Stimmung nicht auch noch anheizen.« Er beugte sich nach vorne und fixierte Pachulke. »Vorschläge für Abhilfe?«

Pachulke sagte: »Wir ermitteln in drei Richtungen. Zum einen gibt es die Gabel, die am Tatort hinterlassen wurde. Wir versprechen uns von der Analyse wichtige Hinweise auf das Umfeld der Täter. Zweitens ist da das Ernährungsproblem. Der Panda hat einen ganz speziellen Speiseplan, der exakt eingehalten werden muss. Wenn ihm etwas zustößt, ist er als Erpressungsobjekt wertlos. Wir werden die chinesischen Restaurants überwachen lassen, ob jemand nach diesem Speiseplan einkauft.«

»Eine Gabel und ein Speiseplan.« Der Regierende Bürgermeister Und Geliebte Bausenator lehnte sich zurück und sah Pachulke an. »Und drittens?«

»Die dritte Möglichkeit geht über das Motiv der Entführer.«

»Wieso Motiv? Die wollen den Staat vernichten, das wissen Sie doch.«

»Ich halte es für denkbar, dass es sich bei den Entführern um Trittbrettfahrer handelt.«

Prunk entfuhr ein »Ui!«

»Sie sind ja wohl komplett verrückt! Trittbrettfahrer!«, schnarrte der Regierende Bürgermeister Und Geliebte Bausenator. »Das waren diese Fun-Guerilleros, niemand sonst!«

»Es gibt viele Gründe für eine Entführung von Bang Bang. Vielleicht hat die Mafia Angst, dass er auspackt. Vielleicht einfach ein Racheakt. Oder jemand will den Tierpark aus dem Weg räumen.«

Der Regierende Bürgermeister Und Geliebte Bausenator schüttelte den Kopf. »Humbug.«

Prunk ergänzte: »Herr Kommissar, Sie sollten von Ihrem Versagen in der Sache Rote Bete Fraktion nicht durch abenteuerliche Hypothesen ablenken.«

»Suchen, finden, erledigen. Das steht auf der Agenda, nichts sonst. Kein Psychogesülze – eine Großfahndung brauchen wir«, sagte der Regierende Bürgermeister Und Geliebte Bausenator.

»Diese Möglichkeit haben wir erwogen und zum jetzigen Zeitpunkt verworfen. Das Risiko für den Panda schien uns zu groß«, mischte Zabriskie sich ein. »Wenn seine Entführer in Panik geraten, wollen sie ihn vielleicht loswerden. Sie merken, dass das alles eine Nummer zu groß ist, bringen ihn um und seilen sich ab. Im schlimmsten Fall ...«, sie machte eine Pause, »lassen sie Bang Bang sogar frei.« Sie nahm noch einen Zuckerwürfel. Nervenfutter, dachte Pachulke.

»Was Sie alles über die Entführer zu wissen glauben, Fräulein Zabriskie«, sagte Staatssekretär Prunk. »Sie können sie ja fragen, wenn Sie sie gefunden haben. Dazu müssen wir sie aber aufscheuchen. Wir müssen ihnen das Gefühl geben, dass die ganze Stadt hinter ihnen her ist. Wir müssen sie zu Fehlern zwingen und ihnen die Selbstsicherheit nehmen.«

»Sehen Sie, das nenne ich mitdenken«, fiel ihm der Regierende Bürgermeister Und Geliebte Bausenator ins Wort. »Ihnen die Hölle heiß machen, sie aufstöbern und ihnen das Fell über die Ohren ziehen.« Dabei machte er eine Handbewegung, als wollte er einem unbestimmten Kleintier den Pelz über den Kopf stülpen. »Ich will das ganze Programm: Handzettel, Straßensperren, Razzien, Personenkontrollen, eine Hotline, bei der man anonym Hinweise hinterlassen kann.«

»Vielleicht auch einen kleinen Fernsehspot, in dem sich der Zoodirektor persönlich an die Bevölkerung wendet«, ergänzte Prunk.

»Oder viel besser: ich«, sagte der Regierende Bürgermeister Und Geliebte Bausenator.

»Das wäre natürlich toll«, sagte Prunk. »Sie sind so charihmatisch.«

»Ich denke, wir sehen uns hier politisch motivierten Gewalttätern gegenüber, die eine ganz klare Botschaft vermitteln.« Pachulke gab nicht auf. »Sie haben ein eindeutiges Ziel vor Augen. Solange sie eine Chance auf Erfolg sehen, werden sie ausharren und alles tun, damit Bang Bang am Leben bleibt.«

»Und wie soll man ihnen das Gefühl geben, sie könnten Erfolg haben?«, fragte der Regierende Bürgermeister Und Geliebte Bausenator. Er warf dem Kommissar einen Blick zu, den man für Zeitschriftenvertreter bereithält, die gerade ihr Sprüchlein auf der Türschwelle aufgesagt haben.

»Indem man mit der Evakuierung des Tierparks beginnt«, sagte Pachulke langsam.

Bei diesem Vorschlag zuckte der Regierende Bürgermeister Und Geliebte Bausenator zusammen, als hätte ihn jemand in den Hintern gezwickt. »Niemals! Nie! Unter keinen Umständen! Der Staat darf sich nicht erpressen lassen. Das mache ich nicht mit. Ich weiß mich in dieser Frage übrigens auch einig mit dem Mehrheitsführer im Ausschuss für Alles, Herrn von Goltz. Wir waren schließlich nicht umsonst vier Jahrzehnte der Pfahl im Fleisch, der Pickel am Arsch des Bösen. Wir wissen, wie man mit solchen Leuten umgehen muss.«

»Nur zum Schein, nur zum Schein«, sagte Pachulke.

»Zu keinem Schein der Welt. Wir müssen Bang Bang finden. Sie müssen ihn finden. Und Sie werden ihn auch finden. Sonst, denke ich, wird es erhebliche Zweifel an Ihrer Eignung als Kriminalbeamter geben. Verstanden?«

Pachulke nickte automatisch und dachte daran, dass ein Erfolg der Rote Bete Fraktion seine Ruhestandspläne beschleunigen würde. Er senkte wieder den Kopf

Prunk sah sehr zufrieden aus. Er strich über die Zeitungen, während er an die Decke starrte. Zabriskie nahm einen Zuckerwürfel. Prunks rechter Augapfel sah aus, als hätte jemand eine Pupille auf weißen Marmor gemalt. Sie nahm noch einen Zuckerwürfel. Der Regierende Bürgermeister Und Geliebte Bausenator blickte aus dem Fenster. Vierzig Meter über der Erde bot sich ihm das Panorama der Stadt dar. Ein kleines Verkehrsflugzeug östlich hinter dem Fernsehturm befand sich im Sinkflug. Auch in Friedrichshain warteten viele Aufgaben auf das Bauhauptgewerbe. Die Turmuhr schlug halb, und das Büro erzitterte leise.

Zabriskie und Pachulke stiegen zusammen aus dem Aufzug und sahen sich um. Sie waren nicht im Erdgeschoss gelandet. Ein kleiner Mann mit ein paar Mappen auf dem Arm drängelte sich an ihnen vorbei, und der Aufzug fuhr davon. Pachulke musste pinkeln. Der Kaffee forderte seinen Tribut. Er suchte nach der Herrentoilette und ließ Zabriskie zurück, die die Aussicht auf den Neptunbrunnen und den wuseligen Wochenmarkt studierte.

Pachulke lief an einer endlosen Galerie von Porträts verschiedener Ehrenbürger entlang. Er war in Gedanken beim gestrigen Abend. Er hatte sie gesehen, als sie aus dem Bühneneingang kam. Ihr schwarzes Haar, hochgesteckt zu einem Knoten, ihr blaues Cape, ihr Kleid. Von der anderen Straßenseite aus hatte er sie gesehen, und fast hätte er ihr gewunken. Aber ein paar Autogrammjäger waren ihm zuvorgekommen. Aus der Ferne nur, aus der Ferne.

Er warf einen flüchtigen Blick auf das Antlitz der Ehrenbürgerin #1. Mathilde Rochow hatte im Jahre 1631 die Schweden am Vorrücken auf die Stadt gehindert, als sie einem Hauptmann und seinen Landsknechten Currywurst ohne Darm nach eigenem Rezept serviert hatte. Aus Dankbarkeit waren die Schweden weitergezogen und hatten stattdessen Mecklenburg verwüstet. Mathilde Rochow wurde dafür zunächst in den Adelsstand erhoben, später aber als Hexe verbrannt. Einmal um die Ecke und Pachulke fand, was er suchte. Als er vor dem Urinal stand, fiel sein Blick auf eines der zahlreichen Graffitis: *Schweineschänder in den Wolf!* Es war offenbar mit einer Schablone angefertigt. Die Buchstaben standen sauber, schwarz und ordentlich auf der Wand. Als er fertig war, untersuchte er die Toilette. Auf jeder Wand und in jedem Abteil fand er das schablonierte *Schweineschänder in den Wolf!* Sogar hier hatte der Veganismus sich schon breit gemacht.

Pachulke erzählte die Sache Zabriskie. Sie sagte: »Ich kenne keine Kneipe, in der solche Sprüche nicht auf dem Klo stehen. Und nicht nur da. Sie sind überall, in der U-Bahn, an den Häusern.«

»Auch mit Schablone?«

»Nein«, räumte Zabriskie ein. »Das ist ungewöhnlich.«

Sie traten durch das große Portal ins Freie. Pachulke drehte sich um und betrachtete den roten Fries, der Szenen aus der Geschichte der Stadt zeigte. Ganz links an der Ecke der Vorderfront sah er eine untersetzte Mathilde Rochow, die mit gefalteten Händen neben einer Schar Schweden stand, die an langen Bänken tafelten. Über den Haupttrakt des Gebäudes hinaus ragte der Turm mit dem quadratischen Grundriss und den Ziersäulen an den Ecken. Direkt unter der großen Uhr mit den römischen Ziffern hatte der Regierende Bürgermeister Und Geliebte Bausenator sein Büro.

Ein gelber Info Large schrie ihnen etwas ins Ohr, aber sie beachteten ihn nicht.

Auf seinem Schreibtisch im Präsidium fand Pachulke eine Nachricht von Dorfner.

Hallo Chef. Auf meinem Schreibtisch ist eine Nachricht für Sie.

Pachulke ging zu Dorfners Schreibtisch und öffnete den verschlossenen Umschlag, auf dem sein Name stand: *Hallo Chef. Bin in Sachen Zoodirektor auf eine heiße Sache gestoßen. Vermutlich gibt es Ungereimtheiten bei der Umsatzsteuer. Ich bin jetzt zur Bank und will mir Kern danach noch vornehmen. Melde mich, wenn ich wieder da bin. Hochachtungsvoll Dorfner.*

Pachulke legte den Brief zurück. Er runzelte die Stirn, als er die Zeitschrift sah, die Dorfner am Tag zuvor gelesen hatte. *Legal Torture* hieß das internationale Fachblatt, das sein Assistent in jeder freien Minute studierte. Der Untertitel versprach *Correcting People.* Die Seite, die gerade aufgeschlagen dalag, war mit dem Foto einer Vorrichtung bebildert, die so ähnlich aussah wie ein Nierengurt. Das war also einer dieser *Stun Belts*, ein Elektroschockgürtel, für dessen und anderer Verbesserungsinstrumente Verwendung Dorfner und ein paar seiner Kollegen einen »Freundeskreis für rechtsstaatliche Folter unter Beachtung der Menschenwürde« gegründet hatten. Pachulke las einen Absatz in dem Artikel: »*The stun belt, or R.E.A.C.T. (Remote Electronically Activated Controlled Technology) shocks its wearer for eight seconds with 50,000 volts of power. Two metal prongs, positioned above the left kidney, to maximize pain, leave welts that can take up to six months to heal. The painful blast knocks most of its victims to the floor, where they shake uncontrollably and remain incapacitated for as long as 15 minutes.*« Pachulke betrachtete die Anzeige für einen Stuhl mit zahlreichen Schnallen und Gurten. Anderswo war man immer ein bisschen schneller als hierzulande. Es verging zwar kein Tag, an dem nicht eine Neuerung im Betriebsablauf auch mit dem Hinweis auf den Reformstau begründet wurde. Es gab neue, verbesserte Nadeln für die Pinwände, andere Reiter für die Hängeordner oder eine reformierte Tiefgaragenordnung. Und nie kam etwas Neues, ohne dass nicht sofort die Schwerfälligkeit beklagt worden wäre. Als ob jeder träge war, der nachdachte, bevor er handelte. Als ob das schlechte Alte nicht manchmal besser war als das noch schlechtere Neue.

Dorfner hielt sich für einen großen Neuerer. Er warb hartnäckig für sein Arsenal von Vernehmungsmitteln und -methoden und lud Pachulke regelmäßig zu den Veranstaltungen seiner Gruppe ein. Hoffentlich war der Zoodirektor nicht so unvorsichtig und folgte Dorfner in dessen Gesprächszimmer im Keller des Präsidiums. Er hätte sich das eigentlich längst schon einmal ansehen müssen, aber das roch nach Mehrarbeit. Außerdem wollte er mit seiner Büroklammernstatistik auf dem Laufenden bleiben. Zudem hielt er Dorfner für zu gutmütig für einen Folterer. Aber viele gutmütige Menschen wachsen an den Aufgaben, die sich ihnen stellen. Er musste den Hausmeister bei Gelegenheit zu Dorfners Verlies befragen.

Die Tür ging auf, und Engine Plinks Lächeln riss Pachulke aus seinen Gedankengängen durch die Gewölbe des Polizeipräsidiums. Sie warf eine dünne Mappe auf den Tisch und hielt das »Beweisstück Nr. 2« in die Höhe. »Alles, was Sie über diese Gabel wissen wollten, aber bisher nie zu fragen wagten.«

Pachulke merkte, dass er lächelte, was bei ihm nicht so häufig vorkam. Kein Vergleich zu Zabriskie. »Vielen Dank, dass Sie mir das trotzdem bringen«, sagte er.

»Trotzdem?«

»Trotzdem ich nie zu fragen wagte.«

»Tja, warten Sie ab, was Sie alles kriegen, wenn Sie fragen.« Sie nestelte am Button-Down-Kragen ihres weißen Hemdes herum und warf einen langen Blick auf die Postkarte an der Hängeregistratur, als müsste sie *Greetings from South Africa* auswendig lernen.

Pachulke überprüfte den Zustand seiner Fingernägel und starrte auf die Klinke der Bürotür, als wollte er sie hypnotisieren. Dann räusperte er sich. »Eine Frage hätte ich ja doch noch.«

»Ja? Nur zu.« Ihr Blick wanderte durch das Zimmer und landete frontal in seinen Augen. Er bemerkte zum ersten Mal, dass ihre Pupillen grün waren.

»Sie kennen doch wesentlich mehr als das, was sich unter Ihren Mikroskopen einfindet.« *Unter Ihren klugen, wunderschönen Augen einfindet*, soufflierte er für sich im Stillen. »Haben Sie eine Idee, warum eine veganische Guerilla ausgerechnet ein Tier entführt?«, fragte er laut. »Warum nicht den Direktor des Tierparks?«

Engine Plink trat einen Schritt auf Pachulke zu und legte ihre Hand auf seinen Schreibtisch. »Aus meiner Sicht gibt es dafür zwei Erklärungen. Zum einen ist es die Herausforderung. Sie wollen ihren Feind nicht nur erpressen, sie wollen ihn demütigen. Einen Zoodirektor kann man ziemlich einfach entführen. Im Supermarkt, auf dem Fußballplatz, auf einer Tagung. Ein gefangenes Tier nicht. Die Gefangenenbefreiung ist die Königsdisziplin für jeden Guerillero. Das andere ist der Panda selbst. Aus der Sicht von Veganern tragen Pandas ein utopisches Moment in sich.«

»Sie sind heilig?«

»Nein, ganz und gar nicht. Aber der Panda ist entwicklungsgeschichtlich gesehen ein Pflanzenfresser mit dem Gebiss eines Fleischfressers. Ich denke, er hat den Schritt schon vollzogen, der aus Sicht der Veganer für die Menschheit historisch konsequent erscheint. Für sie verkörpert der Panda die Vernunft in der Geschichte.«

»Aber auf dem Speiseplan für Bang Bang stehen auch Fleischgerichte. Krabben zum Beispiel.«

»Pandas sind ja auch keine Veganer. Sie fressen fast ausschließlich Bambus, aber eben nicht nur. Und in Gefangenschaft wird ihnen ein abwechslungsreicher Speiseplan geboten.«

»Dann ist die Wahl nicht zufällig auf Bang Bang gefallen?«

»Nein, ich bin mir sicher, er war der Wunschkandidat.«

»Aber wenn er den Fortschritt verkörpert, werden sie ihm nichts antun.«

»Das halte ich für unwahrscheinlich. Sie werden ihn eher freilassen.«

»Das ist fast noch schlimmer. Ich habe mir die Anklageschrift mal durchgesehen. Das ist ein ...«

»... richtig schwerer Junge, da haben Sie Recht. Wenn die Rote Bete Fraktion nicht solche Nervensägen wären, müsste man ein wenig Angst um sie haben. Die Fotos von den zwei chinesischen Polizisten sahen gar nicht gut aus.«

Engine Plink verabschiedete sich, und Pachulke setzte sich an seinen Schreibtisch. Er zog ein großes Glas Wasser und einen Teller mit zwei halben Salamibrötchen garniert mit einem Klecks Remoulade näher zu sich heran. Frisch aus der Polizeikantine. Er hatte da einen Draht zur kalten Küche.

Er schlug die Mappe mit der Gabelanalyse auf und las: *»Untersuchungsgegenstand: Gabel.«* Er nickte. Das wusste er schon. *»Länge: 192 Millimeter. Gewicht: 37,8 Gramm. Material: Polyaluleguran. Stielbildung: schmächtig-gedehnt (Typ »Zögerliches S«). Zinken: Drei. Zinkenzwischenräume: Zwei. Abnutzungsgrad: Hoch (Beißriffel). Herstellersiegel: Keines. Fingerabdrücke: Keine. Alter: ca. 25 Jahre. Letzte damit eingenommene Nahrung: Kaliningrader Klopse. Letzter Benutzungszeitpunkt: In den vergangenen fünf Tagen.«* Pachulke schob sich den Rest der ersten Brötchenhälfte in den Mund und trank einen Schluck Wasser.

Engine Plink hatte geschrieben: *»Bei dem untersuchten Gegenstand handelt es sich um eine völlig durchschnittliche Gabel. Polyaluleguran ist seit vielen Jahren das am häufigsten verwendete Material für Essbesteck. Interessant sind drei Aspekte: das hohe Alter, das fehlen-*

de Herstellersiegel und die Kaliningrader Klopse. Die Analyse im Rasterblasterspektralperforator ergab, dass die Klopse nach klassischem Rezept zubereitet wurden. Sie waren nicht ganz durch, leicht versalzen, und es wurde keine der bekannten Kapernsorten verwendet. Der Säuregrad der Bisschen, das sind die mikroskopisch kleinen Essenspartikel, die sich am Zinkenfuß ablagern, liegt um das Dreifache höher als bei allen handelsüblichen Kapern. Das hohe Alter lässt sich nur dadurch erklären, dass die Gabel jahrelang nicht benutzt wurde. Das fehlende Herstellersiegel legt nahe, dass es sich hier um eine gute Raubkopie oder um ein Stück handelt, das vom Hersteller direkt ab Werk verkauft wurde und wegen geringfügiger Fehler kein Firmensiegel erhielt.« Pachulke schmatzte nachdenklich, als wollte er die Informationen noch einmal nachkosten, und trank einen weiteren Schluck Wasser. Eine alte Gabel. Die Rote Bete Fraktion musste sie gestohlen haben. Aber wo? Nicht in einem Kaufhaus. Kaufhäuser verkaufen keine alten Gabeln. In einem stark frequentierten Gastronomiebetrieb? Er nahm den Kugelschreiber und malte ein paar Gabeln auf die Schreibtischauflage. Das, was eine Kuchengabel sein sollte, sah aus wie ein Spezialbagger ohne Fahrgestell, die Pommesgabel wie ein besonders tückischer Zahnarztbohrer. Die Rote Bete Fraktion hatte einen Fehler gemacht. Sie waren von ihrer üblichen Vorgehensweise abgewichen und hatten das Bekennerschreiben am Tatort zurückgelassen. Er holte die Gabel aus der Plastiktüte und hielt sie gegen das Licht. Der Schatten der Gabel auf seiner Schreibunterlage sah aus wie ein kleiner plumper Dreizack. Ein Däumling hätte damit Guppys im eigenen Aquarium jagen können. Der Dreizack. Dass ihm das nicht gleich eingefallen war. Er erhob sich aus seinem Sessel, lockerte mit den Schultern sein Hemd, das bereits wieder festklebte, und verließ das Präsidium. Die Gabel steckte in der Innentasche seines Jacketts.

Blitzblank und sauber sah die kleine Biometzgerei am Mittwochvormittag dem Strom der Kunden entgegen. Wurst lag bei Würstchen, Schwarte neben Lende. Speck und Geflügel, hausgemachte Maultaschen und die Fleischküchle, die oft fälschlich für Buletten gehalten wurden – alles war an seinem Platz. Die gründlich gescheuerten Kacheln rochen frisch und saftig. Metzgermeister Wolfgang Emmerle, aus Knöpflesreuth gebürtig, gab immer einen Schuss Rinderbrühe in das Putzwasser. Fleisch wird mit der Nase gekauft. Eine Kundin war heute Morgen schon da gewesen. Ein schönes Stück Rindfleisch und ein paar Knochen für eine Suppe hatte sie gekauft. Eine Stammkundin. Die beiden hatten noch ein wenig über schmackhafte Varianten bei der Gemüseeinlage geschwätzt, dann war sie weitergezogen, mehr einkaufen. Der erste Kunde entscheidet über den ganzen Tag. Dieses alte Sprichwort beherzigte Wolfgang Emmerle, denn er liebte seinen Beruf.

Obwohl überzeugter Fleischesser, hatte er schon immer eine hohe Meinung von Gemüse. Öfters dachte er an seine Schwester Gerlinde, die in der Nähe von Knöpflesreuth einen preisgekrönten Schrebergarten hegte und pflegte. Vor zwei Jahren hatte sie eine achtzig Zentimeter lange und sechs Kilo schwere Zucchini gezogen. Prachtvoll sah sie aus, die panierten Zucchinischeiben waren groß und dick wie Koteletts. Es war die größte Zucchini in Wolfgang Emmerles Leben gewesen. Bis heute. Denn die Zucchini, die jetzt auf der anderen Seite der Ladentheke stand, war etwa so groß wie er.

»Hände hoch!«, brüllte sie und fuchtelte mit einer Wasserpistole vor Emmerles Nase herum.

Die Karotte, die zusammen mit der Zucchini vor wenigen Sekunden den Laden betreten hatte, drehte das Schild *Geschlossen* nach außen und postierte sich vor der Tür.

»Keine falsche Bewegung«, zischte die Zucchini. »Sonst gibt's was aufs Maul.«

»Jawohl«, bekräftigte die Karotte. »Pf-pf-pflanzlich was aufs Maul.«

Emmerle stand bewegungslos, und wurde kreidebleich. Seine hocherhobenen Hände berührten zwei große Schinken, die hinter ihm von den Haken hingen: »Was habt ihr vor? Ihr werdet euch doch nicht an kleinen Würstchen vergreifen wollen!?«

Die Zucchini entgegnete: »An deinen Blutwürsten machen wir uns doch nicht die Finger schmutzig.« Sie griff in ihre Hosentasche, holte eine kleine Schachtel heraus und stellte sie auf die Theke. Vorsichtig hob sie den Deckel herunter. In der Schachtel saß eine Kakerlake. Sie war ungefähr so groß wie eine Spreewälder Gurke, hatte einen schwarzen, speckig glänzenden Panzer, zwei Fühler und ein Paar bösartige Augen, mit denen sie den Metzger unverhohlen anglotzte.

»Uuäärrgghh!«, entfuhr es Emmerle. Dann sah er die Zucchini an, und seine Augenlider flatterten. «Nein! Bitte nein! Das könnt ihr doch nicht machen. Das hier ist eigentlich ein vegetarischer Betrieb. Hier, in den Maultaschen, nur Spinat. Altes Familienrezept.«

Die Zucchini schnitt ihm das Wort ab. »Hör auf zu jammern, Rinderschänder. Die Stunde der Abrechnung ist gekommen. Eigentlich gehörst du in den Wolf. Aber wir sind Humanisten.«

»Hu-Hu-Humanisten«, echote die Karotte.

Die Zucchini blickte die Kakerlake auffordernd an. Dann schnalzte sie mit der Zunge und brüllte: »Hopp! Schabe! Fleisch!«

Die Kakerlake drehte den Kopf nach links und nach rechts. Dann stieg sie aus der Schachtel. Trotz ihrer Größe war sie unglaublich behende. Sie huschte erst auf dem Tresen entlang und tappte dann betont langsam über den Parmaschinken, der dort zur Verkostung auf einem kleinen Tellerchen lag. Für einen Moment hatte Emmerle das Gefühl, sie würde ihm dabei die Zunge herausstrecken. Als die Kakerlake das Ende der Theke erreicht hatte, spähte sie vorsichtig auf die roten Fleischstücke hinunter.

Die Zucchini wiederholte ihren Befehl. »Hopp! Schabe! Fleisch!«

Die Schabe sprang hinunter und landete weich und sicher auf einem großen Stück Rindsleber. Sie sah sich um und verzog das Gesicht, als sie roch, wie frisch hier alles war. Aber sie ließ sich nicht beirren. Sie huschte von der Leber zur Lende, von der Lende zu den Schnitzeln und verschwand für längere Zeit in jedem der prachtvollen Hühnchen, die weiß und nackig übereinander aufgeschichtet waren. Dann krabbelte sie hinüber zu den Würsten. Emmerle, der jetzt am ganzen Körper unkontrolliert zitterte, sah, wie die Schabe dem hausgemachten Wurstsalat, seinem ganzen Stolz, unerbittlich näher kam. »Nicht – den – Salat!«, zischte er, und machte eine kleine Bewegung, als wollte er sich auf die Schabe stürzen.

Sofort trat die Zucchini an den Tresen und hielt dem Metzger die Wasserpistole unter die Nase. »Wenn du unserem Genossen auch nur ein Beinchen krümmst, dann ist hier Feierabend.«

Emmerle blickte auf die Zucchini. Die Karotte trat feixend von einem Bein aufs andere. Dann fragte er ganz ruhig: »Kannst du Gemüseheini mir vielleicht mal sagen, warum ich vor einer Spritzpistole Angst haben soll?«

Die Zucchini zögerte keinen Moment. »Ja, das kann ich. Pass auf.« Sie hob die Pistole und schoss am Kopf des Metzgers vorbei auf den größeren der beiden Schinken.

Ein widerlicher Geruch machte sich breit, und als der zweite Schuss in die Schüssel mit dem Wurstsalat traf, fiel es Wolfgang Emmerle ein. Gülle. Er sah, wie die Kakerlake über die Maultaschen spazierte. Dann setzte er sich behutsam auf den blank gescheuerten Boden und wartete, bis der Alptraum vorüber war.

Immer, wenn Pachulke in den Wedding fuhr, hatte er das Gefühl, in ein anderes Land zu kommen. Er meinte nicht den großen, den weltstädtischen Wedding, wo in den hellerleuchteten Schaufenstern der Drogeriemärkte in der Müllerstraße Gesichtslotionen und Insektenvertilgungsmittel mit mondänen Namen dem Flaneur und der Flaneuse sinnlich ins Ohr flüsterten: »Kauf zehn und nimm ein elftes noch.« Auch nicht den Leopoldplatz, Sammelpunkt der Intellektuellen, die bei Pinscherspießchen mit scharfer Soße und Futschi unter dem Horst-Evers-Denkmal fachkundig über den tendenziellen Fall der Jogginghose debattierten. Pachulke meinte den Wedding, den die U-Bahn-Linie 8 unterquerte, jenes sagenumwobene Stück Land, das selbst unter Weddingern nur »da hinten« hieß.

Am U-Bahnhof Pankstraße stieg Pachulke aus. Auf der Erdoberfläche angekommen, überquerte er die Straße. An der Ecke stand ein dicker Mann von etwa fünfzig Jahren. Er trug eine Schirmmütze und ein T-Shirt, beide orange. Das T-Shirt war vorn und hinten mit dem Satz bedruckt: *Ich bin ein Info Short*. Als er Pachulke sah, schrie er aus Leibeskräften: »Badstraße 51 bis 48, Badstraße 51 bis 48!« Neben ihm saß ein jüngerer Mann in einem Rollstuhl. Er trug eine blaue Schirmmütze und ein blaues Hemd. Dessen Aufschrift lautete: *Ich bin ein Info Medium*. Auch er schrie, so laut er konnte: »Pankstraße 53 bis 62, bis zur nächsten Ecke sind es 113 Meter!« Pachulke folgte der Badstraße nach rechts bis zur nächsten Seitenstraße. Dort stand eine junge Frau mit einem gelben Mützchen und einem gelben Hemd, bedruckt mit dem Satz: *Ich bin ein Info Large*. Als sie losschrie, sah Pachulke, dass sie ein eitriges Geschwür im rechten Mundwinkel hatte: »Badstraße 48 bis 51. Bis zur nächsten Ecke sind es 63 Meter. Die Kirche St. Paul, Hausnummer 50-51 wurde in den Jahren 1832 bis 1835 nach Entwürfen von Karl Friedrich Schinkel erbaut!« Neben ihr stand ein Mann. Er hatte den rechten Arm in Gips und Kappe und Hemd leuchteten in grellem Rot: *Ich bin ein Info Grande*, lautete der Schriftzug. Er rief: »Buttmannstraße 21 bis 10. Bis zur nächsten Ecke sind es 98 Meter. In Nummer 12 gibt es einen Puff, der *Macao* heißt und sehr zu empfehlen ist. In Nummer 13 gibt es ein Fachgeschäft für alles, was zwei Zinken hat. In Nummer 14 gibt es eine Kneipe, die *Zirrhosenstolz* heißt und hält, was sie verspricht. In Nummer 16 gibt es eine Bäckerei, die nicht zu empfehlen ist. In Nummer 17 im Hinterhaus steht eine Zwei-Zimmer-Wohnung mit Ofenheizung leer. In Nummer 18 ist Herr Schneer aus dem Vorderhaus, dritte Etage im Suff gestern wieder in der Küche eingeschlafen, obwohl der Gasherd an war. Wenn das so weitergeht, dann fliegt das ganze Haus eines Tages in die Luft!« Pachulke ließ die Straßenecke und die Infos hinter sich und ging zur Nummer 13.

Der Laden, den er suchte, war klein und unscheinbar, bis auf die große Poseidonfigur, die über der Ladentür an der Hausmauer befestigt war und mit einem großen Dreizack drohend zum Wurf ausholte. Links die Kneipe, in deren gelblichem Fenster ein tapferer kleiner Gummibaum und eine in Formaldehyd eingelegte Leber um die Aufmerksamkeit der Passanten wetteiferten. Rechts vom Laden das Bordell. Die Chefin putzte gerade die Schaufensterscheibe, die innen mit Goldpapier beklebt war. *Heiße Girls zu kuhlen Preisen* versprach ein handgeschriebenes Schild an der Eingangstür.

»Hallo, mein Schatz«, sagte die Chefin zu Pachulke. »Hast du nicht ein bisschen Zeit? Wir haben rund um die Uhr geöffnet.«

Pachulke streckte den Kopf vor und trat von einem Bein aufs andere, als er einen Blick auf die offene Tür warf. Den Blick ins Lokal verbarg eine dicke schwarze Filzdecke. Er schüttelte den Kopf. »Danke«, murmelte er. »Bin im Dienst.«

Die Hure zwinkerte ihm zu und zog den Wischer gleichmäßig über die Scheibe. Pachulke öffnete die Ladentür. Der Poseidon zielte auf seinen Hinterkopf.

Drinnen war es kühl und dunkel. Es roch nach alten Kartoffeln. Kein Laut war zu hören. Pachulke sah sich um. Obwohl er schon öfter hier gewesen war, staunte er jedesmal wieder, wie viele Gabeln es gab. Um ihn herum in den Regalen lagen in großen und kleinen Kartons Kuchengabeln, Vorleggabeln, faltbare Picknickgabeln, Gabeln aus Flugzeugen und von Kreuzfahrtschiffen, Schneckengabeln, Hummergabeln, Salatgabeln und natürlich die gemeine Speisegabel in jedweder Gestalt. Aus Silber, Cromargan, Blech, Aluminium, Plastik, aus Polyaluleguran, aus Holz, Horn, Glas und Pappe. Es mussten Zehntausende sein. An der Wand gegenüber der Eingangstür stand eine kleine Vitrine, die von innen beleuchtet war. Darin lag etwas, das aussah wie ein Kinderrechen mit einem Griff aus Elfenbein. Der Gabelstapler hatte Pachulke bei einem ihrer Gespräche erklärt, es handle sich bei diesem Stück um die Gartenharke der leider so jung verstorbenen Flora Agrippina, jener legendären Mäzenin, der die Stadt unter anderem den Botanischen Garten verdankte. Der Rechen sei eine Sonderanfertigung mit fünf Zinken gewesen. Für jede Jahreszeit eine, denn die Baronin war Rheinländerin gewesen und habe, obwohl sie sich ins Brandenburgische verehelicht hatte, den Karneval auf ihrem Gutshof in Groß-Leuthen zünftig gefeiert. Ein Meisterwerk der Gabelkunst, jede Zinke aus einem anderen Metall. Pachulke wusste nicht, ob er das glauben sollte, denn die Vitrine hatte offensichtlich kein Schloss. Auch hatte er in dem Laden keine sonstige Alarmvorrichtung finden können. Außerdem behauptete der Gabelstapler, dass der Dreizack des Poseidon draußen vor der Tür etwa 7000 Jahre alt und aus einer chemisch nicht analysierbaren Legierung sei.

Oben an der Decke des fast vier Meter hohen Raumes hingen zwei große Heugabeln und ein alter verkohlter Bratspieß mit zwei Zinken. Immer noch Stille. Pachulke wartete. Dies war eine jener riesigen, verzweigten, tief ins Hausinnere hineinreichenden Parterrewohnungen. Darin verborgen war der Mann, der ihm weiterhelfen sollte. Der Gabelstapler wusste längst, dass er einen Kunden hatte, aber er ließ sich Zeit. Pachulke hatte sich immer wieder gefragt, wie der Laden überleben konnte. Wäre es nicht sinnvoller gewesen, auch noch Löffel und Messer zu verkaufen? Messer und Löffel sind langweilig, hatte er als Antwort erhalten. Man muss sich das suchen, was einem wichtig ist. Löffel und Messer sind unwichtig. Einförmig und dumm im Gegensatz zu Gabeln. Als Spezialist findet man immer seine Kunden.

Mit einem Mal hörte Pachulke ein leises Klirren, ein Kratzen von Metall an Metall, das langsam lauter wurde, und im gleichen Augenblick trat der Gabelstapler hinter einem Vorhang hervor. Er machte die Andeutung einer Verbeugung, und sein Mantel, auf dem Hunderte von Gabeln befestigt waren, klirrte leise dabei. »Ah, der Herr Kommissar. Habe die Ehre.« Der Gabelstapler ging leicht gebückt, aber seine Stimme klang wie stets jung und wach. War er alt, oder drückte ihn der Mantel? Er musste schwer wie eine Rüstung sein.

»Schön, Sie wieder zu sehen«, sagte Pachulke. Er holte die Gabel aus seinem Jackett und reichte sie dem Mann. Der trat an einen kleinen Schreibtisch, kniff sich eine Klemmlupe vor das rechte Auge und knipste eine Operationslampe an, die in einer Teleskophalterung an der Wand hing. Er betrachtete die Gabel lange und aufmerksam. Dann drehte er die Lampe beiseite, ließ die Lupe in die offene Hand fallen und gab die Gabel an Pachulke zurück. »Ein interessantes Stück«, sagte er und blinzelte dazu. »Ich gebe Ihnen einen Groschen dafür.«

Pachulke schüttelte den Kopf. »Ich will nicht verkaufen. Die Gabel ist ein Beweisstück. Dieses Modell ist vermutlich seltener als es aussieht. Ich muss wissen, wo die Gabel herstammt und wo sie zuletzt verwendet wurde.«

Der Gabelstapler nickte langsam: »Ein Beweisstück. Ich verstehe. Geben Sie her. Ich will sehen, was sich machen lässt.« Er nahm Pachulke die Gabel aus der Hand und befestigte sie an seinem Mantel. Er schüttelte sich einmal, und Pachulke hätte nicht mehr sagen können, welche Gabel die seinige gewesen war. Das einzige Beweisstück. Er holte tief Luft.

Der Gabelstapler sagte: »Ich melde mich morgen. Reicht Ihnen das?«

Pachulke nickte und bedankte sich. Als er den Laden verließ, zielte der Poseidon wieder genau auf seinen Hinterkopf.

»Eigentlich ist es mir lieber, wenn ich gehe.«

»Aber wieso, er hat doch gesagt, das Tier ist völlig harmlos.«

»Ich weiß nicht. Hast du die Krallen gesehen heute Nacht? Und die Zähne? Das ist ein Killer, sag' ich dir.«

»Nun halt doch mal die Luft an. Wir haben gelost und nu isses gut. Ich gehe jetzt, in zwölf Stunden bist du dran. Wo ist das Problem?«

»Also gut, aber trödel nicht wieder so rum. Gestern kamst du auch schon zu spät. Dauernd lässt du mich warten.«

»Nun übertreib mal nicht. Ja, natürlich beeile ich mich. Das Tier hat Hunger, und du hast ein ungutes Gefühl. Hier sind übrigens ein Stadtplan und ein Telefonbuch. Du kannst die chinesischen Restaurants in der Nähe raussuchen, so lange ich weg bin. Schreib eine Liste. Wir brauchen mindestens zehn davon. Und mach dir keine Sorgen.«

Mit einem Einkaufszettel in der Tasche seines Hemdes betrat kurze Zeit später ein großer hagerer Mann das Chinarestaurant *Hongkong*

Cuisine, ging an den Tresen und sagte mit leiser, heiserer Stimme zu dem perfekt frisierten Kellner mit seinem dunkelgrünen Anzug: »Guten Tag, ich wollte etwas zum Mitnehmen bestellen.« Der Kellner griff zum Schreibblock.

»Viermal die Acht Kostbarkeiten, drei vegetarische Frühlingsrollen« Der hagere Mann sah auf seinen Einkaufszettel, auf dem geschrieben stand:

4 + 3 = 7 Acht Kostbarkeiten
3 + 3 = 6 Frühlingsrollen
2 + 3 = 5 Bambus Glasnudel Pilze
2 + 2 = 4 Lychees
1 + 2 = 3 Bambussprossensalat
1 + 1 = 2 Wan Tan Suppe
1 + 0 = 1 Glückskeks

Als er seine Bestellung aufgegeben hatte, verschwand der Kellner in der Küche. Kurze Zeit später zog der Mann mit zwei Plastiktüten einige Straßen weiter zum Restaurant *Gelber Fluss*. Bald war er mit vier Tüten auf dem Rückweg. Wir brauchen eine Sporttasche oder so etwas, dachte er, während die Plastiktüten mit den Alubehältern in seine Finger schnitten. Die hält besser warm. Und keiner sieht, was ich trage.

Es war alles zu einfach gewesen. Zabriskie hätte sich gleich denken können, dass etwas nicht stimmte. Als heute Morgen der Packarbeiter Bernd Leistner, der die Frau im Großmarkt gesehen hatte, beim Phantombildner der Kripo aufgelaufen war, damit sie gemeinsam ein Fahndungsbild entwickeln konnten, sah alles nach einem vollen Erfolg aus. Wenn sich Zeugen sonst erinnern mussten, endete das meistens in einem Desaster. Irgendwann glich fast jedes Phantombild einer Mischung aus Zabriskie und dem Bildassistenten, der geduldig Nasen, Ohren und Münder am Bildschirm zusammenstellte. Heute war das anders gewesen. Leistner war sich seiner Sache sehr sicher und gab nur kurze Anweisungen: »Die Augen größer. Mit langen Wimpern. Mehr Lippen, bisschen schmolliger, sieht doch sonst gleich so zickig aus. Die Haare lang. Und blond.« In kurzer Zeit war so ein Illustrierten-Prachtweib am Bildschirm entstanden. Erst als Leistner den Assistenten gefragt hatte, welche Busen und Hintern er so auf Lager hatte, war Zabriskie misstrauisch geworden.

»So sah die Frau aus, die gestern bei Ihnen in der Halle war?«, fragte sie den Packer.

»Nö«, sagte der. »Aber so eine wollte ick immer schon mal kennen lernen.« Er nickte nachdrücklich und fügte hinzu: »Genau die wär's. Genau mein Fall. Aber sicher kann ich erst sein, wenn ich die Oberweite vor Augen habe.« Er warf dem Bildassistenten einen bittenden Blick zu, den dieser an Zabriskie weitergab.

Nachdem Zabriskie einen mittelschweren Wutanfall gut hinter sich gebracht hatte, währenddessen der Zeuge Leistner und sein Freund Ole schweigend zu Boden blickten, begann die Arbeit von vorne. Ja, Ole Ton, der Mann, der gestern Krautsalat gegessen hatte, war auch da. Er hatte gleich gefragt, was er hier sollte, und Zabriskie hatte leichthin erwidert: »Ja, das frage ich mich auch. Da muss der ansonsten zuverlässigen Sekretärin, die bei Ihrem Boss angerufen hat, wohl ein Flüchtigkeitsfehler unterlaufen sein. Aber jetzt, wo Sie da sind, können Sie Ihrem Kollegen ja vielleicht moralische Unterstützung leisten. So ein Phantombild ist nicht einfach.«

Jetzt also, während Zabriskie mit der flachen Hand mehrmals so fest auf den Schreibtisch schlug, dass Mouse und Mousepad jedesmal in die Höhe hüpften, gab Ole seinem Freund Bernd moralische Unterstützung. »Ey, du Armleuchter! Das ist doch völlig klar, dass die Kommissarin nix von deiner Traumfrau wissen will. Es geht um die Terroristin. Mannomann, du bist vielleicht ein Blinder.« Diese deutlichen Worte und die intensiven Blicke, die Ole dabei regelmäßig zu Zabriskie schickte, waren ein gutes Beruhigungsmittel für sie, auch wenn ihre Nasenflügel noch ein wenig nachbebten.

Nach einer weiteren Stunde hatten sie es geschafft. Eine junge Frau, kurze schwarze Haare, kleine Ohren, kleiner Mund, ziemlich lange Nase, gezupfte Brauen. Wie sieht man im Licht einer Lagerhalle die Größe der Ohren auf zwanzig Meter Entfernung, fragte sich Zabriskie im Stillen. Ole erklärte ihr unaufgefordert, die Ohren seien bei vielen Naturvölkern der Sitz der Sinnlichkeit, weshalb er persönlich bei Frauen immer besonders darauf achte. Zabriskie merkte, wie sie rote Ohren bekam.

Bernd pflichtete Ole bei und behauptete im Brustton des Experten, dass die Frau lesbisch sei. »Da hab ich'n Blick für. Det sieht man übrigens auch an die Ohren.«

Immerhin. Die junge Frau hatte keine Ähnlichkeit mit Zabriskie oder dem Phantombildner, was auf ein gewisses Maß an Glaubwürdigkeit schließen ließ. Außerdem hatte sich der Zeuge Leistner bei dieser zweiten Runde richtig Mühe gegeben. Sein Frauenbild stammte zwar aus dem Pleistozän, aber er konnte gut beobachten und sein unerschöpflicher Wortschatz zur Beschreibung des weiblichen Körpers war ein großes Plus bei dieser Arbeit. Die anschließende Durchsicht der Veganerkartei fiel negativ aus. Zabriskie bedankte sich bei Leistner und gab ihm ein »Auf Wiedersehen!« auf den Weg, das keinen Widerspruch duldete. Zu Ole Ton sagte sie kurz und so offiziös wie möglich: »Es tut mir Leid, dass ich Ihre kostbare Zeit noch weiter beanspruchen muss, aber da Sie Vegetarier sind, muss ich Ihnen noch ein paar Fragen stellen. Gehen Sie mit mir Mittag essen?«

Er zögerte.

»Es gibt ein vegetarisches Stammgericht, keine Sorge.«

»Also gut, überredet.« Er folgte ihr zum Aufzug und hinauf zur Kantine im Dachgeschoss des Präsidiums. Als sie umringt von vielen hungrigen Kriminalbeamten angenehm eng aneinander am langen Edelstahltresen mit den Warmhaltelampen vorbeigeschoben wurden, tippte Zabriskie jemand auf die Schulter. Dorfner. Ein sehr zufriedener Dorfner, der ihre männliche Begleitung schnell, aber gründlich musterte und dann zu Zabriskie sagte: »Überfall auf eine Metzgerei in Kreuzberg. Rote Bete Fraktion. Aus dem Mittagessen wird wohl nichts.«

»Ich vernehme hier einen wichtigen Zeugen, Assistent Dorfner.«

»Schon klar, kein Problem. Dann gehe ich eben alleine hin«, sagte Dorfner, schob seine Finger ineinander und ließ sie einmal laut und vernehmlich knacken. Zabriskie warf Ole einen verzweifelten Blick zu. Sie hasste Dorfner, schon immer, aber jetzt besonders. Diese aufdringliche Figur mit dem käsigen Gesicht. Immer stank er leicht nach Achselschweiß, und alles verkörperte er, was Zabriskie niemals würde ertragen können. Eines Tages würde sie ihn bitten, er möge ihr doch einmal die Vorzüge seiner Vernehmungskonzeption im Keller, in seinem Stinkerstübchen, wie sie es nannte, erläutern. Und dann würde sie ihm zeigen, was sie alles über Foltertechniken wusste.

Ole Ton nickte Dorfner zu, dann sagte er zu Zabriskie: »Ich verstehe vollkommen, dass dieser Überfall Vorrang hat. Aber wenn Sie mich unbedingt brauchen, könnte ich auch heute Abend zu Ihnen kommen.«

Zabriskie musste sich an ihrem Tablett festhalten. »Ach ja, wirklich?«, fragte sie leise. Hatte sie Watte im Hirn?

»Selbstverständlich mache ich alles, um der Polizei bei der Suche nach den Terroristen behilflich zu sein. Was ich über Vegetarier weiß, erzähle ich Ihnen gerne.« Beide trippelten während dieses Gesprächs langsam in der Schlange weiter. Dorfner trottete neben ihnen her.

»Dann sagen wir doch heute Abend um zwanzig Uhr. Geht das?«

»Acht Uhr ist in Ordnung. In Ihrem Büro?«

»Äh, nein ... das geht nicht ... Das ist gerade ganz schlecht. Wir hatten vorgestern eine Notübung auf unserer Etage. Angriff mit Buttersäure. Leider mit echter Buttersäure, um die Lebensnähe zu garantieren«, sagte sie, während sie Dorfner über Oles Schulter ihren Halt-die-Schnauze-sonst-stopf-ich-sie-dir-Blick zuwarf. Dorfner machte auf dem Absatz kehrt und ging Richtung Ausgang.

»Wenn Ihnen das keine Umstände macht.«

»Nein!«, schrie Zabriskie fast. »Überhaupt nicht.«

Sie kritzelte ihre Adresse auf einen Zettel. »Hier, nehmen Sie. Hinterhaus, zweite Etage links. Ich muss jetzt los, der Überfall.«

»Bis heute Abend.«

Zabriskie tauchte unter der Brüstung hindurch und rannte Dorfner hinterher.

Im Auto rief sie Pachulkes Handy an, aber der meldete sich nicht. Sie sprach ihm eine kurze Nachricht auf die Mailbox und betrachtete ihren Kollegen aus den Augenwinkeln. Dorfner, du schielender Cupido. Du ahnungsloser Mülleimer. Ja, ich werde dich foltern eines Tages, aber ich werde dich auch wieder losbinden. Das hast du dir heute verdient. Dorfner fuhr wie jeder andere kurzsichtige Größenwahnsinnige auch, und bald darauf stand Zabriskie mit einem Puls von 160 vor der überfallenen Metzgerei.

Der Inhaber hatte einen Nervenzusammenbruch. »Hopp! Schabe! Fleisch!«, schrie er immer wieder mit heiserer Stimme. Gleich darauf sank er schluchzend in sich zusammen. »So groß war sie!«, schrie er Dorfner ins Gesicht und zeigte etwas, das so groß war wie ein fetter Hamster. »So groß!« Abgesehen davon, dass es in der Metzgerei bestialisch nach Gülle roch, lagen keinerlei Verwüstungen vor. Die Hühnchen sahen verheißungsvoll aus. Als der Arzt am Unfallort eintraf, untersuchte er Wolfgang Emmerle und gab ihm ein Beruhigungsmittel. Bald darauf weinte dieser nicht mehr, starrte nur noch mit leeren Augen auf den Boden des Krankenwagens und nickte unablässig.

Schließlich sagte er den beiden Sanitätern im leisen Singsang ein Rezept für Maultaschen auf. »Den Teig muss man dünn ausrollen und rechteckig ausschneiden. Dazu nimmt man am besten ein Schnitträdchen.« Dabei tätschelte er die Hand eines Sanitäters. Dorfner war enttäuscht, weil es niemanden gab, den er vernehmen konnte. Dann sah er, dass einer der Sanitäter in einem günstigen Moment eines der großen Hähnchen unter seiner roten Kutte verschwinden lassen wollte. So konnte Dorfner ihm wenigstens den Arm auskugeln und mit dem Knie in die Nieren treten, bevor er ihm eine kleine Standpauke zum Thema Diebstahl von Beweismitteln hielt. »Aber wir wollen ja nicht nachtragend sein«, sagte er zu dem Sanitäter, der noch keuchend auf dem Rücken lag, als ihm sein Kollege den Arm wieder eingerenkt hatte.

Nach einer halben Stunde war der Metzger ansprechbar. Der Arzt fragte probehalber »Fleisch?«, und als Wolfgang Emmerle »Jawohl« sagte und in sich hineinkicherte, traten Dorfner und Zabriskie hinzu. Das Beruhigungsmittel hatte seine volle Wirkung entfaltet. Stockend, aber gefasst, erzählte Wolfgang Emmerle vom grauenhaftesten Vormittag seines Lebens. Auch die Schabe beschrieb er mit bewundernswerter Akkuratesse. Sie hatte ein klein wenig gehinkt, dessen war er sich sicher.

Zabriskie sagte sanft: »Wir müssen Ihre Auslage von der Lebensmittelpolizei vernichten lassen, das wissen Sie?«

Emmerle nickte: »Ich habe eine Gülle- und Schabenversicherung.«

Nach dem Verhör fuhren Dorfner und Zabriskie ins Büro zurück. Diesmal lenkte Zabriskie. Sie fragte sich, ob die Schabe auch befreit worden war. Offenbar handelte es sich um ein seltenes Tier. Konnte man eine Schabe dieser Größe steckbrieflich suchen lassen, oder riskierte man dadurch eine Massenpanik? In diesem Fall gab es einfach zu viele Tiere. Das Einzige, was fehlte, war ein Pandabär. Sie sah, dass Dorfner sich das Kreuzworträtsel aus der letzten Ausgabe von *Legal Torture* vorgenommen hatte. Sie sprach fließend Englisch, und seit Dorfner das wusste, bettelte er immer um Hilfe, wenn er nicht weiterkam. Während er überlegte, sabberte er auf einem abgekauten Bleistiftstummel herum. »Zabriskie, kannst du mir mal helfen? Vier Buchstaben: No –, no gain. Erster Buchstabe P«, fragte er und sah sie an.

»Schmerz komm raus, du bist umstellt«, murmelte Zabriskie. »Keine Ahnung, Dorfner, ich komm nicht drauf.« Wo verdammt noch mal steckte Pachulke? Bestimmt war er wieder beschatten.

Die Bank stand am westlichen Ufer des Lietzensees, an jenem Abschnitt, der nördlich der Kantstraße lag. Von dort ging es einen kleinen mit Gras bewachsenen Abhang hinunter zum Ufer. Rechts stand eine junge Birke, in deren Schatten eine Frau lag. Sie las ein Buch. Auch Pachulke las, aber die Zeitung. Er hatte sie weit aufgeschlagen, und allem Anschein nach hatte er keinen Blick für den See, dessen Wasser sich unter einem leichten Windstoß kräuselte. In der rechten Hand, deren Daumen gerade die Überschrift einer CD-Rezension auf den Seiten des Feuilletons halb verdeckte, hielt Pachulke einen kleinen Taschenspiegel. Mit ihm konnte er das fünfstöckige Mietshaus aus dunkelrotem Backstein in seinem Rücken genau im Auge behalten. Die Fensterrahmung war weiß abgesetzt, auf den Balkonen blühte es bunt. Niemand hatte das Haus in der letzten halben Stunde durch die Vordertür betreten oder verlassen, aber er war auch sehr zeitig da gewesen. Er nahm seine Lektüre wieder auf, da hörte er das leise Quieken des Scharniers, und eine wohlbekannte gedrungene Gestalt verließ das Haus, umspielt von zwei jungen Hunden, die aufgeregt an ihr hochsprangen. Allegro und Adagio machten ihren Verdauungsspaziergang. Pünktlich wie immer. Ihr Herr und Meister nahm sie an die Leine, die sich vorne in zwei Enden teilte. Mit dem Gespann marschierte die kurzbeinige Gestalt zielstrebig in Richtung des kleinen Kinderspielplatzes Ecke Witzlebenstraße. Eine knappe Stunde würden sie jetzt unterwegs sein. Pachulke steckte den Taschenspiegel in sein Jackett und faltete die Zeitung sorgfältig zusammen, ehe er sie in den Mülleimer warf. Dann ging er zu dem Backsteinhaus hinüber. Er las die Namen auf den Klingelschildern: *Segitz, Winter, Cuauhtemoc, Wanski, Bellig.* Schließlich läutete er bei *Donner.*

»Ja bitte?«, quäkte es aus der Sprechanlage.

»Post, danke!«, rief Pachulke, und der Summer gab den Weg frei. Aus einer kleinen Plastiktüte holte Pachulke einen Stapel mit Werbebriefen einer großen Drogerie. Sie stammten aus seinem eigenen Haus. Der Verteiler dort war faul und legte sie immer nur auf den

Treppenabsatz. So wie hier gab es auch bei Pachulke keine Briefkästen, die Post wurde durch einen Schlitz in der Wohnungstür gesteckt. Für manchen zu viel Laufarbeit. Als Pachulke in den ersten Stock kam, hörte er aus der Ferne schon ihre Stimme. Das Treppenhaus war mit einem dicken Läufer ausgelegt, und ihre Wohnung hatte eine Doppeltür, aber ihr Gesang überwand diese Hindernisse mühelos und lockte Pachulke unwiderstehlich nach oben. Etwas außer Atem stand er vor der Tür in der dritten Etage. Daneben war in der Wand ein Messingschild eingelassen. Er las *Madrigal Cuauhtemoc.* Sie sang Tonleitern: erst langsam, dann wurde sie schneller. Erst Dur, dann die dazugehörige Mollparallele. Auf dem höchsten Ton – war das ein Fis? – hielt sie einen Moment inne, dann glitt sie wieder nach unten. Pachulke lauschte ins Treppenhaus hinein. Alles war ruhig. Er trat an die Wohnungstür und legte sein rechtes Ohr auf das Holz. Es schien ihm, als könne er sie atmen hören, aber das war nur die Luft, die aus seinen Lungen strömte und die ihm jetzt lästig war. Sie sang kleinere Phrasen, Drei- und Vierklänge. Sie hatte keinen Korrepetitor. Sie war allein. Allein mit ihm. Nur diese Tür trennte sie voneinander. Was sie wohl anhatte? Gestern war sie in einem cremeweißen Kleid, einem Baiserkleid, wie er es nannte, aus dem Bühnenausgang gekommen, spätabends. Ihr Gesicht mit den hohen Wangenknochen war müde gewesen. Der Mann, der die Hunde ausführte, war ihr Koch, Faktotum und Chauffeur. Ihre silbergraue Limousine war kurz darauf herangeglitten und mit ihr entschwebt. Pachulke hätte sie gerne aufgemuntert. Innerlich frohlockte er, dass sie kein anderer Mann abgeholt hatte. Noch nie war da ein anderer Mann gewesen, wenn er in der Nähe des Bühnenausgangs auf sie gewartet hatte, damit er einen letzten Blick auf sie werfen konnte. Vielleicht trug sie jetzt einen Trainingsanzug, Sängerinnen legten bei der Probearbeit Wert auf bequeme Kleidung. Auf der Bühne waren die Kostüme manchmal schwer wie ein Panzer. Er hörte, wie sie einige Akkorde auf dem Flügel griff, einige Silben drangen an sein Ohr. Die Arie der *Lucia di Lammermoor*. Eingeschlossen in die Stille.

»Darf ich fragen, was Sie hier machen?«, dröhnte ein Bariton in Pachulkes linkes Ohr. Er schlug mit dem Kopf gegen die Tür. Der Gesang brach augenblicklich ab. Hinter Pachulke stand ein kräftiger Mann mit einer grobporigen großen Nase. Er war Anfang fünfzig und trug ein hellbraunes Cordhütchen. Pachulke beschlich das Gefühl, hier könnte es sich um einen ehemaligen Ringer handeln. Er überlegte, ob er einfach seinen Dienstausweis zeigen sollte. Er entschied sich dagegen, reichte dem Mann die Hand zum Gruß, der unerwidert blieb, und sagte mit heiterer Stimme: »Oh, ich ... ich war früher einmal Schreiner, wissen Sie, bevor ich ...« Er wedelte mit den Drogerieprospekten, als wären sie eine Aufenthaltsgenehmigung. »Nur manchmal packt mich die Sehnsucht, und dann möchte ich hören, wie das Holz arbeitet. Deswegen habe ich mein Ohr an die Tür gelegt. Das ... das war nicht richtig.«

»Ist schon in Ordnung«, sagte der Ringer und nickte kurz. »Ich war früher mal Automechaniker. Manchmal lege ich den Kopf auf die Kühlerhauben von Autos, die an der roten Ampel stehen. Dann kann ich hören, ob ihnen etwas fehlt.« Er zuckte die Achseln und bog ab in Richtung vierte Etage. Als er schon einige Stufen erklommen hatte, rief er Pachulke zu: »Lassen Sie sich nicht von ihrem Zwerg erwischen. Der holt sofort die Polizei.«

Pachulke nickte, klemmte sich seine Prospekte unter den Arm und stieg demonstrativ nach unten. Als er auf halber Treppe war, öffnete sich die Tür, an deren Holz sein Ohr eben noch geruht hatte. Eine zierliche Frau mit langen Haaren, die zu einem bläulich glänzenden Zopf zusammengebunden waren, trat an den Treppenabsatz und spähte zu ihm hinunter. Sie trug tatsächlich einen Trainingsanzug. »Wollen Sie zu mir?«, fragte sie und dehnte das »o« dabei fast unmerklich. Pachulke zuckte zusammen. Der erste Satz, den sie nur für ihn gesprochen hatte. Aber er hob seine Prospekte hoch, blickte zurück und rief: »Arbeit, Arbeit, Arbeit!« In der zweiten Etage stopfte er die Prospekte in den ersten Briefschlitz, den er fand, dann ging er hinunter auf die Straße. Er wusste nicht, ob sie ihm nachsah. Er hatte nicht gehört, dass ihre Tür wieder ins Schloss gefallen war.

Xenia Yolantha Zabriskie stand vor der Gemüseauslage des türkischen Supermarkts in ihrer Straße. Ihr Blick wanderte über Möhren, Radieschen, Salatköpfe und Zucchini. Alles potentielle Terroristen, dachte sie und biss sich auf die Lippen, damit sie nicht loslachte. Am liebsten hätte sie Steaks mit Salat gemacht, das konnte sie mit verbundenen Augen. Aber in diesem Fall musste die Liebe einen anderen Weg durch den Magen finden. Sie deutete nach vorne, und der Verkäufer auf der anderen Seite der Auslage legte einen Kürbis auf die Waage, der so groß wie Zabriskies Kopf war. Sie nickte, und er schrieb den Preis mit Filzstift auf die Schale. Und dazu? Stangensellerie sollte ja aphrodisierende Wirkung haben, wenn man ihn nicht gerade so verabscheute wie sie. Vielleicht eine Stangenselleriesuppe, schön sauer? Sauer macht lustig. Aber machte es auch lüstern? Sie schob den Wagen an Konserven mit Okraschoten, eingedostem Hummus und Honiggläsern mit den charakteristischen Wabenstückchen vorbei. Der Hummus hier war gar nicht schlecht. Sie musste ihn nur mit Tahina abrunden. Schwupp, lagen eine Dose Hummus und ein Plastikglas mit Tahina im Korb. Das Tahinaglas war wie immer leicht fettig. Sesam öffne dich. Dafür brauchte sie eine Plastiktüte an der Kasse. Für frischen Hummus war heute Abend keine Zeit. Außerdem wollte sie Ole nur verführen, nicht heiraten. Dafür bloß keinen Stress. Eine Tüte mit Pinienkernen wanderte in den Einkaufskorb. Vor ihrem geistigen Auge erschien die Vision von glaciertem Kürbis mit Pinienkernen und Reis. Den hatte sie noch zu Hause. Und zum Nachtisch Baklava? Zu süß sollte es nicht sein. Lieber Eis. Ole hatte gestern an der Imbissbude Kaffeesahne genommen, er aß also Milchprodukte. Vanilleeis hatte sie noch zu Hause. Perfekt.

Verhöre mit kooperationsbereiten Zeugen sollten in entspannter Atmosphäre stattfinden, hatten sie ihr an der Polizeiakademie eingebläut. Daran sollte es heute Abend nicht scheitern. Ein wenig Wein fehlte noch. Es war natürlich unzulässig, wenn man einem Zeugen Alkohol verabreichte. Strafverteidiger köpften in diesen Fällen gerne mal ein Fläschchen Sekt. Ein absoluter Revisionsgrund. Aber eigentlich war es ja nur ein informelles Gespräch, eine Fühlungnahme. Ihre erste Assoziation zu Kürbis war »weiß« gewesen, aber sie würde sich von ihrem Weinhändler gerne eines Besseren belehren lassen. Er gab sich immer die größte Mühe, wenn er ihr verschiedene Sorten vorstellte und über Rebsorten, Böden und Jahrgänge mit der Innigkeit eines Lateinlehrers referierte, der seine unregelmäßigen Verben liebt. Als wollte er einem Straßenkind das Lesen und Schreiben beibringen. Was nicht völlig falsch war, denn vor nicht allzu langer Zeit kannte Zabriskie zwar den Unterschied zwischen Hefe- und Kristallweizen, aber Wein war etwas, mit dem man das Sauerkraut verfeinern konnte, wenn man zur Extravaganz neigte. Einen Dessertwein vielleicht auch?, würde der Weinhändler fragen. Und sie würde sagen: Nein, das Dessert kommt zu Besuch.

Der Abend war warm. Fröhliche Menschen in fröhlicher Kleidung flanierten auf und ab und führten fröhliche Gespräche. Bei mir auch, immer um halb drei, sagten sie. Oder: Du toll, du. Wir hatten den ganzen Strand für uns. Feierabend, Dolcevita, Happy Hour.

Doch wer hat noch einen wichtigen Termin? Wer ist im Interesse dieser vielen Menschen abends noch im Dienst? Wer saust mit seinem Chauffeur durch die zum Nachtleben erwachende Stadt? Schon brauste die schwarze Limousine mit der Bärenfellmütze auf der Kühlerhaube durch die Wilhelmstraße, bog links ab und bremste sanft vor dem Eingangsportal.

Der Regierende Bürgermeister Und Geliebte Bausenator stieg aus. Er trug eine kleine Aktenmappe unter dem Arm. Die Sicherheitsbeamten grüßte er lässig und trat, den Gropiusbau im Rücken, durch das riesige Portal. Der Ausschuss für Alles traf sich auch an diesem Abend zu seiner turnusmäßigen Sitzung.

Was war das für ein Gremium? Was machten sie da, fünfmal in der Woche, die einhundertzehn Repräsentanten des Gemeinwesens, allesamt hervorragende Persönlichkeiten aus dem öffentlichen Leben der Stadt?

Als bei jener historischen Wahl vor vielen Jahren alle der neunundvierzig angetretenen Parteien an der Fünf-Prozent-Hürde scheiterten, legte man die Geschicke der Stadt in die Hände eines Honoratiorengremiums. Fortan konnten die wesentlichen gesellschaftlichen Gruppen je einen Vertreter in ein Gremium entsenden, das die notwendigen Entscheidungen für die Zukunft, die immer bessere Zukunft für alle traf. Der Regierende Bürgermeister Und Geliebte Bausenator ging zusammen mit Staatssekretär Prunk geradewegs in den großen Saal, in dem schon zahlreiche Herren und Damen standen. Um sie herum schwirrten Kellner in roten Livreen, die die vollbepackten Tabletts sicher und elegant balancierten.

Das darf doch nicht wahr sein, der Schuh drückt. Hab ihn extra weiten lassen, jetzt drückt er. Lächeln, lächeln, ja doch, bin schon da. Einen Prosecco vielleicht oder ein Gläschen Schampus mit Orangensaft? Was, einen Sherry? Bedaure, Sherry hat die Kollegin auf dem Tablett. Ja, die da drüben. Wie meinen? Die Blonde mit den hübschen Melonen? Oh, ein Frauenkenner. Lächeln, lächeln. Kollegin kommt gleich. Und der Chef von dit Janze kommt grade zur Tür rein. Dieses Schülergesicht. Unser Boss. Und weil Papa ihn rumkutschiert, darf ich hier die Gläser schleppen. Im Herzen der Macht. Jedenfalls besser als in Reinickendorf in der Hausotterstraße. »48 Meter bis zur nächsten Ecke!« Hängt einem so lange zum Hals raus, bis er kaputt ist. Sieht aus wie ein Konfirmand, unser Herr und Meister, der Anzug passt nicht richtig. Und dazu ein roter Schal, oh weh. *Der Sekretär läuft hinterhär*. Ist das nicht ein Vogel? Ein komischer Kauz. Nickt immer so komisch mit dem Kopf. Tanja, kannst du mal rüber gehen zum Vorsitzenden, der will einen Sherry, sagt er. Aber wahrscheinlich will er doch nur grabschen. Oder glotzen.

Jetzt gibt er Bussi. Wer ist das denn? Richtig, die Tante von den Fitnessstudios. Bussi von Bäckchen heißt sie. Oh, er hat ein bisschen Rouge gewischt bekommen, sieht aus wie ein halb abgeschminkter Clown. Musste sich schon einiges abschminken, seit der den Job hat. Dazu gibt es keine Alternative, sagt er dann und setzt die bischöfliche Saure-Gurken-Miene auf. Das hat er echt gut drauf. Wir sind sehr besorgt. Nur jetzt gerade nicht. Prost, Prost, Kamerad. Chin-Chin. Salut. Und der Häuptling aller Teppichstudios ist auch dabei. Hand geschüttelt, nicht gerührt. Danke Kollege, der untere war meiner. Morgen geh ich in das Schuhgeschäft. Ich lege doch nicht hundert Steine auf den Tisch, damit ich hier zwei Wochen lang mit Blasen auflaufe. Muss mein Humankapital pflegen.

»Ach, wie schön, eine so liebe alte Freundin wieder hier zu treffen. Wie geht's dir denn, Bussilein?«

»Ach bestens, aber wir haben uns doch erst gestern hier gesehen, was ist das schon wieder lange her. Ober, Prosecco für unseren leitenden Angestellten.« Die Frau mit der Ananasfrisur und der Hautfarbe eines ausgebratenen Hähnchens blies auf einer kleinen vergoldeten Trillerpfeife, und ein Mann in roter Weste brachte ein Tablett herbei.

Der Regierende Bürgermeister Und Geliebte Bausenator nahm ein Glas und ließ den Blick in die Runde schweifen. Er grüßte flüchtig zu Dädalus Meyer, dem Vertreter der Hotels, hinüber. Meyer war der Protokollführer. Rudi Thede, den Sprecher der Laubenpieper, konnte er sehen, Helga Subbotnik, die Vertreterin der Banken im Bezirk Köpenick, Gustav Schnack, den Mann für die Haus- und Grundbesitzervereine, und all die anderen, die sich eingefunden hatten, in ihrer unermüdlichen segensreichen Arbeit für die Stadt und den Erdkreis.

Am Montag war es wie immer um Besserung und Sicherung gegangen. Gestern war es Dienen und Leisten gewesen, morgen würde es um Aufbau und Rückbau gehen. Freitag war der Tag für den Rest, an dem seine Kollegin, die Senatorin für Bildung, Jugend, Kultur, Familie, Wein, Weib und Gesang, Alte, Kranke, Krüppel, Bekloppte und andere unnütze Esser immer im Mittelpunkt stand. Das musste auch sein.

Mittwoch aber, heute, war der Tag für Mensch und Tier. In offener Auseinandersetzung, bei der das Für und Wider gegeneinander abgewogen wurde und das bessere Argument obsiegte, traf man an diesem Tag all jene Entscheidungen, die den drei Millionen Menschen und drei Millionen Tieren in der Metropole ein gedeihliches Miteinander ermöglichen sollten.

An den meisten Mittwochabenden beschäftigte sich der Ausschuss für Alles mit dem Problem, das jedem Zoologischen Garten auf der Welt das größte Kopfzerbrechen bereitet: Wie soll das Tier heißen, wenn es schließlich da ist?

Wie nennen wir den gerade neu eingewiesenen Amazonas-Delphin, für den ein sündhaft teures Becken gebaut worden war? Wie soll sie heißen, die in Gefangenschaft nachgezüchtete Oryx-Antilope? Hieß sie vielleicht Heidi? Nein, sie hieß Gunda, denn die Zebrastute nebenan hieß bereits Heidi. Keine Doppelvergaben, das war die erste und wichtigste Regel. Jeden Namen durfte es bei den Zootieren in einer Stadt nur einmal geben.

Zweitens musste der Name dem »Wesen und Charakter des Tiers« gerecht werden, wie es die europäische »Richtlinie zum Schutz vor erniedrigender Behandlung im Rahmen der Durchführung einer Vollzugsmaßnahme in einem Zoologischen Garten oder einer vergleichbaren Einrichtung« kurz und knapp festlegte. Einen Yak durfte man nicht *Schleimi* nennen, eine Qualle schon.

Drittens durften die Namen nicht gesundheitsgefährdend sein. Pinguine zum Beispiel gingen unweigerlich an einer Kolik zugrunde, wenn man ihnen einen Namen gab, der mit P anfing. Es hatte Jahre gedauert, bis sich das weltweit herumgesprochen hatte, und viele Pinguine ließen als Pingo oder Pongo deshalb qualvoll ihr Leben. Bei einigen zehntausend Klienten in den beiden Verwahrungsinstitutionen Zoologischer Garten und Tierpark hatte der Ausschuss für Alles an jedem Mittwoch viel zu tun. Und nicht nur der Ausschuss war beschäftigt. Da gab es die Expertenkommission, die jeden Tag dicke Namensbücher wälzte und sich Tierfilme ansah. Da gab es die Interviews mit den Pflegern, die regelmäßig geführt und ausgewertet wurden. Man nahm diese verantwortungsvolle Aufgabe nicht auf die leichte Schulter, und ein ums andere Mal brauchte es die gesammelte Erfahrung und Professionalität der im Ausschuss versammelten Persönlichkeiten, wenn schwierige und weitreichende Entscheidungen getroffen werden mussten. Der Regierende Bürgermeister Und Geliebte Bausenator bahnte sich den Weg durch das Stimmengewirr des Hohen Hauses.

Na Tanja, alles gut gegangen? Sie nickt und grinst in sich hinein. Hart im Nehmen, das Mädel. Ich hab's doch gesehen, der alte Sack. Sie ist ein netter Käfer. Könnten mal ins Kino gehen zusammen. Aber ob sie Zeit hat mit dem Kind. Papa und Mama könnten hüten. Die reden ja von nichts anderem als vom Enkel, den ich ihnen organisieren soll. Die sollen bloß aufpassen. Das geht ganz schnell. Dresden rein rum raus. Witz komm raus, du bist umstellt. Ich bin auch umstellt. Die quasseln ohne Pause, und ich muss mich hier durchboxen. Zum Tresen, Nachschub fassen. Was ein Glück, dass ich abwechseln kann. Mir fällt schon langsam der linke Arm ab. Nicht so wie Dirk. Der hat doch seine Prothese nur fürs Trinkgeld. Tschuldigung Kollege, diese Bemerkung nehme ich eventuell zurück. Uff, mal eben verpusten. Was, so spät schon? Jetzt habe ich eigentlich Anspruch auf meine fünfminütige Pause. Selten so gelacht. Aber kurz in die Küche, die Arme ausstrecken. Ich würde so gerne eine rauchen, aber den Raucherkassentarif kann keiner bezahlen. Wenn du kiffst, kriegst du sogar einen Rabatt, aber Kiffen auf Arbeit ist verboten.

Der Regierende Bürgermeister Und Geliebte Bausenator stand gerade bei einer Gruppe von Männern, in der der Ausschussvorsitzende Klaus Nawasserski das Wort führte. Nawasserski kam aus Charlottenburg und repräsentierte die dort ansässigen Banken.

»Hallöchen und hallo«, sagte der Regierende Bürgermeister Und Geliebte Bausenator.

»Hallo, Kleiner. Schön, dass du da bist«, sagte Nawasserski und tätschelte dem Regierenden Bürgermeister Und Geliebten Bausenator den Kopf. Mit seiner rechten Hand drehte er unablässig das Glas mit dem Sherry, der dabei Schlieren zog.

Prunk nickte jedesmal, wenn einer der anderen etwas sagte.

»Dafür werde ich bezahlt, Klausimausi. Von dir unter anderem.« Er prostete in die Runde und lachte über seinen Witz. Dann zog er Nawasserski zur Seite und sagte leise: »Wir müssen einen außerordentlichen Punkt in die Tagesordnung aufnehmen.«

Nawasserski hielt sich das Kinn, als er den Ausführungen des Regierenden Bürgermeisters Und Geliebten Bausenators lauschte und nickte. Er zückte einen Zettel und machte sich ein paar Notizen. Dann tätschelte er dem Regierenden Bürgermeister Und Geliebten Bausenator wieder das schüttere Haar und lachte ihn aufmunternd an.

Ja doch, Chef, ich kann auch nicht hexen. Hab nur zwei Arme und zwei Beine. Bin hier auf Arbeit und nicht auf der Flucht. Die leeren Gläser einsammeln? Wollte ich sowieso grade machen.

Paul nimmt ja immer Tape für die Zehen. Kann man wirklich noch was lernen von den alten Hasen hier. Paul ist mit allen Wassern gewaschen. Der ist als Kellner auf die Welt gekommen. Vergisst nichts, keine Zigaretten, keine Extrawünsche, nichts. Das würde ich auch gerne können. Gnädige Frau, ich würde Ihnen den Grauburgunder empfehlen. Ja, auf jeden Fall, angenehme Säure, nicht zu schwer. Ob ich den auch trinke? Ja, aber nur bei der Verkostung. Wir wissen wirklich, was wir empfehlen. Hahaha. Ich schick Ihnen den Kollegen. Blöde Zicke. Macht einen auf Prösterchen und hinterher heißt es, die Kellner saufen auf der Arbeit. Lächeln, lächeln.

Oha, die Fanfare. Und da kommt er auch schon. Immer als einer der Letzten, der weiß, wie man's macht. Und die frisch polierte Fresse glänzt wieder heute. Der lässt sich bestimmt jeden Tag drei Stunden hinzwirbeln. Angeblich ist er noch keine dreißig. Ich will ja auch nicht aussehen wie Kröte, aber so viel Schönheit ist doch fast schon Kitsch.

Blaschko von Goltz stürmte mit einem strahlenden Lächeln und wehendem weißen Schal in den Versammlungssaal. Er grüßte rundherum und rief: »Top Top Top! Speed Speed Speed! Gott Gott Gott! Glied Glied Glied!«

Als er die Stimme hörte, drehte sich der Regierende Bürgermeister Und Geliebte Bausenator um und winkte aus dem Handgelenk.

Blaschko von Goltz trat zu ihm und Nawasserski. »Hallo, Entscheider. Schon gehört? Top statt Flop. Wir sind die Stadt mit der höchsten Pro-Kopf-Verschuldung weltweit. Jede Stunde ein Superlativ, jeden Tag eine gute Ausrede, jede Woche ein neuer Weltuntergang.«

Ausgetrunken. Und schon sieht er sich um. Wart mal, Tanja, diese Runde geht auf mich. Nimm du den Wein, dann hast du erst mal Ruhe. Kann ich mal durch bitte, der Herr Vorsitzende hat Durst. Bitte sehr, bitte gleich. Zu Diensten. Stellen Sie das leere Glas ruhig aufs Tablett. Wo meine reizende Kollegin ist? Lächeln, lächeln. Die trägt jetzt Wein aus, wir haben hier das Rotationsprinzip. War das zu frech jetzt, bei den drei hohen Herren? Papas Boss würdigt mich keines Blickes. Der kann ja kaum die Augen von dem anderen lassen. Als hätte ihn jemand aufgezogen. Nimm die Finger aus dem Gesicht. Und zupf nicht an deinem Jackett herum. Das ist nicht deine Liga. Den kannst du nicht mal imitieren, wenn du dir einen weißen Schal kaufst. Schade, dass der andere so übertreibt, er sähe eigentlich richtig gut aus. Aber dieses Gesicht ist nicht von dieser Welt. Oh nein, jetzt macht er ihn tatsächlich nach und merkt es nicht einmal. Hand in die rechte Hüfte stützen, Kopf drehen, Haare aus der Stirn wischen. Aber doch nicht du mit deiner Bubifrisur. Und da winkt der Banker aus Kreuzberg. Lächeln, lächeln. Bin schon unterwegs.

Der Regierende Bürgermeister Und Geliebte Bausenator richtete sich zu voller Größe auf, als ihm Blaschko von Goltz zur Begrüßung auf die Schulter tippte. Er war der Vertreter der Tiefbauunternehmen und zugleich auch Vertreter der Hochbauunternehmen. Der Regierende Bürgermeister Und Geliebte Bausenator blinzelte, während er den makellosen Teint seines Gegenübers musterte. Er wollte etwas sagen. »Mein Chauffeur hat mir heute erklärt, dass wir in 123 Jahren schuldenfrei sein werden.«

Blaschko von Goltz zog die Brauen hoch. »Das ist top! Das ist das Licht am Ende des Tunnels. Dann haben die Leute wieder ein Ziel. Man muss sie begeistern, dann ziehen sie auch alle an einem Strang. Jeder, der in dieser Stadt das Zeitliche segnet, kann seinen Enkeln vorher noch den Schuldenberg zeigen und sagen: Eines Tages wird das alles dir gehören. So etwas schweißt zusammen.« Er wischte sich eine blonde Locke aus der Stirn.

Klaus Nawasserski räusperte sich. »Es sind 321 Jahre.«

»Um Details brauchen wir uns nicht streiten. Dann ist der Tunnel eben ein bisschen länger. Überhaupt einen Tunnel bauen, was für eine Top-Idee.«

Eine Frau stöhnte wie in höchster Erregung, und Klaus Nawasserski, der Regierende Bürgermeister Und Geliebte Bausenator und eine Gruppe von Leuten, die daneben stand, sahen sich suchend um.

»Das ist mein Handy. Lustig, nicht wahr?« Blaschko von Goltz warf einen Blick auf das Display und hob das Telefon ans Ohr. »Hallo«, sagte er. »Hör mal, das ist jetzt schlecht im Moment. Kann ich dich gleich zurückrufen?« Er nickte den anderen kurz zu und ging durch das Foyer, die lange Freitreppe hoch in die erste Etage, wo in einer Lobby im Halbdunkel eine Reihe von quadratischen Polstersesseln stand. Er stellte sich hinter einen prachtvollen Ficus und wählte eine Nummer. Kurze Zeit später kam er zurück in den Saal. Er sah sich um und fand den Regierenden Bürgermeister Und Geliebten Bausenator, der bereits auf dem riesigen Ledersofa für die Exekutive links vom Rednerpult saß und mit den Beinen baumelte. Blaschko von Goltz winkte kurz, und der Regierende Bürgermeister Und Geliebte Bausenator sprang auf. »Du könntest mir einen kleinen Gefallen tun«, sagte Blaschko von Goltz und wies mit der Hand den Weg ins Foyer.

Ich muss unbedingt meine kleine Zehe massieren. Vielleicht hat Paul ja ein Pflaster dabei. Die letzte Runde, bevor es losgeht. Jetzt ist der Trubel am größten. Noch jemand einen Sherry? Einen kleinen? Einen trockenen? Wer will noch mal, wer hat noch nicht? Alles setzt sich. Sieht so aus, als ließe sich eine Pause nicht mehr vermeiden. Wo ist Tanja? Ach ja richtig, die ruft ja immer sofort die Babysitterin an. Wie das Kind wohl aussieht? Dauernd dieser Kinderkram. Was geht mich dieses Gör an? Ich weiß nicht einmal, ob es ein Junge oder ein Mädchen ist. Ich tippe auf Mädchen. Wie sie wohl heißt? Nanu, wo geht denn der Herr und Meister hin? Der saß doch schon auf dem Sofa. Der hat's aber eilig. Aber selbstverständlich können Sie das Glas mitnehmen, dafür ist es doch da. Auch zwei, wird ne lange Sitzung. Was weg ist, ist weg. Uff. Endlich. Der Gong. Wurde auch Zeit. Wo ist Paul?

Das Pandahäuschen und die anderen Zellengebäude des Zoologischen Gartens lagen im Dunkeln, die meisten Tiere schliefen. Nur das Fossaweibchen, vertieft in ein ausgiebiges Paarungsspiel mit ihrem Männchen, stieß gellende Schreie aus, die die Zwergziegen im Kinderzoo nicht schlafen ließen. Sie zählten Schäfchen, aber die Heidschnucken rannten dauernd durcheinander. Die Elefanten spielten Memory und vergaßen nichts. Die Wombats machten Remmidemmi. Nachtaktive Tiere kennen keine Sperrstunde.

In der Villa des Zoodirektors brannte Licht. Unten lag das Büro, oben waren die Wohnräume. Das Licht brannte unten. Dr. Ukas Kern saß vor seinem Schreibtisch und fixierte das Telefon. Um ihn herum stapelten sich die Leitzordner. Er hatte sie der Reihe nach durchsucht. Vor ihm auf dem Tisch lag ein Stapel mit Schriftstücken, aus denen er sorgfältig die Klammern herauslöste, bevor er sie in den Schredder schob, der rechts neben seinem Stuhl stand und unablässig vor sich hin knurpselte. Ein Teller mit Möhren- und Kohlrabischnitzen stand neben dem Papierstapel.

Ich hätte nicht mitmachen dürfen. Ich habe meinen Ruf ruiniert. *Der Unausbrechliche* – das war mein Spitzname, und meine harte Linie habe ich mir hart erarbeitet. Und dann habe ich mich erpressen lassen. Die haben mich klein geredet. Wegen einer Bagatelle, wegen nichts.

Er nahm die Schere und bog eine Heftklammer auseinander, die drei Blätter zusammenhielt. Er starrte die Belege an, bevor er sie in den Schredder schob.

Was hat mich nur geritten? Und wenn er jetzt jemanden umbringt, vor allem, wenn er mich umbringt, was dann? Ich will nicht sterben.

Er hatte nicht vergessen, wie Bang Bang beim ersten Haftprüfungstermin mit seinen Klauen durch das Gitter nach ihm geschlagen und ihm das Hemd zerschlitzt hatte. Dieser Bär wollte ihn erledigen. Und Ukas Kern hatte ihn Leuten überlassen, über deren Zuverlässigkeit er bis zum Schluss im Zweifel gewesen war. Der Zoodirektor spähte wieder durch das Fenster in den nachtschwarzen Zoo hinaus, als erwarte er jeden Moment die Rückkehr des Pandas.

Das Läuten des Telefons ließ ihn so zusammenzucken, dass er sich mit der Schere in den Daumen piekte. Er fluchte und lutschte das Blut auf, das herausquoll.

»Ja, Dr. Kern.«

»Hallo, Ukas.«

»Ach, du bist es. Endlich rufst du an. Hör mal, ich mache hier die Hölle durch. Jedes Mal, wenn draußen ein Ast knackt, denke ich, der Panda steht vor der Tür und will mich zerfleischen.«

»Mach dir bloß nicht ins Hemd. Im Übrigen hättest du dir das vorher überlegen müssen. Ich dachte, du wolltest unserer Sache dienen. Warum eierst du jetzt rum?«

»Dich hat der Panda nicht am Wickel gehabt. Ich hab's mir anders überlegt, Punktum. Ich hau ab, und ihr müsst mir dabei helfen.«

»Müssen wir das?«

»Ja, müsst ihr, weil ich nämlich sonst zur Polizei gehe oder so. Ich kann kein Auge mehr zutun, seitdem der Bär auf freiem Fuß ist.«

»Ist er aber nicht. Er ist bei uns, und wir passen sehr gut auf ihn auf.«

»Aber ihr seid Laien, was die Bewachung angeht. Bang Bang knackt Schlösser, wie unsereins Briefumschläge aufmacht. Der hat mindestens zwei Dutzend Leute auf dem Kerbholz. Ihr dürft ihn auf gar keinen Fall unterschätzen.«

»Das tun wir nicht, aber offenbar haben wir dich überschätzt.«

»Ich habe etwas für euch getan, jetzt müsst ihr etwas für mich tun. Ich brauche Geld. Heute Nacht. Ich mach mich vom Acker.«

»Wir haben kein Geld. Niemand hier hat Geld.«

»Natürlich habt ihr Geld, du lügst. Du musst kommen, jetzt sofort.«

»Ich habe kein Geld.«

»Dann schaff welches her. Sonst gehe ich morgen zur Polizei.«

Es knackte in der Leitung, und Ukas Kern hatte das Gefühl, dass am anderen Ende getuschelt wurde.

»Wir können dir ein bisschen Geld geben, aber du musst zu uns kommen.«

»Unmöglich, das ist viel zu gefährlich. Du kommst her.«

»Woher weißt du, dass dein Büro nicht abgehört wird?«

»Das ist doch Blödsinn.«

»Das Büro ist nicht sicher.«

»Aber ich hab keine Zeit. Ich muss noch packen und ein paar Unterlagen ... äh ... aufräumen.«

»Dann lass dir etwas einfallen.«

Dr. Ukas Kern überlegte einen Augenblick. Da! War da nicht ein

Scharren an der Tür gewesen? »Gut, dann treffen wir uns im Aquarium«, sagte er und biss auf die Zähne.

»Im Aquarium?«

»Ja, beim Zitteraal. Der funktioniert wie ein Störsender. Außerdem wirkt das Wasser wie eine zusätzliche Wand. Das ist abhörsicher, selbst für einen Paranoiker wie dich.«

Am anderen Ende der Leitung war ein leises Lachen zu hören. »Gut, im Aquarium. Sagen wir in zwei Stunden?«

Der Zoodirektor sah auf die Uhr. »Eine Stunde reicht mir. Wir treffen uns am Seiteneingang.« Ukas Kern legte auf und leckte seinen Daumen ab. Etwas im Schredder roch verbrannt. Aber es war nicht mehr viel übrig.

»Durchhalten, alter Junge. Wir haben's bald geschafft«, sagte er und klopfte auf das Gehäuse des Gerätes.

Ein Gong ertönte und kündigte den Beginn der Sitzung an. Zunächst berichteten die Länderbeauftragten. Die Ausführungen von Jürgen Junge, dem Vertreter der Banken in Mitte, fanden größte Aufmerksamkeit. Junge war gerade von einem dreiwöchigen Studienaufenthalt auf den Malediven zurückgekehrt. Er hatte herausgefunden, dass es dort keinen Zoologischen Garten gab.

Im Anschluss verlas Protokollführer Dädalus Meyer die Aufstellung über die Zu- und Abgänge. In Friedrichsfelde war ein Wildschwein gestorben. Sein Name, Trüffelchen, war jetzt ebenso frei geworden wie die der anderen knapp zweihundert verstorbenen Tiere des letzten Monats.

Die eigentliche Arbeit begann. Jedes neue Tier wurde mit einem Dia kurz vorgestellt, und die Vorauswahlkommission präsentierte ihre drei Vorschläge. Trüffelchen wurde der Name eines Zwergflusspferds im Zoologischen Garten, das wegen Mundraubs dort einsaß. Die Namensfindung verlief in sachlicher, konzentrierter Atmosphäre, gelegentlich gab es Nachfragen oder Verbesserungsvorschläge. Nur bei drei roten Riesenkänguruhs kam es zu einer Kampfabstimmung. Schließlich setzte sich der Vorschlag *Pi, Pa, Po* mit 61 zu 49 Stimmen gegen *Ich, Es, Überich* durch. Als Nächstes bewilligte der Ausschuss die Studienreisen des kommenden Monats nach Südafrika, Brasilien und Island.

Die Wolke sah aus wie eine Harfe. War das Orchester mit einer Harfe besetzt? Obwohl er fleißig an seiner Sehnsucht litt, hatte Pachulke doch bemerkt, wie viel er in den letzten Jahren über Musik gelernt hatte. Er konnte mittlerweile sogar mit einer Partitur dem Fortgang einer musiktheatralischen Aufführung folgen, hörte den Unterschied zwischen Celli und Bratschen, zwischen Fagott und Oboe. Er verstand mehr und mehr den Unterschied zwischen einer belanglosen und einer interessanten Aufnahme. Drinnen im Wohnzimmer lief eine drei Jahre alte Einspielung von *La Traviata,* und Madrigal Cuauhtemoc sang die Titelpartie. Pachulke lag auf dem Balkon auf dem Rücken, folgte dem Flug der Harfe, die sich allmählich zusammenschob und weiterwanderte, und dachte an die Sängerin. Am Freitag würde er sie wieder hören. Übermorgen erst. Bei der Begegnung heute Nachmittag hätte er ihr gerne geantwortet. Aber was hätte er sagen sollen? Ja, ich will zu Ihnen. Ich spioniere seit mehr als einem Jahr hinter Ihnen her. Ich weiß, dass Sie zwei Rassehunde haben, die Allegro und Adagio heißen. Ihr treuer, ein Meter dreiundzwanzig großer Hausbesorger führt sie dreimal täglich aus. Ich weiß, wo Sie Ihre Garderobe kaufen und welche Blumen Sie auf Ihrem Balkon gepflanzt haben. Ihr Flügel wurde vor drei Monaten gestimmt. Ich habe in den letzten fünfzehn Monaten keinen Ihrer Auftritte verpasst, und *Le Nozze di Figaro* habe ich sogar heimlich mitgeschnitten. Ich bin übrigens Polizist. Darf ich Sie auf Händen in ein Restaurant Ihrer Wahl tragen oder noch besser zu mir nach Hause?

Nein! Auf keinen Fall zu ihm nach Hause. Mit dem Zustand seiner Wohnung hätte er sie für immer verjagt. Er musste erst einmal aufräumen. Oder renovieren. Oder umziehen. Die Harfe sah jetzt wie ein Magen aus. Er seufzte und lauschte und merkte, dass er hungrig war.

Es war ruhig geworden im Saal, als Klaus Nawasserski Blaschko von Goltz heran winkte und ihm das Mikrofon überließ. Dieser wartete, bis die Stille den Moment der größten Spannung erreicht hatte, dann sagte er: »Liebe Top-Entscheider. Auch heute Abend konnten wir wieder Zeugen zahlreicher Top-Entscheidungen werden. Um so leichter fällt es mir, Ihnen die folgende Schicksalsfrage zu präsentieren.«

Einige Ausschussmitglieder rutschten unruhig hin und her, als sie diese Ankündigung hörten.

Blaschko von Goltz fuhr fort: »Sie haben sicherlich alle vernommen, dass der Stolz und Kassenmagnet unseres weltberühmten Zoologischen Gartens, der Pandabär Bang Bang entführt worden ist. Was Sie alle nicht wissen: Der Senat steht in Kontakt mit den Entführern.« Das Plenum raunte und staunte. »Sie haben sich mit dem Regierenden Bürgermeister Und Geliebten Bausenator telefonisch in Verbindung gesetzt und ihre Forderungen gestellt.«

»Forderungen, was für Forderungen?«, rief der Vertreter der Videotheken. Er schlug mit der Hand auf sein Pult. »Wir lassen uns von denen doch nicht erpressen.« Sein Nachbar nickte, und sein Mantel klirrte leise dabei.

Blaschko von Goltz hob die Hände, als wollte er zeigen, dass er unbewaffnet war. »Das ist ein Top-Einwand. Der Senat wird angesichts der unmenschlichen Vorgehensweise mit größter Härte gegen die Terroristen durchgreifen und ihnen keinen Millimeter entgegenkommen. Ich selbst empfinde angesichts dieser feigen Tat Wut, Trauer und Entsetzen im Verhältnis 5 zu 3 zu 4. Aber lassen Sie mich doch bitte berichten, was die Entführer fordern.« Die Ausschussmitglieder hielten den Atem an. »Bei den Entführern handelt es sich um die Rote Bete Fraktion, jene terroristischen Veganer, die seit mehreren Wochen die Stadt unsicher machen. Sie sind fanatisch und skrupellos, und das Leben von Bang Bang ist jetzt in dieser Minute in allerhöchster Gefahr. Was sie fordern, ist ein dreister Schlag ins Gesicht aller tierliebenden Menschen in dieser Stadt und eine Herausforderung für unser Sicherheitsregime. Sie verlangen ... «, und hier machte Blaschko von Goltz eine Pause und musterte sein Publikum ausgiebig. »Sie verlangen die vollständige Evakuierung des Tierparks in Friedrichsfelde. Bis zum Sonntag müssen alle Tiere freigelassen werden.«

Es herrschte Totenstille. Dann züngelte ein Zischeln und Murmeln empor, das sich schnell zu einem wütenden Geheul steigerte: »Nie, niemals!« »Keine Kompromisse mit den Terroristen!« »Pandas gibt es viele, Ehre haben wir nur eine!« Frauen rauften sich den Dutt, Männer rissen sich ihre Hemden auf. Der Saal tobte.

Blaschko von Goltz wechselte einen Blick mit Dädalus Meyer und wartete, bis der Lärm wieder etwas nachließ. Er räusperte sich: »Liebe Top-Entscheider. Es tut so gut, in dieser schweren Stunde nicht allein zu sein. Ich spüre die Woge der Stärke, die von Ihnen hier zu mir aufs Podium und hinüber zum Regierungssofa schwappt. Aber sind wir nicht eine Spur zu selbstbezogen, wenn wir in dieser Situation nur unsere eigenen Bedürfnisse in den Vordergrund stellen und dabei Bang Bang vergessen? Denken Sie doch bitte an seine Rolle als Leitfigur in dieser Stadt, seine moralische Integrität, seine Beliebtheit vor allem bei Jugendlichen. Wollen Sie das alles opfern für den kurzen Moment der Genugtuung gegenüber einer Bande von Desperados? Was wird morgen sein, wenn Bang Bangs Käfig verwaist ist und die Herzen in dieser Stadt leer sind? Zögern Sie nicht, äußern Sie Ihre Bedenken. Aber fragen Sie sich selbst offen und ehrlich: Ist es das, was wir wollen können, was wir wollen dürfen? Darf dieser Bär gehen, der noch lange nicht seine Schuldigkeit getan hat?« Blaschko von Goltz sah, wie in manchen Gesichtern ein fragender Funke aufglomm. »Ja, das harte Wort der Erpressung ist vereinzelt laut geworden, das ist mir bewusst. Aber ist das wirklich eine Erpressung? Und wenn es eine Erpressung ist, ist es nicht eigentlich eine humanitäre Erpressung? Ist es nicht ein Gefallen, den wir Bang Bang und uns selbst zuliebe tun, damit wir uns auch morgen noch vor dem Spiegel ins Gesicht sehen können? Ist nicht ein kluges Nachgeben in dieser Frage das wahre Zeichen von Stärke? Sollten wir nicht, eingedenk unserer historischen Verantwortung, Ja sagen? Ja zur Erpressung, Ja zum Kompromiss, Ja zum Panda?«

»Er hat Recht!«, rief Klaus Nawasserski, der hinter von Goltz saß.

»Aber was wird aus dem Tierpark? Und wer sagt uns, dass es nicht morgen der Zoo sein wird?«, hielt der Sprecher der Werbeagenturen dagegen.

Blaschko von Goltz nickte: »Sehr verehrter Kollege Top-Entscheider! Was die Zukunft des Tierparks angeht, und ich sage das auch ganz bewusst als der Gesamtvertreter für Hochbau und Tiefbau, Umbau, Rückbau und Ausbau, sowie als Sprecher des Bestattungswesens und Repräsentant der Nahverkehrsbereiche Wasser, Straße und Schiene. Ich kann Ihre Bedenken verstehen. Aber vergessen wir nicht: Diese Stadt des Wissens ist ein kreatives Powerhouse, ein Schmelztiegel der Innovationen, ein Gewächshaus für Blütenträume. Und das herrliche Areal des Tierparks bietet viele Möglichkeiten. Von der Love Parade bis hin zu Bundeswehrgelöbnissen kann dort alles stattfinden, was einen Zaun nötig hat. Außerdem hat mir der Regierende Bürgermeister Und Geliebte Bausenator sein Ehrenwort gegeben, dass er alles tun wird, damit Bang Bang heil und gesund in unsere Mitte zurückkehrt und es zu einer Einigung mit unseren Verhandlungspartnern, der Rote Bete Fraktion kommt. Ich bitte Sie daher mit allem Nachdruck: Lassen Sie uns erpressbar sein.«

»Ja, erpressbar!«, rief Dädalus Meyer. »Wir wollen erpressbar sein!«

»Espressobar, dufte!«, rief der Sprecher der Coffeeshops.

Vereinzelt wurden Protestrufe laut, aber der Vorschlag nahm seinen kurzen Siegeszug durch den Saal. Als Klaus Nawasserski zur Abstimmung aufrief, wurde er mit überwältigender Mehrheit angenommen. Die Evakuierung des Tierparks in Friedrichsfelde war beschlossene Sache.

Bang Bang rülpste leise und wischte sich zwei Tröpfchen Suppe von der Schnauze. Oh Mann, war das lecker gewesen. Der Koch im Zoo war auch nicht schlecht, aber mit der Zeit hatte er sich an dessen Stil gewöhnt. Das hier war eine willkommene Abwechslung. Die Frühlingsrollen nicht zu fett, die Lychees süß, die Acht Kostbarkeiten einfach zauberhaft, die Suppe heiß. Er rülpste wieder und betrachtete den Glückskeks. Komm her, kleiner Freund, wie lautet deine Botschaft für mich?, dachte er, als er ihn in der Mitte auseinander brach. Er holte das kleine Streifchen heraus, warf sich die beiden Kekshälften locker ins Maul und las: *Handle so, dass die Maxime deines Willens jederzeit zugleich als Prinzip einer allgemeinen Gesetzgebung gelten könne.* Bang Bang nickte. Seine Maxime war: Denk nur an dich. Und wenn jeder an sich dachte, war an alle gedacht. Nicht alles war so einfach im Leben.

Das Einzige, was Bang Bang zu seinem Glück noch fehlte, war ein Weibchen. Ein kleines dralles, rolliges, rosiges, williges Weibchen. Er schnalzte mit der Zunge. Aber bitte nicht wieder eine von diesen schrecklichen Vetteln, die der Zoologische Garten gelegentlich bei ihm ablud, damit Bang Bang sie zur Mutti machte. Vor dem Gitter ein gut gelaunter, schwitzender Nils Kaiser, der die Zunge in die Backe schob und rief: »Zeig, was du drauf hast!« An seiner Seite dieser Feldwebelverschnitt namens Ukas Kern, der dem Gitter nicht zu nahe kam und auf einem Clipboard jede Zuckung der beiden Bären mit wichtiger Miene notierte. Das letzte Mal hatte sich aus diesem Anlass in seinen vier Wänden eine knochige, triefäugige Weibsperson eingefunden. Sie hatte als Erstes die Videocassetten weggeräumt, den Fernseher abgestaubt und die Schlafdecken aufgeschüttelt. Seine selbst gebastelte Zielscheibe konnte er gerade noch retten. Als Nächstes hatte sie ihm vorgeschlagen, sie beide könnten doch in die Einliegerwohnung bei ihrer Mutter ziehen. Dabei schielte sie ihn an und hielt ihren Blick offenbar für kokett. Aber nicht mit Bang Bang. Eine dieser traurigen Gestalten war schlimmer gewesen als die andere. Und alle hatte er sich durch konsequente Muffligkeit vom Leib gehalten. Der Unterhalt für so ein kleines Balg hatte ihm gerade noch gefehlt. Familienrechtsanwälte fanden einen überall, sogar im Knast. Pandanachwuchs war nicht sein Fall. Lieber lebte Bang Bang jung und gesellig. Ach, ein Weibchen.

»Ich sehe schon, um die Psyche eines Vegetariers wirklich zu verstehen, muss man sich ganz in ihn hineinversetzen«, sagte Zabriskie und ärgerte sich, weil ihre Stimme zitterte. Sie waren mittlerweile beim Whiskey angekommen. Oles Mitbringsel. »Rein pflanzlich«, hatte er gesagt, als er ihr die Flasche überreichte. Das Essen war ein voller Erfolg gewesen, und nach dem Dessert schickte sie einen kleinen Dankesgruß an ihre Mutter, die in neuntausend Kilometer Entfernung vermutlich gerade beim Lunch saß und ihre Coupons für den Gang in den Supermarkt sortierte. Baseballcards für Frauen nannte Zabriskie die Coupons. Gib mir einen *Salsa Dip*, dann gebe ich dir zwei *Diet Pepsi*. Aber Kochen konnte ihre Mutter und ihre einzige Tochter zum Kochen bringen, aber das hatte Zabriskie gerade vergessen. Ihr gegenüber saß ein witziger und wachsamer Ole, der neben seinem Lebenslauf auch viele wichtige Informationen über vegetarische Lebensweise zum Besten gegeben hatte. Wie es schien, hatte er nicht die geringste Lust, nach Hause zu gehen.

»Ja, ich habe schon allerlei Jobs in meinem Leben gehabt. Info war ich natürlich auch mal, aber wer war das nicht?«

»Stimmt, ich auch«, brummte Zabriskie.

»Einmal habe ich mich sogar als Schauspieler beworben. Bei einem Spot für griechische Ferienhäuser. Ich dachte, eine Woche bezahlten Urlaub auf Korfu, das kann man so mitnehmen. Aber die wollten mich nicht. Ich war ihnen zu blond.«

Zabriskie räusperte sich kurz, versuchte einen unschuldigen Blick, der ihr rechtschaffen misslang, und sagte dann: »Etwas hätte ich jetzt aber doch noch gerne gewusst.«

»Nur zu, keine falschen Hemmungen«, sagte Ole und trank sein Glas aus.

»Küssen Vegetarier eigentlich anders? Ich meine, es heißt ja nicht umsonst Fleischeslust, nicht wahr?«

Ole sah sie interessiert an. »Bestimmte Dinge lassen sich ausgesprochen schwierig beschreiben.«

Er stand auf, Zabriskie tat es ihm nach.

»Ich kann eigentlich keinen nennenswerten Unterschied feststellen«, sagte Zabriskie kurz darauf und zog Ole noch ein wenig fester zu sich heran. »Aber ein einzelnes Sample wird für ein aussagekräftiges Ergebnis wohl nicht reichen.«

»Wir können die ganze Nacht testen, wenn du möchtest«, sagte Ole und legte die Hände auf Zabriskies Hintern.

»Und was ist mit der E..., ich meine, mit deiner Frau?«

»Die ist für eine Woche aufs Land gefahren und hilft bei der Pastinakenernte«, sagte Ole.

»Zum Abschluss der Nachrichten auf Radio THF, The Hit Factory, direkt aus dem Wellness Lufthotel®, die Verkehrsübersicht. Wie immer präsentiert von Blockado: Saftige Steaks statt saftige Preise, das ist unser Motto. Wegen Markierungsarbeiten ist die Autobahnzufahrt Hohenzollerndamm in Richtung Dresden/Neukölln bis in die frühen Morgenstunden gesperrt. Auf der Sonnenallee ist zwischen Thiemannstraße und Treptower Straße in Richtung Hermannplatz wegen einer Wanderbaustelle nur eine Spur befahrbar. Achtung! Wegen einer planmäßigen Punktlandung bleibt das Autobahndreieck Funkturm auf unbestimmte Zeit gesperrt. Die Bergungs- und Aufräumarbeiten am ehemaligen ICC dauern die ganze Nacht. Geblitzt wird heute auf der Stadtautobahn zwischen Filandastraße und Ausfahrt Steglitz in beiden Richtungen sowie in Reinickendorf in der Roedernallee. Lassen Sie sich nicht erwischen. Die Verkehrsübersicht wurde Ihnen wie immer präsentiert von Blockado: Saftige Steaks statt saftige Preise, das ist unser Motto.«

Natürlich, hier waren sie wieder, die klassischen Popelspuren. Aus den kleinen Nasen ungezählter Kinder stammten sie, die sich an den Beckenscheiben die Gesichter platt drückten. Und er musste es dann wieder wegputzen. Das Becken drüben im anderen Gang mit dem Korallenriff mochte er am liebsten. Da waren die Fische wirklich hübsch und die Scheiben auch nicht so versaut wie bei den Haien. Die Haie, na klar. Mutprobe. Komm streck dem Hai die Zunge raus. Komm spuck mal an die Scheibe. Er kannte seine Klientel. Der Fensterlappen quiekte leise, während er die Scheibe polierte. Nicht nur sauber, sondern rein. Sonst gab es gleich wieder den Anschiss vom Big Massa. Der Zoodirektor hatte seine Augen überall. Er musste sich beeilen, in knapp drei Stunden würde das Aquarium wieder öffnen. Er nahm seinen Putzeimer und bog um die Ecke zum nächsten Becken. Vorne an der Panoramascheibe schwamm langsam ein Augapfel vorbei und starrte ins Nichts eines vergangenen Lebens. Die zweihundert Exemplare der Gattung *serrasalmus nattereri* lagen alle seitlich und bewegungslos auf dem Beckenboden. Einige hatten ihr charakteristisches gedrungenes Maul weit aufgesperrt und glänzten silbrig. Im hinteren Bereich des Beckens schwamm ein menschliches Skelett. Aufrecht schwebte es im Wasser, der linke Arm winkte langsam im Strom der Pumpe. Das Skelett trug rot gemusterte Boxershorts. Auf einem künstlichen Felsvorsprung lag der zweite Augapfel.

Erdem Ulay, seit sechzehn Jahren für die nächtliche Reinigung des Aquariums im Zoologischen Garten zuständig, stieß einen Fluch aus, schleuderte den Lappen weg und machte auf dem Absatz kehrt. Dabei flog er über seinen Eimer und verlor das Gleichgewicht. Das schaumige Wasser spritzte hoch und verursachte eine Pfütze auf dem Boden, die wie eine riesige Amöbe aussah. Der Eimer stellte sich auf die Kante seines runden Bodens, verhielt dort einen Moment und kippte zurück in die Waagrechte. Wieder schwappte Wasser heraus, diesmal klatschte es gegen die Jeans von Erdem Ulay. Obwohl er in den komplizierten Tanz mit dem Eimer verhakt war, behielt Ulay die Kontrolle über seine Beine und nach zwei Ausfallschritten knallte er mit dem Kopf gegen das Aquarium mit den großen Quallen. Er hatte nie verstanden, was an Tieren, die aussahen wie Sülze, so besonders war. Aber die Nachzucht von Quallen war der Stolz des Aquariums. Eine besonders prächtige schwebte gerade majestätisch pulsierend vorbei. Die kleinen Härchen am unteren Saum ihres Schirms leuchteten auf, als sie in das Licht der Lampen geriet. Das Quallenbassin wurde indirekt beleuchtet, und im bläulichen Halbdunkel sah er wieder das Skelett hinter ihm im anderen Becken. Es bleckte die Zähne und winkte. Erdem Ulay fluchte noch einmal. Er rannte in seine Umkleidekammer und griff zum Diensttelefon.

Kurze Zeit später standen Pachulke und Zabriskie, die fortgesetzt verstohlen gähnte, vor dem Piranhabecken. Sie hatten sich Erdem Ulays Geschichte angehört. Jetzt saß er in seiner Kammer, trank Tee und hielt sich in Bereitschaft.

»Was ist mit der Spurensicherung?«, fragte Zabriskie. Ein Anruf Pachulkes hatte sie aus ihrem warmen Bett geholt, das Ole bereits drei Stunden vorher in Richtung Beusselstraße hatte verlassen müssen.

»Plink checkt die Taucherausrüstung, bevor sie kommt. So lange müssen wir warten«, sagte Pachulke und rieb sich die Nase.

»Warum sind die Fische tot? Vertragen sie kein Menschenfleisch?«

»Keine Ahnung, wir müssen warten, bis ihr Betreuer da ist. Vielleicht haben sie sich einfach überfressen.«

»Kann man diese Wasserpumpe nicht mal abstellen? Dieses Gewinke nervt ja unglaublich.«

»Ich weiß nicht. Falls die Fische noch leben, würden sie ohne frischen Sauerstoff vermutlich sterben.«

»Warum haben sie die Augen nicht mitgefressen?«

»Keine Ahnung.« Pachulke starrte in das Becken und betrachtete die Badehose. Auf Boxershorts geschnitten, mit einem Klettverschluss vorne in der Mitte. Sehr rot.

Die Tür am Nebeneingang klapperte, und einen Moment später stand Engine Plink vor ihnen. Anders als Pachulke und Zabriskie sah sie aus, als sei sie gerade von einem zweiwöchigen Urlaub zurückgekommen. Über den Schultern trug sie eine Taucherausrüstung mit einer Sauerstoffflasche.

Pachulke sagte: »Der Zeuge Ulay, der die, äh, Leiche gefunden hat, hat mir einen Schlüssel gegeben. Er putzt hier jede Nacht. Hier ...«, er zeigte auf eine Tür mit der Aufschrift *Personal*, »... kommt man zu dem Gerüst, von dem aus die Aquarien versorgt werden. Diese Tür ist der einzige Zugang.«

Plink nickte. »Ich suche jetzt zunächst an Land nach etwaigen Fingerabdrücken und anderen Spuren. Dann gehe ich nach oben zum Beckenrand und von dort ins Wasser. Dann können Sie nachkommen.«

Pachulke und Zabriskie nickten, während Plink schnell und geschickt die Tür überprüfte, hinter der Pachulke einen schmalen Gang erkennen konnte. Er hörte, wie sie langsam einige Stufen nach oben stieg und hinter den Kulissen rumorte. Die Sauerstoffflasche knallte metallisch, als sie damit gegen den Boden oder die Wand stieß. Nach einer Weile tauchten von oben der Reihe nach zwei schlanke Beine, ein weiblicher Körper in einem perfekt sitzenden Badeanzug und ein Kopf mit einer Taucherbrille in das Piranha-Aquarium. Engine Plinks Mähne roter Locken wogte im Wasser wie Seegras. Pachulke war mit Zabriskie an die Scheibe herangetreten. Er sah, wie Plink ein Glas mit Wasser füllte und zuschraubte. Dann sammelte sie mit einer kleinen Zange die beiden Augäpfel ein und packte sie in eine Tupperdose. Sie wollte gerade einen Fisch in eine andere kleine Plastikdose legen, als dieser sich aufrichtete und schnell davon schwamm.

Pachulkes Magen krampfte sich zusammen. Er hatte keine Lust auf ein weiteres Skelett. Plink musste gesehen haben, wie er zusammenzuckte, denn sie deutete auf den Fisch und formte aus Daumen und Zeigefinger einen Kreis. Pachulke verstand das als: »Ich hab keine Angst vor dem kleinen Arschloch hier«, und war beruhigt.

»Gehen wir hoch?«, fragte Zabriskie.

Pachulke nickte. Zabriskie hatte genug von Engine Plink im Badeanzug, das merkte er. Von der Balustrade blickten sie in das Becken hinein, das von oben viel größer wirkte. Links winkte das Skelett, rechts durchsuchte Plink die Nischen in der künstlichen Steinformation. Bei jeder ihrer Bewegungen warf die Wasseroberfläche kleine Wellen. Mittlerweile waren weitere Piranhas wieder zum Leben erwacht und schwammen um sie herum, aber das störte Plink offenbar nicht.

Oben standen ein einfacher Metalltisch und ein Metallschrank mit zwei Türen. Auf dem Tisch lagen ein Käscher mit einem langen Stil, ein Zollstock und ein Paar Arbeitshandschuhe. Die Schranktür war nur angelehnt. Pachulke zog sie mit einem Finger auf und entdeckte eine durchsichtige Plastiktüte mit einem Bündel Kleider. Die Tüte war bereits versiegelt. Plink hatte die Kleider gefunden und gesichert. Pachulke hob die Tüte hoch und machte eine Klemmlampe an, die an der Tischkante befestigt war. Er erkannte schwarze Socken und ein Feinrippunterhemd. Auf dem Tisch, ebenfalls bereits in einer von Plinks Tüten, lag ein schwarzes Buch im Format DIN A 4. Pachulke konnte *Diensttagebuch Piranhas* auf dem Etikett entziffern.

Zabriskie spazierte unterdessen zum anderen Ende des Beckens und spähte auf den Boden, aber sie konnte nichts erkennen, außer die verzerrten Schatten vieler Piranhas, die hin und her durch das Wasser schossen. Sie musterte die niedrige Betondecke, auf der Kondenswassertropfen standen. Auch nichts. In diesem Moment hörten sie einen Schrei, der sich in den Steinwänden des Aquariums fing und scheinbar von überall herkam. Zabriskie machte drei schnelle Schritte an Pachulke vorbei und rannte die Treppe hinunter. Vor ihr auf den Fliesen hörte sie, wie jemand in Stöckelschuhen davonlief. Zabriskie bog um die Ecke und legte einer Frau die Hand auf die Schulter, die das Aquarium gerade durch die Seitentür verlassen wollte. »Wer sind Sie und was wollen Sie hier?«

»Die Tür stand offen. Und was machen Sie hier?«

»Das hier ist ein Ort polizeilicher Ermittlungen. Schönen guten Morgen, Zabriskie, Kriminalkommissarin. Können Sie sich ausweisen?«

»Ich weiß gar nicht, warum Sie sich so aufregen«, sagte die Frau und wühlte in ihrer kleinen schwarzen Handtasche. »Hier ist überhaupt nichts abgesperrt.«

Zabriskie begriff, dass Plink alleine gekommen war und noch kein rot-weißes Band aufgehängt hatte, weil sie keine Zeit verlieren wollte. »Und was haben Sie im Aquarium verloren?«

»Ich bin Elvira Paahls, die Sekretärin von Zoodirektor Dr. Ukas Kern.« Endlich hatte sie gefunden, was sie suchte, und hielt Zabriskie ihren Personalausweis unter die Nase, als könnte sie diese aufdringliche Person mit der Panther-Tätowierung und den kurzen schwarzen Haaren damit verscheuchen.

Zabriskie nickte kurz, als sei der Personalausweis eine besonders plumpe Fälschung, und betrachtete die Frau. Sie war Anfang vierzig und trug ein schickes kleines Kostüm mit sehr viel Gold und Schwarz darin. Sie hatte farblos lackierte und perfekt gepflegte Fingernägel und eine hochtoupierte Frisur, die auf den ersten Blick altmodisch, auf den zweiten seriös wirkte. Die Handtasche passte zum Kostüm. Die klassische rechte Hand.

Zabriskie reduzierte ihre Lautstärke auf den üblichen Umgangston. »Gehen Sie jeden Morgen vor der Arbeit ins Aquarium?«

»Nein, wie gesagt, die Tür stand offen, und das ist ungewöhnlich. Wenn Herr Ulay fertig ist, schließt er immer ab. Er ist äußerst zuverlässig.« Offenbar fiel Elvira Paahls wieder ein, was sie eben bei den Piranhas gesehen hatte, denn sie fragte leise: »Was ist das im Aqua...?«

»Das wollen wir gerade herausfinden. Wenn Sie uns nicht dabei stören, geht es viel schneller« sagte Zabriskie. Sie öffnete die Tür bis zum Anschlag und machte die kleine wedelnde Handbewegung, mit der man ein Hündchen vom Sofa scheucht. »Wenn Sie jetzt bitte gehen würden, Ihr Chef erwartet Sie bestimmt schon.«

Bei diesen Worten verdrehte Elvira Paahls den Kopf, und ihre Augäpfel verschwanden nach oben unter die Lider. Dann stakste sie langsam wie eine Schlafwandlerin zurück zum Piranha-Becken. Auch ein »Erlauben Sie mal!« von Zabriskie konnte sie nicht aufhalten. Sie stellte sich vor die Scheibe und starrte hinein. Immer wieder schüttelte sie den Kopf. Schließlich sagte sie: »Ach, du liebes bisschen, der Herr Direktor«, und wühlte in ihrer kleinen schicken Handtasche nach einem Taschentuch.

Pachulke kam langsam die Treppe herunter und ließ sich von Zabriskie über Frau Paahls und ihre Funktion aufklären. Er wartete geduldig, bis Elvira Paahls zu Ende geschnieft hatte, dann fragte er: »Woher wollen Sie wissen, dass dieses Skelett im Aquarium Dr. Kern ist ... war?«

»Die Badehose kenne ich.« Frau Paahls flüsterte, als erschienen ihr die eigenen Worte ungeheuerlich.

Pachulke formte die Lippen zu einem lautlosen *Äh*.

»Sie gehört meinem Mann.«

»Das müssten Sie uns vielleicht erklären.«

»Sie gehörte ursprünglich meinem Mann. Ich habe sie Herrn Dr. Kern geschenkt.«

»Sie waren ... Sie hatten ...?« Pachulke fing an zu stottern.

»Oh nein, nicht was Sie denken. Das war bei unserem Julklapp letztes Jahr im Dezember. Das ist für die Weihnachtsfeier. Jeder bringt ein kleines Geschenk mit. Dann werden die Geschenke verlost. Keiner weiß vorher, was er bekommt. Das ist ein großer Spaß.« Sie legte den Kopf schief, als suchte sie für das Wort Spaß und den Anblick im Aquarium zwei möglichst weit voneinander entfernte Schubladen in ihrem Gehirn.

Pachulke nickte düster, als er das Wort Julklapp hörte. Dieser sadistische Brauch, bei dem man Menschen, vor allem Kollegen, die man nicht leiden konnte, etwas unterjubelte, was man nicht brauchte, hatte seit einiger Zeit leider auch bei der Polizei immer mehr Verbreitung gefunden. In den vergangenen drei Jahren hatte Pachulke auf diese Weise jedes Mal ein Schuhregal geschenkt bekommen. Jedes war groß und sperrig und in hellbraunem Billigfurnier gehalten. Danach hatte er ein zulässiges Höchstgewicht für die Geschenke vorgeschlagen, aber das war abgelehnt worden. Es gab einen Perversen unter seinen Kollegen, das wusste er jetzt. Aber wieso loste immer er das Schuhschränkchen aus? Andere Kollegen gingen mit Tischstaubsaugern, Bauchmuskeltrainern oder CDs mit Dudelsackmusik nach Hause, die sich sofort in der Mülltonne entsorgen ließen. Pachulke griff beim Julklapp in den Sack aus Jute, und sein Schicksal war besiegelt.

»Ach das ist ja interessant«, sagte er, als er merkte, dass Elvira Paahls ihn fragend ansah.

»Herr Dr. Kern hat beim letzten Julklapp die Badehose gewonnen. Mein Mann hatte sie von seiner Schwester geschenkt bekommen, aber nie angezogen.« Sie legte die Stirn auf die Fensterscheibe, die Hände links und rechts neben die Augen wie Scheuklappen und fixierte die Badehose. »Doch, doch, das ist sie.« Sie schniefte wieder und wischte sich die Augen.

Zwei Sanitäter mit einer Bahre kamen herein, und Zabriskie wies ihnen den Weg. Pachulke klopfte an die Scheibe und zeigte Engine Plink an, dass sie auftauchen sollte. Zwischen Plink und den Sanitätern gab es eine kleine Diskussion, ob das Skelett als Opfer eines Verbrechens auf die Bahre oder als Beweisstück in eine Plastiktüte kommen sollte. Schließlich entschied man sich für die Bahre, und vorsichtig bugsierten Engine Plink zu Wasser und die Sanitäter zu Land das Skelett gemeinsam heraus. Der Reißverschluss des schwarzen Leichensacks schloss sich mit einem leisen Knurren, dann trugen die Sanitäter die Überreste von Dr. Ukas Kern nach draußen und fuhren sie in die Pathologie. Engine Plink hatte Taucherbrille und Flasche abgelegt und stand im Badeanzug und mit dem Käscher in der Hand auf der Brüstung. Sie fing sich einen der Piranhas, die bisher noch nicht wieder zum Leben erwacht waren.

»Ich habe da so eine Idee«, sagte sie zu Pachulke, während sie den Fisch in eine große Tupperdose legte und den Deckel verschloss. Sie packte sie zusammen mit den beiden Augäpfeln, der Wasserprobe und den anderen Beutestücken in einen kleinen Metallkoffer. Sie bat Pachulke hinunter, ehe sie sich abfrottierte und umzog. Zabriskie schickte Erdem Ulay nach Hause. Elvira Paahls zog sich in dessen Umkleidekammer zurück und restaurierte ihr Make-Up. Danach führte sie Pachulke, Zabriskie und Plink hinüber in das Büro des Zoodirektors. Außer einem großen Büschel Geschreddertes in der Papiermülltonne vor dem Haus fanden sie nichts Aufregendes. Ein Notizbuch und zwei Ordner packte Pachulke ein. Sie wollten Frau Paahls nach Hause schicken, aber die musste erst einmal ganz viel telefonieren. Mit dem Kassenhäuschen, damit das Aquarium heute geschlossen blieb. Und mit dem Stellvertreter von Herrn Dr. Kern, damit jemand da war, der nicht nur *de facto*, sondern auch *de jure* das Sagen hatte. »Das bin ich dem Herrn Direktor schuldig. Er hat für diesen Zoo gelebt.« Sie schniefte kurz, und ihr tadellos wiederhergestelltes Gesicht zeigte keine Spuren mehr von ihrem Schreck über eine rote Badehose.

Plink fuhr ins Labor. Zabriskie blieb im Büro des Zoodirektors und wartete auf dessen Stellvertreter und den Piranhapfleger. Pachulke ging frühstücken. Im Café durchblätterte ein Mann die größte Zeitung der Stadt. Pachulke überflog diskret die Titelseite. Ganz oben stand in einem Kästchen in roter Schrift die Vorankündigung: *Ich lebte mit Bang Bang. Exklusiv ab heute nur bei uns: Pandapfleger Nils Kaiser schreibt über seine besten Jahre.* Darunter in schwarz die Schlagzeile: *Holen Sie unseren Liebling zurück, Kommissar Pachulke!* Was für ein Scheißtag, dachte Pachulke. Er wollte wieder ins Bett.

Zurück in seinem Büro erwartete Pachulke eine dringende Aufgabe. Er musste unbedingt die kleinen runden Papierstücke zählen, die sich in seinem Locher ansammelten und für die es keinen Namen gab. Kaum hatte er den Plastikfuß vom Locher gelöst, die kleinen Rundlinge herausgeholt und zu einem Haufen vor sich aufgeschichtet, da stürzte Dorfner zur Tür herein. »Chef, heiße Sache. Der Zoodirektor hat bei der Umsatzsteuer gemogelt.«

Pachulke heuchelte Interesse, aber es gelang ihm nicht. »Ah ja?«

»Ja, bei den Przewalskipferden.« Dorfner blätterte in den Papieren in seiner Mappe. »Hier, da haben wir es. Laut § 12 Umsatzsteuergesetz in Verbindung mit der entsprechenden Anlage gilt der ermäßigte Satz von 7 Prozent bei lebenden Tieren.«

»Er wird keine toten Przewalskipferde gekauft haben.«

»Ja, aber dann kommt das Eigentliche. Nr. 1: Lebende Tiere, und zwar a) Pferde einschließlich reinrassiger Zuchttiere, ausgenommen – Wildpferde! Gesetzestechnisch übrigens nicht uninteressant. Eine Ausnahme von der Ausnahme.« Dorfner blätterte wieder in seinen Aufzeichnungen. »In den letzten acht Jahren hat der Zoo insgesamt fünfundzwanzig Przewalskipferde aus Prag angekauft. Immer über den gleichen Importeur und immer mit dem ermäßigten Steuersatz. Hier!« Er wedelte mit einem Fax. »Ich habe mir die Bankunterlagen kommen lassen. Wir haben es alles schwarz auf weiß.«

Dorfner beugte sich über Pachulkes Schreibtisch. »Dürfte vielleicht ich die Vernehmung durchführen? Ich bin auch ganz vorsichtig.« Er schlug mit der geballten Faust in seine flache Hand. »Den werde ich mir vorknöpfen, bis das rohe Fleisch zum Vorschein kommt. Bis auf die Knochen, wenn es sein muss.«

»Ich fürchte, Dorfner, da ist Ihnen jemand zuvorgekommen.«

»Zabriskie? Hat sie? Nein!«

Pachulke schüttelte den Kopf. »Heute Morgen haben wir das Skelett von Dr. Ukas Kern im Piranha-Becken des Aquariums gefunden.«

»Nein!«, schrie Dorfner. »Wegen ein paar Pferden muss man doch nicht gleich ins Wasser gehen.«

»Wie kommen Sie darauf, dass der Zoodirektor Selbstmord verübt hat?«

»Wie? Sie denken, er ist ermordet worden?«

»Ich denke gar nichts, ich warte. Das Skelett ist in der Pathologie. Frau Plink untersucht ein paar Sachen, die sie im Aquarium gefunden hat.«

Dorfner wollte es nicht glauben. Er sah so niedergeschlagen aus, dass Pachulke ihn fast getröstet hätte, aber sein Untergebener fasste sich schnell. Er sagte: »Die Sekretärin könnte auch etwas damit zu tun haben, oder? Mit der Umsatzsteuer, meine ich.«

»Das halte ich für unwahrscheinlich und im Moment auch nicht für so dringlich. Wir müssen wissen, wie Ukas Kern in das Piranhabecken gekommen ist. Und wieso die Piranhas ihn gefressen haben. Es ist nämlich keineswegs üblich, dass Piranhas Menschen fressen. Sie könnten uns helfen, indem Sie die Ernährungsgewohnheiten von Piranhas recherchieren. Fressen diese Fische wirklich Menschen? Wie viel Fleisch können hundert oder zweihundert Piranhas in zwei, in vier, in acht Stunden fressen? Das sind alles entscheidende Fragen, damit wir die Geschehnisse im Aquarium rekonstruieren können. Dorfner, Sie haben sich mit der Steuer größte Mühe gegeben und Hervorragendes geleistet. Dass der Zoodirektor nicht mehr lebt, ist nicht Ihr Fehler.« Pachulke wusste, dass Dorfner diese Art von Komplimenten hasste, weshalb er mit ihnen nicht sparte.

Dorfner nickte und warf noch einmal einen Blick auf das Fax von der Bank. Er ging an seinen Schreibtisch und packte seine Aufzeichnungen in einen dicken Ordner mit der Aufschrift *Vergebliche Bemühungen XII*. Dann legte er eine Handvoll Schmierpapier in seine Mappe und machte sich wortlos auf den Weg.

Pachulke wandte sich wieder seinem Locher und dessen Produkten zu. Locherauswurfpartikel könnte man die Dinger vielleicht nennen. Aber das war zu lang. Vielleicht Lochergewölle. Oder Knipsis.

Es klopfte. »Nein, jetzt nicht, bin beschäftigt!«, rief Pachulke. Da steckte Staatssekretär Prunk seine Dienstvisage durch die Tür und sagte: »Herr Kommissar, wie gut, dass ich Sie hier antreffe.«

Pachulke schluckte, dann sagte er mit seiner besten bonbonfarbenen Stimme: »Ah, welch hoher Besuch in unserem kleinen bescheidenen Präsidium. Nehmen Sie doch Platz, Herr Staatssekretär.«

Prunk trat ein, holte sich Dorfners Stuhl von dessen Schreibtisch, zog ein kleines Handtuch aus einer Plastiktüte und legte es auf die Sitzfläche. Er sah sich um und drehte sich dabei einmal um die eigene Achse. Dann setzte er sich auf das Handtuch, klemmte die Beine zusammen und sagte: »Sehr hübsch haben Sie es hier. Bescheiden, aber doch praktisch.«

»Ja, wer seinen Beruf ernst nimmt«, sagte Pachulke und sah auf die Uhr.

»Gestern«, sagte Staatssekretär Prunk, »hat der Ausschuss für Alles seine turnusmäßige Tiersitzung abgehalten, wie Sie vielleicht wissen. Mein Chef, Der Geliebte Bürgermeister Und Regierende Bausenator, ich meine natürlich umgekehrt, ist gerade in diesen Minuten bei einer Punktlandung am Schäfersee unabkömmlich. Deshalb hat er mich beauftragt, Ihnen von Verlauf und Ergebnis der Sitzung Bericht zu erstatten.«

Pachulke machte eine einladende Geste. Knipsis. Konnte man neue Worte gesetzlich schützen lassen? Vielleicht kam er damit sogar ins Lexikon. Prägte viele elementare Begriffe aus der Welt des Bürolebens, würde es dort über ihn heißen.

Prunk redete weiter. »Er hat versucht, das Gremium für unsere Vorgehensweise zu gewinnen: Konsequenz, Härte, Erfolg. Keine Kompromisse. Aber«, er seufzte tief, »ich bin bestürzt, dies von einem so illustren Gremium sagen zu müssen: Diese Weicheier wollen nachgeben.«

»Tatsächlich?«, fragte Pachulke. Gerade fiel ihm ein, dass Prunk vielleicht auf eine Erklärung für den kleinen Haufen Lochergewölle wartete, der weiß und sinnlos auf Pachulkes Schreibunterlage angehäufelt war.

»Ja, leider. Der Regierende Bürgermeister Und Geliebte Bausenator hat gekämpft wie ein Löwe, hat sie angefleht: für den Rechtsfrieden, für die Freiheit. Für Bang Bang, der draußen starke, entschlossene Freunde braucht. Es war nichts zu wollen.« Staatssekretär Prunk hielt sich die Hände links und rechts neben die Augen. »So einen engen Horizont haben die. Wenn eines ihrer Tiere bedroht ist, drehen sie durch. Wenn da noch zwei oder drei richtige Kerle dabei gewesen wären, die wissen, wie man mit diesen Brüdern verhandelt, nämlich gar nicht, dann wäre es nicht so weit gekommen. Aber der Chef stand fast allein gegen eine Allianz der Willfährigen. Hundertunddrei gegen sieben Stimmen. Es ist eine Schande. Das Gemeinwohl scheitert einmal mehr an den Einzelinteressen.«

»Und jetzt?«, fragte Pachulke. Knipsis traf es nicht wirklich. Sie wurden ja gelocht und nicht geknipst. Lochis? Lochis klang doof.

»Jetzt muss sich die Stadt erpressen lassen. Wie meinen Chef das anwidert. Ich sollte Ihnen das eigentlich nicht sagen, aber er hat mich auch deswegen geschickt, weil ihm der Ausschuss für Alles peinlich ist. Was sollen wir unseren Kindern bloß antworten, wenn sie uns fragen: Warum seid ihr damals schwach geworden? Warum habt ihr die Evakuierung des Tierparks nicht verhindert?«

»Das heißt, die Tiere im Tierpark werden freigelassen?« Pachulke staunte, wie egal ihm diese Neuigkeit war.

Staatssekretär Prunk zuckte als Antwort nur mit den Schultern. Dann blickte er auf den Haufen Locherunrat auf Pachulkes Schreibtisch, als habe er den Ausschuss für Alles vor sich und sagte leise: »Das ist ein schwarzer Tag für diese Stadt, aber der Ausschuss hat seine Entscheidung getroffen und er ist das maßgebende Gremium.«

Pachulke nickte und sah aus dem Fenster, an dem gerade ein Flugzeug vorüberflog. Zwanzig Plätze, schätzte er. Nichts Großes als Zielort, vielleicht ein altes Kino. Er fragte Staatssekretär Prunk: »Wie wollen Sie praktisch vorgehen? Sollen einfach die Käfige geöffnet werden, und alle dürfen raus?«

»Nein, das Modell einer Generalamnestie würde sich nicht bewähren. Wir werden die besonders großen und wilden Tiere erst einmal in den Zoologischen Garten schaffen, bis wir die Abschiebung in ihre Heimatländer organisiert haben. Einige werden wir einfach so freilassen, zum Beispiel die Haustiere und die Vogelarten, die in diesem Klima überleben können. Dann wird es noch eine große Tiertombola geben. Die Tiere, die menschliche Obhut brauchen, werden verlost. Wir hoffen, dass wir damit die Akzeptanz in der Bevölkerung für die Räumung des Tierparks erhöhen. Die Chance auf einen Gibbon oder eine Tarantel dürfte viele Besucher des Tierparks versöhnlich stimmen. Brot und Spiele, Sie verstehen?«

Pachulke überlegte, ob er sich über eine Tarantel freuen würde, die mit ihm zusammen *La Traviata* hörte und sagte: »Das klingt alles sehr vernünftig. Wann haben Sie diesen Plan denn gefasst?«

»Man hat bis heute Morgen früh um drei getagt: Herr Nawasserski, Herr Meyer, Herr von Goltz und der Regierende Bürgermeister Und Geliebte Bausenator natürlich. Meine Wenigkeit war auch zugegen. Wir denken, wenn die Terroristen sehen, dass die Evakuierung beginnt, ist zumindest das Leben von Bang Bang nicht mehr unmittelbar in Gefahr.«

»Kann ich davon ausgehen, dass wir die Großfahndung weiterführen sollen, auch wenn die Evakuierung des Zoos bereits läuft?«

»Selbstverständlich. Wir müssen Bang Bang unbedingt finden. Wir haben es mit Psychopathen zu tun.«

Pachulke räusperte sich. »Wir waren heute Morgen noch einmal im Zoo, genauer gesagt im Aquarium.«

»Im Aquarium?«

»Ja, wir haben einen Anruf von einer Reinigungskraft dort im Haus erhalten. Der Mann hat ein Skelett im Piranha-Aquarium gefunden. Aller Wahrscheinlichkeit handelt es sich dabei um Dr. Ukas Kern.«

Prunk wurde blass: »Das ist ja abscheulich. Dr. Kern war auf seinem Posten unersetzlich. Er war ein Bollwerk gegen Sittenverfall und Gangstertum. Der absolute Experte auf seinem Gebiet. Sein Buch *Delinquenz im Tierreich* kennen Sie sicherlich.«

»Selbstverständlich«, log Pachulke.

»Kern arbeitete an einem neuen Projekt. Er wollte den Moa nachzüchten.«

»Sie meinen diesen ausgestorbenen Riesenvogel?«

»Genau. Dr. Kern wollte ihn mit Hilfe von Eiern, die in Gletschern gefunden wurden, als Spezies rekonstruieren.«

»Warum das denn?«

»Um ihn einzusperren natürlich. Aussterben schützt vor Strafe nicht. Ein wunderbarer Gedanke, finden Sie nicht?«

Pachulke murmelte etwas Unbestimmtes und sagte dann: »Tja, vielen Dank, dass Sie extra gekommen sind. Wenn Sie sonst nichts mehr auf dem Herzen haben ... Die Großfahndung läuft natürlich pausenlos.« Wer hatte den Locher eigentlich erfunden? Im Nachlass dieses Menschen gab es vielleicht Hinweise darauf, ob er einen Namen für die Papierstückchen vorgesehen hatte. Musste man bei einem Patent nicht ganz genau angeben, wie die Sache funktioniert? Da gehörte doch ein Name für das Produkt dazu, auch wenn es ein Abfallprodukt war. Was produzierte ein Locher eigentlich: Löcher oder Knipsis?

»Das trifft sich gut.« Prunk sprang auf. »Der Regierende Bürgermeister Und Geliebte Bausenator erwartet Sie heute um dreizehn Uhr zum Rapport über den Erfolg der Fahndungsmaßnahmen in seinem Büro.«

»Selbstverständlich gerne. Der Einsatzleiter wird mich sofort nach Ihrem Besuch über den neuesten Stand informieren.«

Prunk packte sein Handtuch in die kleine Plastiktüte und öffnete die Bürotür. Fast wäre er mit einem Polizeibeamten zusammengestoßen, der in diesem Moment klopfte und den Kopf hereinsteckte. »Pachulke, da ist jemand, der Sie sprechen möchte.«

Prunk drängelte sich an dem Beamten vorbei. Pachulke hörte, wie er im Gang unwirsch aufschrie. Er wollte dem Beamten schon abwinken, da hörte er von draußen ein metallisches Klirren und richtete sich kerzengerade auf. »Schicken Sie den Mann bitte rein.« An dem erstaunten Polizisten vorbei schob sich der Gabelstapler in Pachulkes Zimmer. Er schnaufte tief und ließ sich in Dorfners Stuhl fallen.

Der Gabelstapler sah Pachulke an. »Diesen Schnösel kenn ich doch. Was haben Sie denn mit dem zu tun?«

»Prunk, Staatssekretär des Regierenden Bürgermeisters Und Geliebten Bausenators. Es ging um den Panda.«

Der Gabelstapler zuckte mit den Achseln: »Schönen guten Tag erst einmal, Herr Kommissar, habe die Ehre.«

Pachulke erwiderte den Gruß. Er legte seine Hände flach auf die Tischplatte und beugte sich nach vorne. »Was können Sie mir berichten?«

Der Gabelstapler fummelte in Brusthöhe an seinem Mantel herum, und schon lag eine Gabel auf Pachulkes Schreibtisch. Pachulke nahm sie in die Hand und betrachtete sie genau. Es war die Gabel aus dem Pandakäfig, kein Zweifel. Daraufhin legte der Gabelstapler drei weitere Gabeln auf den Schreibtisch, die der ersten aufs Haar glichen. Pachulke ließ seine Gabel fallen, als hätte er sich verbrannt.

»Welche ist es?«, fragte er hastig.

Der Gabelstapler ließ sich nicht beirren. »Diese Gabeln stammen alle aus Rumänien. Sehen Sie die Krümmung der Zinken?« Pachulke betrachtete die Gabeln genauer. »Das ist der typisch rumänische Stil. Die Gabel stammt aus einer Fabrik in der Nähe von Timisoara, die 1985 stillgelegt wurde. Die Gabeln wurden deshalb nicht mehr mit dem Firmenzeichen markiert. Bis zum Jahr 1991 lagerten sie in den Vorratshallen der Fabrik, dann wurden sie verkauft.«

»Verkauft?« Pachulkes Stimme wurde immer höher, als er das Wort aussprach.

»Ja. Alle sechzigtausend Gabeln wurden verkauft.«

»Wer außer Ihnen kauft sechzigtausend Gabeln?«, fragte Pachulke.

»Jemand, der einen riesigen Bedarf an Gabeln hat, weil er Krankenhäuser, Kantinen, Altersheime, Mensen und Schulen unterhalten muss.«

Pachulke schluckte. Der Gabelstapler deutete der Reihe nach auf die drei Gabeln, die er dazugelegt hatte: »Freie Universität Hauptmensa, Charité Kleine Kantine, Harald-Juhnke-Gymnasium Zehlendorf, Schulspeisung. In den neunziger Jahren verkaufte die Stadt das Tafelsilber und brauchte daher billigen Ersatz. Man fand ihn in Osteuropa.«

»Und die hier?« Pachulke deutete vorsichtig auf seine Gabel.

»Das weiß ich nicht. Es gibt hier in der Stadt knapp tausend Stellen, die mit den Gabeln ausgestattet wurden.« Der Gabelstapler packte die drei Gabeln ein, stand klirrend auf, verbeugte sich leicht und sagte beim Gehen aufmunternd: »Sie schaffen das schon.«

Als der Gabelstapler gegangen war, dachte Pachulke kurz darüber nach, wie viele Altersheime in der letzten Woche wohl »Kaliningrader Klopse« auf dem Speiseplan gehabt hatten. Dann wandte er sich wieder den Ripseln zu, wie er die Locherstückchen jetzt getauft hatte. Ripsel für runde Schnipsel. Er wollte sie paarweise sortieren. So viel Zeit musste sein.

Bang Bang wurde von einem infernalischen Gebrüll vor seiner Zellentür geweckt. Er war hellwach und unternehmungslustig. Die Dumpfheit, die sich in seiner alten Zelle wie ein dickes Kissen über ihn gelegt hatte, war verschwunden. Er mochte den Geruch in seinem neuen Gefängnis nicht. Den Tieren, die vor ihm hier eingesperrt waren, wollte er nicht begegnen. Sie rochen nach Unheil.

Die Fenster seiner Zelle bestanden aus buntem Glas, das in kleine rote, gelbe, grüne und blaue Rechtecke unterteilt war. Ein kompletter Sichtschutz, aber er war sich trotzdem sicher, dass es draußen in diesem Moment Tag war. Was sich dort abspielte, konnte er nicht hören, dazu war das Gebrüll zu laut.

Auf der anderen Seite der Tür, die Bang Bang von der Außenwelt trennte, stand der hagere Bewacher, der am Tag zuvor eingekauft hatte, und schrie aus Leibeskräften. Sein Mund war weit aufgerissen, wie bei einer Schlange, die ein großes Ei verschlingen will. Während er schrie, wedelte er mit den Armen. »Neukölln, Dresden, links!! Charlottenburg, Magdeburg, Leipzig, Hamburg, rechts!!« Immer wieder.

Der andere Mann hatte einen Schnauzbart, dessen Enden herabhingen wie die Blätter einer Pflanze, die zu wenig Wasser bekam. Der Schnauzbart hielt den Hageren an den Schultern fest und redete mit leiser Stimme auf ihn ein. »Ganz ruhig, Alter, alles okay. Es ist nichts, es ist vorbei. Du bist hier. Kannst du mich hören? Hey, kannst du mich hören?«

»Leipzig, Hamburg, rechts!!«, brüllte sein Gegenüber aus Leibeskräften und schlug den rechten Arm nach hinten.

Obwohl der Schnauzbart fast einen Kopf kleiner war, hielt er den anderen Mann fest gepackt und schrie energisch: »Aufhören, aufhören. Es ist vorbei!«

»Ich bin ein Info Grande! Ich bin ein Info Grande! Das hier ist meine Kreuzung! Meine Kreuzung!!« Der Große begann wieder von neuem. Seine Stimme überschlug sich.

Der Schnauzbart holte tief Luft und haute dem ehemaligen Info Grande volle Kanne eine rein. Endlich war es still. »Okay, beruhige dich, wir sind hier, es ist vorbei. Sieh mich an, sieh mich an.« Er drehte das Gesicht des anderen mit zwei Fingern langsam zu sich. Langsam und beschwörend sagte er: »Ich – bin – Ohg.« Er lachte den anderen an und suchte nach einem Zeichen von Verständnis. Dann wiederholte er: »Ich – bin – Ohg. Du – bist – Ag.«

Langsam kehrte ein Ausdruck von geistiger Anwesenheit in den

Blick des anderen zurück. Er rieb sich die Backe und nickte. »Du – bist – Ohg.«

»Richtig Alter, ich bin Ohg.«

»Du bist Ohg.«

»Und du bist Ag.«

»Ich bin Ag.«

Ohg seufzte. »Oh, Mann, hast du mir einen Schrecken eingejagt.«

»Du Ohg.«

»Genau.«

»Ich Ag.«

»So ist es.«

»Ich Ag, ich Ag. Du Ohg.«

»Jetzt hast du's begriffen. Alles in Ordnung.«

Ag sah sich erleichtert um, dann murmelte er eine leise Entschuldigung. »Tut mir Leid. Manchmal taucht das alles wieder auf. Der Lärm, der Stress. Du gibst alles, du ruinierst deine Stimme, und dann kommen die neuen Ratings, und du bist weg. Knall auf Fall. Und am nächsten Tag stehst du in Buckow im Muschelkalkweg und kannst auch noch dankbar sein.«

»Ey, Alter, du brauchst mir nichts erzählen. Mein Bruder hat auch als Autobahnvorwegweiser gearbeitet. Am Kaiserdamm. Das ist der härteste Job unter der Sonne. Und du hast sogar beide Richtungen gemacht.«

»Ja, stimmt«, flüsterte Ag. »Gab ja auch doppelt Kohle dafür.« Er räusperte sich, aber seine Stimme blieb heiser. »Danke, Ohg, bist'n echter Kumpel.«

Ohg nickte. »Darf ich dir was vorschlagen?«

»Klar, was du willst.«

»Wenn es dir nichts ausmacht, würde ich gerne einkaufen gehen. Mir geht der Panda auf die Nerven. Ich brauch einfach mal ein bisschen frische Luft, verstehst du.«

»Eigentlich bin ich ja jetzt dran.«

»Ja, ich weiß. Du bist dran. Aber ich habe das Gefühl, für dich ist es nicht so schlimm, mit dem Bär allein zu sein.«

»Stimmt, ist nicht so schlimm. Ist ja 'ne dicke Tür zwischen dem Panda und uns.«

»Ja, aber ich trau der Tür nicht wirklich. Also, was ist? Lässt du mich gehen?«

»Klar, Ohg. Ich muss auch noch ein bisschen verpusten, einfach nur sitzen.« Er bekam einen Hustenanfall, und Ohg klopfte ihm auf die Schultern.

»Danke, Ag, bist‘n echter Kumpel. Wir stehen das hier durch. Wirst sehen.«

»Ja, wird schon schiefgehen. Hast du den Einkaufszettel noch?«

»Ja, klar hab ich.« Ohg klopfte auf sein Hemd. »Ich geh gleich los. Sind schon fast wieder zwölf Stunden um. Der Mietzekater braucht sein Fressi.«

Als Zabriskie das Büro von Elvira Paahls verlassen hatte, wollte sie zurück ins Präsidium. Aber noch vor dem Elefantentor läutete ihr Handy.

»Kommissarin Zabriskie?«

»Am Apparat.«

»Da hat ein Mann angerufen. Er sagt, er hat einen Hinweis auf die Frau, von der wir das Phantombild gemacht haben.«

Zabriskie setzte sich auf eine Bank. Hinter ihr war das Löwengehege, vor ihr lag ein breites Blumenbeet. »Gibt es Hinweise auf den Panda?«

»Den Panda hat der Mann nicht gesehen. Er sagt aber, die Frau vom Fahndungsbild wohnt bei ihm im Haus. Und sie würde immer so laut Musik hören. Er sagt, das macht sie, damit man den Panda nicht hört, wenn er um Hilfe ... äh ... ruft ... fiept. Wie auch immer.«

»Deswegen rufen Sie mich an?«

»Er sagt, die Beschreibung passt haargenau, und der Hauptkommissar meinte, jeder Hinweis sei von Bedeutung.«

Kunststück, dachte Zabriskie. Weil er sich um diesen Scheißdreck nicht kümmern musste. Sie seufzte. »Name, Adresse?«

Zabriskie notierte. Der Mann hieß Hugo Persich und wohnte in der Grünberger Straße gleich beim Boxhagener Platz. Friedrichshain. Warum nicht gleich in Lichtenberg? Warschauer Straße stieg Zabriskie aus der U-Bahn und ging zur Grünberger Straße. Auf der Ecke stand ein Info Medium. Bis zur nächsten Ecke waren es 127 Meter.

Herr Persich empfing sie an der Wohnungstür in der ersten Etage. Er hatte den Finger auf den Mund gelegt. »Kommen Sie rein«, flüsterte er. »Gott sei Dank, dass Sie endlich da sind.« Bereits im Treppenhaus hatte Zabriskie das dumpfe Wummern der Bässe gehört, das aus der Parterrewohnung unter Persich kam. Das Augenfälligste an Horst

Persich waren die dick gepolsterten orangefarbenen Ohrenschützer, die Zabriskie von Bauarbeitern am Presslufthammer kannte. Persich schloss die Tür und nahm die Ohrenschützer ab. Er deutete auf seine Dielen. »Hier unten müssen sich unglaubliche Szenen abspielen.« Zabriskie nickte. Sie fragte sich, wann Persichs Frau gestorben war. Die Diele wirkte wie ein Schrein. Über der kleinen Kommode hingen drei Fotografien. Ein Porträt von der Frau im Kostüm mit Perlenkette, das Hochzeitsfoto und ein Foto von einem Grabstein mit einem frischen Blumenstrauß. Jedenfalls war die Wohnung gut in Schuss, bis auf ein paar Sägespäne perfekt sauber. Offenbar hatte Persich gerade renoviert. Es roch nach frischem Holz.

Zabriskie hatte keine Lust auf eine Flut von Verdächtigungen, also sagte sie: »Na, dann wollen wir doch mal sehen, ob der Panda im Parterre ist.« Ehe Persich protestieren konnte, hatte sie die Wohnung wieder verlassen und läutete eine Treppe tiefer.

Als die junge Frau öffnete, zuckte Zabriskie zusammen und hätte beinahe nach der Waffe gegriffen. Das Fleisch gewordene Phantombild stand vor ihr, umhüllt von einer Wolke hoch organisierten Lärms, die aus dem Wohnzimmer drang.

»Guten Tag, Kriminalpolizei!«, brüllte Zabriskie.

»Moment!«, brüllte die Frau, und verschwand im Wohnzimmer. Als sie wieder in der Tür stand, sagte sie in die unwirkliche Stille hinein: »Was kann ich für Sie tun?«

Zabriskie sah, wie Persichs Kopf verstohlen durch das Treppengeländer lugte.

»Haben Sie von der Entführung des Panda im Zoologischen Garten gehört?«

»Selbstverständlich.«

»Zwischen Ihnen und dem Phantombild einer mutmaßlichen Terroristin gibt es eine schlagende Ähnlichkeit. Wir haben einen Hinweis aus der Bevölkerung bekommen.« Persichs Kopf ging über dem Geländer auf wie der Mond in den Tropen. »Sie sollen in Ihrer Wohnung den Panda gefangen halten.« Die Frau lachte los. »Und seine Anwesenheit durch laute Musik tarnen.« Warum bin eigentlich immer ich der Depp, fragte sich Zabriskie.

Die junge Frau warf einen demonstrativen Blick ins Treppenhaus, und der Kopf verschwand.

»Persich, was?« Sie wartete nicht ab, bis Zabriskie nickte. »Das letzte Mal hat er behauptet, ich würde hier schächten. Er hat ein Problem mit zeitgenössischer Populärkultur. Wollen Sie die Wohnung durchsuchen?«

»Nein, ich denke, das ist nicht nötig.« Zabriskie knetete ihre Unterlippe mit den Zähnen. »Die Musik ist wirklich extrem laut.«

»Das stimmt«, sagte die junge Frau. »Aber Persich betreibt in seiner Wohnung eine Schreinerei. Sie sollten mal hier sein, wenn er Holz zusägt. Die Hausverwaltung tut nichts, für eine Klage habe ich kein Geld. Also wehre ich mich mit Musik.« Sie deutete mit dem Daumen in Richtung Wohnzimmer. Im ersten Stock fiel eine Tür ins Schloss, und Zabriskie hörte, dass der Riegel vorgeschoben wurde.

»Sie haben nicht zufällig eine Zwillingsschwester, die veganisch lebt und zur Militanz neigt?«

»Bedaure, nein. Vier Brüder, aber keinen Zwilling.«

»Ja, also dann auf Wiedersehen und vielen Dank auch.«

»Da nich' für.«

Pachulke war am Ende seines kurzen Berichts angekommen. Die dürre Tatsache, dass am ersten Tag der Großfahndung zweitausend Polizisten keine einzige Spur des Pandas zutage gefördert hatten, wurde für Staatssekretär Prunk und dessen Chef auf eine gute halbe Stunde gestreckt. Jetzt saß der Regierende Bürgermeister Und Geliebte Bausenator stumm da und trommelte mit den Fingerspitzen auf den Konferenztisch. Prunk fingerte an seiner Krawatte herum und schielte an der Tischkante vorbei auf seine neuen metallic-blauen Schnürsenkel.

»Und nun?«, fragte der Regierende Bürgermeister Und Geliebte Bausenator nach einer Weile. »Wir haben um vier Uhr eine Pressekonferenz. Es wird schon schwer genug, nachdem wir jetzt evakuieren müssen. Das wird auf ein sehr geteiltes Echo stoßen. Wir müssen Ergebnisse präsentieren. Irgendetwas.«

»Ja, wir müssen ihnen etwas hinwerfen«, sagte Pachulke. Er nippte an dem Kaffee Marke schlecht, aber reichlich. »Wir könnten einen Hinweis erfinden, einen Gegenstand, der in Bang Bangs Käfig zurückgelassen wurde und der erste konkrete Hinweise auf die Entführer gibt. Eine heiße Spur.«

»Zum Beispiel ein kleines Mäppchen mit einem Stadtplan, wo eine Adresse eingezeichnet ist mit dem Hinweis ›Hier Panda-Versteck!‹«, schlug Prunk vor.

»Vielleicht nicht ganz so heiß«, sagte Pachulke. »Wir müssen den Druck langsam erhöhen. Ein halber Tag Fahndung, das ist nicht so viel Zeit.«

»Nicht so viel Zeit, nicht so viel Zeit. Mann, Pachulke, wir haben eine Deadline im Nacken. Das heißt nicht zufällig Todeslinie«, fauchte der Regierende Bürgermeister Und Geliebte Bausenator. »Wo steckt eigentlich Ihre Kollegin? Die arbeitet doch auch an dem Fall.«

»Sie ist noch im Zoo. Sie wissen ja vielleicht, dass Dr. Ukas Kern ...«

»Ja, natürlich weiß ich. Aber das ist doch nebensächlich. Ich meine, alle meine Gedanken haben nur ein Ziel: Wir müssen den Panda finden.« Er trommelte mit den Fingern auf der Armlehne seines Sessels herum. »Etwas für die Presse, schnell. – Ich hab's. Wir werden den Fernsehspot ankündigen, meine Ansprache an die Bevölkerung. Das ist doch ausnahmsweise einmal eine gute Nachricht.«

Hodelditadel, Hodelditadel machte das Diensttelefon des Regierenden Bürgermeisters Und Geliebten Bausenators, das in der Armlehne seines Stuhls verborgen war.

»Hallöchen,« sagte dieser in die Sprechmuschel. Er lauschte für einige Sekunden, was am anderen Ende der Leitung gesprochen wurde. Dann sah es aus, als würde er von Gesichtskrämpfen geschüttelt, während er vorsichtig nickte und ein fast tonloses »Ja« von sich gab. Es dauerte einen Moment, bis Pachulke begriff, dass die Grimassen, die der Regierende Bürgermeister Und Geliebte Bausenator schnitt, die Worte *Rote Bete Fraktion* formen sollten, leise natürlich. Pachulke legte die Hände hinter beide Ohren und der Regierende Bürgermeister Und Geliebte Bausenator drückte einen Knopf. »Bang Bang stirbt, wenn ihr euch nicht an unsere Vorgaben haltet. Ist das klar?«, erklang die Stimme des Entführers über den Zimmerlautsprecher des Telefons.

»Ja doch, gewiss«, sagte der Regierende Bürgermeister Und Geliebte Bausenator, während er zu Pachulke hinüberschielte und mit den Schultern zuckte. Der schrieb schnell etwas auf einen Zettel und schob ihn über den Tisch. Der Regierende Bürgermeister Und Geliebte Bausenator las: *Beweis, dass Bang Bang lebt* und nickte. Er setzte sich zurecht. »Nun hören Sie mir mal zu, junger Mann. Woher soll ich denn wissen, dass Sie der Entführer sind und Bang Bang noch lebt? Was glauben Sie eigentlich, wie viele Leute hier jeden Tag anrufen und behaupten, sie hätten den Panda entführt?«

»Äh, aber ... Doch! Der Panda ist hier! So wahr ich hier in der Telefonzelle Ecke, huch, nu hätt' ich mich fast verplaudert. Bang Bang ist hier. Es geht ihm gut. Was macht die Evakuierung des Tierparks?«

Pachulke kannte die Stimme des Entführers nicht und konnte auch zum möglichen Standort des Anrufers nichts sagen. Schade, dass das nicht aufgezeichnet wurde. Das hatte der Regierende Bürgermeister Und Geliebte Bausenator bei seinem Großfahndungsprogramm leider nicht vorgeschlagen.

»Gar nichts macht die Evakuierung. Solange wir keinen Beweis haben, dass es Bang Bang gut geht, können Sie das vergessen. Wir möchten ein Foto von ihm«, sagte er gerade ins Telefon.

»Ein Foto?«

»Ja, ein Foto. Halbprofil, das eine Ohr muss zu sehen sein, ohne Sonnenbrille. Ein Foto von heute.«

»Reicht nicht auch eine Zeichnung? Wir haben jemanden, der sehr gut zeichnen kann. Hat mal Kunst studiert, na ja, wie's kommt im Leben.«

»Nein, ein Foto. Danach reden wir weiter.«

Kleine Pause. »Also gut, du kriegst dein dämliches Foto!«

»In Farbe?«

»Ja, in Farbe.«

»Sehr gut. Das nenne ich ein Wort. Kommen Sie persönlich vorbei?«

»Nein, du Idiot. Wir sind Profis. Fangt endlich mit der Evakuierung an!«

»Wir können Ihnen nur raten, von Ihrem schändlichen Tun abzulassen. Ihre politischen Ziele sind falsch, Ihre Mittel verbrecherisch. Wir lassen uns nicht erpressen. Geben Sie auf. Lassen Sie Bang Bang frei. Stellen Sie sich der Polizei.«

»Niemals. Freiheit für alle Tiere.« Klick.

Der Regierende Bürgermeister Und Geliebte Bausenator hielt das Telefon fest umklammert und atmete tief durch. Prunk wischte sich den Schweiß von der Stirn.

Pachulke nickte und rieb sich die Hände. »Sehr gut, das war sehr gut. Sehen Sie, sie lassen sich darauf ein. Wir haben sie am Haken.«

»Ein erster Kontakt. Ein moralischer Sieg für uns. Für die Pressekonferenz sollte das genügen«, sagte der Regierende Bürgermeister Und Geliebte Bausenator und legte das Telefon zurück in die Armlehne.

Nach dem Termin beim Regierenden Bürgermeister Und Geliebten Bausenator hatte Pachulke Hunger. Er wollte zur Kantine ins Erdgeschoss, aber diesmal hielt der Aufzug in der zweiten Etage. Pachulke stieg aus und ging zur Toilette. Auch in der zweiten Etage waren die Wände mit den Porträts der Ehrenbürger geschmückt. # 276 war ein würdiger Herr mit einem grauen Rauschebart, dessen Üppigkeit Pachulke an das Innere einer Seegrasmatratze erinnerte. Er wusste nichts über # 276, aber es gab in Neukölln eine beliebte Einkaufsstraße, die nach ihm benannt war. Vielleicht ein Vorkämpfer gegen das Ladenschlussgesetz. In der Toilette stieß er auf einen alten Bekannten: Sauber schabloniert und allgegenwärtig las er die Schrift an den Wänden: *Truthahnschänder in den Wolf!*

In der Kantine nahm er sich ein Tablett und stellte sich in die Schlange. Über dem fahrbaren Gestell, in dem die sauberen Tabletts aufgetürmt waren, hing ein großes Schild: *Mein Leibgericht! Unsere Gäste wählen ihren Favoriten. Die Top Drei aus dem Vormonat wieder im Programm. Platz 1: Fett mit Speck und Fleisch. Platz 2: Was vom Tage übrig blieb. Platz 3: Kaliningrader Klopse nach Art des Hauses.*

Ick stehe hier und suche Klops, dachte Pachulke, also fange ich besser gleich damit an. Die Schlange ruckte zügig weiter. Pachulke nahm sich einen kleinen Salat und eine Fassbrause, dann kam er an die Reihe. »Einmal Klopse bitte«, sagte er zu der Frau hinter dem Metalltresen.

»Leider schon aus. Wünschen Sie eine individuelle Empfehlung?«

Pachulke verneinte und entschied sich für Fett mit Speck und Fleisch, was er sowieso genommen hätte, wenn er nicht einem wichtigen Hinweis hätte nachgehen wollen. Er suchte sich einen freien Platz am Fenster, zog sein Jackett aus und setzte sich. Als er das Besteck in die Hand nahm, fiel sein Blick auf die Gabel. Also auch hier. Tausend Orte. Er säbelte ein Stück von dem Fett ab und entwarf im Geiste einen Brief an tausend Küchenchefs: Hatten Sie in der letzten Zeit Gäste, die rechthaberisch auf einem täglich wechselnden vegetarischen Gericht bestanden? Gab es Angriffe auf andere Gäste, verschmierte Speisekarten, irgendwelche Auffälligkeiten?

Er blickte sein Gegenüber an, einen großen, schlanken Mann mit kurzen dunklen Haaren, die etwas widerborstig in die Luft ragten. Er hatte gerade einen Kaliningrader Klops mit der Gabel zwischen zwei

Kartoffeln hindurchgeschnippt, bevor er ihn aufspießte und verspeiste. Er machte einen Strich auf einen kleinen Zettel, der neben seinem Teller lag. Klopse!, dachte Pachulke und wischte sich den Mund ab. Der Mann sah von seinem Teller auf und blickte Pachulke an. Seine braunen Augen funkelten: »Hertha gewinnt«, sagte er, schnippte einen weiteren Klops zwischen den Kartoffeln hindurch, verschlang ihn und machte wieder einen Strich.

»Gegen wen spielen Sie denn?«, fragte Pachulke. Er griff hinter sich und fummelte nach seiner Dienstmarke, die – hoffentlich – in seinem Jackett war.

»Gegen St. Pauli. – Arbeitslose Fischköppe.«

Der Mann schob einen Klops aus kürzester Entfernung über die Torlinie und lachte dabei. Er hatte Grübchen. »Abstauber Bobic«, sagte er fachmännisch. Ein Klops war noch da, und Pachulke wühlte mittlerweile in seiner Hosentasche. Der Mann führte den Klops eng an der Gabel quer über den Teller und wollte gerade zum Distanzschuss ansetzen, da zückte Pachulke mit der rechten Hand seine Dienstmarke, nahm die Gabel in die linke und piekte den letzten Klops blitzschnell auf.

»Sauber geklärt von Schlindwein. Guten Tag, Kriminalpolizei. Dieser Klops ist ein wertvolles Beweisstück und muss deshalb leider beschlagnahmt werden.« Der Mann gaffte auf die Dienstmarke von Pachulke, dann auf seinen Teller. »Wie bitte?«

»Ganz recht«, sagte Pachulke, während er den Klops von den Zinken in eine kleine Plastiktüte schob, die er für überraschend auftauchende Beweismittel immer dabei hatte. »Tut mir wirklich sehr Leid, ich wollte eigentlich selbst Klopse bestellen, aber die waren aus. Hertha führt doch sowieso.«

»Ja, knapp. Und über den Aufstieg wird das Torverhältnis entscheiden.«

Pachulke zuckte mit den Achseln. »Die zweite Liga hat doch eh erst angefangen.«

Leise murrend zerdrückte der Mann die Torpfosten in der Soße.

Als er an der Küche vorbeikam, sah Pachulke durch die offene Tür einen Mann, der an einem Tisch saß und finster mit einer Gabel in seinem Kartoffelsalat herumwühlte. Er fischte kleine Stückchen heraus und legte sie sorgsam auf ein ausgebreitetes Taschentuch.

Irgendjemand in der Küche brüllte: »Ripp, mach hinne! Pause ist vorbei! Du wirst hier nicht fürs Fressen bezahlt!« Der Mann sprang auf, wischte sich hastig den Mund ab und verschwand in der Küche. Pachulke trat durch die offene Tür. Auf dem Teller befand sich Kartoffelsalat und auf dem Taschentuch lagen Speckwürfel.

Engine Plink ließ Pachulke nicht zu Wort kommen. »Es gibt Neuigkeiten aus dem Aquarium.« Sie deutete auf den toten Piranha, den sie heute Morgen aus dem Wasser gefischt hatte. »Der hier ist an einer Überdosis zugrunde gegangen.«

»Gift? Aber dann müssten die anderen ja auch ...«

»Nein, Schlafmittel. Ich habe es in dem Fisch nachgewiesen und im Wasser auch.«

»Jemand hat die Fische betäubt?«

»Nein. Jemand hat offensichtlich den Zoodirektor betäubt und ins Aquarium gehievt, geworfen, was auch immer. Und man hat ihn angeritzt. Ohne Blut im Wasser sind die kleinen Biester nämlich so harmlos wie Kanarienvögel. Man muss ihn mit Schlafmittel vollgepumpt haben bis zum Stehkragen. Ich habe mit dem Pfleger der Piranhas telefoniert. Das Wasser im Aquarium wird etwa im Laufe von acht Stunden einmal komplett ausgetauscht. Wenn ich davon ausgehen kann, dass zweihundert ausgehungerte Piranhas ungefähr vier Stunden brauchen, um einen erwachsenen Mann zu verputzen, könnten wir den Todeszeitpunkt anhand der Konzentration im Wasser relativ genau bestimmen.«

»Wir könnten?«

»Wenn wir die Dosis des Betäubungsmittels wüssten. Der hier,« sie deutete wieder auf den toten Piranha, »war wohl besonders gierig. Und dann hat ihn das Schlafmittel erledigt.«

»Haben Sie das Diensttagebuch schon überprüft?«

Engine Plink schüttelte den Kopf. »Das mit dem Wasser war sehr langwierig. Ich musste erst einmal suchen, wonach ich suchen muss.« Sie warf einen Blick auf Pachulkes rechte Hand. Er drehte die Tüte mit dem Klops hin und her wie ein Tanzschüler den Blumenstrauß für sein erstes Rendezvous.

»Oh, wie schön. Noch mehr Arbeit. Was bringen sie mir denn jetzt?«

Pachulke hielt ihr die Plastiktüte unter die Nase, und Engine Plinks Augen funkelten. »Ah, the missing Klops.«

»Hoffentlich. Wir wissen mittlerweile, dass die Gabel aus einer von tausend öffentlichen Stätten zur Nahrungsaufnahme stammt. Und Kaliningrader Klops ist als Kantinengericht nicht gerade selten. Der hier stammt aus dem Roten Rathaus.«

»Verstehe«, sagte Plink, nahm die Plastiktüte und blickte den Klops intensiv an. »Wollen doch mal sehen, was du uns alles erzählen kannst, wenn wir dich auseinander genommen haben.« Zu Pachulke sagte sie: »Wahrscheinlich sehr eilig?«

Pachulke legte den Kopf schief. »Besonders ausnehmend brandeilig.«

»Morgen«, flötete Engine Plink.

»Heute nicht mehr?« Pachulke legte den Kopf noch etwas schiefer.

»Nicht, wenn ich das Diensttagebuch noch untersuchen soll.«

Pachulke schwankte. »Also gut, erst das Buch. Mord geht vor.«

»Morgen Vormittag«, sagte Plink und deutete auf den Klops.

Pachulke lächelte. »Das klingt hervorragend.« Auf dem Weg ins Büro kehrten seine Gedanken zu dem Brief an die Kantinenchefs zurück: Wie oft im Monat servieren Sie Ihren Gästen Kaliningrader Klopse? Welche Sorte Kapern verwenden Sie?

Der beschlagnahmte Klops lag unterdessen in Engine Plinks Labor auf einer Apothekerwaage und schwieg zu dieser Frage.

Der Mietzekater braucht sein Fressi. Der Mietzekater braucht sein Fressi. Ja, du Armleuchter. *Sein* Fressen, nicht irgendeinen zusammengestoppelten Fraß. Bang Bang blickte angewidert auf eine angebissene Frühlingsrolle. Helle Krümel Schweinehackfleisch vermischt mit Sojasprossen quollen aus ihr hervor. Bang Bang hatte ein gutes Gespür für absichtliche Kränkungen, und diese Frühlingsrollen waren ein Schlag ins Gesicht. Offenbar hatte man ihn in der ersten Zeit nur in Sicherheit wiegen wollen. Jetzt zogen die Wärter andere Saiten auf. Dieses Menü war ein einziges Fiasko.

Bang Bang seufzte und schüttelte den Kopf über die Acht Kostbarkeiten, die eigentlich Acht Traurigkeiten hätten heißen müssen. Keine Wasserkastanien, eine wässrige Soße dazu. Die Suppe lauwarm. Das war nicht seine Welt. Jetzt musste er zeigen, wer Herr im Haus war. Ohne angemessene Antwort durfte er diese flagrante Missachtung seiner Rechte als Gefangener nicht hinnehmen. Während er sich gerade widerwillig etwas von dem Bambussalat ins Maul schaufelte, drehte sich der Schlüssel in der Tür.

»Hier Mietze, Mietze, Mietze, dein Wasser, Wasser, Wasser«, rief der Tölpel namens Ohg mit Fistelstimme. Er hatte diese traurige Speisenfolge verbockt. Bin ich 'ne Katze?, dachte Bang Bang und griff sich eine Frühlingsrolle. Als Ohg den Kopf in Bang Bangs Gefängnis steckte und den Wassernapf hineinschob, traf ihn Bang Bang genau zwischen die Augen. Kein schlechter Wurf. Bang Bang patschte begeistert die Vorderpfoten zusammen. Der Wärter taumelte, und Bang Bang schleuderte eine Schüssel mit Acht Kostbarkeiten wie ein Frisbee durch die Luft. Patsch, hatte der Wärter eine Portion heißes Gemüse im Gesicht. Sein Gebrüll war Musik in Bang Bangs Ohren. Ohg grabschte wild, aber blind nach Bang Bang, aber der saß nur still im Windschatten der Tür und freute sich am Elend seines Bewachers. Als Ohg ihm dem Rücken zudrehte, nahm er einen der beiden Suppenbehälter und warf ihn Ohg in den Kragen. Der jaulte auf und verschwand durch die Tür. »Du verfluchtes Drecksvieh. Ich schlag dir die Fresse ein!«, hörte Bang Bang Ohg brüllen, dann trat jemand von außen mehrmals gegen die Tür. Du kannst mich mal, du Großschnauze. Sei froh, dass du mir nicht zu nahe gekommen bist.

Gelangweilt knackte er seinen Glückskeks und fand darin den Spruch *Befreie deinen Geist, und dein Hintern wird folgen*. Dafür konnte er sich jetzt auch nichts kaufen. Befreiung wäre schon in Ordnung. Aber bitte nicht von so genannten Freunden. Wenn, dann nur auf eigene Faust. Er hatte keine Lust auf das Bleitelegramm, das irgendwo da draußen auf ihn wartete. Zu viele Bären, die er kannte, hatte dieses Schicksal ereilt. »Wir holen dich da raus«, war ein verklausuliertes Todesurteil in seinen Kreisen. Er musste hier weg, und zwar so schnell wie möglich. Er schlenderte hinüber zu seinem Pandaklo und schob es ächzend, aber zielstrebig unter eines der Buntglasfenster, hinter denen sich offenbar eine Straße befand. Er hatte mittlerweile mehrmals Autohupen gehört. Das war ein Anfang. Bang Bang war der Appetit, nicht aber der Tatendrang vergangen.

Die Frau an der Rezeption lächelte. »Schön, dass Sie wieder hier sind. Sie haben Ihr altes Zimmer mit der extra weichen Matratze bekommen. Gleich hinten an der Treppe zum Wellnessbereich.«

»Vielen Dank, es ist trotz der widrigen Umstände ein gutes Gefühl. Fast, wie wenn man nach Hause kommt«, sagte der Mann mit den traurigen Augen und nahm den Schlüssel mit der Nummer 747 aus der gepflegten Hand der Rezeptionistin entgegen. Er sah sich um. Die Hotellobby war in gelblichem Marmor gehalten, der im Lauf der Jahrzehnte leicht nachgedunkelt war. Neben der Rezeption stand ein bläulich leuchtender Monitor, auf dem die *Departures* gelistet waren. *14:30 Schloss Glienicke* stand ganz oben, *Now Boarding* blinkte rechts davon. Einen Bildschirm für *Arrivals* gab es nicht. In der Lobby standen große grüne Sessel um kleine elegante Hoteltische herum. Von der Decke hing ein großes Mobile aus vielen Verkehrsflugzeugen.

Unbemerkt war ein Boy herangetreten und trug den Koffer zum Aufzug. Der neue Gast folgte, sein Jackett über den Arm gelegt. In den Schaukästen an den Wänden hingen Dankesbriefe früherer Hotelgäste. Der Mann mit den traurigen Augen überflog sie flüchtig. ... *wunderbare Betreuung ... Dank auch den geduldigen Fluglehrern ... für mich geht hier ein letzter Wunsch in Erfüllung ... bei Ihrer Küche kommen einem Zweifel, ob die Entscheidung die richtige war.*

Auch viele Fotos hingen da. Alle hatten sich perfekt in Schale geworfen. Schließlich gab es keine zweite Chance für einen letzten Eindruck. Was würde er wohl schreiben? Und was würde er anziehen? Er stieg in den Aufzug. An der Wand hing eine Speisekarte. *Die Hungerkralle* war eines der fünf Restaurants in dem großen Komplex, in dem sich bis zu fünfhundert Gäste gleichzeitig auf ihre letzte Reise vorbereiten konnten, wie er in einem Prospekt gelesen hatte. Unter dem Logo des Hotels las der Mann das Motto des Wellness Lufthotel®: *All is well that ends well.* Der Fahrstuhlführer drückte auf den Knopf mit der Nummer sieben.

Zabriskie kam ins Büro und ertappte Pachulke gerade dabei, wie er mit einer Digitalkamera ein Foto von seinem Radiergummi machte. »Schön, dass du die Muße für diese Dinge hast. Schick das Foto doch an www.radiergummis.de. Die haben jeden Monat einen Wettbewerb.« Sie warf Pachulke einen weißen Umschlag auf den Tisch. »Deine Freundin, Frau Plink, hat mich auf dem Handy angerufen. Sie sagt, sie konnte dich nicht erreichen. Das soll ich dir geben.«

Pachulke warf einen Blick auf sein Telefon, das er stumm gestellt hatte. »Sie ist eine Kollegin.« Widerstrebend nahm er den weißen Umschlag in die Hand. Festes, festliches Papier. Ein Umschlag, mit dem man Hochzeitseinladungen verschicken konnte. »Was ist das?«

»Plink hat ihn im Diensttagebuch gefunden. Du kannst ihn aufmachen. Sie hat ihn bereits geprüft.«

Pachulke sah, dass der Umschlag geöffnet und wieder verschlossen worden war. Er zog langsam am selbstklebenden Falz und holte ein in Dritteln gefaltetes einfaches DIN A-4-Blatt heraus. Es war eng beschrieben, an manchen Stellen hatten die Buchstaben fahrige Ausreißer nach unten und oben. Pachulke las:

An Alle!

Schon lange habe ich mich nicht im Geringsten an meine ureigensten Prinzipien gehalten. Meine veganischen Neigungen, die mich immer wieder glühend heiß überfallen und zu denen ich nie stehen konnte, ließen mich zum Opfer einer politischen Erpressung werden. Die Rote Bete Fraktion hat mich dazu gezwungen, bei der Entführung von Bang Bang zu kooperieren. Und das sollte erst der Anfang sein. Känguru, Delfin und Gämse und viele andere Tiere standen noch auf ihrer Liste. Ihrem Potenzial für eine erfolgreiche Resozialisierung sollte einfach der Ko-Schlag versetzt werden. Ja, ich habe den Terroristen die Kennnummer für die Alarmanlage des Zoos verschafft und den Sperrriegel an der Pandatür gelockert und damit meine Pflichten aufs Gröbste verletzt. Jetzt, nachdem der Rausch verflogen ist und mir klar wird, welche Gefahr Bang Bang für Groß und Klein darstellt, übermannt mich ein Gefühl der Schande. Meinen ursprünglichen Plan, Geschirrreiniger zu trinken, habe ich fallen lassen, es erschien mir als das einzig Richtige, mich von meinen Tieren richten zu lassen. Wo der Panda jetzt ist, weiß ich nicht, obwohl ich gern mit mir ins Reine gekommen wäre. Ich war nur ein kleines Rädchen. Es ist mir ein Gräuel, so aus dem Leben zu scheiden. Aber ich muss Adieu sagen.

Hochachtungsvoll
Dr. Ukas Kern
Zoodirektor

Pachulke blies die Backen auf. »Junge, Junge, das glaub ich nicht.«

Zabriskie nickte. »Ja, Kern war auch vegan.«

»Die sind wirklich überall. Heute in der Kantine habe ich auch einen gesehen, der hat den Speck aus seinem Kartoffelsalat gepult. Du kennst den Brief schon?«

»Plink hat mich ihre Kopie lesen lassen. Aber sie weiß, wie sehr es dich freut, wenn du Beweismittel selbst auspacken darfst.«

Pachulke ging auf diese Bemerkung nicht ein.

»Was Kern wohl geritten hat?«, fragte Zabriskie.

»Wenn man jahrelang den harten Mann spielen muss, da kann sich einiges anstauen. Er hatte wohl immer heimliche Selbstzweifel an seiner Rolle als eisenharter Vollstrecker. Aber ...«

»Was aber?«

»Du hältst den Brief für echt?«

»Ja, warum nicht?«

»Gibt es einen Schriftvergleich?«

»Ja, gibt es. Im Diensttagebuch sind handschriftliche Anmerkungen von Kern. Der Brief stammt eindeutig von ihm. Was machen wir damit?«

»Ich denke, dass die Sekretärin diesen Brief lesen sollte. Sie war am nächsten an Kern dran. Wenn er unter Druck war, wird sie es am ehesten gemerkt haben.«

Zabriskie nickte stumm. Sie wählte die Nummer jenes Büros im Zoologischen Garten, in dem sie heute schon einige Stunden zugebracht hatte. »Der Stellvertreter wusste gar nichts über Kern. Er ist für die Futtermittelbeschaffung zuständig. Aber der Piranhabetreuer ... Ja, schönen Guten Tag, Frau Paahls, Kommissarin Zabriskie noch einmal. Wir hätten da noch ein paar Fragen an Sie. Wenn es Ihnen nichts ausmacht, würden wir gerne sofort ... Das geht? Dann machen wir uns gleich auf den Weg.« Sie legte auf. »Frau Paahls erwartet uns.«

»Gut. Du wolltest noch etwas von dem Piranhabetreuer sagen.«

»Richtig. Er hat mir gesagt, die Fische hatten gerade eine Heilfastenwoche eingelegt. Sie hatten seit vier Tagen nichts bekommen.«

Pachulke zog die Brauen hoch. »Das spricht eigentlich für Selbstmord. Ukas Kern muss das gewusst haben.«

Eine halbe Stunde später saßen die beiden Kriminalbeamten mit Elvira Paahls im Konferenzzimmer des jüngst verblichenen Dr. Ukas Kern, Auge in Auge mit einem präparierten Mandrill, der farbenfroh und frisch frisiert auf einem künstlichen Ast in der Ecke des Zimmers hockte.

»Bitte bedienen Sie sich«, sagte Frau Paahls, während sie den beiden Ermittlern frisch gebrühten Grünen Tee anbot. Auch sie nahm sich eine Tasse. »Es stimmt. Er war Veganer.« Sie zuckte mit den Schultern. »Er hat es vor mir verheimlicht. Zumindest hat er es versucht. Aber wenn jemand jahrelang Leberwurstbrot in der Mittagspause isst und dann plötzlich mit Sojamilch kommt! Einer Frau fällt so etwas auf, Sie verstehen. Ich weiß nicht, warum er das gemacht hat. Aber viele werden ja durch die lange Arbeit mit den Tieren etwas merkwürdig. Man hat es ihm nicht angesehen, aber Dr. Kern hat seine Tiere geliebt. Ein strenger Freund, so hat er sich gerne bezeichnet. Aber dass er mit den Terroristen gemeinsame Sache macht.« Sie schüttelte den Kopf. »Sie sagten etwas von einem Abschiedsbrief.«

Pachulke reichte ihr eine Kopie des Briefs über den Tisch. Sie setzte ihre Lesebrille auf, die ihr an einem Goldkettchen um den Hals hing. Als sie fertig war, schüttelte sie den Kopf. »Ich halte es für ausgeschlossen, dass dieser Brief von Dr. Kern verfasst wurde.«

»Was macht Sie da so sicher?«, wollte Zabriskie wissen. »Wir haben im Labor einen Schriftvergleich gemacht, der besagt ...«

»Ich sage nicht, dass er ihn nicht geschrieben hat, aber das hier sind nicht seine Worte.«

»Bitte erklären Sie das.«

»Sehen Sie, Ukas Kern hielt es sich zugute, ein Mann der alten Schule zu sein. Ich kenne keinen, der die neue Rechtschreibung mehr verachtet hätte als er. Er nannte das«, sie rührte zweimal in ihrer Tasse, »Legasthenisch. Es war ein Dauerthema hier im Hause. Herr Dr. Kern stand auf dem Standpunkt: Ich schreibe kein Legasthenisch, ich schreibe Deutsch.«

Zabriskie und Pachulke sahen sich an.

»Schauen Sie hier«, sagte Elvira Paahls. »Delfin statt Delphin, Gräuel statt Greuel und Potenzial statt Potential. Und auch sonst. Wir kamen immer gut miteinander aus, aber als er die Besucherordnung und den neuen Katalog nach den alten Schreibregeln verfassen wollte, haben wir uns richtig gestritten. ›Legasthenien soll ja sehr schön sein, Frau Paahls. Machen Sie doch mal Urlaub dort.‹ Er hatte immer so einen Spruch auf Lager.« Sie nippte an ihrer Tasse. »Ich finde die neuen Regeln auch nicht besser als die alten, aber wir als Institution des Strafvollzugs stehen immer besonders unter Beobachtung. Er hat sich mit seiner Linie durchgesetzt, und einige Zeitungen haben ihn als Analphabeten beschimpft.« Sie deutete auf den Abschiedsbrief. »Er hat das nicht verfasst. Geschrieben vielleicht, aber nicht verfasst.«

Zabriskie warf einen Blick auf die Schriftproben, die Plink ihr aus dem Diensttagebuch für das Piranhabecken kopiert hatte und nickte. Die Sekretärin hatte recht. Ukas Kern war Old School gewesen.

Pachulke und Zabriskie standen vor den Freigehegen für die Raubtiere. Pachulke sah in den Ozelotkäfig und legte die Hände auf den niedrigen Metallzaun. »Ich glaube Frau Paahls. Eine gute Sekretärin weiß, wie ihr Chef schreibt.«

»Ja«, sagte Zabriskie, »ich erinnere mich auch dunkel an die Episode mit der Besucherordnung. Damit haben sie vor ein paar Jahren das Sommerloch gestopft.« Sie blickte auf den Käfig rechts neben dem des Ozelots. Darin lag ein Tier, das sie nicht kannte. *Fossa* stand auf dem Hinweisschild. Der, die oder das Fossa sah aus wie ein Otter, hatte einen spitzen Kopf, große Ohren und einen Schwanz, der so lang war wie der Rumpf. Das Tier lag auf dem Rücken in der Abendsonne und ließ sich die warmen Strahlen auf sein flauschiges Fell scheinen. *Verbreitung: Madagaskar. Verwandte: Mungo*, las Zabriskie.

»Wenn Frau Paahls Recht hat, was heißt das für uns?«, fragte Pachulke.

»Jemand hat den Zoodirektor gezwungen, diesen Brief zu schreiben. Danach hat er ihn betäubt, ihn irgendwo angeritzt und ins Becken geworfen.«

»Ein perfekter Mord, wenn der Mörder das Schlafmittel richtig dosiert hätte.«

»Oder wenn Erdem Ulay später gekommen wäre.«

»Und wenn der Mörder Kerns Hass auf die neue Rechtschreibung gekannt hätte.«

»Offenbar ein Schnellschuss.«

»Ein Notfall.«

»Weil Kern auspacken wollte?«

Zabriskie las weiter: *Fossas sind Einzelgänger und leben sowohl in den Bäumen als auch auf dem Boden. Sie sind sehr gute Kletterer. Ihre Nahrung besteht vor allem aus Halbaffen und Vögeln.*

»Ja, aber was wollte er auspacken?«, fragte Pachulke.

»Wer zur Rote Bete Fraktion gehört.«

»Ich glaube das immer noch nicht.«

»Aber wer sonst kann den Panda entführt haben? Außerdem gibt es den Anruf beim Regierenden Bürgermeister Und Geliebten Bausenator. Du warst selbst dabei.«

»Stimmt.« Pachulke schwieg wieder und starrte in das Gewirr aus Sonnenflecken und Ästen, in dem sich der Ozelot verborgen halten musste, der *felis pardalis* hieß.

Nur zur Paarungszeit zwischen April und Mai dulden die Fossas die Anwesenheit von Artgenossen. Der eigentliche Paarungsakt dauert bis zu drei Stunden, und das Weibchen paart sich mit mehreren Männchen. Zabriskie warf einen Blick auf ihre untätowierte Schulter. Ob sich da nicht ein Fossaweibchen gut machen würde? »Wer außer der Roten Bete Fraktion könnte ein Motiv haben für die Evakuierung des Tierparks?«, fragte sie.

»Der Zoologische Garten würde seinen schärfsten Konkurrenten loswerden.«

»Aber Ukas Kern wurde ermordet. Als Racheakt für die Evakuierung?«

»Aber das hieße ja, dass Kern wirklich an der Entführung beteiligt war.«

»Das sind zwei Fragen. War er beteiligt und wurde er ermordet?«

»Gibt es andere veganische Sekten in der Stadt?«, fragte Pachulke.

»Klar gibt es die. Aber das sind doch nur Cliquen, die ein Flugblatt verfassen und vielleicht mal eine Scheibe einwerfen. Die können unmöglich einen Panda verstecken und versorgen.«

Pachulke blickte auf das Hinweisschild, das unterhalb seiner Hände am Zaun hing: *Ozelot wegen guter Führung entlassen.* Er seufzte so laut, dass Zabriskie ein Grinsen nicht unterdrücken konnte.

»Solange wir kein anderes plausibles Motiv haben, bleibt uns nur die Rote Bete Fraktion«, sagte Pachulke. »Wir müssen diesen blöden Bären endlich finden.«

»Das Wort hat der Regierende Bürgermeister Und Geliebte Bausenator.« Klaus Nawasserski klopfte mit dem Hämmerchen auf sein Pult.

Der Aufgerufene trat ans Rednerpult und breitete die Arme aus. »Liebe Top-Entscheider. Bevor wir heute zur Auswahl weiterer geeigneter Objekte für einen geordneten Umbau des Stadtbildes kommen, möchte ich als erster Dienstleister dieses Staates eine kurze Zwischenbilanz der letzten Monate ziehen. Heute Nachmittag wurde das Glienicker Schloss in Zehlendorf von einem unserer Gäste im Wellness

Lufthotel® planmäßig abgeräumt. Damit kommen wir unserem großen Ziel näher, das Mehrfachangebot an Schlössern in dieser Stadt auf sinnvolle Art und Weise auszudünnen. Wenn wir im Lauf der kommenden Monate Schloss Britz, Schloss Köpenick, Schloss Friedrichsfelde, das Schlösschen Tegel und das Charlottenburger Schloss gleichfalls eliminieren, wird dieser Gebäudetyp im Weichbild unserer Stadt mit dem wieder errichteten Stadtschloss abschließend und ausreichend repräsentiert sein. Die Stadt spart dadurch Verwaltungs- und Instandhaltungskosten von 300 Millionen in den nächsten fünf Jahren und verfügt über lukrative Grundstücke für eine Neubebauung.« Vereinzelt wurde geklatscht, und der Regierende Bürgermeister Und Geliebte Bausenator deutete eine kleine Verbeugung an.

»Gelegentlich wird behauptet – ich will jetzt nicht darauf eingehen, aus welcher politischen Ecke diese Vorwürfe stammen –, der Stadt gingen geeignete Objekte für die Versorgung des Wellness Lufthotel® aus. Meine Damen und Herren, darf ich daran erinnern, dass wir in diesem Jahr aller Voraussicht nach dem zwanzigsten Abriss unseres Fernsehturms am Alexanderplatz entgegensehen. Der Telespargel ist zusammen mit dem Funkturm und dem Telefunkenhochhaus am Ernst-Reuter-Platz unser Publikumsliebling. Wenn es gewünscht wird, werden wir uns nicht scheuen, jedes beliebige Gebäude in der Stadt wieder neu aufzubauen. Dafür ist das Baugewerbe da, mit seinen Hunderttausenden von Arbeitskräften, die dort in Lohn und Brot stehen. Moderne Dienstleistung in einer konkurrenzfähigen Metropole bedeutet, sich auf die Wünsche der Kunden einzustellen. Unsere Kunden sind die Fluggäste. Und wer bereit ist, in unserer Stadt den Abflug zu machen und dafür bezahlt, hat Anspruch auf die Erfüllung seiner Wünsche. Wohlstand gibt es nicht umsonst.« Diesmal fiel der Applaus des Auditoriums wesentlich lauter aus.

»Lassen Sie uns nun in die mittelfristige Planung einsteigen und eine Reihe geeigneter Objekte in den Katalog freigegebener Landungsziele setzen. Ich bitte um Ihre Vorschläge.«

»Theater und Museen«, rief der Vertreter der Imbissbuden.

»Prinzipiell sehr gut, aber was genau im Detail?«, entgegnete der Repräsentant für die Hundeübungsplätze.

»Keine Museen mehr, bitte. Das mit dem Pergamonmuseum war ein Fiasko.« Bussi von Bäckchen, die Vertreterin der Sonnenstudios opponierte und verteilte gleichzeitig Kusshändchen.

Der Regierende Bürgermeister Und Geliebte Bausenator ergriff das Wort. »Ich verstehe Ihren Einwand. Aber auch bei den Museen haben wir große Fortschritte erzielt, verehrte Frau Kollegin. Wir sollten bei aller Selbstkritik nicht außer Acht lassen, dass Fehler immer passieren, wenn Menschen Entscheidungen treffen. Das mit dem Pergamonmuseum war zweifellos ein Fehler, aber aus Fehlern muss man lernen. Wenn eines Tages die Stunde für die Nationalgalerie oder das Alte Museum gekommen ist, werden wir die Kunstschätze selbstverständlich sichern, bevor wir eine Punktlandeerlaubnis für diese Gebäude erteilen. Und unser neuer Kleiner Pergamonaltar sieht übrigens keineswegs so mickrig aus, wie immer behauptet wird. Weniger Besitzstandsdenken, mehr Bescheidenheit, mehr Mäßigung in diesen Fragen steht uns allen gut zu Gesicht. Die fetten Jahre sind vorbei.«

Bussi von Bäckchen zuckte mit den Schultern. Fett war offensichtlich keine Vokabel, die sie auf sich bezog.

»Theater sind noch viel überflüssiger als Museen«, sagte der Repräsentant der Banken in Zehlendorf.

»Haut weg den Scheiß!«, rief der Vertreter des Zuhälterwesens Schwotto Anz. Er erhielt von Klaus Nawasserski eine Rüge für ungebührliche Wortwahl.

»Ich frage Sie einfach mal ganz unverbindlich: Soll das Theater des Westens weg?«, rief der Regierende Bürgermeister Und Geliebte Bausenator in die Runde.

»Lieber heute als morgen«, erklang es aus dem Plenum.

»Und was ist mit dem Schillertheater?«

»Der alte Kasten tut doch den Augen weh.«

»Und die Komische Oper?«

»Drei Opern sind drei zu viel.«

So ging es noch eine Weile hin und her, und im Nu war eine stattliche Liste mit geeigneten Landungspunkten zusammengekommen. Der Vorsitzende dankte den Vertretern für ihr Kommen und schloss die Sitzung. Danach wurde ein kleiner Imbiss gereicht.

Staatssekretär Prunk, der ansonsten nicht von der Seite des Regierenden Bürgermeisters Und Geliebten Bausenators wich, suchte die Toilette auf, ehe er sich zum Buffet begab. Als er die Tür öffnen wollte, rannte jemand in ihn hinein. »Passen Sie doch auf«, sagte Prunk.

»Passen Sie doch selber auf. Drängeln hat bei mir gar keinen Zweck«, sagte der andere und schob sich an Prunk vorbei nach draußen, während sein Mantel leise klirrte. Er hielt dem Staatssekretär die Toilettentür auf und nickte ihm zu. «Bitteschön, jeder nach seinen Bedürfnissen.«

»Schon wieder Sie.« Prunk schnitt eine Grimasse und betrat die Toilette. Wenig später stand er an der Seite des Regierenden Bürgermeisters Und Geliebten Bausenators, der mit Blaschko von Goltz und Klaus Nawasserski bereits mit Schnittchen und Gläschen in der Hand heiter vor sich hin parlierte. Prunk griff sich ebenfalls ein Glas und dachte über den Rüpel an der Toilettentür nach. Neukölln vermutlich, so wie er sich benahm. Er sah den Teller in der Hand seines Chefs und sein Blick wanderte zum Buffet. Er wollte auch etwas von den Schinkenröllchen mit Spargel.

»Und Sie sind sich ganz sicher?«

»Ja, er war dort. Er hat mich vor dem Büro fast über den Haufen gerannt.«

»Eigentlich liegt das nahe. Er ist ein unbestrittener Experte.«

»Ich halte ihn für einen Wichtigtuer.«

»Da mögen Sie nicht Unrecht haben. Nun ja, wie dem auch sei, es ist immer gut, dass ich mich auf Sie verlassen kann.«

Der Mann mit den traurigen Augen lag auf seinem Bett und sah in die Nacht hinaus. Das Buch für die Theorieprüfung lag aufgeschlagen auf seinem Bauch. Er war müde. Er hatte die Zeitumstellung in den Knochen. Heute Abend würde er noch ein Bad nehmen. Hoffentlich bekam er keine Erkältung. Vielleicht sollte er den Termin umbuchen, aber das war bei Charter natürlich immer auch eine Kostenfrage. Außerdem wollte er sich auf keinen Fall zum Gespött machen. Schon dass er nach den Prüfungen das Hotel noch einmal verlassen hatte, war eigentlich nicht üblich. Aber er musste noch einmal zurück. Ein paar finanzielle Angelegenheiten konnte nur er regeln. Und die Hotelleitung war ihm entgegengekommen. Er warf einen Blick auf seinen Nachttisch. Da lag der Katalog mit den Flugzeugtypen. Erst hatte er das größte aussuchen wollen, aber der Fluglehrer hatte ihm das ausgeredet. »Sie brauchen etwas Sportliches, Feinfühliges. Nicht so eine schwerfällige, riesige Kiste.«

Es hatte wie ein Kompliment klingen sollen, aber der Gast von Zimmer 747 wusste genau, wie viel Mühe er hatte, die Manöver ordnungsgemäß durchzuführen. Eigentlich fühlte er sich noch nicht völlig sicher. Trotz der bestandenen Prüfung und der Urkunde, die gerahmt auf dem Tisch am Fenster stand. Draußen blinkte das Licht auf dem Tower. Er konnte die Maschine, die gerade Richtung Startbahn rollte, zwar sehen, aber nicht hören. Nichts, alles war ganz still. Er nahm das Buch wieder auf und vertiefte sich in das Kapitel über Strömungsabriss. Kurz darauf schlief er ein.

»Du weißt, was das heißt?«

»Wir müssen eine falsche Spur legen.«

»Du sagst es. Wenn er beseitigt worden ist, muss der Verdacht auf jemand anderen fallen.«

»Beseitigen? Damit locken wir sie doch erst an. Die kommen nicht von alleine drauf, niemals.«

»Unsinn. Früher oder später werden sie das herausfinden. So lange können wir nicht warten. Er muss weg. Und zwar schnell.«

»Aber das Risiko ist zu groß.«

»Das Risiko, dass ihm etwas aufgefallen ist, ist viel größer. Wir müssen uns beeilen.«

»Du willst schon heute Nacht ...?«

»Nein, so einfach ist es auch nicht. Du musst dich absichern. Es muss ins Bild passen.«

»Wieso muss ich mich absichern?«

»Weil du es tun wirst.«

»Das kommt überhaupt nicht in Frage.«

»Du wirst mir einen kleinen Gefallen doch nicht abschlagen, wenn ich dich darum bitte.«

»Aber ich habe doch schon ...«

»Jetzt zähl hier nicht deine Verdienste auf. Das langweilt. Du wirst es tun.«

»Das kannst du nicht von mir verlangen.«

»Es geht nicht um dich. Es geht um das Produkt. Und das Produkt sind wir alle. Also abgemacht, morgen Abend. Ich weiß, dass du es kannst. Übrigens, noch etwas.«

»Was denn?«

»Du hast Meerrettich am Kragen.«

»Zum Abschluss der Nachrichten auf Radio THF, The Hit Factory, direkt aus dem Wellness Lufthotel®, die Verkehrsübersicht. Wie immer präsentiert von Blockado: Saftige Steaks statt saftige Preise, das ist unser Motto. Auf der Sonnenallee ist zwischen Roseggerstraße und Finowstraße in Richtung Hermannplatz wegen einer Wanderbaustelle nur eine Spur befahrbar. Die Habichtstraße in Konradshöhe ist nur einspurig befahrbar, ein Wildschwein hat einen Bus gerammt. Fahren Sie bitte langsam, es befindet sich Öl auf der Fahrbahn. Achtung! Wegen einer planmäßigen Punktlandung bleibt die Otto-Suhr-Allee zwischen Warburgzeile und Wintersteinstraße bis morgen um 8.30 Uhr in Richtung Spandauer Damm gesperrt. Die Bergungs- und Aufräumarbeiten am ehemaligen Rathaus Charlottenburg werden die ganze Nacht andauern. Geblitzt wird heute Nacht auf der Ostseestraße und Wisbyer Straße in Richtung Bornholmer Straße sowie in Zehlendorf auf der Clayallee in beide Richtungen. Lassen Sie sich nicht erwischen. Die Verkehrsübersicht wurden Ihnen wie immer präsentiert von Blockado: Saftige Steaks statt saftiger Preise, das ist unser Motto.

Und vergessen Sie nicht. Morgen Nachmittag 16 Uhr in Friedrichsfelde. Die große Tiertombola. Der Tierpark wird evakuiert, und Sie können gewinnen. Vielleicht einen Pinguin, vielleicht ein Warzenschwein. Tausende wertvoller Preise warten auf Sie. Ab 16 Uhr morgen in Friedrichsfelde. Direkt am Haupteingang neben dem Bärengehege. Und den Personalausweis nicht vergessen.«

»Ist hier noch frei?«

»Ja, selbstverständlich. Warten Sie, ich nehme den Rucksack weg.« Das junge Mädchen hatte gelesen, als die Frau sie ansprach. Jetzt nahm sie ihren Rucksack und legte ihn unter den Sitz. Sie pustete sich ein schwarze Strähne aus dem Gesicht und vertiefte sich wieder in ihr Buch. Aus den Augenwinkeln beobachtete sie ihre neue Nachbarin. Sie war schlank und hatte graue, leicht gewellte Haare. Bekleidet war sie mit einem grauen Rock und einem weißen T-Shirt, auf dem *Highway to Hell* stand. Bevor sie sich setzte, strich sie sich den Rock glatt. Dann schnallte sie sich sofort an.

»Sind Sie schon aufgeregt?«, fragte die Frau im Rock ihre Nachbarin am Fenster.

Die senkte ihr Buch. »Sehr. Ich frage mich die ganze Zeit, wie er wohl aussieht.«

»Wieso? Sein Foto ist doch bestimmt hinten auf Ihrem Buch.«

»Ja, aber in Wirklichkeit sehen sie doch immer anders aus.«

Das riesige Flugzeug war schon zu einem guten Teil besetzt, aber immer noch traten neue Passagiere durch die vordere Tür. An diesem Freitagmorgen war die Luft des Passagierraums angefüllt mit aufgeregtem Geschnatter. Leute liefen aufeinander zu und fielen sich um den Hals, stellten oder setzten sich zu Gruppenfotos zusammen und verschickten die Fotos per MMS an ihre Freunde und Verwandten. An der Eingangstür standen drei rotgekleidete Stewardessen, verteilten Erfrischungstüchlein und zeigten den Passagieren ihre Plätze.

»Sie könnten vom Alter her meine Enkeltochter sein. Sind Sie nicht ein bisschen zu jung?«, fragte die Frau im Rock das junge Mädchen, das gerade aus dem Fenster spähte und das riesige Rollfeld betrachtete.

»Nein, ich denke, das ist keine Frage des Alters. Mich hat vor ein paar Jahren eine Schulfreundin auf eine Veranstaltung über den Weltuntergang mitgenommen. Fand ich sehr interessant, diesen Mann, der damals geredet hat. Der meinte, durch die Einführung der Sommerzeit würde sich der Weltuntergang einfach um ein paar Jahre verschieben. Die Berechnungen wären ansonsten völlig in Ordnung.«

»Und das glauben Sie?«

»Irgendetwas muss man ja glauben. Als ich klein war, wollte ich als Erstes Satanistin werden, so mit Hexensprüchen und Teufelsanbetung. Hab mich schon immer so ein wenig für Blutopfer interessiert. Ich hatte früher mal einen Hamster, an dem habe ich meine erste Kulthandlung verübt.«

»Im Ernst?« Die Frau im Rock schüttelte sich.

»Ja, hab sogar einen kleinen Satansaltar gebaut für ihn, mit Pentagramm und einem Totenschädel aus Pappmaché. Alles schwarz angemalt. Sie glauben nicht, wie viel Blut in so einem kleinen Tier drin ist.«

Die Frau im Rock zückte ein Taschentuch und hielt es sich vor den Mund.

»Und Sie? Wie sind Sie dazu gekommen?«

»Ich, na ja.« Die ältere Frau tupfte an ihren Lippen herum. »Endzeit ist doch etwas, was einem auch im reifen Alter eine Menge geben kann. Und kombiniert mit Teufelsanbetung, mal was anderes.«

»Klar, manche kommen eben erst spät auf den Trichter. Aber ohne meine kleine Weltuntergangssekte wäre mein Leben völlig sinnlos. Hier treffe ich Freunde mit den gleichen Interessen.«

»Haben Sie das Buch gelesen?«, fragte die Frau im grauen Rock.

»Ja, dreimal schon. Sie nicht?«

»Ich? Doch natürlich, selbstverständlich. Es ist sehr beeindruckend.«

»Ja, vor allem, wo er sagt, dass der Teufel im Detail steckt und im Grunde jeder ein bisschen Satanist ist.«

»Ja, zweifelsohne ganz brillant.«

»Ich hätte so gerne ein Autogramm von ihm«, sagte das junge Mädchen. Sie bemerkte, dass es auf der anderen Seite des Flugzeugs unruhig wurde. Die Passagiere dort steckten die Köpfe zusammen und klopften an die Fensterscheiben. Einige standen auf und klatschten. Andere bewegten die Hände in einstudierten Gesten hin und her und riefen Beschwörungsformeln. »Er kommt. Er ist da«, zischelte es aus allen Ecken. Als hätten sie sich abgesprochen, waren alle schlagartig völlig still. Die Stewardessen, allesamt Priesterinnen des Todeskults, setzten ihr verzücktestes Lächeln auf, und Apollyon Fliegenherr, der Begründer, Mentor und Pilot der »Höllenkinder unterwegs zur Erlösung« trat durch die Kabinentür. Er hob die Hände zum Kabinendach, aber den Passagieren war klar, dass er damit das jenseits der Aluminiumhülle befindliche Weltall, das Jenseits überhaupt meinte. Apollyon Fliegenherr öffnete den Mund, aber seine Worte gingen im frenetischen Jubel der vielen hundert Passagiere unter. Er hatte einen Spitzbart und pomadiges schwarzes Haar. Sein Frack sah maßgeschneidert aus und sein Seidenhemd war schneeweiß. Um den Hals trug er eine schwere Silberkette mit einem großen Drudenfuß, in der linken Hand ein paar hellbraune Handschuhe aus Spitzmausleder. Hundert Spitzmäuse hatten für jeden Handschuh ihr Leben gelassen. Der Höllenvater unterwegs zum Erlös, wie er von seinen Kritikern auch schnippisch bezeichnet wurde, verbeugte sich, immer wieder, bis es still im Flugzeug war.

Das Mädchen flüsterte ihrer Nachbarin zu: »Er sieht viel besser aus als auf dem Foto. Charisma kann man eben nicht fotografieren.«

Endlich ergriff der Mann das Wort. Er sprach mit Wärme in der Stimme und betonte jede Silbe mit der allergrößten Sorgfalt: »Liebe Erleuchtete, dies ist der Anfang vom Ende. Seid ihr bereit? Wollt ihr dieser todgeweihten Erde entsagen und mit mir eingehen in die ewige höllische Verdammnis?«

Ein dreifach donnerndes Ja schallte ihm entgegen.

»Dann schnallt euch bitte an und stellt das Rauchen ein, für unsere letzte Reise.« Er verbeugte sich wieder und verschwand im Cockpit. Die Höllenkinder der Erlösung schnallten sich an. Als das Flugzeug schon Richtung Startbahn rollte, fragte ein älterer Mann eine Stewardess, wo die Schwimmweste war.

»Die brauchen wir heute nicht«, sagte die Stewardess. »Das ist ein Überlandflug.«

Als das Flugzeug mit Apollyon Fliegenherr und seinen dreihundert Anbetern in Tempelhof abhob, saß Pachulke bereits wieder beim Regierenden Bürgermeister Und Geliebten Bausenator im Büro und begutachtete den Brief, den die Rote Bete Fraktion geschickt hatte. Pachulke hoffte, dass das Gespräch nicht wieder auf die Ergebnisse der Großfahndung kam. Am Abend zuvor war die Polizei vergeblich ausgerückt, weil jemand Bang Bang in seiner Straße gesehen hatte. Der Besitzer eines kleinen Bistros in der Silbersteinstraße in Neukölln hatte Alarm geschlagen und die Polizei überwältigte den Panda im Handstreich. Es handelte sich dabei jedoch um eine Komparsin aus dem Werbespot einer Umweltschutzorganisation, die während einer Drehpause in ihrem Pandakostüm einen Kaffee trinken gehen wollte. »In der Abenddämmerung hat das einfach sehr nach Panda ausgesehen«, verteidigte sich der Bistrobesitzer. Die Beamten hatten sich noch nicht zu Ende entschuldigt, da telefonierte die Schauspielerin bereits mit ihrem Anwalt und ihrem Agenten.

Pachulke mochte dieses Büro nicht, es erschien ihm auf lächerliche Weise überdimensioniert. Diese Etage des Uhrenturms bestand aus drei Räumen: einem winzigen Vorraum, den man von Aufzug und Treppenhaus aus betrat; dem Vorzimmer, in dem eine stets argwöhnische Sekretärin ihren Herrn und Meister gegen jede Zudringlichkeit der Außenwelt abschirmte; und dem riesigen Büro selbst. Pachulke saß immer nur hier in der Besprechungsecke, am anderen Ende des Raums stand der Schreibtisch. In der Mitte stand ein großes Regal aus hellem Holz. Es war rund wie eine Litfasssäule und in viele Fächer unterteilt. Darin lag eine Auswahl von Geschenken, die offizielle Gäste der Stadt hier abgegeben hatten. Während Pachulke sich die Geschenke ansah, spürte er Prunks kalten Blick im Nacken. Der Staatssekretär beobachtete Pachulke mit der Empathie eines Schneckenforschers, der sich aus dem Terrarium ein neues Exemplar holen möchte.

Das Polaroidfoto in Pachulkes Hand zeigte einen trübe dreinblickenden, aber lebendigen Bang Bang. Für die Aufnahme war der Bär offenbar sediert worden. Er saß in einem nicht näher erkennbaren schwarz-weiß gekachelten Raum auf einer Schlafunterlage, einer Matratze oder einem Futon. Um den Hals hatte man ihm eine Zeitung des gestrigen Tages gebunden. Pachulke las erneut: *Holen Sie unseren Liebling zurück, Kommissar Pachulke!* Rechts hinter Bang Bang an der Wand hing ein Plakat: *Gefangener der Rote Bete Fraktion.* Das Lebenszeichen der Entführer war eingetroffen. Der Begleitbrief lautete: *Hallo Aasfresser, hier schicken wir euch das Foto von eurem Bären. Es geht ihm gut, er ist nur etwas müde. Es liegt ganz bei euch, was noch alles auf ihn zukommt. Räumt den Tierpark, dann lassen wir Bang Bang zu euch zurück. Freiheit für alle Tiere.*

Ein Tier als Gefangener, damit Tausende andere in die Freiheit entlassen werden konnten, war erstaunlich kompromisslerisch für eine junge, aufstrebende terroristische Organisation, fand Pachulke. Handelte es sich vielleicht um Reformterroristen, auf der Suche nach einem dritten Weg zwischen Angst und Schrecken? Er hatte sich ungefähr zusammengereimt, wie aus der Rote Bete Fraktion Entführer geworden waren. Vor seinem geistigen Auge sah er einen dieser frustrierten Körnerfresser, den irgendwann die Wut gepackt hatte auf die Dominanzkultur des Fleisches, die sein Leben bestimmte. Er hatte sich ein paar Gleichgesinnte gesucht, und die Entführung sollte der erste ernsthafte Auftritt der Gruppe nach den fruchtlosen Spaß-Attacken werden. Jetzt kämpften sie mit dem Widerspruch zwischen ihrem politischen Anspruch und dem Machbaren. Forderungen müssen erfüllbar sein, dachte Pachulke. Sonst wird es gefährlich für die Geisel.

Ein Räuspern riss ihn aus seinen Überlegungen. »Und, was schließen Sie daraus?«, wollte der Regierende Bürgermeister Und Geliebte Bausenator wissen und rutschte auf seinem Sofa herum.

»Dass Bang Bang vermutlich immer noch lebt.«

»Na toll, und was noch? Wo ist er?«

»Ein gekachelter Raum, das kann alles Mögliche sein, vielleicht ein Badezimmer oder ein Operationssaal. Wenn die Terroristen die Entführung von langer Hand geplant haben, haben sie vielleicht einen Raum ausgekachelt. Oder sie sind in einem der stillgelegten Krankenhäuser untergeschlüpft. So ein Tier erzeugt ja auch ein gewisses Maß an Unrat.«

»Und Ihre Großfahndung?«

»Zweitausend Polizisten sind immer im Einsatz. Und da gibt es natürlich die Hilfe der Bevölkerung. Die Leute hier sind sehr aufmerksam. Wir haben viele interessante Hinweise bekommen, aber sie müssen sich ins Gesamtbild fügen.«

»Ja ja, alles ergebnislos, sagen Sie es doch gleich. Ich war von Anfang an gegen eine Großfahndung. Aber Sie sind ein unverbesserlicher Apparatschik. Ich warne Sie, Pachulke, wenn wir Bang Bang nicht bald finden, werden wir Ihnen den Fall entziehen.«

O wie schön, dachte Pachulke, wusste aber, dass offen zur Schau gestellte Freude in dieser Situation kontraproduktiv gewesen wäre. Offenbar lagen bei seinem Gegenüber die Nerven blank. Dass der Regierende Bürgermeister Und Geliebte Bausenator mit ihm unzufrieden war und Prunk wie ein kluger Affe jede Regung seines Meisters imitierte, wusste er mittlerweile. Aber heute, schien es ihm, stand der Regierende Bürgermeister Und Geliebte Bausenator unter Strom.

Pachulke versuchte ein staatsmännisches Schulterzucken, das die Bürde seiner Verantwortung andeuten sollte. »Sehen Sie, solange Sie ein Netz knüpfen, fangen Sie damit gar nichts, aber wenn das Netz fertig ist, zappelt der Fisch bald darin.«

»Wie poetisch.« Der Regierende Bürgermeister Und Geliebte Bausenator klopfte sich auf die Schenkel.

Pachulke griff nach dem Umschlag, der das Bekennerschreiben und das Foto enthielt. »Ich bringe das unserem Labor. Vielleicht können sie dort noch etwas herausfinden.«

»Das will ich schwer hoffen. Wie sieht das denn aus, wenn uns eine Bande von Fun-Guerilleros am Nasenring durch die Manege der öffentlichen Meinung führt?«

Prunk nickte.

Pachulke fand, ein Nasenring würde dem Regierenden Bürgermeister Und Geliebten Bausenator ausgezeichnet stehen. Er steckte den Brief der Rote Bete Fraktion ein, ballte die Fäuste und verließ grußlos das Büro.

»Ohg, heute darf nichts schief gehen. Hast du einen neuen Zettel geschrieben?«

»Ja Ag, alles überprüft.«

»Dann los. Der Panda hat einen unglaublichen Appetit. Ein Wunder, dass er nicht fett ist.«

»Chinesische Küche soll ja sehr gesund sein. Sind das die beiden Restaurants?«

»Ja.«

»Was, so weit? Das dauert ja eine halbe Ewigkeit.«

»Ich weiß, aber wir sollen kein einziges Restaurant zweimal aufsuchen. Hat er gesagt.«

»Eine blöde Abmachung. So besonders ist dieser Speiseplan doch nicht.«

»Es hat keinen Sinn, mit mir darüber zu streiten, Ohg. Er wird sich etwas dabei gedacht haben.«

»Ja, hast Recht Ag, aber ich werde mindestens eine Stunde unterwegs sein.«

»Beeil dich.«

»Du, Ag.«

»Ja, Ohg.«

»Ich finde das prima, dass ich jetzt immer einkaufen darf. Ich könnte das nicht, so lange mit dem Panda allein sein. Da fühle ich mich gar nicht wohl.«

»Mach dir keine Sorgen. Ich hab dafür immer ein bisschen Angst auf dem Fahrrad. Außerdem kenne ich mich hier gar nicht aus. Jeder macht eben das, was er am besten kann. Wir sind ein gutes Team. Wir sind teamfähig, Ohg.«

Das erste Restaurant war in der Alten Schönhauser Straße. Es hieß *Little Dragon*. Ein junger Ober mit einer blauen Samtweste nahm Ohgs Bestellung auf: *Hier bedient Sie Zwirre*, stand auf einem kleinen selbst gemalten Schild, das er am Revers trug. Als er Ohg die Plastiktüten mit dem heißen Essen übergab, merkte dieser, dass er gewaltigen Hunger hatte. Ohg überlegte. Der Bär ließ immer etwas übrig, gestern hatte er sogar fast alles stehen lassen. Gut, gestern war ihm auch dieses Missgeschick mit den falschen Frühlingsrollen passiert. Und das Restaurant war schlecht gewesen. Heute sollte alles perfekt sein. Perfekt, perfekt. Ohg sprach es im Kopf vor sich hin, damit er seinen knurrenden Magen nicht hörte, während er weiterradelte. Das zweite Restaurant war ein kleiner Imbiß hinter der Neuen Wache. Er hieß

Pei's Corner. Ohg legte die neuen Plastiktüten zu den anderen in seinen Fahrradkorb, der jetzt schwer beladen war. Er spürte, wie sein Magen sich zusammenkrampfte. Er zögerte. Er kämpfte. Er musste jetzt etwas essen. Er wühlte in der obersten Tüte, und holte sich eine der Frühlingsrollen heraus. Tiere können eh nicht zählen. Hatte Bang Bang gestern nicht alle verschmäht? Und ihn damit beworfen? Wer nicht brav aufisst, bekommt beim nächsten Mal nur eine halbe Portion. Das war bei ihm zu Hause auch so gewesen. Er verbrannte sich den Mund, so schnell schlang er die Frühlingsrolle hinunter, aber sie schmeckte köstlich.

»Sehen Sie mal, wir verlieren schon an Höhe«, sagte das Mädchen am Fenster und rückte ein bisschen zur Seite, damit ihre Nachbarin auch etwas sehen konnte. In der verschwitzten rechten Hand hielt sie ihr Exemplar des Buches von Apollyon Fliegenherr. Bei einigen anderen Passagieren lag es auch auf dem Schoß. Das Autogramm würde sie in diesem Leben nicht mehr bekommen, aber das war auch nicht wichtig.

»Das ist der Fernsehturm. Die Kugel sieht ja ulkig aus.«

»Das ist ein Café. Es dreht sich. Steht im Reiseführer.«

»Was es hier alles gibt.« Sie warf einen Blick auf ihre Nachbarin, die jetzt direkt neben ihr saß. »Entschuldigen Sie, wenn ich das so direkt sage, aber Sie sehen überhaupt nicht wie eine Satanistin aus.«

Ihre Nachbarin räusperte sich und raunte ihr zu: »Bin ich auch nicht. Ich bin ... ich glaube an gar nichts.«

»An gar nichts?« Das junge Mädchen sah sie entsetzt an. »Nicht einmal an den Teufel?«

»Nicht mal an den.«

»Aber warum sind Sie dann hier?«

»Das ist eine lange Geschichte, Kindchen. Kurz gesagt: Vor einem halben Jahr hat meine private Pflegeversicherung pleite gemacht. Und ich will später niemandem zur Last fallen. Gehen, wenn man noch gehen kann, war schon immer meine Devise.«

»Und da haben Sie ...?«

»Diese Sektenflüge sind einfach unglaublich kostengünstig, weil die Sektenführer die Flughafengebühr nicht in vollem Umfang an ihre Mitglieder weitergeben.«

»Das ist ... das ist ... Sie sind abscheulich.«

»Kindchen, Eigenverantwortung darf nie zur hohlen Phrase werden. Sehen Sie sich doch mal um. Meinen Sie, ich bin die Einzige?«

Das junge Mädchen musterte die anderen Fluggäste. Und ihre Nachbarin hatte Recht. Viele Alte und Gebrechliche waren darunter, die sich offenbar nur schnell ein satanistisches Accessoire zugelegt hatten. Der Mann auf der anderen Seite des Ganges mochte an die achtzig sein. Er sah aus wie ein Professor. An seiner Krawatte trug er einen Button: *Satan liebt dich.*

Das junge Mädchen schrie: »Stewardess, Hilfe! Wir haben Ungläubige an Bord!« Aber niemand hörte zu, und sie sah, wie sich der Mann mit dem Button und ihre Nachbarin verschwörerisch zulächelten.

In diesem Augenblick schnarrte der Bordlautsprecher: »Liebe Höllenkinder der Erlösung«, krächzte Apollyon Fliegenherr, während die Häuser, Autos, Straßenbahnen und Menschen immer größer wurden. »Das Ende ist nah.«

Ohg blickte nach oben und sah einen riesigen Airbus, der knapp über seinen Kopf hinweg donnerte und exakt in den Dom neben dem Lustgarten einschlug. Er kaute den letzten Rest hinunter und fischte eine Glasnudel aus seinem Bart, dann schüttelte er den Kopf. Die großen Flieger waren immer irgendwelche Sekten. Schon erstaunlich, wie viele Menschen sterben wollten, immerzu. Dass der Dom fällig war, hatte er vermutet. Er fragte sich, wie viele Kirchen in der Stadt leer standen, aber hundert waren es bestimmt. Jetzt würden sie dort, wo der Dom gewesen war, irgendeine Ladenpassage mit Loftappartements und Büroräumen errichten. Besser als das alte Gemäuer, in dem sich seit Jahren nur noch die Tauben einfanden. Ohg warf die Plastikschüssel in den Mülleimer, der an einem Laternenmast hing. Zeit für den Nachtisch. Er griff tief in eine Plastiktüte und zog ein kleines, silbernes Paket heraus. Er schälte den Glückskeks aus der Aluminiumfolie und knackte ihn in der Mitte auseinander. Tiere konnten gar nicht lesen. Zufrieden kaute er darauf herum, bis er dem Speisebrei die Süße entzogen hatte, und schluckte. Einfach Zucker. Nun musste er zurück. Er zerknüllte die Weissagung des Kekses, warf sie auf den Boden und schwang sich aufs Rad.

Während Ohg zu Ag und Bang Bang zurückfuhr, wurde die Weissagung durch einen Windstoß nach oben gewirbelt. In der Luft drehte der Zettel ein paar Pirouetten und flog durch das offene Fenster eines

Taxifahrers, der gerade Mittagspause machte und die Zeitung las. Die Schlagzeile lautete: *2000 Polizisten sind zu wenig, Kommissar Pachulke.* Der Zettel landete genau auf der 2. Der Taxifahrer faltete die Botschaft des Kekses auseinander, runzelte die Stirn und warf sie wieder aus dem Fenster: *Wer einem Panda das Futter stiehlt, wird ein entsetzliches Ende nehmen.* Das war nicht sein Problem.

Pachulke wollte wieder mit dem Aufzug zur Kantine fahren. Diesmal stoppte die Kabine in der dritten Etage. Ein Mann in einem grauen Anzug stieg ein und Pachulke stieg aus. Ehrenbürger, wohin das Auge blickte. Pachulke betrachtete sich das Blatt # 678 mit dem legendären allerersten Regierenden Bürgermeister Und Geliebten Bausenator, einem Vorfahr des heutigen Amtsinhabers. Dieser hatte die Abschaffung aller Straßenschilder verfügt und die Infos eingeführt. Seitdem herrschte Vollbeschäftigung. Auch Pachulke hatte in seiner Studentenzeit hin und wieder als Info gearbeitet. Es war eine abwechslungsreiche Tätigkeit gewesen, die einem viel in Kontakt mit Menschen brachte. Quasi ein Vorgeschmack auf sein Leben bei der Kripo.

In der Herrentoilette fand er das übliche Graffiti in der Variante *Hammelschänder in den Wolf!* Er dachte an den Mann, der die Speckstückchen aus dem Kartoffelsalat gepickt hatte, und ging über eine Wendeltreppe, die im Innenhof unter freiem Himmel nach unten führte, direkt zur Kantine. Die Toilette dort war *Außer Betrieb*, wie das Schild an der Tür mitteilte. Toiletten waren auch gekachelte Räume. Quer über den Gang war ein rot-weißes Plastikband gespannt. Pachulke bückte sich und stand vor der Tür. Er horchte. Alles war ruhig. Er probierte die Tür aus, aber sie war verschlossen.

»Können Sie nicht lesen?«, rief jemand hinter ihm.

Pachulke drehte sich langsam um und sah den jungen Mann von gestern, der mit verzerrtem Gesicht und einem großen Messer in der Hand in der Küchentür stand.

»Doch, kann ich. Ich möchte gerne mit dem Kantinenchef sprechen.«

»Der hat alle Hände voll zu tun. Es ist gerade Mittagszeit.«

Pachulke zückte seinen Dienstausweis und achtete darauf, dass er nicht in die Reichweite des Messers kam. »Holen Sie ihn bitte her.«

Die Hand mit dem Messer zuckte kurz, und der junge Mann verschwand. Einen Augenblick später kam ein Koch aus der Küche. Er trug eine hohe weiße Mütze, die ihn noch kleiner aussehen ließ, als er war.

»Sie haben da einen Mitarbeiter, vielleicht bisschen älter als zwanzig, schmal«, sagte Pachulke.

»Ripp, Sören, ja. Was ist mit ihm?«

»Ist er gut? Ich meine, sind Sie zufrieden mit ihm?«

»Ja, doch, macht sich gut. Ist ne Umschulungsmaßnahme für ihn. War früher mal Tierpfleger, aber er sagt, Knast ist nichts für ihn, hält er nicht aus.«

»Tierpfleger?«

»Ja, ist schon ein Weilchen her.«

»Ist er vielleicht Vegetarier?«

»Ja, da ist er allerdings nicht der Einzige.«

»Was, gleich mehrere?«

»Ja, drei oder vier sind es schon.«

»Und was sagt Herr Ripp, wenn Sie Rouladen kochen?«

»Gar nichts, verhält sich völlig professionell. Kocht nur selbst kein Fleisch.«

»Ach.«

»Ja, macht nur Salat und Beilagen. Aber er ist gut, der hat Talent.«

Zabriskie war an diesem Morgen gerade in ihr Büro gekommen, da läutete das Telefon.

»Guten Morgen, hier Persich.«

Oh nein, nicht schon wieder nach Friedrichshain.

»Ja?«, fragte sie vorsichtig.

»Sie waren doch gestern bei meinem Vater wegen des Pandas?«

Der Sohn? War Denunziation erblich?

»Ja, das stimmt.«

»Ich war gestern Nachmittag bei meinem Vater. Sie haben ihm doch das Flugblatt mit dem Phantombild dagelassen.«

»Korrekt.«

»Ich habe es mitgenommen, als Souvenir. Abends in der Kneipe habe ich es einem Studienkollegen von mir gezeigt.«

»Und?«

»Mein Freund ist Vegetarier. Er jobbt bei einer Firma im Prenzlauer Berg. In der Nähe von der Firma gibt es ein vegetarisches Restaurant mit einem billigen Mittagstisch. In diesem Restaurant arbeitet eine Aushilfsbedienung. Mein Freund sagt, das Phantombild ist der Frau aus dem Gesicht geschnitten.«

Zabriskie schrieb fleißig mit. »Wie heißt Ihr Freund und wie heißt das Lokal?«

»Mein Freund heißt Dietmar Richter. Wie das Lokal heißt, weiß ich nicht.«

»Hat Ihr Freund ein Handy?«

»Im Prinzip ja, aber er ist heute zu einem Meditationswochenende auf eine Blockhütte gefahren. Absolutes Handyverbot dort.«

Zabriskie fluchte innerlich. Der Mann am Ende der Leitung musste gemerkt haben, dass sie mit seinen letzten Antworten nicht zufrieden war. Er sagte: »Er fährt mit der U-Bahn immer bis Eberswalder Straße. Irgendwo in dem Dreh ist auch das Büro.«

»Wissen Sie, wie die Firma heißt?«

»Nein, tut mir Leid. Irgendwas mit Unternehmensberatung.«

»Gut, das ist ganz toll, dass Sie sich gemeldet haben. Wenn Herr Richter wieder da ist, soll er sofort bei uns anrufen. Sofort. Sagen Sie ihm das bitte.«

»Ich werde es ihm ausrichten.« Persich junior legte auf.

Zabriskie war ein bisschen stolz auf sich, weil sie diesen Tipp ohne den blödsinnigen Hinweis von gestern nie bekommen hätte. Aber die schöne Spur führte offenbar schon wieder in eine Sackgasse. Deshalb fluchte sie wieder, diesmal laut.

Dorfner, der das Zimmer mit einem Stapel von ausgedruckten Internetseiten und kopierten Buchkapiteln über Piranhas betrat, trug nichts zur Verbesserung ihrer Stimmung bei.

Sie holte sich die Gelben Seiten und schlug die Seite mit den Restaurants auf. Wenigstens gab es eine eigene Rubrik *Vegetarisch*. Und die Postleitzahl stand auch dabei.

Nach einer Stunde hatte sie eine Liste mit dreiundzwanzig vegetarischen Restaurants beisammen, die in der Nähe der Eberswalder Straße lagen.

Sie telefonierte die Liste der Reihe nach ab, danach blieben noch sechzehn, die einen verbilligten Mittagstisch anboten. Aushilfsbedienungen mit kurzen, dunklen Haaren hatten eigentlich alle. Also durfte sie heute Nachmittag alle mit dem Phantombild abklappern. Aber jetzt musste sie erst einmal nach Friedrichsfelde.

»Guten Morgen, Dorfner, Sie sind ja schon wieder fleißig. Was machen die Piranhas?« Pachulke betrat das Büro.

»Diese Tiere sind faszinierend. Wenn man sie erst einmal näher kennen lernt«, setzte Dorfner an.

»Das glaube ich Ihnen. Aber ich möchte es im Zusammenhang hören, in Ihrem Bericht, Dorfner. Haben Sie Zabriskie schon gesehen heute?«

»Sie verfolgt eine heiße Spur in der Nähe der Eberswalder Straße. Jemand hat die Frau aus dem Großmarkt dort gesehen.«

»Sehr gut, da dürfen wir ja gespannt sein«, sagte Pachulke. Auf seinem Schreibtisch lag die Klops-Expertise von Engine Plink. Er riss den Umschlag auf und holte zwei eng beschriebene Blätter heraus. Er pfiff leise. *Die Kapern in den Bisschen an der Gabel und in dem Klops aus dem Roten Rathaus sind identisch. An beiden lässt sich der gleiche Säuregrad feststellen. Die chemischen Strukturen in den an der Gabel festgestellten Bisschen tauchen im beschlagnahmten Klops ebenfalls auf.*« Pachulke griff zum Telefon und ließ sich eine Verbindung zur Kantine im Roten Rathaus herstellen.

Ein Mann brüllte »Hallo?« ins Telefon. Im Hintergrund klapperte Geschirr.

»Guten Tag, Pachulke, Kriminalpolizei. Den Küchenchef hätte ich gerne einmal gesprochen.«

»Das bin ich, was gibt's denn?«

»Kaliningrader Klopse«, entgegnete Pachulke. »Wir haben eben noch persönlich über Ihren Mitarbeiter Herrn Ripp gesprochen. Meine Kollegen, die dienstlich in Ihrem Hause zu tun haben, schwärmen alle von Ihren Kaliningrader Klopsen. Liegt das an den Kapern?«

»So ist es. Die Kapern sind Hausmarke, Eigenbau.«

»Eigenbau?«

»Ja, wir haben da so ein Grundstück bei Staaken und dort ziehen wir Kapern. Das heißt, wir züchten sie richtiggehend.«

»Wir?«

»Ja, meine zwei Brüder und ich. Wir sind alle drei Köche und na ja, die Kaper ist eben sehr vielseitig als Zutat. Da probieren wir immer ein wenig damit herum.«

»Verstehe. Und diese spezielle Sorte für die Klopse, gibt's die nur bei Ihnen im Haus?«

»Nö, meine Brüder verwenden die auch. Und an ein paar befreundete Kollegen verkaufen wir sie weiter. Nicht an alle, man will sich ja nicht jeden Trick aus der Nase ziehen lassen.«

Schade. Pachulke schluckte. Er wollte von dem Kantinenchef wissen, welche Kantinen die Kapern benutzten. Der wusste das nicht auswendig, aber sein Bruder, Küchenchef in einem Altersheim in Alt-Tegel, betreute den Vertrieb und die Bestellungen für die Kapern. Nach einem weiteren Telefonat hatte Pachulke eine Liste mit neun Adressen, darunter eine Schule in der Nähe der Eberswalder Straße. Er überlegte. In jeder Schule gab es einen Keller. Einen gekachelten Keller. Und einen körnerfressenden Zivildienstleistenden, der diesen Keller eigentlich putzen und warten sollte und im Heizungsraum heimlich veganische Traktätchen las. Ein einsamer Zivi, der einer attraktiven Frau, die ihn um etwas bat, nichts abschlagen konnte. Der jetzt Stund um Stund im Keller saß und einen Bären für seine Angebetete und ihre Spießgesellen bewachen musste. Das klang plausibel. Richtig gut klang das.

»Wissen Sie, ich bin da ein wenig hin- und hergerissen. Ich werde mir einen neuen Arbeitsplatz suchen müssen. Schlimmstenfalls werde ich als Info arbeiten, bei mir zu Hause ein paar Ecken weiter wird wahrscheinlich etwas frei. Aber natürlich freut es mich für die Tiere, die noch einmal neu anfangen können. Auch ein Pitbull, der ein kleines Kind in fingergroße Stückchen gerissen hat, hat eine zweite Chance verdient.«

Florian Denkner, Direktor des Tierparks, saß in seinem Büro im obersten Stockwerk von Schloss Friedrichsfelde und kam ins Plaudern. »Das mag sich jetzt vielleicht paradox anhören für Sie, Frau Kommissarin, aber eigentlich bin ich Zoodirektor geworden, weil ich den Tieren ihre Freiheit geben möchte. Unser Grundsatz hier ist: So viel Kontrolle wie nötig, so wenig Käfig wie möglich. Und unsere Klienten danken es uns.«

Er zeigte aus dem Fenster, und Zabriskie sah ein Zebra, das scheinbar gedankenverloren zwischen den Steinskulpturen des Schlossparks herumspazierte.

»Das mit den Streifen ist natürlich ein Relikt«, sagte Denkner schnell. »Da müssen wir uns dringend etwas einfallen lassen. Unsere Klienten dürfen alle zivile Kleidung tragen, selbstverständlich.«

»Selbstverständlich«, echote Zabriskie und versuchte sich ein Bild von dem Mann zu machen, der sie durch seine randlose Brille ansah. Mit seinem jungenhaften Pagenschnitt sah er aus wie ein altkluger Abiturient.

»Haben Sie Dr. Ukas Kern gekannt?«

»Natürlich. Auch wenn wir, was den Strafvollzug angeht, nicht immer einer Meinung waren, habe ich ihn als Fachkollegen doch geschätzt. Bei seinem Buch *Delinquenz im Tierreich* merkt man auf jeder Seite, dass ein Praktiker mit hohen theoretischen Kenntnissen die Feder geführt hat.« Er hob den Zeigefinger: »Er wollte ausgestorbene Tiere nachzüchten. Ein phantastischer Gedanke. Stellen Sie sich vor, wenn es gelingen würde, einen Säbelzahntiger zu resozialisieren.«

»Wir gehen davon aus, dass Ukas Kern ermordet wurde.«

Diese kleine Bemerkung brachte den Redefluss von Florian Denkner zum Versiegen. Er formte ein lautloses Oh, riss sich die Brille vom Gesicht, schob sich den rechten Bügel in den Mund und kaute darauf herum. Dann zerstrubbelte er sich die Pagenfrisur. »Das ist ja schrecklich.«

»Ja, ist es«, sagte Zabriskie. »Haben Sie ihn ermordet?«

Florian Denker biss so fest auf seinen Brillenbügel, dass es knirschte. Er betrachtete sich den verbogenen Plastikbügel und schüttelte den Kopf. »Nein, um Himmels willen. Ich kann keiner Fliege etwas zuleide tun, geschweige denn einem Menschen. Wie ... äh ... ist es denn passiert?«

»Das werden Sie beizeiten erfahren.« Zabriskie lehnte sich zurück und verschränkte die Arme vor der Brust. »Finden Sie es nicht etwas merkwürdig, dass Ihr schärfster Konkurrent für den Platz im Ausschuss für Alles, der dem Tier-Strafvollzug vorbehalten ist, wenige Tage vor der Wahl tot aufgefunden wird? Sie sagten doch selbst, dass Sie nach der Evakuierung arbeitslos sein werden. Und jemand in Ihrer jetzigen Position will doch nicht den Kinderbauernhof in der Adalbertstraße leiten. Durch den Mord gibt es wieder eine Planstelle auf Ihrem Niveau. Oder sind Sie Mitglied der Rote Bete Fraktion? Ist der Panda bei Ihnen auf dem Gelände?«

Florian Denkner brach den Brillenbügel ab. »Hören Sie, das ist wirklich völliger Unsinn. Ich habe eine bestimmte Vorstellung von Strafvollzug, aber das heißt doch nicht, dass ich mit Terroristen gemeinsame Sache mache. Sie irren sich komplett. Sie kennen meine Einstellung, aber selbst ich sage, dass ein so gefährliches Tier wie Bang Bang unbedingt hinter Gitter muss.«

Zabriskie zog die Augenbrauen nach unten und sah den Direktor des Tierparks durchdringend an. Sie glaubte ihm. Das war ein Schuss ins Blaue gewesen. Leider daneben. »Nun regen Sie sich nicht künstlich auf. Wir ermitteln hier in einem Mord- und Entführungsfall, da müssen Sie sich schon ein paar unfreundliche Fragen gefallen lassen.« Sie legte ihre Hand auf die von Florian Denkner, ehe dieser den anderen Brillenbügel auch noch abbrechen konnte.

»Wo waren Sie in der Nacht von Mittwoch auf Donnerstag zwischen 23 und 4 Uhr morgens?«

Fast hatte Denkner sein jungenhaftes Lächeln wiedergefunden. »Ich war Geburtstag feiern bei meinem Schwiegervater. Wir waren dort bis etwa halb zwei. Mein Schwiegervater hat mir auch klipp und klar mitgeteilt, dass ich den Sitz im Ausschuss für Alles nicht bekommen werde. Aber ich bin jung, ich kann warten. Und Kern ist ... wäre ein sehr guter Mann gewesen.« Er fügte hinzu: »Donnerstag fange ich immer später mit der Arbeit an. Der Geburtstag war ziemlich gehaltvoll. Der Achtzigste. Meine Frau war dabei. Wir haben uns hin und zurück ein Taxi genommen. Und sie kann bezeugen, dass ich nicht mehr in der Verfassung war, jemanden umzubringen. Ich trinke selten Alkohol und vertrage nicht viel, aber bei so einem Anlass.«

Zabriskie nickte langsam. Milchbubi. Aber kein Mörder. Tja, das war's wohl. Sie bedankte sich und versicherte Florian Denkner, gegen ihn liege nichts vor. Dann ging sie nach unten auf den Schlossvorplatz. Das Tor des Nebeneingangs war weit geöffnet, und sie sah eine kleine Karawane von Transportern, die im Schritttempo in den hinteren Bereich des Geländes Richtung Dickhäuterhaus fuhren.

Elefanten, Nashörner, Giraffen, Bären und Nilpferde sollten zunächst in den Zoologischen Garten gebracht werden. Die Seekühe machten Zwischenstopp im Aquarium, das immer noch geschlossen war. Bereits am Vormittag hatte sich eine eilig zusammengestellte Delegation von brandenburgischen Bauern großzügig bei den verschiedenen Rinder- und Ziegenrassen bedient. Wer Bedarf für Dromedare oder Lamas hatte, durfte ebenfalls zugreifen. Vor dem Eingang parkten gemietete Zirkuswagen für die Raubtiere.

Zabriskie lief zum Haupteingang des Tierparks, sie wollte zur U-Bahn zurück. Dabei kam sie an einer der großen Freiflugvolieren vorbei. Einige Mitarbeiter des Tierparks standen auf hohen Leitern und schnitten mit Drahtscheren an dem dünnen Gitter herum, das in Falten von den Masten fiel wie eine durchsichtige Zeltbahn. Ein großes Stück des Gitters brach jetzt nach unten weg. Kraniche, Ibisse und Reiher suchten das Weite. Allmählich leerte sich der Tierpark.

Das frische Essen hatte Bang Bang ein wenig mit seinen Wärtern versöhnt. Er brummte leise, wollte es sich aber nicht eingestehen. Erst hatte er sich geärgert, weil eine Frühlingsrolle fehlte. Dabei brauchte er eigentlich genau eine für jeden seiner sechs Sinne. Aber die sieben Portionen Acht Kostbarkeiten hatten sein Herz und vor allem seinen Magen im Sturm erobert. Er begriff jetzt, dass sein Fressen von wechselnden Köchen stammte. Der von heute beherrschte sein Handwerk, auch wenn er drei Lychees verschusselt hatte.

Als Bang Bang zwei Portionen Glasnudeln für seinen Nachmittagssnack nach dem Mittagsschlaf beiseite räumen wollte, musste er feststellen, dass auch hier eine fehlte. Aber er war zu gut gelaunt, um sich jetzt darüber aufzuregen. Zum Schluss fraß er wie immer den Glückskeks. Der Spruch lautete: *Frühlingsrolle, Glasnudeln, Lychees suchst du vergeblich. Auch den andren Glückskeks fraß der Wärter. Ich kam nur mit, damit der Frevel ruchbar werde.* Wie interessant, dachte Bang Bang, aber das regeln wir bei Gelegenheit. Jetzt musste er endlich raus aus diesem Gefängnis. Die Aufgabe, in dieser Gegend einen Zweig seiner Organisation aufzubauen, sah er als große Herausforderung an. Er wollte die Zukunft gestalten, Visionen verwirklichen, Kontakte knüpfen, Menschen überzeugen oder umlegen, je nachdem. Nicht in dieser Butze versauern. Dieses neue Leben war noch langweiliger als das alte. Das Publikum in Zoologischen Garten war zwar verachtenswert, aber immerhin sinnlos verzückt gewesen. Bang Bang zischte durch die Zähne und strich unruhig in seinem Käfig umher. Er besah sich die Tür genauer. Sie war weiß lackiert und ging nach außen auf, ein erster Pluspunkt für ihn. Das Schloss sah neu, aber nicht sonderlich solide aus. Dieser Raum war nicht für einen Panda gebaut worden. Unter dem Türspalt schien Licht hindurch. Bang Bang spähte durch das Schlüsselloch. Ein kleiner Vorraum war zu sehen. Zwei Stühle, ein Holztisch, ein Aschenbecher, leere Bierflaschen, ein Waschbecken. Kein Mensch in Sicht. Die beiden Wärter machten wohl gerade ein Päuschen. Bang Bang durchmaß die Tiefe des Raumes mit wohl abgemessenen Schritten und stellte sich an die Wand direkt gegenüber der Tür. Er sammelte sich kurz und nahm Maß. Dann rannte er die rechte Schulter voran gegen die Tür. Es gab einen dumpfen Schlag, das Schloss knackte, aber die Türe hielt stand. Bang Bang hielt sich die Schulter. So stabil hatte dieses verdammte Ding gar nicht ausgesehen. Er rüttelte an der Klinke. Die Tür hatte ein klein wenig mehr Spiel als vorher, aber wenn er das Schloss auf diese Weise knacken wollte, würde er in kurzer Zeit zum Invaliden werden. Er musste sich etwas anderes einfallen lassen. Bang Bang setzte sich auf den Boden, lehnte den Rücken an die Wand und dachte nach. Jedesmal, wenn er einen überzeugenden Gedanken hatte, fischte er eine der Wan-Tan-Teigtaschen aus den Suppenschüsseln, warf sie in die Luft und fing sie mit dem Maul auf. Bald waren keine Wan-Tan mehr da, und Bang Bang hatte einen schönen kleinen Plan. Er trank die Suppe mit den Gemüsestücken aus. Jetzt wollte er sein Gefängnis umdekorieren. Ambiente war alles.

Hier lässt sich's leben. Pachulke betrachtete die weiß gestrichene Säule, in die ein Briefkasten mit weißer Klappe eingelassen war. Über ihm, außerhalb jeglicher menschlichen Reichweite, hockte eine kleine Überwachungskamera auf einer kurzen Leiste. Der Briefkasten trug keinen Namen, nur drei Initialen. Pachulke läutete und betrachtete durch das Gitter die Henry-Moore-Plastik, die von einer Doppelauffahrt umrahmt in einem penibel gepflegten Rasenstück lag. Dahinter das Haus, schneeweiß wie die Säule mit dem Briefkasten. Seine Front zur Straße hin war einem griechischen Tempel nachempfunden, spitzer Giebel, neo-dorische Säulen. Dahinter erst begann das eigentliche Gebäude, das in den Hang hineingebaut war. Zwischen dem Tor, vor dem Pachulke jetzt wartete, und dem pseudogriechischen Ensemble lagen wenigstens fünfzig Meter. Auf der Stirnfront des Giebels fanden sich keine Stuckornamente, sondern nur die Inschrift: *Bescheidenheit Vorzugsaktien Großbauvorhaben*.

Die Gegensprechanlage knackte leise, und jemand fragte: »Wen darf ich melden?«

»Hauptkommissar Pachulke, Kriminalpolizei.«

Es surrte leise und Pachulke öffnete die Tür. Auf dem Weg zum Haus passierte er zwei weitere Skulpturen, die ihm sehr gut gefielen. Die eine bestand aus zwei großen gewölbten Stahlblechen, die scheinbar zufällig aneinander gelehnt waren, die andere war eine Kugel aus

Metall, die aussah wie ein riesiges Wollknäuel. Als er die Haustür erreichte, öffnete ihm ein Mann in Livree.

»Wenn Sie mir bitte folgen würden? Herr von Goltz ist gerade im Entspannungsbereich.« Pachulke folgte dem Diener eine breit geschwungene Treppe aus Marmor nach unten und stand bald in einem riesigen Raum mit einer Fensterfront, vor deren Außenseite sich der Hubertussee erstreckte. Nach rechts führte eine Doppeltür in ein Gewächshaus. Der Diener deutete stumm auf die Tür und verschwand nach links. Pachulke trat durch die Schleuse und wurde von heißer, feuchter Luft und dem Brummen irgendwelcher Maschinen empfangen. Etwas Buntes witschte zwischen zwei Wimpernschlägen an seinen Augenwinkeln vorbei. Er bemerkte mehrere Kolibris mit orangefarbenen Hälsen und blauen Flügeln, die vor einem Dosierspender mit einer roten Flüssigkeit in der Luft standen, ehe sie sich schnell wie ein Sonnenfunkeln im Grün der Blätter verloren.

»Treten Sie doch näher«, rief eine Stimme aus dem Gebüsch zu Pachulkes Linken, und er folgte dem Pfad mit den gelben Ziegeln, vorbei an Pflanzen, die er noch nie gesehen hatte. Einige hatten blaue, fleischige Blätter, andere hatten riesige Blüten in leuchtendem Rot, die nach verdorbenem Fleisch rochen. Am Ende machte der Weg eine Kurve um eine riesige Palme, und dann sah Pachulke den Hausherrn.

Blaschko von Goltz lag auf einer großen Strandliege und trug einen dünnen schwarzen Bademantel, auf den weiße Schriftzeichen gestickt waren. Japanisch? Pachulke war sich nicht sicher. Die Hände ruhten auf den Armlehnen. Pachulke notierte: ca. 1,85 groß, schlank, beneidenswert schlank, gepflegte Hände, glatt rasiert, blondes halblanges Haar, das in weichen Locken fiel. Blaschko von Goltz drehte den Kopf und schickte ein strahlendes Lächeln in Richtung Pachulke. Das Lächeln wirkte ein wenig verloren, weil er gerade eine Gurkenmaske aufgelegt hatte. Pachulke, der bei Verhören den Blick seines Gegenüber gerne unerbittlich fixierte, musste mit zwei Gurkenscheiben Vorlieb nehmen.

»Bitte, nehmen Sie Platz«, sagte der Herr des Hauses mit merkwürdig brüchiger Stimme und deutete auf einen Strandstuhl im gleichen Rattandesign wie die Liege. Blaschko von Goltz wand sich genüßlich. Zu seinen Füßen saßen ein Mann und eine Frau auf zwei Holzschemeln und küssten und leckten seine Füße.

»Bitte entschuldigen Sie die Aufmachung, Kommissar Pelmini, aber

Sie sagten, es wäre dringend, und ohne mein kleines tägliches Ritual bin ich nicht mehr ich selbst.«

»Pachulke ist mein Name. Tun Sie sich bitte keinen Zwang an, was Ihre Garderobe angeht«, sagte Pachulke und lockerte seinen Hemdkragen. Er beobachtete mit wachsender Faszination die kleine rosa Zunge der jungen Frau, die die rechte große Zehe von Blaschko von Goltz unablässig umspielte.

»Was kann ich für Sie tun?« Blaschko von Goltz zuckte leicht unter den Berührungen der beiden Zungen, und diese verstohlenen Bewegungen tauchten als Unebenheiten in seiner Sprache auf.

»Dr. Ukas Kern wurde vorgestern Abend ermordet.«

»Ermordet?« Die beiden Gurkenscheibchen bewegten sich ein Stück. Offenbar hob Blaschko von Goltz die Augenbrauen. »Ich denke, es war Selbstmord.«

»Wieso denken Sie das?«, fragte Pachulke schnell.

»Weil ich an diesem Abend noch mit ihm telefoniert habe.«

Pachulke schaute nach draußen und genoss den Panoramablick. Ein Kormoran flog über die glänzende Wasserfläche. Er räusperte sich. »Genau deswegen bin ich hier. Wir haben Ihre Nummer in der Liste seiner Telefonate gefunden. Es war das letzte Telefonat, das er von seinem Dienstanschluss geführt hat. Darf ich fragen, was Sie von ihm wollten?«

Blaschko von Goltz spreizte die Zehen. »Es ging um einen Sitz im Ausschuss für Alles, der in absehbarer Zeit neu besetzt werden sollte. Wir haben uns die Entscheidung nicht leicht gemacht, aber uns dann gegen ihn entschieden.«

»Wir, wieso wir? Sind Sie denn auch im Tierstrafvollzug tätig?«

»Selbstverständlich ist die Wahl des Vertreters ganz allein Sache der jeweiligen Berufsgruppe, da mischt sich keiner ein. Aber wer wie ich seit beinahe zehn Jahren dem Ausschuss für Alles angehört, kann natürlich bestimmte Entscheidungen vorbereiten helfen. Und Sie können die zuständigen Damen und Herren gerne fragen: Sie waren mit unserem Vorschlag, Tierparkdirektor Florian Denkner den Sitz anzutragen, ganz und gar einverstanden.«

»Unser Vorschlag, ist das *pluralis majestatis*?«

Wieder ruckten die beiden Gurkenscheiben ein Stück in die Höhe. »Einige Leute, die mein Vertrauen genießen. Herr Pachulke. Denken Sie, dass Herr Denkner etwas mit der Sache zu tun haben könnte?«

»Das klären wir gerade. Aber mich würde interessieren, was Sie mit der Sache zu tun haben könnten. Ich verstehe nicht, warum Sie Herrn Dr. Kern auch noch die Absage übermittelt haben. Das ist doch Sache des Standesältesten.«

»Ja, das stimmt, da haben Sie völlig Recht. Aber der zuständige Kollege aus diesem Kreis war an diesem Abend unabkömmlich. Er hat seinen achtzigsten Geburtstag im Kreise der Familie gefeiert. Da hat man wenig Lust, der Überbringer schlechter Botschaften zu sein.« Auf dem Rücken des Mannes, der den linken Fuß von Blaschko von Goltz mit seiner Zunge bearbeitete, standen Schweißtropfen, obwohl er nur eine Badehose trug. »Nicht so fest, Eugène«, wies Blaschko von Goltz ihn leise zurecht. »Nimm dir ein Beispiel an Claire.«

»Wie hat es Dr. Kern aufgenommen?«

»Ich denke, er war sehr gefasst.« Blaschko von Goltz kratzte sich am Knie. »Er hat nur gesagt, dass ich intrigantes Schwein seine Karriere zerstören würde. Danach hat er ein paar Kraftausdrücke geschrien und aufgelegt. Nichts Außergewöhnliches. So einen Auftritt erlebt man als Top-Entscheider jeden Tag.«

»Und warum hat er uns dann diesen Abschiedsbrief hinterlassen?« Pachulke zog sein Jackett aus, griff in die Innentasche und las langsam den Abschiedsbrief vor.

Blaschko von Goltz hörte mit unbewegter Miene zu. Dann schob er die Unterlippe nach vorne und zuckte mit den Achseln. »Ehrlich gesagt, davon hatte ich keine Ahnung.«

»Der Brief passt nicht zu Ihrer Version von dem Telefonanruf.«

»Wissen Sie«, sagte von Goltz, »unsere Entscheidung, Herrn Dr. Kern nicht vorzuschlagen, hat vor allem davon hergerührt, dass wir ihn für einen unzuverlässigen Menschen hielten. Fachlich war alles top, aber es hat viele kleine Anzeichen dafür gegeben, dass er Probleme mit sich herumgetragen hat, die ihm immer wieder gehörig zu schaffen machten. Dieser Abschiedsbrief ist für mich daher keine große Überraschung.«

»Sie halten den Brief für echt?«

»Wenn Sie ihn für echt halten, tue ich das auch.«

Pachulke stand auf und ging vor der Dreiergruppe auf und ab. Claire und Eugène hatten sich weit nach vorne gebeugt und knabberten an den Fersen ihres Klienten »Aber ich halte ihn für eine Fälschung. Sie erinnern sich, ich habe von Mord gesprochen.«

»Sie meinen, jemand hat den Zoodirektor ermordet und einen fingierten Abschiedsbrief verfasst?« Blaschko von Goltz klang so, als habe man ihm gerade erklärt, dass er seine Palmen mit Himbeerlimonade gießen sollte.

»So ist es.«

»Aber sehr verehrter Herr Pelmini.«

»Nach wie vor Pachulke.«

»Verzeihung. Also, Herr Pachulke, ich muss schon sagen. Wie kommen Sie darauf, dass der Brief eine Fälschung sein könnte?«

»Der Brief ist in neuer Rechtschreibung verfasst. Ukas Kern hat aber strikt nach alter Rechtschreibung geschrieben.«

Blaschko von Goltz sagte erst einmal nichts. Er leckte sich die Lippen und wandte den Kopf zur Seite. »Was Sie nicht sagen. Und wie kommen Sie darauf?«

»Einige Personen, die unser Vertrauen genießen, haben uns diesen wichtigen Hinweis gegeben. Der oder die Mörder müssen ziemliche Stümper sein, wenn sie das nicht recherchiert haben. Oder sie waren in großer Eile.«

Blaschko von Goltz zuckte zusammen. Aber das lag vermutlich an Claire. »Wer soll ihn denn umgebracht haben?«

»Ich dachte, das könnten Sie mir sagen.«

»Nein, bedaure. Der Direktor des Tierparks profitiert natürlich unmittelbar davon.« Mit diesen Worten stieß Blaschko von Goltz ein kurzes, wohliges Ächzen aus und sackte in sich zusammen. Die beiden Masseure erhoben sich von ihren Schemeln und spülten sich den Mund aus.

Die Frau, die Claire hieß, sagte: »Ich denke, Sie sollten jetzt gehen. Herr von Goltz befindet sich in der tiefen Entspannungsphase. In der nächsten halben Stunde ist er sicher nicht ansprechbar.«

Eugène machte eine eindeutige Geste in Richtung Weg mit den gelben Ziegeln. Eine Minute später stand Pachulke, nass geschwitzt bis aufs Unterhemd, wieder auf der Straße. Er ging zum S-Bahnhof Grunewald.

Während die Evakuierung des Tierparks lief, rollte die Großfahndung weiter durch die Stadt. Die Polizei stellte Dutzende von illegal gehaltenen Exoten sicher, vor allem Krokodile und Vögel, und stieß auf diverse Lauben und Wohnungen, in denen ein Herrchen oder Frauchen zusammen mit zwei Dutzend Hunden oder Katzen lebte. Den Panda fand sie nicht.

Der zweite konkrete Hinweis auf den Aufenthaltsort von Bang Bang nach Zabriskies Ausflug zu Herrn Persich erfolgte anonym am späten Nachmittag. Die Frau in der Polizeizentrale notierte: schwarz-weiße Gestalt, Köpenick, Waldstück. Dazu eine Adresse. Bemerkungen: Der Anrufer hatte wie ein Kind geklungen, das seine Stimme verstellt. Eine junge Stimme, die tiefer klingen möchte. Aber getreu der Vorgabe Pachulkes – jedem Hinweis nachgehen – schickte sie einen Mannschaftswagen mit Spezialkräften nach Köpenick. Tatsächlich konnten drei Zeugen unabhängig voneinander bestätigen, dass sie eine gedrungene schwarz-weiße Gestalt gesehen hatten, die im Wald herumgestromert war. Kurz darauf nahm das Spezialkommando einen Mann fest, der in seiner schwarz-weißen Latexgarnitur wie an jedem Freitag die Kinder in der Nachbarschaft erschrecken wollte. Diese wussten längst, wer er war, und hatten ihn bei seinen Streifzügen heimlich gefilmt. Sie freuten sich diebisch, dass die Polizei auf ihren anonymen Anruf hereingefallen war und filmten auch die Festnahme des Mannes, der immer wieder sagte: »Sehe ich vielleicht wie ein Panda aus? Na, äußern Sie sich doch mal.«

Im Radio war den ganzen Tag über die Tierverlosung angekündigt worden. Tausende von Menschen fanden sich am Eingangstor des Tierparks ein und zogen eine Nummer. Szenen nie geglaubten Glücks spielten sich ab, als Familien abends vor dem Fernseher saßen und plötzlich ein Stachelschwein oder ein Takin ins Wohnzimmer lugte. Die Tiere zerrten ihre neuen Eigentümer hinter sich her, deren Gesichter vor frischem Stolz glänzten, und deren Hände fest die blauen Mappen mit dem Wartungs- und Pflegehandbuch für das jeweilige Tier umklammert hielten. Als Pachulke gerade aus der Dusche stieg und sich abtrocknete, meldete das Radio einen einzelnen bedauerlichen Zwischenfall vom S-Bahnhof Friedenau. Ein Mann in Begleitung seines nagelneuen Komodo-Warans wollte gerade aussteigen, als der Waran eine Frau, die gerade einsteigen wollte, böse anzischte. Als der Mann beruhigend sagte: »Der will nur spielen«, biss der Waran der Frau ein Bein ab. Das Bein konnte im Krankenhaus wieder angenäht werden, aber die Polizei brachte den mit einem Beißkorb gesicherten Waran im Panzerwagen in den Zoologischen Garten. Den schwer enttäuschten Warananwärter mussten die Beamten nach Hause geleiten.

»Das darf doch wohl nicht wahr sein. Da arbeitet man monatelang an einem Konzept für Öffentlichkeitsarbeit und macht und plant, und dann kommt dieses blöde Stück Mist und klaut uns einfach unseren Namen!« Der Mann, der sich Zucchini nannte, knallte eine Zeitung auf den Küchentisch.

Karotte zuckte zusammen.

»Und wir haben jetzt die Bullen am Hals. Weil dieser größenwahnsinnige Angeber meint, er könnte hier Guerilla spielen."

Karotte griff nach der Zeitung. »Aber wir sp-sp-spielen doch auch Guerilla.«

»Das ist etwas völlig anderes. Unsere Angriffe haben aufklärerischen Charakter. Wir halten den Menschen einen Spiegel vor und zwingen sie, sich mit dem Verblendungszusammenhang auseinander zu setzen. Aber man kann doch nicht einfach einen Bären entführen. Vor allem, wenn man uns das in die Schuhe schiebt.«

Karotte nickte und sah auf die Uhr. »Wo bleibt To-To-Tomate? Hoffentlich ist ihr n-n-nichts passiert?«

»Passiert? Sie kommt immer zu spät. Ist dir das noch nicht aufgefallen? Revolutionäre Disziplin ist ein Fremdwort für sie.«

»Sogar zwei«, wagte Karotte einzuwerfen und erntete dafür einen vernichtenden Blick von Zucchini.

Der Schlüssel rappelte an der Wohnungstür, und gleich darauf trat Genossin Tomate in die Küche. Sie feuerte ihren Rucksack in die Ecke und trank als Erstes ein großes Glas Wasser auf ex. »Meine Ablösung ist später gekommen, tut mir Leid«, stieß sie hervor und wischte sich den Mund mit dem Ärmel ab. Sie sah auf die beiden Genossen, die finster vor sich hin stierten. »Was ist denn mit euch los?«

Zucchini klopfte mit der flachen Hand auf die Zeitung. »Hast du es schon gesehen? Wir sind der Aufmacher.«

Marietta zuckte mit den Schultern. »Ach ja. Und?«

»Und? Meinst du, ich will für schweren Bärenraub zehn Jahre in den Bau?«

»Jetzt mach dir doch deswegen keinen Kopf. Selbst, wenn sie uns finden, werden sie sehr bald merken, dass wir den Bär nicht haben. Außerdem hast du doch immer davon geredet, dass sich ein bisschen

Knast gut macht in einer revolutionären Biographie. Training on the job.« Sie zündete sich eine Zigarette an. Zucchini knirschte mit den Zähnen.

»Ist das alles, was dir dazu einfällt? Willst du warten, bis sie uns finden? Weißt du, wo Rettich steckt?«

»Dreimal Nein. Ich habe vor der Aktion bei diesem Metzger schon gesagt, dass wir prüfen müssen, ob wir damit etwas erreichen. Nach meiner Einschätzung haben wir vor allem erreicht, dass uns neunundneunzigkommaneun Prozent der Bevölkerung aus innerstem Herzen hassen. Ich gehe lieber ins Gefängnis, als dass ich diesem Mob in die Hände falle.«

Sie schnippte die Asche in einen umgedrehten Marmeladenglasdeckel auf dem Tisch. »Ich finde, wir sollten uns auflösen. Wir streiten fast die ganze Zeit. Wir wissen nicht, wie es weitergehen soll. Das hat sich alles totgelaufen.«

Karotte nickte schnell. »Ich finde, die Genossin To-To-Tomate hat das sehr gut zusammengefasst.«

Zucchini schüttelte den Kopf: »Kleinbürgerlicher Wankelmut. Aufgeben, niemals. Niemals. Das ist doch alles Scheiße, was ihr da erzählt. Konterrevolutionärer Dreck.«

»Gut, dann sag uns, was wir als Nächstes machen? Die sechste Zoohandlung überfallen? Hübsche Schuhe, die du anhast, übrigens. Obermaterial Leder, wie es aussieht.« Marietta blies den Rauch aus beiden Nasenlöchern.

»Komm mir bloß nicht so. Irgendetwas muss ich ja anziehen.«

»Du könntest aber auch Gummistiefel tragen.«

»Gummistiefel? Ich bin doch kein Bauer.«

»Sondern ein eingebildeter Revolutionär.«

»Dass du jetzt, in dieser zugespitzten Situation versuchst, uns zu spalten, zeigt, dass es dir an jeglicher revolutionären Moral mangelt. Wir haben dringendere Probleme als meine Schuhe. Rettich hat den Panda entführt und agiert unter unserem Namen. Dazu müssen wir uns verhalten.« Er blickte die beiden anderen an. »Vorschläge?«

»Wie wäre es mit einem Re-Re-Revolutionstribunal? Schließlich ist er ein Re-Re-Re-Re, ein Abtrünniger.« Karotte blickte von Zucchini zu Tomate.

Zucchini pfiff durch die Zähne. »Keine schlechte Idee. Rettich muss vors Gericht. Er hat unseren Namen gestohlen. Damit hat er unser geistiges Eigentum an Rote Bete Fraktion verletzt.«

»Eine geniale Idee. Das Revolutionsgericht für Zivilsachen.« Marietta lachte laut auf.

Karotte blickte sie zuerst irritiert an, aber dann lachte auch er. »Ich bin in der Mietergemeinschaft. Ich habe sogar eine Rechtsschutzversicherung.«

Marietta grinste ihn an: »Möhrchen, du stotterst ja gar nicht mehr.« Sie drückte ihre Zigarette aus. »Wir sollten jetzt einfach ein Bekennerschreiben formulieren. Darin schreiben wir, dass wir mit der Entführung von diesem Panda nichts zu tun haben und schicken es den Bullen. Für die echten Revolutionäre unter uns: So ein Schreiben wird die Bullen zumindest verwirren. Wenn ich die Zeitungen richtig verstehe, stehen die Bullen unter Druck.« Ein Lächeln huschte über ihr Gesicht. »Pflanzlich unter Druck. Wenn das nichts fruchtet, schicken wir unsere offizielle Auflösungserklärung noch hinterher.«

Zucchini machte eine obszöne Gebärde, murmelte etwas, das wie »Aas fressende, kleinbürgerliche Weicheier« klang und holte sich ein Bier aus dem Kühlschrank. Karotte nahm Papier aus dem Küchenbüffet und legte es auf den Tisch. Zucchini setzte sich auf einen Stuhl, griff nach einem Stift, nahm ein Stück Papier und verneigte sich nach links und rechts. »Ich höre.«

In der Komischen Oper gefiel es Pachulke am besten. In der Staatsoper wollten die Leute gesehen werden. In der Deutschen Oper wollten sie ihren Pausenschwatz halten. In der Komischen Oper wollten sie zuhören. An vielen Abenden hatte ihn der kleine Zuschauerraum in sich aufgenommen, und zwischen dem Publikum und den Musikern hatte sich die Innigkeit von Verschwörern hergestellt, so als sei jeder in Parkett und Rang für das Gelingen der Aufführung mitverantwortlich. Pachulke saß in der Loge ganz links, in der ersten Reihe. Er hatte die Inszenierung schon bald ein Dutzend mal gesehen. Und er hatte dabei keineswegs nur Augen für Madrigal Cuauhtemoc. Er konnte mittlerweile hören, ob das Orchester etwas schneller oder langsamer spielte. Er verglich das, was er hier hörte, mit den Aufnahmen, die er bei sich zu Hause hatte. Irgendwann sah er das Bühnenbild nicht mehr. Aus seiner Sicht hätten die Sänger und Sängerinnen auch in einem kahlen Raum und ohne Kostüme singen können.

Bühnenbild und Ausstattung waren das Theatralische, das Blendwerk, wie er es nannte. Eine Gesangsstimme konnte nicht blenden, auch wenn er manchmal merkte, wie sich ein Tenor gegen eine leichte Unpässlichkeit stemmte, oder wenn eine Passage nicht ganz ausgesungen wurde. Über all dies staunte er, war sich aber stets im Klaren darüber, dass dies ein Zubrot war. Seine eigentliche Aufgabe war die stille Anbetung, und deshalb war er heute Abend mit einem neuen Hemd und perfekt gewienerten Schuhen hier. *Lucia di Lammermoor* war nicht seine Lieblingsoper, aber die Regie meinte es gut mit ihm, und Madrigal betrat die Bühne meist von links und spielte auch in der linken Hälfte der Bühne, so dass er ihr ganz nah war. Wenn er sich weit aus der Loge beugte, hätte er ihre Haare berühren können. Heute wie an jedem anderen Abend streckte er den Kopf jedoch nur ein wenig nach vorne und lauschte. Am liebsten hätte er sich auf den Boden der Loge gelegt und die Augen geschlossen. Aber er saß fast nie alleine hier.

In der Pause blieb er an seinem Platz und spähte hinunter in den Orchestergraben, auf die Instrumente, die da herumlagen. Eine Geige bestand zu neunzig Prozent aus Holz, der Mensch zu neunzig Prozent aus Wasser. Keine besonders aussagekräftigen Zahlen. Pachulke bestand an diesem Abend wieder einmal zu neunzig Prozent aus Verzückung. Er stellte sich vor, wie Madrigal Cuauhtemoc in der Pause in ihrer Garderobe saß. Der Zwerg auf einem Stühlchen an ihrer Seite beobachtete aufmerksam die Maskenbildnerin, eine der wenigen Menschen, die ungestraft in die Nähe seiner Herrin durften.

Das Handy klingelte, und Pachulke zuckte zusammen. Wenigstens passierte ihm dieses Missgeschick in der Pause. Er sah auf das Display, aber es zeigte keine Nummer an. In diesem Moment ertönte der zweite Gong. Nicht jetzt und nicht hier, dachte Pachulke, und schaltete das Handy aus.

Nach dem letzten Vorhang eilte er zur Garderobe und schlüpfte in seinen Mantel. Danach ging er Richtung Bühnenausgang und stellte sich auf den gegenüberliegenden Bürgersteig. Er postierte sich hinter einem dunklen Van. Nicht zu sehen, alles im Blick. Madrigal Cuauhtemoc erschien nach dreiundvierzig Minuten auf der Straße und sah sich um. Pachulke rechnete damit, dass jetzt, wie nach jeder Vorstellung, ihre Limousine heranrollen würde. Doch heute ging Madrigal Cuauhtemoc zu Fuß weiter. Sie trug einen dunkelblauen

Samtüberwurf, und ihre Schuhe, eine Art teure Espandrillas, glitten lautlos über das Pflaster. Sie ging erstaunlich schnell. Pachulke huschte von Auto zu Auto. Die Friedrichstraße überquerten sie gemeinsam. Pachulke drehte den Kopf betont in die andere Richtung, ließ sie aber nicht aus den Augen.

Auf der anderen Seite der Straße wechselte sie den Bürgersteig und kam geradewegs auf ihn zu. Er drehte sich schnell um und starrte in das Schaufenster eines Geschäfts für Jagdmoden. Hut und Loden in allerlei Variationen bestimmten das Bild. Er wartete, bis sie etwa zehn Meter Vorsprung gewonnen hatte und folgte ihr wieder. Sie bog rechts ab in die Charlottenstraße und ging in Richtung Gendarmenmarkt. An der Ecke Jägerstraße betrat sie ein Restaurant. Pachulke zählte bis zehn, dann folgte er. Er ließ den Blick durch den großen Raum und über die weiß gedeckten Tische streifen. Madrigal Cuauhtemoc setzte sich an einen Tisch am Fenster. Pachulke instruierte den herbeigeeilten Kellner über seine Wünsche und fand sich bald an einem Tisch schräg hinter der Sängerin wieder. Nie hätte er gedacht, dass er sie bei einer so profanen Tätigkeit wie der Nahrungsaufnahme würde sehen können. Doch nach und nach erholte er sich von seiner Überraschung und bestellte ein Glas Blauen Zweigelt mit einer kleinen Käseauswahl. Er beobachtete sie. Er weidete sich an ihr. Hier gehörte sie ihm allein, es gab keine Horden zahlender Zuschauer, die das gleiche Anrecht auf sie hatten wie er. Seltsam, er hatte nie Sorge, dass sich ein Mann zu ihr an den Tisch setzen würde. Offensichtlich genoss sie es, alleine zu essen. Und sie liebte es deftig. Ente mit Spitzkohl und Kartoffelpuffern. Er hatte einen Blick auf den Teller ergattert, weil sein Tisch auf dem Weg zur Küche lag.

Pachulke fragte sich, wie sie Musik hörte. Und was sie hörte. Sicherlich keine Opern. Zumindest nicht ihre eigenen Aufnahmen. Vermutlich kam sie hierher, weil es hier keine Hintergrundmusik gab. Nur die Gespräche, das Raunen aller Gäste, umgarnte sie und schuf die intime Nische für das eigene Mahl.

Auch Pachulke hatte mit großem Appetit gegessen, und er und seine Zielperson legten ihre Servietten fast gleichzeitig auf die leeren Teller. Er hatte sie ausgiebig studiert, ihren dunklen Teint, ihre kleinen kräftigen Hände, ihren Hals und ihre Wangen, das ganze Gesicht, das in jeder Sekunde anders aussah. Seltsamerweise wirkte sie kleiner als auf der Bühne.

Es war halb zwölf, als die Sopranistin um die Rechnung bat und sich vom Kellner ein Taxi rufen ließ. Sie hatte ihn in der ganzen Zeit keines Blickes gewürdigt. Pachulke ließ sie gehen. Es hatte keinen Sinn, ihr nach Hause zu folgen. Er wollte ihr keine Angst machen. Oder sollte er sie beschützen? Nachts am Lietzensee war es nicht immer sicher. Er trank aus, zahlte und trat auf die Straße. Er schlenderte hinüber auf den großen Platz und setzte sich auf eine Bank. Er war mit dem Ausgang des Abends unzufrieden, obwohl er ihr so nahe gewesen war wie nie zuvor. Er hätte mit ihr reden sollen. Wollen Sie zu mir, hatte sie ihn im Treppenhaus gefragt. Ja, eindeutig ja.

Ein Polizeiauto fuhr im Schritttempo und nur mit Standlicht durch die Markgrafenstraße. Pachulkes Blick fiel auf einen Zeitungsautomaten, in dem die Schürze des fast vergangenen Tages hing. *Wo ist unser Panda?* lautete die Schlagzeile.

Pachulke seufzte und fummelte sein Handy aus der Hosentasche. Die immer leicht blasiert klingende Stimme der Mailbox teilte ihm mit: *»Sie haben zwei neue Nachrichten. Nachricht 1 empfangen heute um 23.23 Uhr.* Hallo Pachulke, hier ist Zabriskie. Leider keine gute Nachricht für dich. Dein Gabelexperte ist ermordet worden. In seinem Laden. Er ist ... ach, am besten, du siehst es dir selbst an. Ich fahre jetzt hin. Sorry, dass du es so erfährst. *Piep. Nachricht 2 empfangen heute um 20.48 Uhr.* Guten Abend, Herr Kommissar. Es tut mir Leid, dass ich Sie in Ihrem wohl verdienten Feierabend störe, aber mir ist da etwas Wichtiges eingefallen. Es geht um den Tod von Zoodirektor Ukas Kern. Ich war an diesem Abend im Ausschuss für Alles, und ...« Es rauschte in der Leitung, und Pachulke hörte ein leises Klirren. Wieder konnte er die Stimme des Gabelstaplers hören. »Es tut mir Leid, ich fürchte, da ist gerade sehr heikle Kundschaft in den Laden gekommen. Sie wissen mittlerweile eine ganze Menge. Lernen Sie mehr darüber, wie man Gabeln liest. Hat mich sehr gefreut, Ihre Bekanntschaft zu machen. Grüßen Sie die Dame mit der großartigen Stimme. Habe die Ehre.« Die Aufnahme war zu Ende, und die eintönige Stimme der Mailbox bot ihm an, die Nachrichten zu löschen, zu speichern oder noch einmal anzuhören.

Pachulke fuhr sich über die trockenen Lippen. Um 20.48 Uhr hatte er in den Orchestergraben geblickt. Und den Gabelstapler abgewürgt. Gottverfluchte Scheiße. Er schlug sich zweimal ins Gesicht und musste dagegen ankämpfen, sich zu übergeben.

Das Taxi raste durch die Straßen, und Pachulke starrte durch die schlecht geputzten Scheiben in die Nacht. Befreundet waren sie eigentlich nicht gewesen, abgesehen davon, dass der Gabelstapler Pachulke das Leben gerettet hatte. Fast fünf Jahre war das jetzt her.

Ein geheimes Treffen der Polizei mit einem aussagewilligen Mafiosi war verpfiffen worden. Auf einem Autobahnrastplatz starben Pachulkes damaliger Partner Kurt und der Informant in einem Kugelhagel. Pachulke selbst wurde zweimal in den Bauch getroffen. Er hatte Blutgruppe AB negativ. Konserven waren auf die Schnelle nicht aufzutreiben, weil extrem selten. Und die Rettungshubschrauber waren bei einer Massenkarambolage mit vielen Verletzten hundert Kilometer entfernt von der Schießerei im Einsatz. Die Notärzte hatten Pachulke eigentlich schon aufgegeben, da hielt der Gabelstapler mit seinem weißen Ford Kombi, um sich die Beine zu vertreten und frische Luft zu schnappen. Er war gerade von einer großen Einkaufstour aus dem Ruhrgebiet zurückgekommen, das Auto bis zum Dach voll mit Gabeln. Er hatte die richtige Blutgruppe.

Wegen des Gabelstaplers lebte Pachulke weiter. Deshalb erfuhr er später, dass sein tödlich getroffener Partner Kurt der Verräter gewesen war. In den ersten Tagen war Pachulke zu schwach gewesen, aber als die geduldige Päppelarbeit allmählich Wirkung zeigte und er sich entschlossen hatte, nicht zu sterben, fraß es gewaltig an ihm. Kurt war gestorben und konnte ihm nicht mehr Rede und Antwort stehen. Und weil Kurt tot war, verwünschte Pachulke stattdessen den Gabelstapler, der jeden zweiten Tag vorbeikam und sich nach dem werten Befinden des Herrn Kommissars erkundigte. Genau so sprach er. Sprach. Pachulke schüttelte den Kopf. Er hatte bereits die Grenze zur Vergangenheit überschritten.

Als Pachulke im Bett sitzen konnte, hatte ihm der Gabelstapler Bildbände und Bücher über die Geschichte der Gabel angeschleppt. Pachulke, der lieber eine Abhandlung über die Essgewohnheiten der Renaissance las als einen der abgeschrappelten heiteren Familienromane oder die Krimis, die die Krankenhausbibliothek bevölkerten, ließ sich unfreiwillig, aber nicht ohne Neugier, in die geheimnisvolle und unüberschaubare Welt der Gabeln einführen.

Im Krankenhaus hörte er bei einem Spätkonzert im Radio, behaglich sediert, zum ersten Mal auch die Stimme von Madrigal Cuauhtemoc, und zwei Wochen später überreichte ihm der Gabelstapler eine CD mit Arien von ihr. Pachulke konnte sich nicht erinnern, sie jemals erwähnt zu haben. Vielleicht hatte er im Schlaf geredet. In ihrer Stimme fand er ein Gleichgewicht von Geborgenheit und Sehnsucht, das er nicht einmal für sich selbst in Worte fassen konnte. Er wusste nicht einmal, ob er die Sängerin oder nur die Stimme liebte. An ihre Art zu essen, hätte er sich jedenfalls gewöhnen können. Dachte er bis vor zwanzig Minuten.

»Macht 17,60«, sagte der Taxifahrer und hielt in der zweiten Reihe. Die nächtliche Straße war durch das Blaulicht ungleichmäßig und fahl erleuchtet. Durch die Scheiben sah Pachulke Zabriskie, die an der Tür unter dem Poseidon stand und mit einem Beamten gestikulierte. Von der Straßenmündung hörte er die immergleichen Schreie der Infos.

Er gab dem Taxifahrer einen Schein, stieg aus und stopfte die Quittung in den Mantel.

Der Ermordete lag hinter seinem Schreibtisch auf dem Boden. Die Dielen waren mit Ochsenblut gestrichen, das langsam abblätterte. Der Mantel mit den Gabeln war vorne nach rechts und links auseinander geglitten. Im Brustkorb steckte etwas Weißes. Ein Eispickel? Dafür war es zu dick. Pachulke bückte sich. Es war ein Rettich.

Zabriskie beugte sich zu ihm herunter. »Die Spurensicherung sagt, er sei zur Tatzeit tiefgefroren gewesen.«

Pachulke berührte den Rettich. Außen war er kalt und weich, innen offenbar noch gefroren. Wie angetauter Frostboden nach einem langen Winter. Der ganze Oberkörper war voll Blut. Pachulke schüttelte den Kopf und sah Zabriskie an. Er wollte etwas sagen, aber sie war schneller. »Engine Plink meint, durch die Tatwaffe können wir den Todeszeitpunkt exakt bestimmen.«

»Wie praktisch.« Pachulke erhob sich wieder.

»Es gibt ein Bekennerschreiben.«

Pachulke merkte, dass sie sich bemühte, keine Spur von Anteilnahme zu zeigen. Zabriskie sprach sachlich und vermied jedes überflüssige Wort. Das hätte er auch nicht ertragen. »Wo ist das Schreiben?«

Zabriskie deutete zum Tisch. Pachulke betrachtete das maschinengeschriebene Blatt: *Wir haben heute den Händler des Todes gerichtet und seiner verdienten Strafe zugeführt. Seit Jahrtausenden ist die Gabel das Symbol für den Verzehr von Tieren. Mag das Messer auch zur Selbstverteidigung dienen, gegessen wird mit der Gabel. Es gibt zu viele Menschen, die aus dem Mord an unschuldigen Tieren Kapital schlagen, seit heute Abend gibt es einen weniger davon. Wer Tiere tötet oder ihre Tötung billigt, kann mit unserer Gnade nicht rechnen. Es gibt nur zwei Seiten der Barrikade. Freiheit für alle Tiere. Rote Bete Fraktion.*

Pachulke überflog den Schreibtisch. Gabelkataloge, Rechnungen, unausgepackte Lieferungen, kleine braune Pakete. Eines kam aus London, eine Rechnung ging an jemanden in Zürich. Sein Blick wanderte zu den Regalen mit den vielen Kisten. Jeder Quadratzentimeter war vollgestopft. Moment, da war eine Lücke. Die kostbare Gartenharke war verschwunden. Die Vitrine war leer. Wo die Harke gelegen hatte, war nur noch eine kaum sichtbare Delle im eierschalenfarbenen Samt. Neben dem Schreibtisch klebten ein paar Korkplatten an der Wand und dienten als Pinwand. Ansonsten gab es hier vorne nur Regale. Vielleicht hatte der Gabelstapler die Harke in Sicherheit gebracht. Pachulke trat durch den Vorhang, der den hinteren Bereich abschirmte, und stand in einem langen Gang, der mit kleinen Niedrigvoltlämpchen erhellt war. Sie waren in die Zwischendecke eingelassen. Die klassische Profilholzverschalung, praktisch und gemütlich wie eine Sauna, eine fünfzehn Meter lange und einen Meter zwanzig breite Sauna. Auch hier links und rechts Regale, nicht so tief wie vorne. Weiter hinten öffneten sich Türen zur Küche und zu zwei Zimmern. Das größere war das Wohn- und Schlafzimmer mit einem Himmelbett aus Mahagoni, im kleineren befand sich die Werkstatt, wo der Gabelstapler gelötet, geklebt, graviert und restauriert hatte. Nirgendwo eine Spur der Gartenharke. Ein Raubmord und eine politische Hinrichtung zugleich. Sie hatten die Harke gestohlen, aber sie nicht im Schreiben erwähnt. Ausgerechnet die Harke, die rein pflanzlichen Zwecken diente. Vielleicht gab es zwei Täter. Jemand war nach dem Mord eingestiegen und hatte sich das Stück schnell gesichert. Oder der Einbruch hatte vor dem Mord stattgefunden. Aber am Telefon hatte der Gabelstapler zuversichtlich und hintergründig wie immer geklungen. Habe die Ehre. Pachulke musste sich die Nase putzen. Rotz und Wasser. Mit geröteten Augen stand er kurz darauf wieder im Verkaufsraum.

»Wer hat ihn gefunden?«, fragte er Zabriskie.

»Eins der Mädchen von nebenan. Sie wollte ihm ein Buch zurückbringen. Er hat, naja, er war den Huren wohl gesonnen. Alles gut nachbarschaftlich.«

»Wo ist sie?«

»Sie arbeitet wieder. Ich habe mit ihr gesprochen. Wenn was ist, sollen wir sie vorladen. Das geht in Ordnung. Sie arbeitet legal, alle anderen auch, übrigens, keine Fluchtgefahr. Ein gut geführtes Haus.«

Pachulke rollte den Kopf, als wollte er den Nacken lockern und ging zu der leeren Vitrine.

Zabriskie fragte: »Was war da drin?«

»Eine Gartenharke.«

»Ein Erbstück?«

»Ich glaube nein. Sie gehörte Flora Agrippina.«

»Muss ich die kennen?«

»Sie hat den Botanischen Garten gestiftet.«

»Also eine Vorkämpferin für das innige Verhältnis von Mensch und Pflanze.« Zabriskie nickte.

»Wenn sie den Laden verwüstet hätten, würde mir das mehr einleuchten«, sagte Pachulke.

»Vielleicht hatten sie dazu keine Zeit. Oder sie sind erschrocken über das viele Blut. Das geht den meisten Menschen so, die zum ersten Mal jemand umbringen.«

»Aber das passt doch überhaupt nicht zusammen. Wer richtet denn jemanden hin und stiehlt danach eine Antiquität?«

»Vielleicht war es einfach Geldnot, und sie haben die Harke mitgenommen, weil sie in der Vitrine lag. Was in einer Vitrine liegt, ist wertvoll.«

Pachulke wurde schwindlig. Er kippte zur Seite und musste sich an einem Regal festhalten. Er sah auf die Uhr. »Ich muss mich hinlegen. Ich bin todmüde. Sag Niklas, ich möchte den Bericht morgen spätestens um 14 Uhr.« Hans-Joachim Niklas war der Stellvertreter von Engine Plink. Er hatte in dieser Nacht Bereitschaft.

Pachulke blickte sich noch einmal um, sah die mit der Hand beschrifteten Kartons, die Heugabeln an der Decke, die Lampe und die Leselupe. Der Gabelstapler lag bereits draußen im Leichenwagen. Zwei Blutflecken waren auf dem Boden noch zu sehen. Etwas heller als das Ochsenblut. Dazwischen hatte er gelegen. Pachulke ging. Der Poseidon hatte sich zur Häuserwand gewandt. Er hielt den Kopf gesenkt, der Dreizack zielte auf die Erde.

Mit der Nacht kam der Wind. Es rauschte in den Bäumen, Wolken zogen auf, es wurde kühl. Um so besser, dachte Bang Bang, der auf seinem Futon saß und zur Tür hinüberspähte. Je weniger Leute auf der Straße waren, desto besser für ihn. Ein schwacher Lichtschein drang durch den Spalt am unteren Ende der Tür, aber draußen war alles still. Das Geräusch von Karten, die gemischt und ausgespielt wurden, das Gelächter und die Flüche waren schon seit einiger Zeit verstummt. Seine Wärter schliefen, gut abgefüllt vermutlich. Die kleine Expedition konnte beginnen.

Bang Bang stand auf und rollte den Futon zusammen. Dann zog er ihn vorsichtig hinüber auf das Pandaklo, dessen Streu er kurz zuvor noch einmal gut festgestampft hatte. Jetzt hatte er eine sehr prekäre Leiter, mit deren Hilfe er das Oberlicht erforschen wollte. Er kletterte auf den Futon, der wie eine dicke fette Wurst auf dem Pandaklo lag, und hangelte sich an der Wand entlang nach oben. Hehe, das hatte er sich gedacht: Nur ein einfacher Hängemechanismus. Vorsichtig hob er die beiden Metallbügel des Fensters aus ihrer Befestigung. Jetzt ließ sich das Fenster vollständig nach unten klappen. Bang Bang lehnte sich mit dem Bauch dagegen und steckte die Nase vorsichtig ins Freie. Nach dem Mief in seiner Bude war die Nachtluft wunderbar frisch. Er roch den warmen Asphalt, und von irgendwo wehte es den Duft von Rosen zu ihm her. Er sah sich um. Das Fenster lag knapp über der Erdoberfläche. Er überblickte einen breiten Bürgersteig und hatte vor sich eine ruhige, schmale Straße. Links stand eine Laterne, rechter Hand, fast an der Mündung zu einer größeren Straße, befand sich ein kleiner Kiosk, der jetzt zum Glück geschlossen war. Bang Bang streckte den Kopf etwas weiter hinaus. Er war in einem großen Gebäude untergebracht. Die Front zog sich über viele Meter hin. Er blickte auf eine lange Reihe von Fenstern in den eins, zwei, drei Etagen und federte prüfend in den Knien. Seine kleine Leiter war stabil. Er musterte die Fensteröffnung. Sie war zu eng für ihn, das hatte er vorher schon gewusst. Aber er wollte den Fensterrahmen ausbauen. Dann war das Loch in der Wand groß genug. Der Rahmen war aus Metall und mit mehreren Schrauben in der Außenmauer befestigt. Bang Bang zog den Kopf zurück und steckte eine Klaue prüfend in den Kopf einer Schraube. Er drehte seine Pfote nach links. Das Ding saß sehr fest, er spürte das Ziehen in seiner Klaue, aber ganz langsam drehte sich die Schraube ein wenig. Wieder steckte er die Klaue in den Schlitz und drehte. Jetzt löste sie sich. Insgesamt waren es sechzehn Schrauben, er würde eine Weile dafür brauchen. Nach einiger Zeit wurden seine Beine schwer, und ab und zu stieg er von einer Hinterpfote auf die andere, damit sie ihm nicht einschliefen. Nach jeder Schraube steckte er kurz den Kopf aus dem Fenster. Alles blieb still.

Als er nach Schraube elf wieder hinausblickte, sah er eine Frau, die auf dem Bürgersteig von rechts langsam näher kam. Sie hatte einen Hund dabei, eine winzige Töle, einen Kläffer, vermutlich intelligent. Das konnte Ärger geben. Bang Bang wollte eigentlich das Fenster wieder einhängen, aber dazu reichte die Zeit nicht. Also duckte er sich nach unten und hielt den Atem an. Er hörte sie kommen, Triptriptrip. Genau vor seinem Fenster blieben sie stehen.

»Ei, was hat sie denn, meine Kleine? Hat sie was gerochen, meine Kleine?«, flötete die Frau.

Die Töle schnüffelte ausgiebig am Fensterrahmen entlang, und schließlich bückte sich die Frau. »Ui, da steht ja ein Fenster offen, da schauen wir doch mal rein.«

Untersteh dich, dachte Bang Bang, das ist *mein* Fenster. In diesem Augenblick pinkelte der kleine Hund ins Fenster hinein, genau auf die Nase von Bang Bang. Der richtete sich zu seiner vollen Größe auf.

»Grrrraowwrrr!«, brüllte der Panda in die Nacht hinaus.

Die Töle machte einen Satz, landete bei Frauchen auf dem Arm und kläffte aus Leibeskräften.

Haut ab, verpisst euch! Bang Bang knurrte noch einmal und schlug mit den ausgefahrenen Krallen nach den Beinen der Frau. Sie stieß einen spitzen Schrei aus und rannte so schnell sie konnte die Straße hinunter, das Hündchen auf dem Arm. Bang Bang grunzte zufrieden, da hörte er den Schlüssel in der Tür zu seinem Verlies. Er drehte sich um, war dabei ein wenig zu schnell und verlor das Gleichgewicht. Der Futon rollte vom Pandaklo herunter, Bang Bang landete mit dem Hintern in der Streu und kullerte auf den Boden. Als er sich umsah, blickte er in den Strahl einer Taschenlampe, der langsam, aber unerbittlich dem offenen Fenster entgegenkroch. Wärter Ohg stank nach Bier. Er blickte auf das halb demontierte Fenster, den besudelten Futon und den Bärendreck überall im Raum und richtete seine glasigen Augen auf Bang Bang. Wütend nestelte er an seinem Gürtel und zückte einen Revolver. »Ich hab die Faxen dicke. Dich pust ich aus, du Scheißbär.«

»Zum Abschluss der Nachrichten auf Radio THF, The Hit Factory, direkt aus dem Wellness Lufthotel®, die Verkehrsübersicht. Wie immer präsentiert von Blockado: Saftige Steaks statt saftige Preise, das ist unser Motto. In der Sonnenallee ist zwischen Wildenbruchstraße und Elbestraße in Richtung Hermannplatz wegen einer Wanderbaustelle nur eine Spur befahrbar. Zwischen den S-Bahnhöfen Charlottenburg und Zoologischer Garten fahren aufgrund eines Fahrgastunfalls keine Züge. Bitte benutzen Sie den Schienenersatzverkehr. Achtung! Wegen einer planmäßigen Punktlandung bleibt der Platz der Vereinten Nationen in Friedrichshain bis morgen um 6.30 Uhr gesperrt. Die Bergungs- und Aufräumarbeiten am ehemaligen Lenindenkmal werden die ganze Nacht andauern. Geblitzt wird heute Nacht auf der Warschauer Brücke sowie in Hohenschönhausen in der Rhinstraße. Lassen Sie sich nicht erwischen. Die Verkehrsübersicht wurde Ihnen wie immer präsentiert von Blockado: Saftige Steaks statt saftige Preise, das ist unser Motto.«

Pachulke war früh im Büro. Er hatte die ganze Nacht kein Auge zugetan. Jetzt saß die Müdigkeit hinten in seinem Kopf in einer engen Höhle wie ein bösartiges Tier und dörrte mit ihrem heißen Atem seine Pupillen aus. Heute war der Tag der Entscheidung. Das Ultimatum der Entführer lief ab. Er setzte sich sofort ans Telefon. An diesem schönen Sonntag waren einige der Kantinenköche noch nicht besonders ansprechbar. Sie wurden aber schnell wach, als sie »Kripo« und »Panda« hörten. Der Kreis der Kandidaten wurde schnell kleiner. Zwei Kantinen hatten in der letzten Zeit keine Kaliningrader Klopse mehr angeboten. In einem Altersheim war eine Frau an Salmonellen erkrankt, in einer Schule hatten sich die Schüler eine Schlacht mit den Klopsen geliefert. Diese waren daraufhin als Gewalt verherrlichendes Gericht vom Speiseplan gestrichen worden. Vier Köchen war die spezielle Kapernsorte aus dem Roten Rathaus zu sauer gewesen. »Unsere Gäste lieben es nicht so deftig.« Sie verwendeten wieder das übliche Sortiment.

Übrig blieben drei Kantinen, das Altersheim in Alt-Tegel, das Rote Rathaus und die Schule im Prenzlauer Berg. Der Koch der dortigen Kantine war sehr redselig, aber auf seine Schüler war er nicht gut zu sprechen.

»Stehlen alles, was nicht niet- und nagelfest ist. Jede zweite Kneipe in der Gegend hat unser Geschirr im Regal stehen.«

»Wird denn auch viel Besteck gestohlen?«

»Und ob. Anfang des Jahres haben wir endlich das neue bekommen. Eine Spende ehemaliger Schüler, und mittlerweile fehlen schon wieder fünf Prozent.«

Eine ungute Ahnung stieg in Pachulke auf. »Neues Besteck? Ich dachte, Sie hätten dieses rumänische ...«

»Diesen Billigschrott vom Balkan! Nee, die Zeiten sind zum Glück vorbei, war ja auch fast nichts mehr davon übrig. Wir haben seit dem ersten Januar neues Besteck.«

»Und das alte?«

»Das haben wir ausrangiert, zurück nach Rumänien gespendet, was weiß ich? Weg ist weg, das ist die Hauptsache.«

Pachulke schluckte. Seine Theorie hatte einen fatalen Dämpfer erlitten. Kein Schulkeller, kein schmachtender Zivi. Also saß Bang Bang in einem Altersheim in Alt-Tegel. Dort lebte vielleicht ein Veganer der ersten Stunde. Und Zivis gab es dort auch. Und fesche Krankenschwestern mit kurzen schwarzen Haaren. Aber bevor er nach Tegel ging, musste er nach Tempelhof.

Das Büro von Dädalus Meyer war in der sechsten Etage des Flughafengebäudes. Der Aufzug öffnete sich und entließ Pachulke mit einem dezenten *Pling* in eine Lobby. Hinter einer Stahltheke erledigte eine Frau in Stewardessenuniform gerade drei Telefonate gleichzeitig. Sie warf Pachulke ein Lächeln zu und deutete auf eine Ledergarnitur. Pachulke setzte sich mit dem Rücken zu ihr und blickte auf das Rollfeld hinaus.

Es gab einiges, was er an dieser Stadt mochte, dazu gehörten auch die langen Blicke mitten im Zentrum, die unvermittelt auftauchenden Brachen. Bauruinen, Bombentreffer, Gasexplosionen, Punktlandungen. Alles hatte Lücken in die Ordnung gerissen, neue Lücken kamen hinzu. Hier konnte es ihm passieren, dass er ein Haus, das er seit dreißig Jahren kannte, an einem Tag vom übernächsten Block aus sehen konnte, weil das, was dazwischen gestanden hatte, verschwunden war. Manchmal war in die freigelegte Brandmauer noch die Silhouette eines früheren Hauses eingeschrieben, die schräge Linie eines Daches, das um zwei oder drei Etagen überragt wurde, das dazugehörige Haus längst weggerissen. Aber dieses Rollfeld stellte alles in den Schatten. Der Flughafen lag mitten in der Stadt, am anderen Rand des Geländes sah er die Mietshäuser winzig klein wie von einer Modelleisenbahn. Dort hatte er einmal gewohnt, aus seinem Wohnzimmer hatte er auf einen der zahlreichen Friedhöfe blicken können, wo zwischen Marmorengeln und gusseisernen Kreuzen die riesigen Betonpfeiler mit den Landeanflugsignalen in den Boden gebohrt waren.

Zwischenzeitlich hatte man überlegt, ob man den Flughafen mitten in der Stadt stilllegen sollte, aber auf der Suche nach Geldquellen war jemandem aus der Reihe der Regierenden Bürgermeister Und Geliebten Bausenatoren die Idee mit dem Wellness Lufthotel® gekommen. Also ging der Flugverkehr weiter.

Die Sekretärin hatte ihre Gespräche beendet und sagte zu Pachulke: »Herr Kommissar? Herr Meyer lässt jetzt bitten.«

Eine frisch lackierte alte DC-9 wurde von einem der kleinen gelben Ziehfahrzeuge langsam hinüber in den Hangar Zwei zur Inspektion expediert. Auch sie musste am Tag ihres Abschiedsfluges fehlerfrei funktionieren. Pachulke betrat das Büro.

Dädalus Meyer hatte schlohweißes, schulterlanges Haar und trug eine Wildlederjacke, die für seine schmale Figur etwas überdimensioniert wirkte. Offenbar war er einmal dicker gewesen, als er die Jacke angeschafft hatte und mochte sich jetzt nicht mehr von ihr trennen. Pachulke kannte dieses Phänomen. Allerdings unter umgekehrten Vorzeichen.

Der Hoteldirektor kurvte um seinen Schreibtisch herum und schüttelte Pachulke beidarmig die Hand, als würde er einen alten Lehrer nach langer Zeit wieder sehen. Pachulke fühlte sich mit einem Mal gebrechlich. Er entzog sich dem fürsorglichen Händedruck und nahm weiter das Panorama des Flughafens in sich auf. Die Fensterfront aus der Empfangslobby zog sich hinter Meyers Schreibtisch weiter.

»Ja, das ist schon beeindruckend, nicht wahr?« Der Chef des Wellness Lufthotel® ging zu einem kleinen Sekretär aus hellem Holz. »Möchten Sie Kaffee, Tee, Wasser?«

»Tee bitte, vielen Dank.«

Pachulke setzte sich vor den Schreibtisch in einen Besucherstuhl, den er unauffällig so drehte, dass Meyer ihm nicht die Aussicht versperrte. Dieser brachte ihm eine Tasse schwarzen Tee. Pachulke nahm einen Schluck und fing an: »Sie wissen wahrscheinlich, dass es in den letzten beiden Tagen zwei Todesfälle gegeben hat, die im Zusammenhang mit der Entführung des Pandabären stehen.«

Meyer nickte und nahm ebenfalls einen Schluck aus seiner Tasse. Auch er trank Tee. »Ja, der Zoodirektor. Eine grauenhafte Art zu sterben. Und auch noch dieses Original aus dem Wedding.«

Pachulke presste die Lippen zusammen. »Der Inhaber eines Ladengeschäfts. Einer der führenden Spezialisten auf seinem Gebiet. Er wurde wahrscheinlich ermordet, weil er uns einen wichtigen Hinweis zu den Entführern des Pandas hätte geben können.«

»Ich habe das mit dem Original nicht abwertend gemeint.« Dädalus Meyer sprach schnell. »Wir waren ja sogar Kollegen. Herr ... Herr ...«

»Sorg. Bernhard Sorg«, half ihm Pachulke.

»Genau.« Dädalus Meyer nickte. »Herr Sorg und ich waren lange Jahre Kollegen. Durch seine sachliche Art wusste er auch in hitzigen Situationen stets einen konstruktiven Weg aus Meinungsverschiedenheiten zu finden.«

Pachulke schwieg und sah aus dem Fenster. »Der ... Herr Sorg hat an der Sitzung beim Ausschuss für Alles am letzten Mittwoch teilgenommen. Ist Ihnen da etwas aufgefallen?«

Dädalus Meyer fixierte einen Punkt auf seinem Schreibtisch. Dann sah er Pachulke an: »Nein, tut mir Leid. Alles war wie immer, vielleicht ein bisschen angespannt wegen der Entführung. Wenn es nur darum geht, den richtigen Namen für ein Tier zu finden, ist die Stimmung meistens sehr locker.«

»Wie lange wird es diese Punktlandungen eigentlich noch geben? Das war doch ursprünglich nur eine temporäre Maßnahme zur Konsolidierung des Haushalts.«

»Ja, das stimmt. Aber inzwischen hat es sich weltweit herumgesprochen, dass man hier auf einmalige und ganz persönliche Art aus dem Leben scheiden kann. Das ist ein ganz wichtiger Wirtschaftsfaktor. Solange die Abfindungsverträge noch laufen, müssen wir zusehen, was wir kriegen können.«

»Die Abfindungsverträge?«

»Ja. Für den Vorstand der Großen Bank.«

»Aber die ist doch pleite gegangen.«

»Eben deswegen. Gerade deshalb ist die Abfindungsvereinbarung wirksam geworden.«

»Aber das kann doch nicht so viel sein, dass man deshalb jahrelang diesen Flugplatz weiter betreiben muss.«

»Sagen Sie das nicht, Herr Kommissar. Es handelt sich immerhin um siebzehn Vorstände. Und bei allen Verträgen gibt es die Schöne-Leben-Klausel.«

»Schöne-Leben-Klausel?«

»Ja, Paragraph 12 c, Ziffer 3, sechster Spiegelstrich. Die Stadt hat sich vertraglich verpflichtet. Jedem der Vorstände muss bis zu seinem Tod ein schönes Leben ermöglicht werden.«

»Ist das nicht ein bisschen üppig?« Pachulke sprach leise. Hinter Dädalus Meyer verließ eine Cessna vorschriftsmäßig die Startbahn.

»Nun ja, so hochqualifizierte Leute können Sie nicht mit einem Butterbrot abspeisen. Wer eine Große Bank ruiniert, muss schon das entsprechende Know-how mitbringen. Das waren alles Top-Leute auf diesem Gebiet. Pleite machen kann jeder. Aber im großen Stil? Das muss man planen. Und die richtigen Leute kennen.«

»Gut, aber wenn der Bankrott dann wie gewünscht eingetreten ist, gibt man diesen Leuten einen vereinbarten Betrag, und sie können sich damit ein schönes Leben machen. Das ist doch ein überschaubares Risiko.«

»Wer will schon überschaubare Risiken, wenn er Visionen haben kann? Das ist doch kleinkariert. Nein, es handelt sich hierbei um eine Generalklausel.«

Pachulke versuchte den Ausführungen des Hoteliers zu folgen, doch die kleine Maschine über der Startbahn hielt seine Aufmerksamkeit.

»Sehen Sie«, sagte Dädalus Meyer, »wenn einer der Direktoren schlechte Laune hat, müssen wir Abhilfe schaffen, sonst wird eine hohe Konventionalstrafe fällig. Vertrag ist schließlich Vertrag. Gerade jetzt hat meine Sekretärin mit einem Psychologen telefoniert. Dr. Saus, einer der Direktoren, hat heute Morgen wegen seines Golfhandicaps angerufen.«

»Und?«

»Er ist siebenundzwanzig unter par und hat miserable Laune.«

»Soll er doch lieber einen Töpferkurs machen, wenn er es nicht kann.«

»Das sagen Sie als Laie, aber wir werden ihm jetzt einen Psychologen bezahlen wegen seiner Depressionen. Damit er uns nicht verklagt. Außerdem kriegt er einen anderen Golftrainer. Oder gestern.

Da hat Herr Dr. Braus angerufen. Seine Frau hat sich die Nägel lackieren lassen. Jetzt will er sein Auto passend zum Farbton des Lacks umspritzen. Das machen wir selbstverständlich.« Dädalus Meyer reichte Pachulke eine kleine Schüssel mit Knabberzeug. »Das sind Erdnüsse«, sagte er.

Pachulke schüttelte den Kopf. »Nein, danke. Und deswegen ist der Flugplatz unverzichtbar. Jeder kann hierherkommen.«

»Ja, natürlich. Jeder, der das nötige Kleingeld mitbringt. So ein Ableben einer ganzen Sekte wie gestern ist natürlich ein extra Zahltag für uns. Wenn wir das fünf- bis zehnmal im Jahr haben, können wir die Direktoren ohne weiteres bei Laune halten. Aber meistens sind es Einzelpersonen, die hier ihren ganz persönlichen Weg aus dem Leben wählen.«

»Reiche Einzelpersonen?«

»Sicher, man braucht schon eine gewisse Geschmackssicherheit und einen Zug ins Extravagante. Nicht jeder Flugzeugtyp passt zu jedem Gast. Das ist wie mit der Krawatte oder der Frisur. Deshalb schicken wir unsere Kunden auch vorher in die Stilberatung. Erlebnisbeerdigung ist nicht wie Erlebnisgastronomie. Da muss alles beim ersten Mal stimmen. Für den schmalen Geldbeutel bieten wir auch einen Fallschirmabsprung ohne Fallschirm an. Aber baupolitisch ist diese Variante von untergeordneter Bedeutung.«

»Ja, Baupolitik. Ein weites Feld, nicht wahr?«

»Ein Feld, das stetig reiche Ernte bringt. Es ist lange her, dass wir hier in der Baubranche keine Vollauslastung hatten. Heute fehlen uns in allen Bereichen die Leute. Das stellen wir uns unter Nachhaltigkeit vor: ein geschlossener Kreislauf von Bedürfnissen. Sehen Sie hier.« Meyer schob Pachulke eine kleine Broschüre zu, die auf seinem Schreibtisch lag. »Bei den Kirchen haben wir eine kleine Auswahl bereits im Katalog. Im neuen Jahr soll konsequent mit dem Rückbau des Überangebots begonnen werden. Der Dom gestern bildete den Abschluss der Pilotphase. Wir bieten Einzelobjekte mit historischer Relevanz an. Für die obersten fünf Prozent. Wer kann schon von sich behaupten, mit einer Concorde an Heiligabend in die Gedächtniskirche gerauscht zu sein? Schmale hohe Kirchtürme sind das ideale Ziel für Sportmaschinen. Und die in den Block hineingebauten Exemplare bieten eine sportliche Herausforderung selbst für den erfahrenen Vielflieger.«

Pachulke überlegte, wie das Gespräch auf den Abriss von Kirchen gekommen war. Er wollte eigentlich wissen, wer den Gabelstapler ermordet hatte. Er stand auf und stellte sich mit dem Rücken zur Fensterfront, direkt neben den Stuhl von Dädalus Meyer. »Bei der Abstimmung über die Räumung des Tierparks war Herr Sorg dabei, nicht wahr?«

»Natürlich.« Meyer blickte mit seltsam verdrehtem Genick zu Pachulke hoch. »Alle waren dabei, das war eine eminent wichtige Abstimmung.«

»Waren wirklich alle dabei? Staatssekretär Prunk hat erwähnt, das Ergebnis sei mit hundertunddrei zu sieben Stimmen ausgefallen. Das sind hundertzehn Stimmen. Aber das Gremium heißt doch nicht umsonst auch Hundertelfer-Rat?«

»Was der gute Prunk so alles erzählt. Damit hat er gegen die Verschwiegenheitspflicht verstoßen. Wissen Sie ...«

»Aber die Zahlen stammen doch vom Ausschuss selbst. Prunk hat sich das doch nicht ausgedacht.« Pachulke musterte Dädalus Meyer, der immer noch versuchte, seinen Besucher im Auge zu behalten. »War der Regierende Bürgermeister Und Geliebte Bausenator dabei, als abgestimmt wurde?«

»Ja, natürlich. Das mit der fehlenden Stimme muss ein Protokollfehler sein.«

»Ich will das Protokoll sehen.«

»Wie bitte?«

»Das schriftliche Protokoll der Sitzung vom vergangenen Mittwoch. Zeigen Sie es mir.«

»Ich fürchte, das ist nicht so ohne weiteres möglich, das ist ja geheimes Material.« Dädalus Meyer nahm eine Erdnuss und steckte sie sich in den Mund.

»Es geht um Mord. Zwei Morde, um genau zu sein. Wo ist das Protokoll?« Pachulke erhob sich, trat zu Dädalus Meyer und legte ihm die Hand auf die Schulter. »Geben Sie es mir. Sofort.«

Meyer schluckte, räusperte sich und sagte etwas in die Gegensprechanlage, das Pachulke nicht verstand. Kaum drei Sekunden später kam die Sekretärin in der Stewardessenuniform hineingerauscht und legte Meyer einen Ordner auf den Schreibtisch. *Laufende AfA-Protokolle, 3. Quartal* stand darauf. Der Hotelier reichte Pachulke den Ordner, ohne ihn dabei anzusehen.

Pachulke studierte das Protokoll der Sitzung vom Mittwoch. Über die Evakuierung des Tierparks war namentlich abgestimmt worden. Er studierte die Ja-Stimmen, dann die Nein-Stimmen. Der Gabelstapler hatte mit Nein gestimmt. Der Name des Regierenden Bürgermeisters Und Geliebten Bausenators tauchte im Protokoll nicht auf. Dädalus Meyer hatte keine Erklärung dafür.

Um zwölf war Pachulke wieder in seinem Büro. Kurz darauf erschien Zabriskie.

Pachulke erwähnte die gestrige Nacht mit keinem Wort. Stattdessen fragt er: »Und? Warst du im Prenzlauer Berg?«

»Ja, war ich. In sieben Restaurants. Im achten habe ich sie gefunden. Alles Nobelschuppen. Eine neureiche Gegend.«

Pachulke rieb sich die Hände.

»Das Restaurant heißt *Ritz & Rübe.* Der Wirt hat sie sofort erkannt. Ihr Name ist Marietta. Den Nachnamen hat er nicht gewusst. Sie hatte sich ihm nur als Marietta vorgestellt. Er kann auch nicht sagen, wo sie wohnt. Ihren Lohn hat sie immer bar bekommen. Sie ist sehr zuverlässig und hilft immer aus, wenn es mal eng wird.«

»Arbeitet sie heute?«

Zabriskie schüttelte den Kopf. »Ab heute hat sie Urlaub. Dem Wirt war es furchtbar peinlich, dass er keine näheren Angaben zu ihr machen konnte. Aber er hat mir immerhin gesagt, dass Marietta häufiger von einem Mann mit dem Auto abgeholt wurde. Das Auto ist ein alter dunkelblauer Fiat Panda mit örtlichem Kennzeichen.«

Pachulke zuckte zusammen, als er »Fiat Panda« hörte.

»Der Mann ist blond und hat einen Schnurrbart. Einmal haben sich die beiden gestritten. Der Wirt will gehört haben wie Marietta ›Du bist immer so dogmatisch‹ gesagt hat. Daraufhin hat ihr Begleiter kurz gelacht und erwidert: ›Du bist zu weich, das ist dein Problem.‹ Daran kann sich der Wirt angeblich genau erinnern. Das Gespräch hat vorletzte Woche stattgefunden. Ihr Freund hat Marietta in der Mittagspause besucht.«

Pachulke nickte und rieb sich die schmerzenden Augen. Die Beschreibung des Mannes passte vage auf Sören Ripp, den Umschüler in der Kantine des Roten Rathauses. »Das ist unser Pärchen, Zabriskie. Zwei Drittel der Rote Bete Fraktion. Nur die Karotte fehlt noch.«

»Und der Rettich«, sagte Zabriskie.

Pachulke ließ sich nicht beirren. »Und die Frau ist im Urlaub.«

Die beiden gingen zusammen Mittag essen, redeten aber fast kein Wort miteinander. Obwohl Pachulke so müde war, stieg die Anspannung langsam an. Er hatte insgeheim mit einer Nachricht des Regierenden Bürgermeisters Und Geliebten Bausenators gerechnet, aber der meldete sich nicht. Von ihren Kontaktleuten im Zoologischen Garten wusste er, dass die meisten Tiere aus Friedrichsfelde dort schon eingetroffen waren. Die Evakuierung war so gut wie abgeschlossen.

Es war in diesen Stunden, die qualvoll langsam vergingen, dass Pachulke zum ersten Mal seit langer Zeit keine Lust verspürte, sein Büroinventar zu pflegen. Er saß an seinem Schreibtisch und malte fette, untersetzte und grausig verwachsene Pandabären aufs Papier. Zabriskie saß mucksmäuschenstill an ihrem Tisch und tat so, als würde sie ein Dossier über veganische Splittergruppen in der Stadt studieren. Das Thema Gabeln war tabu. Als sie spät am Nachmittag oben in der Kantine wieder beim Kaffee saßen, sagte Pachulke endlich: »Ich gehe jetzt runter und sehe ihn mir an.«

Zabriskie fragte: »Soll ich mitkommen?«

»Nein, das mache ich alleine.«

Am schlimmsten sahen die Füße aus. Über den Rest des Körpers hatte sich die Leblosigkeit bereits wie eine Lackschicht gelegt. Was Pachulke sehen konnte, war dem Menschen Sorg nur noch auf sehr schmerzhafte Weise ähnlich, ohne wirklich er zu sein. Nur die Füße sahen so aus, als wäre gar nichts passiert – als wäre das, was Pachulke oberhalb der Knöchel sehen konnte, nur ein böser Scherz.

Er stand in der Obduktionskammer vor einer jener stets unmenschlich sauberen Rollbänke, auf denen die Leichen transportiert wurden. Ohne seinen Mantel sah der Gabelstapler klein aus, mager und zierlich. Er war fast weiß, er hatte sehr viel Blut verloren.

Pachulke überflog den Obduktionsbericht. Der Tod war etwa um 21 Uhr eingetreten, zehn Minuten nach dem Anruf in der Oper. Der oder die Täter hatten den Gabelstapler mit einem harten Werkzeug, vermutlich mit einem einfachen Standardhammer, auf den Schädel geschlagen und ihm dann den gefrorenen Rettich mit demselben Gegenstand in die Brust getrieben. Auf dem Rettich befanden sich Blut- und Hirnspuren. Der Hammerschlag, nicht der Rettich, war die Todesursache gewesen. In dem Bericht stand: *Der Rettich hat lediglich symboli-*

sche Bedeutung, als sollte er für den Betrachter ein Zeichen setzen, das den Weg zu den Tätern weist. Oder von ihnen weg. Pachulke dachte an Marietta, die angeblich in den Urlaub gefahren war.

Wieder hörte er sich die Nachricht des Gabelstaplers aus der Mordnacht auf seiner Mailbox an. Wenn Herr Sorg doch nur geruht hätte, sich gelegentlich weniger blumig auszudrücken. Die Gabeln lesen. Pachulke ging zu einem anderen Tisch, auf dem die Kleidungsstücke lagen, die der Gabelstapler zum Zeitpunkt seines Todes getragen hatte. Auch der Mantel lag dort, zusammengerollt wie ein schlafender Drache.

Pachulke holte sich aus einer Schublade ein Paar sterile Handschuhe und machte sich daran, die Gabeln aus ihrer Befestigung zu lösen. Sie hingen alle in einer Art Clipverschluss, den Pachulke vorher noch nie bemerkt hatte. Offenbar ein Spezialdesign des Mantelbesitzers, ausschließlich für diesen Zweck angefertigt. Pachulke untersuchte den Mantel genau. Er begann unten am Saum und arbeitete sich spiralförmig nach oben. Jede Gabel, die er abmontierte, prüfte er auf Besonderheiten, fehlende Zinken, Beschädigungen.

Nach einiger Zeit lagen sechs Dutzend Gabeln auf dem Metalltisch. Der Mantel war erst zu einem Drittel abgehängt. Pachulke warf die Handschuhe weg, holte sich einen Becher Wasser aus dem Wasserspender und trank. Dann nahm er ein neues Paar Handschuhe und machte weiter. Auf halber Strecke, unter dem rechten Ärmel, fand er etwas, das keine Gabel war. Ein Stäbchen, ein chinesisches Essstäbchen. Keines von den billigen, sondern ein besonders hübsches aus Metall. Er betrachtete es aufmerksam. Das Ornament bestand aus chinesischen Schriftzeichen.

»Alles, was zwei Zinken hat.« Mehr als einmal hatte er diesen Satz des Gabelstaplers gehört. Aber gab es nicht Ausnahmen? Harpunen zum Beispiel. Die hatte er dort auch schon gesehen. Und antike Bratspieße.

Pachulke besah sich das Stäbchen noch einmal ganz genau. An dem Ende, an dem man das Stäbchen in die Hand nahm, auf der quadratischen Grundfläche, deren Seiten nur wenige Millimeter breit waren, war etwas eingraviert. Pachulke konnte es mit bloßem Auge nicht lesen, er erkannte lediglich ein paar feine Linien im Metall. Er brauchte eine Lupe. Eine Schublade nach der anderen zog er auf, fand aber nur Kittelschürzen, Sezierbesteck und Desinfektionsmittel. Oben in seinem Büro hatte er eine Lupe. Das Stäbchen musste warten.

Er wandte sich wieder dem Mantel zu und setzte seine Suche fort. Das zweite Stäbchen hing unterhalb des linken Mantelrevers. Flecken getrockneten Blutes befanden sich darauf. Pachulke warf die Handschuhe in den Müll. Gut möglich, dass es noch mehr auf dem Mantel zu finden gab, aber er war zu neugierig. Im Vorbeigehen schnappte er sich ein steriles Tuch von einem Stapel an der Tür. Dann rannte er mit den beiden Stäbchen hoch in sein Büro.

Oben breitete er das Tuch auf seinem Schreibtisch aus und nahm die Lupe aus der Schublade. Auf dem ersten Stäbchen stand »EW«. Auf Anhieb konnte Pachulke damit gar nichts anfangen: Erste Warnung, Eventuelle Wirksamkeit. Vieles war möglich.

Er nahm sich das zweite Stäbchen vor. Das untere Ende war mit Blut verkrustet. Pachulke bog eine Büroklammer auf und kratzte das Blut vorsichtig weg. Er tat es langsam, um die sich hoffentlich darunter befindliche Gravur nicht zu beschädigen. Schließlich konnte er auch hier ein paar Linien erkennen. Er griff zur Lupe und las: »BVG«.

Blaschko von Goltz. Pachulke pfiff durch die Zähne. Jetzt wusste er auch, was die beiden anderen Initialen bedeuteten.

In diesem Moment stürzte ein junger uniformierter Polizist ins Büro, der zum Stab der Panda-Großfahndung gehörte. »Chef, wir haben Bang Bang.«

Pachulke legte den Telefonhörer zurück, den er schon in der Hand hielt. »Ihr habt ihn gefunden? Wo ist er?«

»Im Grunewald, Chef.«

»Im Grunewald?«

»Ja, Chef. Zwei Spaziergänger haben ihn gefunden. Man hat ihn erschossen.«

Pachulke und Zabriskie hatten in ihrem Berufsleben schon einige Tote gesehen, aber trotzdem hatten sie ein flaues Gefühl, als sie aus dem Auto stiegen. Die Leiche des Gabelstaplers drückte beiden aufs Gemüt. Und jetzt war die Jagd nach Bang Bang auf diese Weise zu Ende gegangen.

Bei Entführungen hoffte man immer, dass die Geisel überlebte. Man verhandelte, man bekam ein Lebenszeichen, einen Lösegeldtermin. Dann sah man sie schließlich doch tot vor sich liegen. Das war das Gemeine an diesen Fällen. Bei Mord war die Lage von Anfang an klar.

Bang Bangs Leiche lag abseits des Pfades, halb verborgen im Unterholz. Die beiden Spaziergänger, ein älteres Ehepaar, warteten untergehakt auf dem Waldweg.

»Wann haben Sie die Leiche gefunden?«, fragte Zabriskie, während sich Pachulke den toten Bären zeigen ließ.

»Etwa vor einer knappen Stunde«, sagte die Frau. Sie trug Wanderschuhe und Kniebundhosen, hatte durchtrainierte Waden und war in ihrem früheren Leben vermutlich Basketballprofi gewesen.

Zabriskie legte den Kopf in den Nacken. »Und wie haben Sie ihn entdeckt?«

»Wir sind vom Weg abgewichen«, sagte ihr Mann. Wie Zabriskie war auch er drei Köpfe kleiner als seine Frau. Er trug einen Lodenrucksack und hatte einen schön gedrechselten Spazierstock in der Hand.

»Wieso?«

Die beiden lachten.

»Weil wir uns nicht einigen konnten, wo wir uns den ersten Kuss gegeben haben. Es war hier in der Nähe«, sagte die Frau.

»Vor mehr als dreißig Jahren«, ergänzte ihr Mann.

Zabriskie musste an ein kleines Spinnenmännchen denken, das auf einem großen Weibchen herumklettert, um es zu begatten. Aber diese Frau fraß ihren Mann hinterher bestimmt nicht auf. Dafür sahen beide viel zu glücklich aus. Frisch verliebt mit sechzig. Vermutlich hatte er sich für den Kuss auf einen Baumstumpf gestellt.

»Wir hätten uns fast gestritten. Da hat mein Mann gesagt: Lass uns in den Wald gehen. Denn wir wussten, dass es nicht auf dem Weg passiert ist.«

»Kaum standen wir da drüben, haben wir ihn auch schon liegen sehen.«

Zabriskie entließ die beiden Zeugen und ging zur Fundstelle, die mit rot-weißem Band abgesperrt worden war. Vom Weg aus war Bang Bang praktisch unsichtbar, gut getarnt mit Ästen und Zweigen.

Engine Plink stand vor dem toten Bären und kaute auf ihrer Unterlippe. »Er ist auf keinen Fall hier erschossen worden. Tatzeit war irgendwann letzte Nacht, wahrscheinlich so zwischen elf und eins. Aber Genaueres kann ich Ihnen erst nach der Obduktion sagen.«

Pachulke nickte. Er trat an den Bären heran. Bang Bang sah ganz friedlich aus, wie er so dalag, nur das kleine Loch zwischen den Augen störte.

Auch Zabriskie warf einen Blick auf den toten Panda. Pachulke sah sie an. Er wusste, was sie jetzt dachte. Sie hatte immer Bedenken gegen die Großfahndung gehabt. Die Idee, man könnte damit die Täter aufscheuchen, hatte ihr nicht gefallen. Dass er nicht hier erschossen worden war, sprach für eine Panikreaktion der Entführer. Vielleicht hatten sie nicht gewusst, wie sie ihn vernünftig hätten freilassen sollen. Auch das gab es. Die Forderung war erfüllt, aber aus Angst vor einem Fehler brachte man die Geisel trotzdem um. Oder die Geisel hatte etwas gesehen oder gehört, was sie nicht wissen durfte und musste deshalb sterben.

Pachulke fragte einen Mann von der Spurensicherung: »Wie viele Leute waren es denn?«

»Schwer zu sagen, mindestens zwei. Sehen Sie hier.« Der Mann verfolgte mit dem Zeigefinger eine nur für ihn sichtbare Linie auf dem pechschwarzen Waldboden. »Sie sind von hier gekommen und haben ihn zu der Stelle geschleift, wo er jetzt liegt. Vorhin, als wir kamen, konnte man noch die Vertiefungen von den Schuhen sehen, aber auf dem weichen Boden kann man keine Abdrücke nehmen, alles weg.«

Pachulke gab den Polizisten das Zeichen, dass sie Bang Bang jetzt abtransportieren konnten. Zwei Fahrzeuge setzten sich in Richtung des Instituts für Tierpathologie der Freien Universität in Bewegung. Vorneweg fuhr der Leichenwagen mit Bang Bang, Pachulke und Zabriskie folgten.

Im Auto gab Pachulke den Auftrag, Nils Kaiser aufzutreiben. In Ermangelung nächster Angehöriger sollte er Bang Bang identifizieren. Kein guter Ausklang für Kaisers Wochenende, aber Pachulke war zu sehr Polizist und in dieser wichtigen Frage völlig stur. Kaiser schlug seit einigen Tagen Kapital aus seiner Beziehung zu Bang Bang, also konnte er ihm gefälligst einen letzten Bärendienst erweisen.

Zu Hause war Nils Kaiser nicht. Auch auf ausdauerndes Läuten öffnete niemand. Die Streife hörte sich bei den Nachbarn um. Vielleicht war der Tierpfleger bei seiner Mutter, die er am Sonntag häufig besuchte.

Als die Kollegen über Funk durchgaben, dass die Mutter von Nils Kaiser in einem Altenheim in Alt-Tegel lebte, dachte Pachulke, er hätte sich verhört. Verlor er den Verstand? Die Kapernspur hatte er eigentlich schon abgehakt. Über Funk ließ er sich Telefonnummer und Adresse des Heims durchgeben. Die Lichter der Tierpathologie tauchten in der Dunkelheit auf. Er seufzte erleichtert. Das beste

Gegenmittel bei Hirngespinsten war eine richtig gute Obduktion. Es gab nichts Bodenständigeres als eine Leiche auf einem Seziertisch. Selbst der Gabelstapler konnte Pachulkes grundsätzlich positive Meinung zu Obduktionen nicht erschüttern. Er war sich sicher, sein toter Freund hätte ihn verstanden.

Herzlich Willkommen stand auf der Fußmatte vor der Tür. Die Polizisten wuchteten ihre Last durch die Eingangshalle und einen langen Gang hinunter bis zu einem der Obduktionssäle. Mit »Eins, Zwei, Drei!« stemmten sie Bang Bang auf den Seziertisch. Dort lag er wie ein überdimensionales, geschmacklos verpacktes Weihnachtsgeschenk unter seiner Plane, bis der Leiter des Instituts herbeieilte.

Professor Humbert Dienwiebel öffnete sofort den Reißverschluss. »Oh, ein neues Gesicht in unserem Haus. Stimmt's, Sie waren noch nie bei uns?«

Bang Bang glotzte stumm an die Decke, während der Pathologe ihn aus der Plastikplane herausschälte.

Plink und Pachulke tauschten einen Blick. Dienwiebel war früher Zahnarzt gewesen, und den unvergleichlich freundlichen Ton mit seinen Patienten hatte er auch in der neuen Umgebung nicht aufgegeben. »Entspannte Leichen lassen sich besser sezieren«, erklärte Dienwiebel jedem, der es wissen wollte. Zabriskie wollte es nicht wissen. Sie wartete draußen und trank einen Kaffee.

»So, dann wollen wir Sie mal mit Ihrer Nummer ausstatten.« Dienwiebel nahm ein Kärtchen, das aussah wie ein Adressetikett für Fluggepäck, und schrieb *Bang Bang (Pandabär) Nr. CQ 734/56* darauf. Er knotete das Kärtchen mit einer dünnen weißen Schnur an der rechten großen Zehe des Bären fest und knipste die Lampe über dem Seziertisch an. Bang Bang wurde in gleißendes Licht getaucht, und Dienwiebel schob ein kleines Tablett auf Rollen mit dem Sezierbesteck an den Tisch heran. Das größte Skalpell war so groß wie ein großes Fleischermesser, aber hundertmal schärfer. Dienwiebel setzte zum großen Schnitt entlang des Brustbeins an.

»Tut gar nicht weh«, sagte er zu Bang Bang, als er mit einer schnellen Bewegung durch das Fell schnitt. Die Klinge glitt durch die Pandahaut, als wäre sie aus Papier. Der Schnitt endete ungefähr da, wo Menschen ihren Bauchnabel haben. Pachulke fragte sich, ob Bären einen Nabel hatten.

Dienwiebel setzte zwei weitere Schnitte. »Schön weit aufmachen«, sagte er, und klappte erst die linke und dann die rechte Vorderseite von Bang Bangs Brustfell nach außen. Jemand tippte Pachulke auf die Schulter. Es war einer der Polizisten. Pachulke verließ den Obduktionssaal, tief beeindruckt von Dienwiebels ruhiger und zuvorkommender Art. Für Leichen war der Mann eigentlich verschwendet.

Der Polizist sagte: »Wir haben Nils Kaiser in einer Kneipe in der Nähe seiner Wohnung gefunden. Er hat gerade seine Zeitungsserie signiert. Er ist gleich hier.«

Als die Polizisten Nils Kaiser die traurige Nachricht vom gewaltsamen Tod Bang Bangs mitteilten, wurde dieser sehr ungehalten. »Und was wird jetzt aus mir? Diese Serie wird irgendwann zu Ende gehen, und dann?«

»Jede Serie geht einmal zu Ende«, trösteten ihn die Polizisten. »Sie müssen jetzt mitkommen und die Leiche identifizieren.«

»Nein, dazu habe ich keine Lust. Ich bleibe hier, bei meinen Fans.«

»Wenn Sie nicht mitkommen, können Sie darüber nicht schreiben.«

»Hmmm.«

»Sie dürfen im Polizeiauto fahren.«

»Hmmm.«

»Und vorne sitzen dürfen Sie auch.«

»Also gut. Aber nur mit Blaulicht und Martinshorn.«

Die Polizisten sahen sich an. »Selbstverständlich.«

Pachulke begrüßte Nils Kaiser per Handschlag. Der Mundgeruch des Pandapflegers war ihm bisher nicht aufgefallen.

»Ist er sehr entstellt?« Kaiser wirkte ängstlich.

»Nein, nein, er sieht aus, als ob er schläft.« Pachulke erwähnte nicht, dass Professor Dienwiebel in der Zwischenzeit ziemlich ausgiebig in Bang Bangs Bauchhöhle herumgewühlt und einiges daraus hervorgeholt hatte. Jetzt hatte der Panda ein luftgefülltes Kissen im Bauch und das Fell war sittsam wieder zugeklappt.

Dienwiebel kam aus dem Obduktionssaal und stellte sich vor. »Ihrem Bären geht es übrigens prächtig, keine Sorge.«

»Wieso, ich denke er ist tot«, sagte Nils Kaiser.

»Natürlich ist er tot«, trompetete Dienwiebel. »Aber den Umständen entsprechend hält er sich glänzend.«

Nils Kaiser trat in den Obduktionssaal. Bang Bang lag da, die Vorderpfoten auf den Bauch gefaltet. Kaiser trippelte an den Tisch heran. Lange blickte er auf das Tier, mit dem er in den letzten Jahren fast jeden Tag verbracht hatte.

»Nein«, flüsterte er beinahe unhörbar. Er wandte sich zu Pachulke, der ihm den Arm reichen wollte, um ihn hinauszuführen, aber Kaiser wehrte ab. »Das ist nicht Bang Bang«, sagte er.

»Was?« Pachulke merkte, dass er den Tierpfleger angebrüllt hatte. »Was soll das heißen: Das ist nicht Bang Bang?«

»Ich bin mir völlig sicher. Bang Bang ist um einiges größer. Er sieht viel brutaler aus als dieser niedliche Bär hier. Außerdem hat er eine Narbe am Hals, irgendeinen alten Schnitt.«

Kaiser blickte zu Dienwiebel. »Hatte der Bär eine Narbe am Hals?«

»Nein, nicht die Spur. Den einzigen Schnitt am Hals hat er von mir bekommen.«

Nils Kaiser schluckte, aber er wandte sich völlig entschieden zu Pachulke. »Das hier ist nicht Bang Bang«, sagte er noch einmal.

Auf dem Weg von der Tierpathologie ins Polizeipräsidium redeten Zabriskie und Pachulke kaum ein Wort. Zabriskie, die fuhr, hatte vergeblich versucht, Pachulke ein wenig aufzumuntern. Schließlich hatte er alles richtig gemacht, als er darauf bestanden hatte, unbedingt Nils Kaiser zu finden. Nicht auszudenken, was passiert wäre, wenn man den anderen Panda für Bang Bang gehalten und den Fall so zu den Akten gelegt hätte.

»Glaubst du, dass Bang Bang noch lebt?«, fragte Pachulke sie nach einer Weile.

»Davon gehe ich aus«, sagte Zabriskie. »Es ist statistisch ausgeschlossen, dass in dieser Stadt zwei Pandabären in der gleichen Nacht auf gewaltsame Weise ums Leben kommen.«

Pachulke hörte nicht richtig zu. Er klopfte mit dem Fingerknöchel gegen die Fensterscheibe. »Der Panda ist vom Aussterben bedroht, hast du das gewusst?«, sagte er schließlich. »Es gibt weltweit nur noch einige hundert Exemplare. Warum gibt es in dieser elenden Stadt gleich zwei davon. Warum?«

»Jetzt gibt es nur noch einen«, sagte Zabriskie.

Im Präsidium teilte man ihnen mit, dass jemand im Besucherzimmer auf sie wartete. Pachulke rechnete mit allem. Vielleicht war es Bang

Bang persönlich oder der wahnsinnige Bruder von Professor Dienwiebel, der seine Freizeit damit verbrachte, Pandas zu klonen. Aber im Besucherzimmer saßen nur ein Mann und eine Frau, die sich als Herr und Frau Turbanke vorstellten.

»Ich fürchte, wir müssen Ihnen ein Geständnis machen.« Herr Turbanke blickte kurz zu seiner Frau. »Es geht um den Panda.« Beide rutschten unruhig auf der kleinen Bank mit der grünlich gepolsterten Sitzfläche hin und her, die unter einem großen Plakat *Die Kriminalpolizei rät* zum Thema Autodiebstahl in den Boden geschraubt war. Die Luft stank nach Schweiß und Rauch, aber Zabriskie schloss trotzdem leise die Tür und setzte sich auf einen grün gepolsterten Stuhl, die Lehne nach vorne.

Pachulke hockte sich an den Tisch und starrte Herrn und Frau Turbanke an. Das sollte die Rote Bete Fraktion sein?

»Es war seine Idee«, sagte Frau Turbanke und deutete auf ihren Mann. Zabriskie schätzte beide auf etwa Ende fünfzig. Herr Turbanke hatte die gutmütigen Hängebacken eines Menschen, der sich im Lauf seines Lebens sorgfältig alle Träume aus dem Hirn geprügelt hatte und getreulich in das fügte, was kam. Wenn er sprach, rieb er sich den Bauch, als freute er sich aufs Essen. Frau Turbanke trug kurz geschnittenes Haar, dem man die jahrelange Bearbeitung mit Bleichmittel und Tönungskur ansah. Ein stumpfes Irgendwie, ein Rückschluss auf die ursprüngliche Farbe war nicht möglich. Vielleicht blond? »Er hat mich da hineingezogen.«

»Du hast ihn doch so niedlich gefunden. Ich wollte dir eine Freude machen.«

»Du, eine Freude? Du weißt ja gar nicht, was das ist.« Sie murmelte etwas in ihren Mantelkragen hinein und piekte ihren Mann mit dem Finger in den Bauch: »Nun zier‘ dich nicht so.«

Herr Turbanke pustete die Luft aus und seine Hängebacken zitterten dabei. »Ich arbeite als Ingenieur für einen großen deutschen Elektronikkonzern. Vor einigen Jahren hat meine Firma einen sehr großen Auftrag in China erhalten, eine Sache von mehreren Jahren.«

»In der Volksrepublik China«, unterbrach ihn seine Frau.

»In der Volksrepublik China, ja. Und die Geschäftsleitung hatte entschieden, dass ich dorthin sollte, weil ich als Chinaexperte galt.«

»Wissen Sie«, sagte Frau Turbanke. »Wir waren früher Maoisten.« Sie kicherte ein bisschen. »Ganz früher.«

»Du bist es doch noch immer.« In der Stimme des Mannes klang Empörung mit.

»Ich sage immer, man kann alles brauchen im Leben. Wenn ich dich damals nicht angeworben hätte, wärst du nie nach China gekommen«, fuhr sie ihn an. »China ist ein wunderbares Land. Schade, dass Mao das alles nicht mehr erlebt hat.«

»Kurz vor unserer Rückkehr nach Deutschland ...«, fuhr Herr Turbanke fort.

»Wir haben ein wunderschönes Häuschen hier, müssen Sie wissen. Das habe ich in all den Jahren immer sehr vermisst.«

»Also, kurz vor der Heimreise ist ein chinesischer Kollege auf uns zugekommen.«

»Auf dich, Liebling, auf dich. Er war dein Kollege. Lass mich bitte aus dem Spiel.«

»Er hat uns ... mich gefragt, ob ich vielleicht einen neugeborenen Pandawelpen kaufen will. Keine Würmer, mit Stammbaum.«

»Ich sage Ihnen, die sind nicht billig.« Frau Turbanke verzog das Gesicht.

»Er war wirklich nicht billig, aber ein süßes kleines Bündel. Meine Frau hat ihn von Bejing bis hierher in ihrer Handtasche geschmuggelt.«

»Mein Mann war zu feige, typisch. Die Handtasche konnte ich hinterher wegwerfen. Es gibt ja keine Windeln für kleine Bären.«

»Wir haben unseren Keller umgebaut mit einer Großen Mauer zum Klettern, einer Schaukel, einer Rutschbahn, damit sich der Panda ...«

»Sag nicht ‚der Panda', Liebling. Sag Mung Mung.«

»... damit sich Mung Mung bei uns richtig wohl fühlt. Und die ersten Jahre waren toll. So ein Tier ist einfach eine ganz große Herausforderung.«

»Sag ihnen doch gleich, dass du keine Kinder wolltest.«

»Aber eines Tages, da hat Mung Mung allein im Wohnzimmer gespielt und dabei hat er leider unsere Hausbar entdeckt. Er hat sich absolut sinnlos betrunken. Der Pflaumenwein war alle. Eine ganze Flasche.«

»Weil du den Schlüssel hast stecken lassen. Du warst schuld.« Die letzten drei Worte unterstrich Frau Turbanke, indem sie ihren Mann dreimal mit dem Zeigefinger in den Bauch piekte. Zabriskie fragte sich, ob der Bauch an dieser Stelle schon eine kleine Delle hatte.

»Das hat Mung Mung einen Knacks gegeben. Er hat den Alkohol einfach nicht verkraftet.« Herr Turbanke seufzte.

»Er war völlig scharf auf das Zeug. Und wenn er getrunken hatte, wurde er aggressiv.«

»Er hat meiner Frau nachgestellt.«

»Ein charmanter Rüpel.« Frau Turbanke kicherte wieder.

»Auf die Dauer war das kein Zustand. Wir hatten Angst in unseren eigenen vier Wänden. Also haben wir gestern Nacht mit verteilten Rollen *Die Maßnahme* gelesen. Um uns Mut zu machen, verstehen Sie. Und um Mitternacht habe ich meine Pistole genommen.«

»Mein Mann ist Sportschütze.«

»Mung Mung hat wieder mal sturzbetrunken in seinem Spielkeller geschlafen. Ich bin nach unten und habe ihn erschossen. Dann haben wir ihn ins Auto gepackt und in den Wald gefahren.« Der Mann blickte hoch zu Pachulke und sah ihm in die Augen. »Es war eine höllische Plackerei«, sagte er, als erwarte er ein wenig Anerkennung für seine Leistung.

»Wir konnten leider nicht freundlich sein«, setzte seine Gattin hinzu.

Bevor Pachulke dazu kam, ebenfalls nicht freundlich zu sein, sagte Zabriskie schnell: »Es war sehr vernünftig, dass Sie uns informiert haben.«

»Ich hoffe, wir haben Ihnen durch unsere Tat keine Unannehmlichkeiten bereitet«, sagte Frau Turbanke.

»Überhaupt nicht«, sagte Zabriskie. »Sie müssen allerdings die Kosten für die Bergung von Mung Mung übernehmen. Stellen Sie sich mal vor, wenn jeder einfach seinen toten Panda in den Wald schaffen würde. Und das ist leider nicht ganz billig.«

Frau Turbanke verzog wieder das Gesicht. »Siehst du, wir hätten ihn im Garten vergraben sollen. Ich hab's dir gleich gesagt.«

Pachulke sagte kein Wort und beobachtete Zabriskie. Gut, dann konnte sie Dienst nach Vorschrift machen.

Sie nahm Namen und Anschrift des Ehepaars auf und erwähnte kurz die Obduktion. Dass es im Zoo einen Panda namens Bang Bang gab, der vergangene Woche entführt worden war, wussten Herr und Frau Turbanke nicht. Sie zeigten sich schockiert und wünschten Zabriskie und Pachulke alles Gute bei ihrer Suche nach dem anderen Panda.

Als die beiden gegangen waren, herrschte völlige Stille im Besuchszimmer.

»Mung Mung«, sagte Pachulke schließlich und schüttelte den Kopf. Er schritt gesenkten Hauptes in sein Büro. Zabriskie ging Kaffee holen.

Pachulke setzte sich hinter seinen Schreibtisch und stützte den Kopf in die Hände. Er bemühte sich um gleichmäßige Atemzüge. Die Müdigkeit war im Lauf des Tages gewachsen. Fett und riesig nahm sie den größten Teil seines Kopfes ein und quetschte sein Hirn gegen die Schädeldecke. Als er sich die Augen rieb, sah er zwei Pandas. Einer winkte ihm mit den Pfötchen freundlich zu, der andere hatte einen blutigen Rettich im Maul. In diesem Moment läutete das Telefon.

»Gu-ten A-bend Herr Kom-mis-sa-har«, säuselte der Regierende Bürgermeister Und Geliebte Bausenator in die Hörmuschel. Er wirkte auf Pachulke bestens gelaunt, beinahe euphorisch. Ob er etwas genommen hatte, bei all dem Stress?

»Guten Abend.« Pachulke gab sich wortkarg. »Gibt's was Wichtiges?«

»Stellen Sie sich vor, die Entführer haben angerufen. Heute Abend, vor zwei Stunden etwa. Ich habe schon öfters versucht, Sie zu erreichen.«

»Ach«, sagte Pachulke. »Haben sie neue Forderungen gestellt? Einen Spielgefährten für Bang Bang vielleicht?«

»Nein, im Gegenteil. Sie sind mit der Evakuierung einverstanden und haben die Frist um zwei Tage verlängert.«

»Das ist ja schön. Die sind ja richtig nett, diese Entführer.«

»Wissen Sie, Pachulke, ich sage immer, man muss mit den Leuten reden, und reden bedeutet in erster Linie zuhören.«

»Verstehe«, sagte Pachulke.

»Wenn Sie das verstehen«, sagte der Regierende Bürgermeister Und Geliebte Bausenator um einiges kühler, »werden Sie sicher auch verstehen, dass wir, falls Bang Bang übermorgen wirklich freigelassen wird, trotzdem noch einer Guerillaorganisation gegenüberstehen, die ihren barbarischen Kampf nicht aufgeben wird. Sie haben sie bisher nicht daran hindern können. Wir werden über ein neues Aufgabenfeld für Sie reden müssen.«

Pachulke nickte ergeben in den Telefonhörer.

»Aber nicht heute Abend«, sagte der Regierende Bürgermeister Und

Geliebte Bausenator und seine Stimme glitt ins Träumerische. »Morgen werden wir uns sprechen, denn heute ist es ja schon spät. Gute Nacht, Herr Kommissar.«

Pachulke legte auf.

In diesem Moment zerklirrte die Scheibe des Bürofensters und eine Kokosnuss landete auf dem Fußboden. Pachulke hob die Nuss vorsichtig auf und wog sie in der Hand. Eine ordinäre Kokosnuss. Er schüttelte sie. Zu hören war nichts, aber jetzt konnte er die hauchdünne Sägenaht erkennen, die als Äquator einmal um die Nuss herumführte. Man hatte sie mit den Haaren geschickt getarnt. Er drehte die beiden Hälften gegeneinander und die Nuss ging auf. Ein Zettel war darin und Pachulke las: *»Hallo Bulle! Dies ist keine leere Drohung! Lass die Finger von der Roten Bete Fraktion, sonst wird es dir übel ergehen. Wir sind schlau und mutig und hauen jedem auf die Finger, der unsere Wege kreuzt. Ihr habt sowieso keine Chance gegen uns, weil wir der guten Sache dienen. Freiheit für alle Tiere, besonders für Bang Bang. Tiere entführen ist doof. Rote Bete Fraktion. Dieses Schreiben wurde maschinell erstellt und ist deshalb ohne Unterschrift gültig.«*

Neben einem blendend gelaunten Regierenden Bürgermeister Und Geliebten Bausenator stand Blaschko von Goltz. Vor ihnen auf dem Konferenztisch stand an Stelle von Kaffeetassen und Zuckerschale ein großes Modell des Tierparks in Friedrichsfelde. Auf den ersten Blick wirkte es irritierend, dass überall auf dem Gelände kleine und große Bohrtürme standen. Häuser, Lagerhallen, ein kleiner Bahnhof waren zu sehen. Eine Raffinerie war genau dort *en miniature* nachgebaut worden, wo im wirklichen Tierpark das Dickhäuterhaus stand.

»Geh, Blaschi«, bettelte der Regierende Bürgermeister Und Geliebte Bausenator, »zeig mir doch noch mal, wo mein Büro hinkommt.«

Der Bauunternehmer deutete mit einem Zeigestock auf das Modell. »Hier«, sagte er, und der Regierende Bürgermeister Und Geliebte Bausenator beugte sich vor. »Hier steht noch das alte Schloss Friedrichsfelde. Das kommt weg. Und daneben ist das Haus mit den Krokodilen. Das bleibt. Wir werden es auf vierzehn Etagen aufstokken. Die Büros fangen erst in der zweiten Etage an. Alle Beschäftigten müssen an den Krokodilen vorbei, wenn sie zur Arbeit gehen. Das ist gut für die Motivation. Der last scream, sag ich dir. Hier«, mit seinem Zeigestock deutete er auf die oberste Etage des Hochhauses, »kommt dein Büro hin. Eine ganzes Stockwerk für dich, mit Sekretärin, Whirlpool und einem eigenen Koch."

»Oh, das ist fein, fein, fein, Blaschi!«, rief der Regierende Bürgermeister Und Geliebte Bausenator und hopste auf seinem Stuhl auf und nieder. »Und die Parkplätze, wo sind die Parkplätze?«

Der Zeigestock wanderte zu einem anderen Punkt des Modells, wo ein kleines Parkhaus stand. »Hier.«

»Das ist fast ein bisschen wenig, findest du nicht?«, fragte der Regierende Bürgermeister Und Geliebte Bausenator.

Sein Gegenüber nickte. »Ja, das sieht so aus, weil hier auf dem Modell nur zwei Stockwerke zu sehen sind, aber unterirdisch gibt es noch sechs weitere Ebenen.«

So ging es noch eine ganze Weile. Als Blaschko von Goltz sich verabschiedete, war es spät in der Nacht.

Der Regierende Bürgermeister Und Geliebte Bausenator betätigte einen Fußschalter, der unter seinem Sessel verborgen war. Das Modell des Tierparks drehte sich langsam um seine Längsachse, bis die Tischplatte des Konferenztisches wieder oben war. Er ging zu seinem Schreibtisch, wo bereits Papier mit seinem Briefkopf und ein Füller bereitlagen. Er setzte sich, schraubte die Kappe vom Füller, holte aus und schrieb entschlossen *Dear Mr. Opec* auf das Papier. Lange betrachtete er diesen Satz von historischer Tragweite, dann zerriss er das Blatt wieder. Erneut setzte er an: *Dear Mr. and Mrs. Opec*. Bloß keine Gefühle verletzen, der Brief musste gut ankommen: freundlich, überzeugend, weltmännisch.

Vor einem halben Jahr war sein alter Schulfreund Blaschko von Goltz mit der Nachricht bei ihm im Büro aufgetaucht, dass er unter dem Tierpark bei der Planung des neuen Affenhauses auf ein riesiges Ölvorkommen gestoßen war. Der Regierende Bürgermeister Und Geliebte Bausenator hatte damals beschlossen, das Schicksal der Stadt in seine Hände zu nehmen. Bis auf Waldmeistersirup praktisch ohne Rohstoffe war man hier zu sehr vom Weltmarkt abhängig, und viele schöne Projekte waren dadurch schon vereitelt worden. Die Ausrichtung der prestigeträchtigen Nordischen Skiweltmeisterschaften zum Beispiel. Mit dem Öl war das mit dem Kunstschnee kein Problem mehr. Oder der achtspurige Autobahntunnel unter der Havel von Kladow nach Nikolassee, sehr wichtig für die Infrastruktur. Jetzt würde das möglich sein. Jetzt, wo die Tiere endlich weg waren. Er und

Blaschko hatten lange gegrübelt und waren sich schließlich darüber klar geworden, dass eine Schließung des Tierparks politisch nicht durchzusetzen war. Die Rote Bete Fraktion hatte der Himmel geschickt. Sie war der Vorwand, den sie verzweifelt gesucht hatten. Letzten Mittwoch hatten zwei Bauarbeiter, die Blaschko angeheuert hatte, Bang Bang entführt und passten seitdem auf ihn auf. Und übermorgen begann die Zukunft, die mit seinem Namen untrennbar verbunden sein würde. Der Regierende Bürgermeister Und Geliebte Bausenator warf einen Blick auf das Papier. Ein neuer Briefkopf war dann natürlich auch fällig: *Regierender Bürgermeister Und Geliebter Bausenator Sowie Weiser Ölminister* schwebte ihm dafür vor. Doch bevor das Fell verteilt werden konnte, musste der Bär erst erlegt werden. Er schrieb:

I am the Ruling Burgomaster And Beloved Empire State Builder here. Six months ago, my friend Blaschko found a lot of oil underneath our animal park in the eastern district of Friedrichsfelde. I am so happy with all the oil in our soil. Now all the animals are gone, bye-bye. We gave them freedom or to the other animal park in the west, called the Zoological Garden. We have two of them, you know. It's all a bit complicated here, but never mind. Important is the oil. Now the animal park is empty, now we will dig for the oil.

Er machte eine Pause und pustete über das Geschriebene. Seine Finger waren heiß vor Aufregung. Seine alte Englischlehrerin wäre stolz auf ihn gewesen.

We want to become a member of Opec as soon as possible. We are a worldopen and international city with many dogs and many cultural attractions, for example the World Championship in Nordic Skiing (coming soon) or the world-famous Seifenkistenrennen *in the district of Wedding, Badstraße. Would you like to visit us if you promise not to stay too long? Be our guests, take a look and go home. Please, please Mighty Mr. and Mrs. Opec. We have a race-course, which is called Hoppegarten. It is perfect for camel racing. We have a botanical garden with real palm trees and a very nice swimming pool in Britz which is called Blub. Very funny, Blub, haha. We have three universities with six professors and a football team called Hertha BSC. Their fans are called frogs, because they are so ugly.*

If we become very rich very soon, I don't want anything for myself. All I want is a small monument with my name on it. A good location is where today still is standing the stupid Palast der Republik. But maybe the monument will be a little bigger and we must find another place. Maybe the Tempelhof Airfield. A lot of room there when the airport is closed. We'll see. Today I am alive and kicking everybody's ass.

We know that you are very strict with new members, so as soon as we have the first oil we will send you a barrel, extra vergine of course. Not the cheap stuff. No bullshit. We are expecting your answer very quickly, because we have big plans here. Just give us a call and I will see that the Ausländerbehörde don't make no trouble no more. Sometimes they are a little overmotivated. But that's the new spirit in the city. We can't wait to motivate.

Yours sincerely
Ruling Burgomaster And Beloved Empire State Builder.

Der Regierende Bürgermeister Und Geliebte Bausenator las seinen Brief einmal durch und nickte. Hier war es, sein Ticket für die Unsterblichkeit. Er unterschrieb, setzte das Dienstsiegel darunter, suchte einen Umschlag, schrieb die Adresse darauf, schob den Brief hinein, klebte ihn zu und eilte nach unten ins Freie zum nächsten Briefkasten. Blaschi hatte ja so Recht. Speed, speed, speed war jetzt das Wichtigste. Die Weltgeschichte duldet keinen Aufschub.

»Zum Abschluss der Nachrichten auf Radio THF, The Hit Factory, direkt aus dem Wellness Lufthotel®, die Verkehrsübersicht. Wie immer präsentiert von Blockado: Saftige Steaks statt saftige Preise, das ist unser Motto. In der Sonnenallee ist zwischen Fuldastraße und Weichselstraße in Richtung Hermannplatz wegen einer Wanderbaustelle nur eine Spur befahrbar. Die Auguststraße in Mitte bleibt die ganze Nacht über wegen Dreharbeiten gesperrt. Achtung! Wegen einer planmäßigen Punktlandung bleibt die Thielallee in Höhe Habelschwerdter Allee bis morgen um 6.30 gesperrt. Die Bergungs- und Aufräumarbeiten an der ehemaligen Rostlaube werden die ganze Nacht andauern. Geblitzt wird heute Nacht auf dem Adlergestell stadteinwärts sowie in der Indira-Ghandi-Straße in Weißensee. Lassen Sie sich nicht erwischen. Die Verkehrsübersicht wurde Ihnen wie immer präsentiert von Blockado: Saftige Steaks statt saftige Preise, das ist unser Motto.«

Bang Bang hatte es Ohgs Kumpel Ag zu verdanken, dass er noch unter den Lebenden weilte. Ag war nach Bang Bangs Ausbruchsversuch noch halbwegs nüchtern gewesen. Er hatte Ohg am Schlafittchen zurückgezogen und seinem Kumpel, der dauernd »Dieses Dreckstück!« brüllte, die Pistole weggenommen. Sie hatten den verdatterten Panda gefesselt und das Fenster repariert. Jetzt lag Bang Bang auf dem Futon, die Hinterläufe zusammengebunden. Eine Pfote war auf den Rücken gefesselt, mit der anderen durfte er essen. Dumm gelaufen. Die Tür ging auf, und Ohg kam herein. »So, Dreckstück, hier ist dein Futter.« Bang Bang blinzelte träge.

Der Wärter schloss die Tür, und Bang Bang fischte nach einer Frühlingsrolle. Er biss ab und spuckte gleich wieder aus: Schweinefleisch. Pfui Teufel! Na warte, du mieser Schließer. Willst die Psychotour probieren. Nadelstiche, die kleine Folter zwischendurch, verstehe. Aber nicht mit mir. Einmal hab ich Pech gehabt, aber ich habe nicht immer Pech.

Bang Bang zog die andere Pfote hinter seinem Rücken hervor. Den Knoten hatte er mit Hilfe seiner Bauchmuskulatur längst gelockert, auch die Schnüre an seinen Beinen lagen nur noch lose um seine Knöchel. Er schloss die Augen und konzentrierte sich. Gleich kam der Napf mit dem Wasser. Richtig, der Schlüssel drehte sich, die Tür ging auf. Bang Bang öffnete die Augen einen Spalt. Es war Ohg, sein Feind. Man trifft sich immer zwei Mal im Leben.

Bang Bang sprang Ohg gegen die Brust. Der kippte nach hinten, schlug mit dem Hinterkopf gegen den Türstock und sackte in sich zusammen. Treffer. Bang Bang trat aus seinem Gefängnis und blickte in einen kurzen Gang, der offenbar in einen größeren mündete. Niemand war zu sehen. Das Einzige, was sich bewegte, war eine Neonröhre, die bei jedem Flackern bösartig flackerte. Bang Bang warf einen Blick auf den am Boden liegenden Wärter, der sehr bleich und mit Schweiß im Gesicht dalag. Wohl bekomm's, du Armleuchter. Er hopste ein paar Schritte vorwärts und wollte gerade um die Ecke biegen, da tauchte der andere Wärter vor ihm auf und sprühte ihm etwas ins Gesicht. Bang Bang konnte nichts mehr sehen und kniff die Augen fest zusammen. Tränengas. Er bekam keine Luft mehr und würgte. Die Augen brannten, er machte kehrt und rannte gegen eine Wand. Er wollte nach rechts wegrennen, da bekam er einen harten Schlag ins Genick. Ein Pistolenknauf, dieses Gefühl kannte er. Es setzte einen Tritt in den Hintern. Und noch einen. Bang Bang würgte und merkte, dass ihm sein halb verdautes Fressen wieder hochkam. Er spuckte aus. Noch ein Tritt. Er taumelte vorwärts, stolperte und fiel auf die Schnauze. Er lag wieder auf dem Futon.

Hinter ihm zog Ag den ohnmächtigen Ohg aus dem Raum. Die Tür fiel ins Schloss. Bang Bang röchelte und spuckte. Ausbruchsversuch Nummer zwei war ebenfalls kläglich gescheitert. Vielleicht sollte er sich zur Ruhe setzen.

Pachulke schenkte Zabriskie, die sich an seine Fersen geheftet hatte, keine Beachtung. Er rannte fast durch den Garten, und diesmal würdigte er die Skulpturen keines Blickes. Der Hausverweser erwartete sie mit unbewegter Miene und führte sie nach unten. Zabriskie warf Pachulke ein schiefes Grinsen zu, das offenbar launig gemeint war, als sie durch die Schleuse zum Gewächshaus traten. Aber Pachulke war nicht in der Stimmung, in der er launige Blicke erwidert hätte.

Er lief über den gelben Weg in den Entspannungsraum mit dem herrlichen Wasserblick. Diesmal trug Blaschko von Goltz keine Gurkenmaske. Er saß auf einem Hocker, bekleidet mit Boxershorts. Vor ihm auf einem Schemel saß Claire und feilte ihm die Nägel, während Eugène hinter ihm stand und ihn mit einem Rückenkratzer kraulte.

Blaschko von Goltz machte eine weit ausholende Handbewegung, als wollte er eine Geburtstagsgesellschaft zum Buffet bitten, und gab dabei den Blick in seine glattrasierte Achselhöhle frei.

»Herzlich willkommen, Herr Kommissar, Frau Kommissarin.« Er stand nicht auf, deutete aber ein Kopfnicken in Richtung Zabriskie an, das offenbar eine Verbeugung ersetzen sollte. »Manche Leute bekommen nie genug von dieser Aussicht hier und finden immer wieder einen anderen Vorwand für einen Besuch. Etwas weiter oben, Eugène, zwischen den Schultern bitte.«

Eugène fasste den Rückenkratzer in der Mitte des weißen Stiels und bearbeitete den Rücken, wie Blaschko von Goltz ihm geheißen hatte.

»Es geht mir nicht um die schöne Aussicht, es geht um den Mord an Herrn Sorg«, sagte Pachulke ohne einen Anflug von Umgänglichkeit in der Stimme.

»Ja, ich höre«, erwiderte Blaschko von Goltz und fixierte den Polizisten unter halb gesenkten Lidern. Für einen Augenblick hörte man nur das leise Schaben von Claires Feile.

»Am Mantel des... «, Pachulke räusperte sich, »... von Herrn Sorg wurden zwei chinesische Essstäbchen gefunden. In diese sind jeweils die Initialen von Ihnen und die des Regierenden Bürgermeisters Und Geliebten Bausenators eingraviert. Können Sie mir das erklären?«

Blaschko von Goltz hob die Hand, und Claire und Eugène zogen sich wortlos in die Tiefen des Gewächshauses zurück.

»Das ist ja interessant, was Sie da erzählen.« Blaschko von Goltz beugte sich nach vorne und massierte ausgiebig seinen linken Fuß. Offenbar hatte er Schmerzen, denn als er wieder hochblickte, hatte er seine Lippen auseinander gezogen. Er zeigte seine Zähne, die in Reih und Glied standen wie Polizisten mit ihren Schilden, wenn der Staatsgast mit Eiern beworfen wird. »Diese Claire, manchmal ist sie so unbeholfen. Ich habe sehr empfindliche Füße, das ist genetisch bedingt.«

»Haben Sie eine Erklärung für das Stäbchen mit Ihren Initialen?«

»Diese Hitze muss doch mörderisch sein für Sie in der Straßenkleidung. Möchten Sie nicht ablegen?«

»Nein, vielen Dank. Mörderisch ist jemand anderes. Wir schwitzen lieber. Wenn Ihnen die Temperaturen Kopfzerbrechen bereiten, können wir das Gespräch auch gerne auf dem Präsidium fortsetzen. Die Wahl Ihrer Garderobe überlasse ich selbstverständlich Ihnen.«

»Aber wenigstens eine Kleinigkeit zu trinken?« Blaschko von Goltz klatschte zweimal in die Hände und Claire trat wie herbeigezaubert mit einem Tablett in der Hand hinter der mächtigen Palme hervor. »Einen Schluck Apfelschorle?«

Ihre naturtrübe Stimme ließ Pachulke spüren, wie durstig er war. Widerstrebend nahm er sich ein Glas und führte es an die Lippen. Zabriskie folgte seinem Beispiel.

»Nun, Herr von Goltz? Ist Ihnen eine Antwort eingefallen?«, nahm Pachulke das Gespräch wieder auf. Der Schweiß rann in Bächen über seinen Bauch.

Blaschko von Goltz klatschte ein zweites Mal in die Hände, und Eugène erschien, den Rückenkratzer unterm Arm. Auch Claire nahm die Feile wieder in die Hand.

»Ja, selbstverständlich, die Essstäbchen. Das ist so, müssen Sie wissen. Nächste Woche bekommen wir Besuch von einer chinesischen Delegation. Das Wellness Lufthotel® soll vielleicht eine Filiale in China bekommen. Nach dem Boom in China steht die Bauwirtschaft ebenso wie hier vor einem tiefgreifenden Strukturwandel, und unser Modell hat sich bewährt. Zu dem Besuch gehört natürlich auch ein Festbankett. Wir hatten uns gedacht, als Zeichen unseres Respekts für unsere chinesischen Partner werden wir alle – und ich betone alle – mit Stäbchen essen. Herr Sorg sollte die Stäbchen für uns anfertigen.«

»Nur für Sie beide?«

»Ja, nur für uns beide. Nur für mich und den Herrn Regierenden Bürgermeister Und Geliebten Bausenator. Wir wollten sie als Erinnerungsstücke behalten. Für alle anderen gibt es ganz gewöhnliche Stäbchen von der Stange. Wir beide, der Regierende Bürgermeister Und Geliebte Bausenator und ich, kommen für die Sonderanfertigung natürlich aus eigener Tasche auf.«

»Warum nicht Dädalus Meyer? Er ist der Direktor des Hotels.«

»Und ein Geizhals. Dafür würde er nie Geld ausgeben.«

»Gibt es dafür eine schriftliche Auftragsbestätigung?«

Blaschko von Goltz schüttelte den Kopf. »Ich fürchte nein, das haben wir mündlich, nur mündlich besprochen. Am Rande einer Ausschusssitzung.«

Pachulke spülte die Apfelschorle im Mund hin und her und dachte nach.

Zabriskie mischte sich in das Gespräch nicht ein. Auch sie schwitzte wie ein Büffel, aber trotzdem prägte sie sich jede Kleinigkeit ein. Sie sah den kleinen wohlgeformten Hintern Claires, die sich über den Fuß beugte. Ihre langen, dünnen Finger bewegten die Feile, die an dem Zehennagel oszillierte wie die Kolibris an ihren Trinkfläschchen. Zabriskie bemerkte, dass die Fensterfront offensichtlich aus kugelsicherem Glas war und dass die Einlegearbeiten auf dem Paravent offenbar aus Perlmutt waren. Sie sah, dass die Boxershorts von Blaschko von Goltz aus Seide und mit kleinen Kussmündern übersät waren. Nicht allein mit dem sachlichen Blick der Kriminalistin betrachtete sie den milchkaffeebraunen Waschbrettbauch von Eugène, der mit tiefster Konzentration auf den Rücken seines Herren blickte und gleichmäßig und ohne zu ermüden den Rückenkratzer betätigte. Die Boxershorts hatte drei Knöpfe, Claires Schemel hatte vier Beine, der Rückenkratzer hatte fünf Zinken.

»Wo auf dem Stäbchen sollten Ihre Initialen eingraviert werden?«, fragte Pachulke.

»Ähem, das haben wir - haben wir ...«, Blaschko von Goltz lachte kurz auf, »... dem Künstler selbst überlassen. Wir dachten, dass er die richtige Stelle schon finden wird. Das ist ja auch Feinarbeit, nicht wahr?«

»Herr von Goltz, wo waren Sie Freitagnacht zwischen 22 Uhr und Mitternacht?«

»Erst im Ausschuss und danach hier zu Hause.«

»Allein?«

»Nein, mit dem Regierenden Bürgermeister Und Geliebten Bausenator. Der Ärmste musste sich einmal aussprechen. Diese Sache mit dem Panda und jetzt all diese Toten. Das macht ihn ziemlich fertig.«

»Was meinen Sie mit ›all diese Toten‹? Am Freitag konnte er doch noch gar nicht wissen, dass Herr Sorg sterben würde.«

Es war nicht zu erkennen, ob Blaschko von Goltz auf die Zähne biss oder lächelte, als er nach unten sah. Aber warum hätte er den Boden anlächeln sollen?

Schließlich blickte er hoch. »Er meinte unsere Gäste, unsere Fluggäste. Wissen Sie, das können Sie wahrscheinlich nicht nachvollziehen. Aber im Leben eines Top-Entscheiders gibt es Momente, wo man sich fragen muss: Kann ich das, darf ich das, soll ich das? Es ist ein Innehalten, bei dem man sich Rechenschaft ablegt über das, was war und Kräfte sammelt für das, was kommt.«

»Und nächste Woche kommen die Chinesen?«

»Sie sagen das, als ob das ein Verbrechen wäre.«

»Nein, aber der Mord an Herrn Sorg ist ein Verbrechen, oder sehen Sie das anders?«

»Selbstverständlich nicht. Was soll die Frage?«

»Und am Freitag hat der Regierende Bürgermeister Und Geliebte Bausenator hier bei Ihnen gesessen und sein Herz ausgeschüttet?«

»Nicht hier unten, oben im Kaminzimmer.«

»Wie schön, wenn man einen Freund hat, mit dem man über alles reden kann.« Zabriskie hatte zum ersten Mal das Wort ergriffen, und Pachulke warf ihr einen schnellen Blick zu.

Von Goltz fixierte Pachulke: »Herr Sorg war Ihr Freund, hab' ich Recht? Und jetzt ist er tot. So ein Todesfall ist immer ein bisschen wie eine betriebsbedingte Kündigung. Es fällt einem schwer, die richtigen Worte zu finden. Ich fühle Ihren Schmerz. Und ich war am Freitagabend hier.«

»Wo ist der Regierende Bürgermeister Und Geliebte Bausenator jetzt?«

Blaschko von Goltz sah aus dem Fenster auf das Wasser. »Ich habe keine Ahnung. Vermutlich hat er zu tun. Es soll noch Leute geben, die von uns Steuerzahlern ihr Geld bekommen, aber ihre Zeit nicht vergeuden.« Eugène intensivierte seine Bemühungen. Blaschko von Goltz zog die Schultern hoch und schnurrte behaglich.

Pachulke fielen keine Fragen mehr ein. Er trat mit seinem linken Schuh auf die Spitze seines rechten. »Vielen Dank, dass Sie so schnell Zeit hatten«, sagte er langsam. »Das nächste Mal werde ich Sie hoffentlich nicht wieder bei der Körperpflege stören.«

»Aber bitte, Sie tun doch nur Ihre Arbeit, Herr Pelmini.«

Pachulke wandte sich zum Gehen, und Zabriskie folgte ihm.

»Ach, und übrigens.« Die Stimme von Blaschko von Goltz hallte durch die heiße Luft hinter ihnen her. Sie klang jetzt wieder wie vorher, in ihr schwang der kehlige Ton übergroßer Eigenliebe. »Sie fragen sich doch, warum der Regierende Bürgermeister Und Geliebte Bausenator am Mittwoch nicht auf der Abstimmungsliste stand, nicht wahr?«

Pachulke drehte sich noch einmal um. »Ja.«

»Nun, er hat ein menschliches Bedürfnis erledigt. Er war auf der Toilette. Mit mir zusammen. Das kommt auch in Führungskreisen gelegentlich vor. Alles klar?« Er nickte Pachulke knapp zu, und murmelte etwas in Claires Ohr, das nur für sie bestimmt war.

Auf dem Weg nach draußen schwiegen die beiden Ermittler. Im Garten sagte Zabriskie: »Dieser Kerl hat zwar ein Knackarschgesicht, aber er versteht es, fünfe grade sein zu lassen.«

»Wie meinst du das?«

»Der Rückenkratzer hatte fünf Zinken. So was bräuchte ich fürs Büro. Ich könnte Dorfner abrichten. Dann kann er mich kraulen.«

»Wenn das dein einziges Problem ist im Moment.« Pachulke blickte aus schmal gewordenen Augenschlitzen auf Zabriskie. Sein rechter Mundwinkel zuckte. Kein gutes Zeichen. »Du hast wirklich den Blick für die wesentlichen Details. Weißt du auch noch, wie viele Blätter die Palme hatte? Und wie viele Stufen wir gegangen sind? Hast du die Grashalme schon gezählt?«

»Pachulke, es tut mir Leid, ich wollte nicht ...«

»Und dann geht es dir natürlich ums eigene Wohlbefinden. Um nichts sonst. Ich frage mich, warum du überhaupt mitgekommen bist.«

Er stapfte an ihr vorbei und setzte sich wortlos auf den Beifahrersitz. Zabriskie klemmte sich hinters Steuer und raste in Höchstgeschwindigkeit zurück ins Büro.

Staatssekretär Prunk hatte feuchte Hände. Er saß vor dem Modell des Tierparks, »Ölpark«, wie ihn der Regierende Bürgermeister Und Geliebte Bausenator spielerisch umgetauft hatte. Vorhin noch hatte er nichts ahnend das Büro seines Chefs betreten, jetzt saß er mittendrin.

»Aber das ist doch alles verboten, was Sie da machen«, krächzte er.

»Verboten? Mein lieber Prunk, ich muss doch sehr bitten. Ist es verboten, dieser Stadt, unserer Stadt, meiner Stadt eine sichere Zukunft zu ermöglichen? Ist es verboten, Visionen zu verwirklichen? Ist es verboten, Träume zu haben? Denken Sie doch mal zum Beispiel an den Tunnel unter der Havel. Haben Sie schon mal daran gedacht, wie viele Familien dadurch zusammengeführt werden, wie das den Konsum ankurbeln und den kulturellen Austausch beflügeln wird? Stellen Sie sich das mal vor, Prunk. Die erste Ausstellung mit Künstlern aus Kladow im Haus der Kulturen der Welt. Und Sie können sagen, Sie sind dabei gewesen. Ist das nichts?«

Prunk rutschte auf seinem Stuhl hin und her. »Doch schon, aber der Tierpark, die Tiere, die sind jetzt doch – alle weg.«

»In guten Händen, auf freiem Fuß, bei Verwandten. Kein Übel ist ihnen geschehen.«

»Aber es ist doch verboten«, wiederholte Prunk. Er konnte genau absehen, dass er jetzt gleich einen schweren Fehler machen, einen Schritt vom Wege abkommen würde. *Sei einfallslos und unbestechlich, dann bleibt dein Einkommen erklecklich.* So hatte er es gelernt auf der Fachakademie, damals im ersten Jahr und abends mit sauberer Handschrift in sein Tagebuch eingetragen. Und jetzt?

»Mann, Prunk, denken Sie doch mal nach. Sie haben doch einen Onkel in Kladow, nicht wahr?«

»Eine Tante«, räumte Prunk ein.

»Na sehen Sie. Was glauben Sie, wie die sich freut, wenn sie einfach so schnell mal nach Nikolassee rüberfahren und ein bisschen durch die Boutiquen schlendern kann.«

»Sie hat leider nur noch ein Bein«, sagte Prunk gepresst.

»Oh, das tut mir aber Leid. Na, dann kann sie aber vielleicht nach einer hübschen neuen Prothese suchen.«

»Davon hat sie schon zwei. Sie ist privat versichert.«

»Oder einen Prothesenhalter. Der spart Platz und hält Ordnung, wenn mal Besuch kommt.«

»Sie lebt eigentlich eher zurückgezogen.«

»Sagen Sie mal, Prunk, was macht Ihre Tante eigentlich so den ganzen Tag?«

»Ich weiß es nicht genau, wir mögen uns nicht besonders.«

»Aber wäre dieser Tunnel nicht ein Anlass, den Kontakt wieder aufzufrischen? Bringen Sie ihr ein paar Blumen mit.«

»Sie hat eine Gärtnerei.«

»Eine Gärtnerei. Ein schöner Beruf. Dann kann sie ja ihre Blumen in Nikolassee auf dem Wochenmarkt feilbieten.«

»Hauptsächlich verkauft sie Bäume.«

»Bäume, wie aufregend.« Kurze Pause. »Und was hat sie für Hobbys?«

»Oh, sie spielt sehr gerne Minigolf, geht gerne gut essen, sammelt Bierdeckel.«

»Eine vielseitige und interessante Persönlichkeit, wie ich sehe. Dafür, dass Sie Ihre Tante nicht besonders mögen, wissen Sie ja ziemlich viel von ihr.«

»Ja, wir spielen jede Woche zusammen Minigolf. Wir können uns nicht leiden, weil ich ihr einmal einen Baumstumpf auf den Fuß habe fallen lassen, als ich vor vielen Jahren im Sommer in der Gärtnerei gearbeitet habe. Deswegen hat sie die Prothese. Dafür hat sie mir beim Minigolf aus Versehen ein Auge ausgeschossen. Wir mögen uns nicht, aber wir sind quitt. Und sie ist meine einzige Verwandte.«

»Das ist ja alles sehr interessant, was Sie mir da erzählen und in gewisser Weise sicherlich auch tragisch, aber vergessen wir Ihre Tante mal für einen Moment. Vergessen wir den Tunnel, vergessen wir das alles. Sehen Sie mich an, Prunk.«

Prunk schaute seinen Vorgesetzten an.

»Ich brauche Sie. Ohne Sie kann ich das Projekt Ölpark nicht verwirklichen. Sie sind seriös, treu, zuverlässig, verschwiegen, fleißig, gut gekleidet, intelligent, mitreißend, flexibel. Und vor allem: Sie sind Wachs in meinen Händen.«

Prunk blickte zu Boden. Der Regierende Bürgermeister Und Geliebte Bausenator hatte Recht. Wie gerne hätte er einmal so richtig von Herzen *Nein!* gesagt zu irgendetwas. Zum Minigolf zum Beispiel. Aber so war er nicht. Er war verloren.

»Was soll ich tun?«, fragte er.

Pachulke saß alleine im Büro. Zabriskie hatte sich in die Kantine verdrückt. Er konnte das verstehen. Seit Freitagnacht war er vollkommen ungenießbar. In Normalform ertrug er ihre penetrant lebensbejahende Art. In der jetzigen Situation kam ihm jede Art von Leichtigkeit wie Hohn gegenüber seinem Dilemma vor. Außerdem hatte sie verflucht noch mal nichts Gutes an Blaschko von Goltz zu finden. Es klopfte.

Bevor Pachulke »Herein« sagen konnte, stand Prunk schon im Zimmer. Er blickte mit verkniffenen Lippen umher, runzelte die Stirn, als hätte er es eine halbe Stunde vor dem Spiegel geübt und spielte mit seiner Krawattennadel. Als er die zwei halben Kokosnüsse auf Pachulkes Schreibtisch sah, zog er die Augenbrauen hoch. Dann kam er zur Sache.

»Der Regierende Bürgermeister Und Geliebte Bausenator sowie Prunk, sein treuer Staatssekretär sind nicht zufrieden mit Ihrer Ermittlungsarbeit gegen die Rote Bete Fraktion, ganz und gar nicht. Die Bande tobt weiter durch die Stadt, der Bär ist verschollen. Die Presse geifert, die Bevölkerung murrt, und Sie sind schuld. Keine Widerrede, das liegt alles an Ihnen. Sie und Frau Zabriskie sind ab sofort vom Ermittlungskomplex Rote Bete Fraktion entbunden. Den Fall wird Ihr Kollege Bullerjahn übernehmen, ein erfahrener und seit Jahren treu seine Pflicht erfüllender Beamter. Darf ich Sie jetzt um die Aushändigung aller Beweismittel zu diesem Vorgang bitten?«

Pachulke war baff. Seitdem ihm der Regierende Bürgermeister Und

Geliebte Bausenator vom »verlängerten Ultimatum der Entführer« vorgesäuselt hatte, hatte er mit so etwas rechnen müssen. Aber dass Prunk es war, dieser schniefige Kerl, der metallic-blaue Schnürsenkel trug? Und vor allem in diesem Ton.

»Was ist los, ist Ihnen etwas auf den Kopf gefallen?«, fragte er. Vielleicht konnte er Prunk ein wenig verwirren. Aber es war zwecklos.

»Nun kommen Sie mir bitte nicht so kleinkariert. Sie sprechen mit Prunk, der rechten Hand eines Visionärs, der seine Zeit nicht mit unfähigen Polizeibeamten verplempert. Geschichte wird gemacht, früher als Sie denken.« Prunk hielt erwartungsvoll die Hand auf.

Pachulke seufzte und händigte seine Aktennotizen, Plinks Expertisen, die gesammelten Bekennerschreiben und alles weitere an Prunk aus, der die Unterlagen schnell in einer großen braunen Ledertasche verstaute.

»Vergessen Sie bitte die Gabel nicht. Wir möchten nicht, dass sie in falsche Hände gerät«, sagte Prunk mit Nachdruck. Ohne mit der Wimper zu zucken griff Pachulke in seine Schublade und überreichte Prunk eine Gabel aus der Polizeikantine. Prunk nickte zufrieden. »Ist das alles?«

Pachulke nahm eine der beiden Kokosnusshälften und wollte sie an Prunk weitergeben, aber der winkte nur ab. »Nein danke. Wenn Sie hier im Dienst karibische Drinks mixen, ist das Ihre Angelegenheit. Bitte ziehen Sie Prunk da nicht mit hinein.«

»Wie Sie wünschen«, sagte Pachulke leichthin. »Dann eben nicht.« Unter der andere Hälfte der Kokosnuss lag noch der Brief der Rote Bete Fraktion. Bedrucktes Nitroglyzerin.

Prunk sah sich um. »Prunk grüßt Frau Zabriskie. Ihr und Ihnen viel Erfolg bei Ihrem nächsten Fall. Hier ist Ihre Quittung für die Übergabe. Auf Wiedersehen.« Er warf einen kleinen blauen Zettel auf Pachulkes Schreibtisch. Dann verschwand er so zackig, wie er gekommen war.

Als Zabriskie mit einem Kaffee und einem Teller mit Zupfkuchen und Schlagsahne ins Büro trat, machte sie keinen Mucks und setzte sich schweigend an ihren Tisch.

Pachulke riss sich zusammen. Schmollen machte den Gabelstapler auch nicht wieder lebendig. Außerdem gefiel ihm Knackarschgesicht für Blaschko von Goltz.

»Prunk war da«, sagte er kurz, aber ohne den giftigen Unterton seiner vorherigen Bemerkungen.

Zabriskie stopfte sich ein Stück Kuchen in den Mund und fragte: »Mifter Fnürfenkel perfönlich? Waf wollte er denn?«

»Wir sind vom Fall entbunden. Das macht jetzt Bullerjahn.« Er konnte nicht verhindern, dass er grinsen musste.

»Bullerjahn«, sagte Zabriskie und schüttelte den Kopf. »Dieser alte Rülpsknochen. Der findet den Panda doch nicht, wenn er bei ihm auf dem Schreibtisch liegt.« Sie blickte auf die leere Ablage, in der sie die Bekennerschreiben gesammelt hatten und schüttelte den Kopf. »Wirklich alles mitgenommen? Donnerwetter, die haben's aber eilig.«

»Nicht alles.« Pachulke deutete mit verschwörerischem Blick auf die beiden Kokosnusshälften. »Er wollte sie nicht haben. Er denkt, wir mixen uns hier Drinks und garnieren sie mit Kokosraspel.«

»Ach, wär das schön«, seufzte Zabriskie. »Aber was machen wir jetzt?«

»Prunk war völlig scharf auf die Gabel aus dem Pandakäfig. Ich habe ihm eine aus der Kantine mitgegeben. Das Original ist hier.« Er pochte auf seinen Schreibtisch. »Alles spricht dafür, dass die Entführer kurz vor dem Überfall tatsächlich im Roten Rathaus zu Mittag gegessen haben. Ich denke, wir sollten einfach mal davon ausgehen, dass Bang Bang dort gefangen gehalten wird.« Er knackte mit den Fingern. »Und ich werde mich dort mal ein bisschen umsehen.«

»Jetzt gleich?«

»Nein, schließlich bin ich vom Fall abgezogen worden und kann nicht einfach durch das Hauptportal dort reinspazieren. Aber heute Nacht, wenn alles schläft.«

»Du willst dort einbrechen? Bist du bescheuert?«

»Nein, nicht einbrechen, mich nur ein wenig umsehen, ganz offen und ehrlich.«

»Ach, Pachulke, mach's doch nicht immer so geheimnisvoll.«

Pachulke hob die Hände. Er fand, er war jetzt freundlich genug gewesen. Auch wenn er schon Jahre mit Zabriskie zusammenarbeitete, gab es bestimmte Momente, in denen er sich nicht in die Karten schauen ließ. Er brauchte ab und zu einen kleinen Auftritt, und um die Wirkung zu erhöhen, hüllte er sich vorher in Schweigen. Zabriskie war extrem neugierig und daher das ideale Publikum für Pachulkes kleine Selbstdarstellungen. »Außerdem«, sagte er, um Zabriskie noch ein bisschen mehr auf die Folter zu spannen, »ist es an der Zeit, heute Abend einmal mit Lenny zu sprechen. Vielleicht kann der mir etwas über diesen Mummenschanz erzählen, den die Top-Entscheider am Mittwoch veranstaltet haben.«

Im Zimmer 747 des Wellness Lufthotels® warf das Zimmermädchen einen letzten Blick in die Runde. Alles piccobello. Die Sonne ging gerade unter und kein Stäubchen lag auf dem Glas, keine Falte auf der schulmäßig gelegten Bettdecke. Auf dem Schreibtisch am Fenster lag der weiße Umschlag mit dem dicken schwarzen Rand. Sie legte ihn vorsichtig auf ihr Putzwägelchen und fuhr mit dem Aufzug nach unten. Auf dem Weg zur Wäscherei kam sie an der Rezeption vorbei. Sie reichte dem Mann am Tresen den Brief. »Hier, Herr Borchert, der ist von Zimmer 747.«

»Ach ja, Herr Pamp. Vielen Dank, Elena.« Der Empfangschef legte den Umschlag in eine Ablage, die mit dem Wort *Abschiedsbriefe* beschriftet war, und tippte etwas in den Computer ein.

Die Auszubildende im zweiten Lehrjahr, ein Mädchen namens Jennifer, die ursprünglich aus Eberswalde kam, mochte Herrn Borchert, weil er alles erklärte und nie die Geduld verlor. Sie legte die Ansichtskarten vom Hotel zur Seite, die sie gerade in den Halter sortierte, und fragte ihn: »Pamp? Der Pamp? Wieso denn der? Ist er hier?«

»Ja, er war hier. Hat schon eingecheckt.«

»Erstaunlich, dass jemand mit so viel Geld sterben möchte«, sagte Jennifer.

»Es wollen ja nicht nur Reiche sterben, aber die anderen tun es nicht bei uns.«

»Wissen Sie, warum er es getan hat ... tun wird?«

»Er hat die selbstverschließbare Höschenwindel erfunden.«

»Das weiß ich. Meine Schwester verwendet die auch. Jeder, den ich kenne, verwendet die.« Sie dachte an ihre kleine Nichte, die sie kaum noch zu Gesicht bekam, seit sie in der großen Stadt lebte.

»Sein Kind hat sich beim Spielen eine Windel über den Kopf gestülpt. Sie hat sich automatisch verschlossen, und das Kind ist erstickt.«

»Das ist ja grauenhaft.« Jennifer schüttelte den Kopf.

»Es war, glaube ich, sein kleiner Sohn«, fuhr Borchert fort und notierte mit seinem goldenen Kugelschreiber etwas auf einem Notizzettel. »Lesen Sie denn keine Zeitung?«

»Ja, aber nur die Kriegsberichterstattung. Mein Bruder ist dort. Und selbst damit komme ich kaum durch. Und den Kosmetikteil. Was schreibt Pamp denn?«

»Sie sind ja ganz schön neugierig.«

Jennifer errötete ein wenig. »Ja, das stimmt. Aber schließlich arbeite ich hier und nicht in irgendeinem Hotel. Darf man den Umschlag denn schon aufmachen?«

»Ja, man darf. Nach dem Check-In ist er freigegeben.« Herr Borchert nahm einen Brieföffner, der zu seinem Kugelschreiber passte, schlitzte den Umschlag sorgfältig auf und las die kurze, handschriftliche Nachricht halblaut vor: *»Ich danke dem Team im Wellness Lufthotel®, das mir bei diesem Schritt, der mir nicht leicht gefallen ist, immer zur Seite stand. Besonders danke ich meinem Wellness-Coach, Herrn Willi Gumperz. Ich habe in den Wochen unter seiner Obhut insgesamt sechs Kilo abgenommen und fühle mich jetzt viel besser. Es ist schrecklich, dass alles so kommt, aber das Lachen ist aus meinem Leben verschwunden.«* Herr Borchert legte den Brief zurück in die Ablage.

»Enttäuscht?«, fragte er Jennifer.

Sie zögerte. »Nein, es war nur ... Es ist ein sehr kurzer Brief.«

Ohg trug einen notdürftigen Verband um den Kopf, tupfte sich immer wieder auf die Stelle, mit der er gegen die Tür geknallt war, uns stöhnte leise. Er schüttelte den Kopf: »Es hilft nichts. Du musst gehen. Mir ist schwindlig. Ich kann kaum stehen.«

Ag nickte. Er sah das ein. Aber eigentlich grauste es ihm vor dem Einkauf. Er kannte sich in dieser Ecke der Stadt nicht besonders gut aus. Und abends mit dem Fahrrad schon gar nicht. Ohg hatte mehr Angst vor dem Panda als er selbst, das spürte Ag. Deshalb war sein Kollege auch so wütend auf das Tier. Es half nichts. Er zog sich seine blaue Windjacke an und nickte Ohg zu, der müde an einem Bier nippte. »Ich werde mich beeilen«, sagte er aufmunternd.

Ohg sagte: »Aber diesmal bitte wirklich. Ich habe keine Lust, dass das Drecksvieh Hunger bekommt und du noch nicht da bist.« Beide starrten auf die Tür zu Bang Bangs Käfig, aus dem seit dem Zwischenfall von heute Morgen kein Lebenszeichen mehr gedrungen war.

Ich will eigentlich gar nicht sterben, dachte der Mann mit den traurigen Augen und starrte auf den Höhenmesser, der ihm anscheinend mitteilte, dass er sich immer noch im Steigflug befand. Im Kopfhörer quäkte der Mann vom Tower: »Sehr gut, Herr Pamp, Sie machen das ganz ausgezeichnet. Schieben Sie den Steuerknüppel noch ein wenig weiter nach vorne und halten Sie Ihren Kurs.«

Richard Pamp seufzte. Nach einigem Suchen fand er den Kompass und brachte das Flugzeug auf den befohlenen Kurs. Ihm war eigentlich alles egal. Die alte Lebensweisheit seiner Mutter, die besagte, dass es viel einfacher war, Geld, das man hatte, für eine falsche Sache auszugeben als Geld, das man nicht hatte, für die richtige, erwies sich wieder mal als zutreffend. Diese Fliegerei war nicht seine Welt. Aus einer seiner trüben Stimmungen heraus hatte er sich hier angemeldet und weitergemacht, weil er nicht als unentschlossen dastehen wollte. Wem gegenüber eigentlich? Aber jetzt war eh alles vorbei.

»Sie müssen jetzt auf Ihren Landekurs gehen. Sonst werden Sie das Zielobjekt verfehlen. Sie müssen eine Kurve fliegen.«

Pamps verschwitzte Hand krallte sich um den Steuerknüppel. Dass er dem Mann im Tower auch solche Umstände machen musste! Er war sogar zu blöd, um ein Flugzeug abstürzen zu lassen. Mit einem Ruck zog er den Steuerknüppel nach rechts.

Ag war am Verzweifeln. Er hatte die Orientierung verloren, kaum dass er sich aufs Rad gesetzt hatte. In der Nacht sah alles ganz anders aus. Das verlorene Geschrei der Infos drang an sein Ohr, aber bei diesen Riesenstraßen verstand man eh nur die Hälfte. Nachdem er eine halbe Ewigkeit kreuz und quer gefahren war, kam er an das ehemalige Haus des Lehrers. Er stieß einen unterdrückten Jubelschrei aus. Das kannte er. Und auf der anderen Seite der großen Kreuzung in der Otto-Braun-Straße sollte das erste Restaurant sein. Es hieß *Shanghai Golden Temple*. Ag spürte, wie angespannt er war. Der Zwischenfall heute Nacht war gerade noch einmal glimpflich abgelaufen. Wenn das Tier nicht überlebte, gingen er und Ohg leer aus. Wann war diese entsetzliche Entführung endlich zu Ende? Die Wege zu den chinesischen Restaurants wurden immer länger, das Essen kühlte auf dem Rückweg aus. Weiß der Kuckuck, was das wieder für Folgen für die Psyche und Verdauung des Tieres hatte. Er hatte keine Lust, aufgeschlitzt in einer Ecke zu verbluten, weil Seiner Majestät die Frühlingsrollen nicht heiß genug waren.

Er radelte über die Ampel an der Karl-Marx-Allee und lenkte seinen fahrbaren Untersatz nach rechts auf einen weitläufigen Parkplatz. Die

Straßen waren breit wie Flüsse hier. Auch das Haus, das er suchte, lag ein Stück zurückversetzt. Tatsächlich, *Shanghai Golden Temple* verhieß die Leuchtreklame über der Fensterfassade. Er schloss das Fahrrad ab und trat ein.

Irgendetwas stimmte nicht, das merkte er gleich. Es war nicht das Dekor. Zwei mannshohe hellblaue Vasen mit Pfauen standen in der Eingangsnische und im Gastraum hingen orange Lampions mit schwarzen Fransen über den Tischen, wie es sich gehörte. Es war die Musik. Bouzukimusik. Sirtaki. Was zum Teufel?

»Kali spera, Freund. Kann ich dir helfen?« Ein dicker Mann stand hinter dem Tresen und lächelte Ag an. Er hatte einen schiefen Schneidezahn und ein paar graue Bartstoppeln am Kinn.

»Äh, ist das hier *Shanghai Golden Temple*?«

»Ja, hier *Shanghai Golden Temple*.«

»Chinarestaurant?«

»Nix mehr Chinarestaurant. Jetzt *Taverna Shanghai Golden Temple*.«

»Und wo ist der Chinese?«

»Weg. Schutzgeld. Mafia. Kaputt.« Der Mann machte die internationale Standardgeste für Dem-haben-sie-die-Kehle-durchgeschnitten. »Gesetz des Dschungels«, fügte er hinzu und nickte wie in tiefem Kummer.

Ag trat langsam an den Tresen und sah sich in dem menschenleeren Restaurant um. Ein Aquarium mit fleckigen Goldfischen, schwarze Lackmöbel, Fächer an den Wänden. Das Einzige, was nicht chinesisch aussah, war eine Schneekugel auf der Theke. Sie war so groß wie ein Basketball und beherbergte die Akropolis. »Und jetzt?«, fragte er ungläubig.

»Jetzt wir hier. Europa. Rechtsstaat. Keine Mafia. Gesetz des Dschungels kommt von Brüssel.«

»Aber die Reklame draußen?«

»Wir kein Geld für neue Reklame. Wir erst eine Woche hier. Wenn Geld, dann neue Reklame: *Taverna Epikur*. Schön, mit blau und Lyra.« Er schlug mit der flachen Hand auf einen Stapel Speisekarten. »Du bist hungrig? Du siehst hungrig aus.« Er rief etwas auf Griechisch in die Küche und eine Frauenstimme antwortete. Gleich darauf stand ein kleines Tablett mit zwei Schnapsgläsern in der Durchreiche. Der Mann stellte die beiden Gläser zwischen sich und Ag auf die Theke. »Essen kommt gleich.«

»Sehr geehrter Herr ...«

»Ich Galaxis.« Der Wirt nickte seinem neuen Gast zu. »Und du?«

»Ich Ag.«

»Wie?«

»Ag.«

»Ag?«

»Ja, Ag.«

»Jamas, Ag.« Galaxis leerte sein Glas mit einem Zug.

»Jamas, Galaxis«, sagte Ag und trank. Er wollte es sich nicht eingestehen, aber es ging ihm sofort besser. Er setzte sich auf einen Barhocker.

»Wissen Sie ...«

Galaxis runzelte die Stirn.

»Weißt du, Galaxis, ich bin ein großer Verehrer der griechischen Küche. Es gibt Stifado, Gigantes, Dolmadakia, Gyros, Melanzanes, Souflaki und ...«

Während dieser Aufzählung hellte sich das Gesicht von Galaxis immer mehr auf und er bewegte langsam den Kopf hin und her.

»Ja, ja. Du weißt Bescheid.«

»... Wan-Tan-Suppe?«, fügte Ag leise hinzu.

Galaxis schaute ihn an. »Wan-Tan-Suppe nix griechisch, Wan-Tan-Suppe chinesisch. Aber warte Ag, Freund. Du wirst satt werden. Ich verspreche dir.« Er rief etwas in die Küche, und sofort standen zwei weitere Gläser in der Luke. Galaxis stellte sie auf den Tresen. »Wo kommst du her, Ag?«

Ag dachte an eine gewisse Person, die mit Beule und vermutlich Gehirnerschütterung in einem Keller saß und auf ihn wartete, aber er brauchte jetzt eine Pause. Er hob das Glas: »Jamas, Galaxis. Ich komme aus Oberschöneweide. Und du?«

»Ah, Oberschweineöde, Wilhelminenhofstraße. Kenn ich gut. Ich bin aus Mainz. Mein Vater Schweißer, meine Mutter Köchin. Haben sich kennen gelernt in der Kantine und bald ...« Er schlug mit der Faust in die flache Hand. »Ich! Später Vater musste zurück nach Griechenland und wir gingen mit. Ich bin auch geworden Koch ...« Es rappelte in der Durchreiche und Galaxis stellte einen großen Vorspeisenteller auf die Theke. »... und habe geheiratet Köchin.« Er zwinkerte Ag zu. »Sie kocht viel besser.«

Er rief etwas auf Griechisch in die Küche, was in Ags Ohren sehr zärtlich klang.

Galaxis reichte ihm einen Korb mit Brot und ein Besteck und nickte. »Kali orexi!«

Ag naschte erst ein wenig von der Fischrogencreme, dann verspeiste er ein gefülltes Weinblatt, das leicht säuerlich schmeckte, und nahm eine Gabel vom frischen Tzaziki. Er war müde und ausgepumpt, und der Killer-Panda nagte an seinen Nerven. Er wollte endlich, dass es vorbei war und verfluchte den Tag, an dem er sich zu der Sache hatte überreden lassen. Dabei hatte er gewusst, dass der Panda gefährlich war. Jetzt hatte er Tag und Nacht den Pandagestank in der Nase. Er träumte von Bang Bang. Aber mit jedem Bissen hier ging es ihm ein bisschen besser.

Galaxis stellte ein Glas Bier vor Ag auf die Theke. »Hier, gleich kommt mehr. Du magst Fisch?«

Ag nickte wortlos und kaute mit vollen Backen. Viel später klopfte er sich auf den Bauch, in den gerade ein letzter Löffel Käsekuchen gewandert war. Er war satt, glücklich und angefüllt mit Schnaps und Bier. Fast wie an Weihnachten. Galaxis hatte viel von sich erzählt und hatte von Ag erfahren, dass dieser früher als Bierfahrer, Müllentsorger, Hundeausführer, singender Telegrammbote (ohne Strip) und viele Jahre als Info gearbeitet hatte.

»Leben nicht einfach«, hatte Galaxis gesagt, und Ag hatte dazu genickt und gekaut.

Als er jetzt auf seinen Bauch klopfte und sich streckte, fiel ihm der Panda wieder ein. Und Ohg. Das Menü. Er sprang auf.

Galaxis schaute ihn an. »Du musst gehen?«

»Ja, ich muss ... Wan-Tan-Suppe kaufen.«

»Suppe. Bist du noch nicht satt?«

»Doch, Galaxis, es war wunderbar. Es ist für ... einen Freund.« Ag merkte, dass er langsamer sprach als vor dem Festmahl. »Er isst nur Chinesisch. Nichts sonst. Weißt du vielleicht, wo hier in der Nähe ein chinesisches Restaurant ist?«

Galaxis kratzte sich am Kopf. »Brückenstraße. Zwischen Jannowitzbrücke und Heinrich-Heine-Straße, linke Seite. Da gibt es chinesisches Restaurant.« Er nickte Ag zu. »Noch ein Kaffee zum Schluss?«

Ag trank den Kaffee aus einer winzigen Tasse. Zum Abschied umarmte er Galaxis und winkte in die Küche hinein, wo Galaxis' Frau die Töpfe betreute. Draußen betrachtete er sich noch einmal die Neon-Werbung für *Shanghai Golden Temple* und die Schaufenster, die mit chinesischen Schriftzeichen dekoriert waren. Am Türrahmen hing ein kleines Metallschild mit einer Gravur: *Inhaber: Gutenberg, Galaxis*. Ag schüttelte den Kopf und stieg auf sein Rad. Er stank nach Knoblauch wie ein professioneller Vampirjäger, er war sturzbetrunken und er hatte über eine Stunde Verspätung. Hoffentlich war Ohg nichts passiert.

»Quetzalcoatl Schmidt, du wirst genau wie alle anderen bei Grün über die Straße gehen, hast du mich verstanden?«

Der neunjährige Junge, der hauptsächlich in der Wohnung seines besten Freundes Eugen wohnte und für gewöhnlich Murmel genannt wurde, warf seiner Lehrerin, Frau Kellinghusen, einen scheelen Blick zu und hüpfte zurück auf den Bürgersteig. Diese Frau hatte tausend Augen. Mit den beiden vorderen hatte die eben noch ganz woanders hingesehen. Jetzt beachtete er wie alle anderen Schüler seiner Gruppe die Ampel und überquerte, als es grün wurde, gehorsam die Wilhelmstraße, während ihnen Unter den Linden die Autos entgegenkamen.

Heute war die lange Nacht der Museen. Die Klassen 3 a und 3 b der 8. Grundschule in Marzahn-Hellersdorf sollten im Keller der Akademie der Künste für ihr Projekt über Schimmelpilze ein paar Proben nehmen und Fotos machen. Die Schimmelpilze im Keller der Akademie waren eine wissenschaftliche Sensation. Frau Kellinghusen, die jetzt als Grundschullehrerin arbeitete, aber studierte Biologin war, bildete sich nicht zu Unrecht etwas darauf ein, dass sie mit der 3 a und 3 b in dieser langen Nacht das Naturschauspiel bewundern durfte. Der Hüter der Schimmelpilze war ein alter Studienkollege von ihr, und als sich ihr Coup herumgesprochen hatte, war an Neid und Besserwisserei im Kollegenkreis kein Mangel gewesen. Natürlich gab es zwei, drei Kollegen, die fanden, Drittklässler seien viel zu klein für so eine Exkursion. Sie hatten darauf gedrängt, Frau Kellinghusen möge ihnen den Termin an diesem Abend für die höheren Klassen abtreten. Nichts da. Für ihre Gören waren die Schimmelpilze im siebten Kellergeschoss der Akademie der Künste gerade gut genug. Sie überquerte mit den beiden Klassen die Linden. Ihre Schützlinge liefen in lockerer Formation auf die Akademie zu.

Frau Kellinghusen erläuterte: »Die Pilze finden dort, tief unter der Erde, optimale Bedingungen vor. Sie leben von Papiermasse, die in Wasser aufgeweicht und in großen Trögen bereitgestellt wird. Am besten eignen sich Manuskripte aller Art, aber im Grunde ist den

Pilzen jedes zellulosehaltige Material recht. Wir lernen noch, wie man Zellulose schreibt.«

Murmel hörte nicht richtig hin. Sein bester Freund Eugen lag mit einer schweren Magenverstimmung zu Hause, der Preis für den Verzehr von zwei Packungen Schokoküsse zum Frühstück – einfach so, wie er seinem Vater mit leichenblasser Leidensmiene hinterher erklärt hatte. Murmel war an diesem tollen Abend also leider allein unterwegs, und vielleicht hörte er deshalb den Inneren Zocker so laut und vernehmlich. Den Inneren Zocker kannte Murmel schon eine ganze Weile. Zum ersten Mal hatte er an Weihnachten vor drei Jahren zu ihm gesprochen, kurz bevor er von Onkel Thilo drei Murmeln gewonnen hatte. Murmel hatte vorher gesagt, dass der Weihnachtsbaum gleich Feuer fangen würde.

Onkel Thilo hatte gelacht und ihn »unser kleines Orakel« genannt. Kurz danach war der Baum umgefallen, und Murmels Papa hatte den Brand mit der Bowle gelöscht. Seitdem sprach der Innere Zocker regelmäßig zu Murmel, und auch wenn er manchmal verlor, hielt er sich treu an dessen Empfehlungen. Er wollte ihn nicht kränken oder vergraulen.

»Heute ist deine Nacht. Erledige Jan Bäblich und werde Murmelkönig. Geh hin und wette auf das Siegtor«, sagte der Innere Zocker.

Murmel sah sich um, aber er konnte keine Fußballer erblicken. Aber da war ja dieses Gemäuer mit dem Pferdewagen, der auch mit Q anfing. Er hatte das Wort als Erster in der Klasse schreiben können. Das Siegtor. Murmel drängelte sich zu Jan Bäblich vor und sagte so cool wie möglich: »Hey, Jan, na?«

Ikarus Meyer trank einen Schluck Wasser. Dann griff er wieder zum Mikrofon und legte so viel freundlichen Nachdruck wie möglich in seine Stimme. »Herr Pamp, Sie dürfen nicht so schnell nach unten ziehen. Sonst werden Sie Ihr Zielobjekt verfehlen.« Er biss sich auf die Lippen. Diese Heulsuse hätte man nie losfliegen lassen dürfen. Die war wirklich gefährlich. Er warf einen Blick auf den Monitor, der ihm den Stadtplan zeigte. Mit einem Mausklick verkleinerte er den Maßstab. Pamps Flugzeug mit der Funkkennziffer BVG7883 bewegte sich gleichmäßig in Richtung Stadtzentrum. Noch ein Mausklick, und eine weiße Linie, die von der Funkkennziffer nach Norden führte, zeigte, dass die Maschine – eine der letzten DC-9, die sie im Angebot hatten – bei gleichbleibender Geschwindigkeit in sechs Minuten, dreißig Sekunden exakt im Zielobjekt in der Behrenstraße einschlagen würde. Ikarus Meyer freute sich auf seinen Feierabend.

Er hatte nicht gehört, dass sich die Tür zum Studio geöffnet und wieder geschlossen hatte. Die weiß gekleidete Gestalt bemerkte er erst, als sie sich in seinem Monitor spiegelte. Er fuhr herum.

»Wie sind Sie hier hereingekommen?«, fragte Ikarus Meyer und wusste nicht, ob er lachen oder weinen sollte. Vor ihm stand ein Mensch in einem Kostüm, das am Kopf überbreit war und zu den Füßen schmal wurde wie das Bein einer riesigen Röhrenjeans. Ganz oben standen ein paar Büschel Kraut aus Plastik ab, wie ein ziemlich mickriger Irokesenschnitt. Vorne lugte ein finsteres Gesicht aus dem Kostüm heraus. Ein Rettich. Bewaffnet mit einer Pistole, die auf sein Herz zielte.

»Durch die Tür«, sagte der Rettich kalt. »Und du wirst dein Studio mit den Füßen voran verlassen, wenn du nicht tust, was ich sage.«

Ikarus Meyer versuchte es auf die sachliche Art: »Ich habe zu tun. Ich habe gerade einen wichtigen Kunden.«

Rettich wedelte mit seiner Pistole. »Sag ihm, er soll warten. Ich will ans Mikro.«

»Ich brauche das Mikro selbst. Hören Sie, ich bin Fluglotse. Ich muss hier eine Landung betreuen, sonst geraten viele Menschen in Lebensgefahr.«

»Lüg nicht. Du bist der Radiofuzzi, der immer die Steakhauswerbung vorliest. Jeden Tag wirbst du hier für Rinderschänder, vergiftest den Menschen das Hirn. Kulturindustrie, falsches Bewusstsein, eindimensionaler Mensch, jawoll. Aber damit ist Schluss. Die Wahrheit muss ans Licht. Her mit dem Mikro.«

Rettich schubste Ikarus Meyer von seinem Stuhl und hielt ihn mit der Pistole in Schach. Er beugte sich über das Mikrofon, pustete hinein, holte ein Blatt Papier aus seiner Jutetasche und las vor: »Immer mehr junge Menschen erwachen heute zu einem revolutionären Bewusstsein. Die Bereitschaft, konsequent und diszipliniert für die veganische Revolution zu arbeiten, wächst.«

»Das ist ...« Ikarus Meyer griff zum Pult.

»Schnauze, die Stimme der Kritik nimmt sich das Wort.«

»Aber das ist der falsche Kanal. Sie reden mit unserem Flugschüler.«

»Mach's richtig! Sofort!«, schrie Rettich.

Ikarus Meyer trat langsam an das Arbeitspult, hielt sich den Kopfhörer ans Ohr und sagte. »Alles in Ordnung, Herr Pamp, das war der Praktikant.«

»Umschalten«, zischte Rettich und drückte Meyer die Pistole in die Rippen.

»Hallo BVG7883. Halten Sie den Kurs und reduzieren Sie Ihre Sinkgeschwindigkeit. Over.« Ikarus Meyer schaltete um und nickte Rettich zu.

»Ich fang einfach noch mal an«, sagte Rettich. »Immer mehr junge Menschen ...«

Ikarus Meyer stieß gepresst die Luft aus und hoffte auf den Wachschutz. Er tippte etwas auf sein Keyboard. Noch vier Minuten bis zur errechneten Landezeit. Aber Pamp sank zu schnell, der Landepunkt stimmte nicht. Am Ende der weißen Linie, die den berechneten Flugverlauf der nächsten Minuten zeigte, blinkte jetzt ein rotes Dreieck mit einem Ausrufezeichen. Es befand sich genau am Pariser Platz.

Jan Bäblich wandte sich zu Murmel und grinste ein wölfisches Grinsen. »Na, Quetschalkoassel. Dein Name klingt jeden Tag blöder.«

Murmel lachte, als hätte er das Kompliment seines Lebens bekommen. »Hey, ich find's toll, dass wir heute Schimmelpilze ankucken gehen, jetzt haben wir endlich mal Zeit füreinander. Ich hab das ja eh nie geglaubt, was alle bei mir in der Klasse sagen.«

»Was sagen sie denn?« Jan Bäblich klang besorgt.

»Dass du beim Wetten der größte feige Sack bist, den es gibt. Dass du immer nur auf todsichere Sachen setzt.« Murmel schüttelte vor Abscheu den Kopf. »Dass die so schlecht reden über dich ...« Er hatte ein bisschen Spucke gesammelt und spuckte gekonnt aus, einen schönen schleimigen Batzen, der eindrücklich seine Verachtung über diese Aussagen zeigen sollte.

Auch Jan schien durch diesen gelungenen Auswurf etwas überzeugter, dass Murmels Absichten lauterer Natur waren. »Wenn der Einsatz stimmt, wette ich immer«, sagte er. »Wieso? Hast du was auf Lager?«

Murmel deutete auf die Kutsche aus Metall, deren Pferde auf die beiden Kinder zugaloppierten. »Hier fliegt jetzt gleich ein Flugzeug rein. Wetten?«

»Das Studium der geschichtlichen Lehrstücke wird nur erfolgreich sein, wenn wir das Verhältnis des Besonderen zum Allgemeinen in den Erscheinungen richtig verstehen. Das Allgemeine existiert im Besonderen, wie das Besondere in das Allgemeine eingeht.«

Ikarus Meyer rauchte eine Zigarette. »Dauert das noch lang? Ich habe bald Feierabend.«

Rettich nickte nachdrücklich. Er blickte nicht auf. Die Pistole war nach wie vor auf das Herz von Ikarus Meyer gerichtet. Er holte ein weiteres Blatt aus seiner Jutetasche und bedeckte das Mikrofon mit der Hand. »Oh ja, sehr lang. Siebzehn Blatt sind es noch. Und ich habe schon so viel gekürzt.«

»Ich muss dringend mit unserem Fluggast reden. Der stürzt sonst ab.«

»Kommt gar nicht in Frage, das tut er sowieso. Ich habe monatelang für diesen Augenblick gearbeitet.« Er nahm die Hand wieder vom Mikrofon. »Der bewaffnete Kampf als höchste Form des veganischen Kampfes folgt aus der Tatsache, dass es den fleischfressenden Klassen gelungen ist, sich den bestimmenden Einfluss auf die staatlichen Machthebel zu sichern und das staatliche Monopol über die letztlich entscheidenden Gewaltinstrumente – Metzgereien und Schlachthöfe – durchzusetzen.«

Richard Pamp schwitzte nicht mehr. Das Flugzeug senkte sich stetig, die Erde kam näher. Er überflog ein großes unbeleuchtetes Stück Land. Das war ein Park, richtig. Er erinnerte sich an die Karte. Aber wo war die Oper? Er hatte sich auf die Oper festgelegt, obwohl ihm sein Fluglehrer ein einfacheres Ziel empfohlen hatte. Ein Denkmal auf einem Hügel in einem Park in einem Stadtteil namens Kreuzberg. Schön hoch und ohne umliegende Bebauung. Aber Pamp fand ein Opernhaus viel besser. Es war erst ganz kurzfristig freigegeben worden. Am Donnerstag hatte irgendein wichtiges Gremium grünes Licht gegeben. Er musste noch eine ordentliche Stange drauflegen. Schade, dass es in dem Cockpit keinen CD-Spieler gab. Die Oper war an einer Straßenecke, daran konnte er sich genau erinnern. Aber links oder rechts? Richard Pamp rief zum wiederholten Male »Hallo, Tower!« in sein Mikrofon. Aber die Leitung war tot.

Jan Bäblich leckte sich die Lippen. »Du spinnst ja wohl komplett. Das steht doch unter Denkmalschutz. Da wird nie einer reinfliegen.«

»Was wetten wir?«, fragte Murmel.

»Pffff, keine Ahnung. Du bist ja so scharf darauf. Schlag du was vor.«

»Meine Sammlung gegen deine Sammlung. Dass ein Flugzeug ins Tor stürzt, bevor wir in der Akademie bei den Schimmelpilzen sind.« Murmels Magen zog sich zusammen, als er das gesagt hatte. Aber er vertraute seinem Inneren Zocker.

Jan schüttelte den Kopf. »Hast du die Lust am Sammeln verloren, Quetschakoala? Vielleicht probierst du es besser mit Briefmarken. Oder gleich mit Schimmelpilzen. Aber gut, wenn du meinst. In fünf Minuten ist die Sache über die Bühne.« Er schlug in Murmels fette kleine Hand ein.

Mittlerweile hatte Frau Kellinghusens kleiner Tross die Eingangstür der Akademie erreicht. Für einen Moment staute sich der Pulk, und sie lief ein wenig aufgeregt neben ihren Schutzbefohlenen auf und ab. »Das ist nur der Security Check, das ist nur der Security Check«, erklärte sie ununterbrochen.

Murmel blickte in den dunkelblauen Nachthimmel über dem Tiergarten hinauf. Aber er sah nichts.

»Die Erwartung eines friedlichen Übergangs vom Carnivorismus zum Veganismus hat für die Metropolen keine Grundlage.« Rettich hielt das Mikrofon umklammert und las mit heiserer, eindringlicher Stimme. Er war völlig vertieft in seinen Text.

Ikarus Meyer spannte die Muskeln an. Mit einem Satz sprang er der weiß gekleideten Gestalt in den Rücken. Rettich flog vom Stuhl und schlug mit dem Kopf gegen das Tischbein. Die Pistole schlitterte durch das kleine Studio. Ikarus Meyer setzte sich auf Rettichs Rükken und drehte ihm den Arm nach Hinten. »Ausgeschwafelt, du Nervensäge.«

»Aua, loslassen!«, schrie Rettich. Ein Lautsprecher bratzte über den Köpfen der Kämpfenden, und eine kühle Stimme sagte aus dem Nichts: »Lass ihn los, Icke. Er soll weitermachen.«

Ikarus Meyer fiel die Kinnlade herunter. »Was? Aber ich habe einen überforderten Fluggast in der Leitung.«

»Also gut, einen Satz, aber dann macht er weiter. Anweisung von ganz oben. Hier rufen dauernd Leute an, die ihn komisch finden. Frag ihn, ob er noch bleiben kann und mit Hörern sprechen will, wenn er fertig ist.«

Ikarus Meyer ließ die Arme sinken, stand auf und ging zum Sprechpult. »Hallo hier Tower für BVG8873. Können Sie mich hören?«

»Ja, Tower, laut und deutlich. Wo waren Sie?«

»Erklär ich Ihnen ein andermal. Sie sind zu tief. Sie müssen nach oben ziehen.«

»Nach oben. Ohwehohweh, wie mache ich das? Nach vorne drücken, stimmt's? Danke. Das war's schon. Ich bin eh gleich da. Das schaff ich jetzt alleine.«

»Nein, nach hinten ziehen, Sie Idiot, den Knüppel nach hinten ... Nein, Neiiiiiin!!«

Rettich tippte Ikarus Meyer auf die Schultern und machte mit der Hand eine scheuchende Geste. »Wenn Sie nichts dagegen haben, diene ich jetzt wieder meinem Publikum, dem Volk.« Er hatte ein veritables Veilchen am rechten Auge, aber er strahlte, als er wieder zum Mikrofon griff. »Die carnivorische Staatsmacht wird wohl durch den Aufschwung der veganischen Massenbewegung geschwächt, aber nicht vernichtend geschlagen ...«

Ikarus Meyer stellte Rettich einen Plastikbecher mit Mineralwasser neben das Mikro. »Sie bleiben doch sicher noch ein wenig, wenn Sie fertig sind. Die Leute wollen mit Ihnen reden.« Er brachte sogar ein Lächeln kollegialer Hochachtung zustande.

Murmel trat von einem Bein aufs andere. Vor ihm und Jan Bäblich waren noch zwei Mädchen aus seiner Klasse. Er sah aus dem Augenwinkel, wie sich Jans Gesicht zu einer dümmlichen Grimasse der Siegesgewissheit verformte. Noch ein Mädchen. Die Metalldetektoren quiekten wild. Kein Wunder, Yvonne Schäfer war gepierct wie ein Streuselkuchen. Murmel sah, wie sie an ihrem T-Shirt herumzuppelte. Der Wachposten, ein älterer Herr mit einem schneeweißen Haarkranz, bekam einen roten Kopf, als er Yvonnes Bauchnabel inspizieren musste. In diesem Moment bemerkte Murmel über dem Tiergarten ein blinkendes Licht, das rasant näher kam. Yvonne Schäfer steckte dem Wärter gehorsam ihre Zunge entgegen. Jan Bäblich hatte das Blinken noch nicht bemerkt. Murmel griff in seine Hosentasche und steckte sich sein Schweizer Taschenmesser in den rechten Gummistiefel.

Flughöhe 0060 Meter. Gleich ist es soweit. Oh, das geht aber schnell. Wo ist die Oper? Was ist denn das für eine Kutsche? Wo kommen die Pferde her? Wo laufen sie denn? Wo laufen sie denn hin?!

Das Flugzeug schlug in dem Moment ein, als Murmel dem Wachmann seinen müffelnden Gummistiefel vor die Nase hielt und mit aufreizender Langsamkeit sein Taschenmesser hervorzog. Die Quadriga flog in einem eleganten Bogen über den Pariser Platz und landete genau auf einem Mannschaftswagen der Polizei, der vor der französischen Botschaft parkte.

Die Steinbrocken streuten weit in die Tiefe des öffentlichen Raumes hinein, und die Fenster des Hotel Adlon und der Akademie gingen zu Bruch.

Frau Kellinghusen rief: »Duckt euch, Kinder!«, und drückte zwei Schüler, die neben ihr standen, zu Boden.

Alle starrten auf die Wolke aus Staub und Rauch, die sich langsam erhob und den Blick auf einen tiefen Krater freigab, den das Flugzeug in den Boden gesprengt hatte. Das Tor war verschwunden und viele große und kleine Steinbrocken lagen über den Platz verstreut.

Im Foyer der Akademie der Künste stand ein dicker Junge und blickte glücklich und still auf den Krater hinüber. Hinten an der Wand auf einem jener Plastikstühle, die unbequem, aber stapelbar waren und sich die Cafeterias dieser Erde untertan gemacht hatten, saß ein kleines Bündel Elend, dessen Name in Murmelsammlerkreisen schon bald in Vergessenheit geraten würde.

Ag radelte über die Jannowitzbrücke, an der chinesischen Botschaft vorbei, die im kalten Licht der Sicherheitsbeleuchtung auf der Straßenecke thronte wie die hässliche Burg eines B-Movie-Fieslings. Der Sirtaki klang ihm in den Ohren, und als er rülpste, intensivierte sich der köstliche Fischgeschmack, den er auf der Zunge trug, noch einmal. Er fummelte sich an der Baustelle vorbei, die sich über die ganze Länge der Straße hinzog. Als ein Taxi schnell und eng an ihm vorbeizog, geriet er gefährlich ins Wackeln. Aber er fing sich wieder. Dumpf dachte er an den dreifachen Anpfiff, den er von Ohg bekommen würde, falls der Panda nicht das Schloss geknackt und seinen Kumpel zerfleischt hatte. Einen dafür, dass er betrunken war, einen, weil es mehr als drei Stunden gedauert hatte, und den dritten, weil er Bang

Bangs Menü jetzt gleich komplett bei einem einzigen Restaurant kaufen würde, obwohl die Sache mit dem aufgeteilten Speiseplan angeblich furchtbar wichtig war. Aber Ag war müde, er wollte nach Hause. Aber was hieß nach Hause? In das Pandaverlies.

Der Laden hieß *Big Noodle Happiness Quick Snack.* Kein Türke, kein Inder, keine böhmischen oder äthiopischen Spezialitäten. Gerettet. Die ganze Front zur Straße stand offen, über der Theke hing die riesige Speisekarte. Ag parkte das Fahrrad und reichte dem Mann hinter der Theke seinen Speisezettel. Der schrieb die Nummern aus der Speisekarte neben die Gerichte und legte sie in das kleine Fenster zur Küche. »Borre, gloßel Auftlag!«, rief er in das Fenster hinein und kassierte im Voraus.

Ag wartete. Er studierte die Speisekarte. Er studierte die Gäste. Dann studierte er die Einrichtung. Lampions, Pfauen, Goldfische, Fächer an den Wänden. Der Boden schwankte, er musste sich setzen.

In der Küche des chinesischen Restaurants stand ein müder Koch und wachte über den Wok und den Suppentopf. Als ihm Ags Bestellung hereingereicht wurde, hatte er gerade die Brille abgenommen und rieb sich die Augen. Er überflog den Zettel mit dem Großauftrag und stieß einen leisen Schrei aus. Sein Gesicht war voller Falten. Er fuhr sich vor Aufregung ein ums andere Mal durch die kurzen schwarzen Haare, die an den Schläfen in eisgrau übergingen. Er klopfte mit der flachen Hand auf das Brett, das die Theke von der Küche trennte und ließ sich zeigen, wer die Bestellung aufgegeben hatte. Der junge Kollege, der immer noch über jeden zweiten Gast, der hier hereinkam, mit großen Augen staunte, deutete diskret auf Ag, der einen schlechten Landschaftsscherenschnitt studierte. Der Koch nickte, fasste seine Kelle fester und ging zurück an den Herd. Alle fünf Minuten kam sein Kollege ans Fenster und teilte ihm mit, dass der Mann noch da sei.

Eine halbe Stunde später legte der Mann, der den Großauftrag bestellt hatte, zwei prall gefüllte Plastiktüten in seinen Fahrradkorb, schwang sich in den Sattel und radelte wacklig davon. Der Koch, dem die Ausländerbehörde den Integrationsnamen Bolle zugeteilt hatte und der eigentlich Cheng hieß, beobachtete ihn durch die angelehnte Tür mit der Aufschrift *Personal*, die vom Gastraum zur Küche führte.

Cheng zog sich das kleine Käppi vom Kopf, legte die weiße Kittelschürze mit den Fett- und Soßenflecken ab und zog einen schwarzen Rollkragenpullover über.

»Muss gehen«, rief er und verschwand. Sein Kollege wollte etwas sagen, aber er kniffte gerade die Deckel auf die Aluminiumförmchen einer anderen Großbestellung, und als er hochsah, schob Cheng bereits sein Fahrrad durch den engen Hausflur auf die Straße. Er stieg auf und fuhr auf gut Glück in die Nacht hinein.

An der Kreuzung, an der links auf der Ecke der U-Bahn-Eingang Heinrich-Heine-Straße gelblich erleuchtet wurde, bog Cheng rechts ab. Seine Augen suchten unablässig nach dem anderen Fahrradfahrer, aber alles war ruhig. Er fuhr langsam geradeaus und spähte in jede Abzweigung. Die Straße, in der er fuhr, endete, und er blickte auf ein größeres Stück Wasser, auf dem eine Reihe stillgelegter Frachtschiffe lagen. Einige waren Restaurants, und er hörte das aufgeräumte Gemurmel satter Menschen. Wenn er links fuhr, kam er an eine Brücke, die ihn über einen Kanal führte. Dort, auf der anderen Seite verlor sich der Weg zwischen Parkplätzen und Hochhäusern. Weiter vorne konnte man hoch zur großen Straße, die nach rechts zu dem Platz mit dem Kugelturm mit der großen Antenne führte. Wenn er jetzt rechts fuhr, führte die Straße am Kanal entlang und an der Botschaft seines Landes vorbei zu einer Brücke, über der die Züge direkt am Fluss entlangfuhren. Cheng fuhr nach links.

Im *Chez Guevara* herrschte Hochbetrieb. Die Band spielte pausenlos, und die Kellner in ihren Phantasieuniformen hasteten hin und her. Sie brachten auf vollen Tellern herbei, was die Küche gezaubert hatte, und trugen leere Teller zurück. Der Lärm vieler aufgeregter Stimmen schwebte hoch zu den Kronleuchtern und senkte sich zurück auf die Tische. Neunzehn, sagte ein Mann und meinte sein Monatseinkommen. Neunundzwanzig, sagte eine Frau und meinte ihr Alter. Neununddreißig, sagte eine andere Frau und meinte den Stimmenanteil ihrer Partei bei den nächsten Wahlen. Neunundvierzig, sagte ein Kellner und präsentierte die Rechnung. Alle logen.

Alle Logen waren besetzt. In der hintersten und kleinsten, wo der Tumult etwas leiser war und wo man von den Trompetenriffs nur die hohen Töne hören konnte, saß Lenny die Ratte und aß Steak mit Salat. Als ihn Pachulke heute Nachmittag angerufen hatte, wusste Lenny gleich, dass er heute Abend sein Essen nicht würde bezahlen müssen. Lenny, die Ratte, wurde immer eingeladen.

Die Stadt hatte viele Märkte. Es gab die Markthallen am Marheinekeplatz, den Straßenstrich auf der Oranienburger Straße, die Börse und den Flohmarkt am Kupfergraben, den Gebrauchtwagenmarkt in Tegel und den Wochenmarkt am Maybachufer. Das *Chez Guevara* war der wichtigste Markt für Informationen. Wer etwas zu sagen hatte oder etwas hören wollte, wer ein Gerücht in die Welt setzen wollte oder dem Ursprung eines Gerüchts auf der Spur war, wer keinen wertvollen Schmuck mehr, dafür aber kostbares Wissen besaß, wer warten konnte oder keine Zeit mehr hatte, der kam hierher. Große Leuchten und kleine Lichter, Kunstrichter und Bühnendichter, Hackesche Höflinge, Erlesene und Gewesene, Hinzel und Kunzel, Graue Stars und Grüne Sternchen fanden sich hier allabendlich ein. Auch Spandau Jones, der millionenschwere Broker, der auf der Insel Scharfenberg sein legendäres Domizil besaß, kam hierher, wenn er in der Stadt war. Man traf sich oder mied sich beim *Chez*.

Ursprünglich war Lenny ein nach allen Regeln der Kunst ausgebildeter Butler und hatte jahrelang als Privatsekretär für einen schrulligen schottischen Adligen gearbeitet, der in Montevideo eine Rugbyschule aufbauen wollte. So hieß es. Viele erzählten auch, er sei ein Spargelbauer aus dem Umland, der im Lotto gewonnen hatte und abends inkognito in die Stadt kam. Wieder andere schworen, er würde für einen exklusiven Escort-Service arbeiten. Seinen Spitznamen hatte er, weil er sommers wie winters einen eleganten Mantel mit einem hermelinbesetzten Kragen trug. Es war sein einziger Spleen.

Lenny, der früher einmal Leberecht geheißen hatte, war ein begehrter Mann. Obwohl er manches weitererzählte, vieles wusste und fast alles hörte, war er sehr diskret. Wer auch zwischen den Zeilen zu Ende gelesen hatte, wer einen Wink mit dem Seidenschal brauchte, einen kleinen Denkanstoß, einen besonders guten Rat, der wandte sich an ihn. Manchmal hatte Lenny Zeit.

Pachulke kam schnaufend in die Loge und setzte sich auf einen freien Stuhl. Er hatte sich unten bis zur Treppe durchgequetscht und war ächzend hier hochgestiegen, aber sein Gesprächspartner bestand immer auf diesem Platz.

»Guten Abend.« Lenny beobachtete Pachulke, ohne mit dem Essen aufzuhören. »Wie geht es Ihnen, Herr Kommissar?«

Gut, wollte Pachulke sagen, aber da fiel sein Blick auf eine Schüssel, die an dem Platz mit dem zweiten Gedeck stand. Salat. Rote Bete mit Nüssen. Er zuckte zusammen. Am Telefon hatte er nur gesagt, er habe Bedarf für eine Unterredung. Lenny sprach am Telefon nie über den Grund einer Anfrage. Er sprach überhaupt sehr wenig. Aber er wusste. Mit einer Geste forderte er Pachulke auf: »Sie haben doch sicher Hunger.«

Das war völlig richtig. Pachulke schob sich eine Gabel Salat in den Mund und merkte, dass der Salat noch nicht angemacht war. Er sah sich um.

»Was suchen Sie denn, Herr Kommissar?«, fragte Lenny.

»Das Öl.«

»Da sind Sie nicht der Einzige in der Stadt.«

Pachulke tat so, als wäre der Salat der eigentliche Zweck seiner Anwesenheit und zerwühlte das kunstvoll aufgeschichtete Häufchen in der Schüssel, als wäre darin ein Diamant verborgen. Offene Neugier oder gar Nachfragen waren Lenny zuwider.

Dieser plauderte vor sich hin, als spräche er mit sich selbst: »Manche Leute halten den Bauunternehmer Blaschko von Goltz für einen öligen Typen, und oberflächlich soll er auch sein. Er bohrt keine dicken Bretter, und auch sonst kann's ihm nicht einfach genug gehen. Aber der Regierende Bürgermeister Und Geliebte Bausenator glaubt ihm alles und hofft, dass die Fördertürme in den Himmel wachsen.«

Pachulke riskierte einen fragenden Blick in Richtung Lenny.

»Die süßesten Früchte fressen nur die großen Tiere, aber wenn die Tiere erst weg sind, hat auf die Dauer der Flüchtige freie Bahn und der Boden unter seinen Füßen ist vielleicht mit Geld getränkt.« Lenny, die Ratte, schnitt ein Stück von dem Steak ab und aß weiter. Was er Pachulke an diesem Abend zu sagen hatte, hatte er gesagt.

Pachulke kämpfte mit sich. Er wollte Lenny nach dem Gabelstapler fragen. Aber er wusste, dass er Lenny als Informanten verlieren würde, wenn er sich dazu hinreißen ließ.

Ag fluchte ohne Pause. Er stand vor der Frontseite der chinesischen Botschaft. Er war doch betrunkener als er dachte. Bloß kein Aufhebens machen. Wohin jetzt? Er fuhr ungelenk nach rechts und kam an einem chinesischen Imbiss vorbei. Er hieß *Big Noodle Happiness Quick Snack*. Verrückte Welt. Erst strampelte er sich die Beine aus dem Leib, dann wuchsen diese Schuppen wie Pilze aus dem Boden. Offenbar eine Restaurantkette. Er ließ den U-Bahnhof Heinrich-Heine-Straße hinter sich und fragte sich, ob er auf dem Hinweg daran vorbeigekommen war. Egal, er musste zu seinen beiden Schützlingen. Nach einer Weile kam er zu einem Kreisverkehr und kratzte sich am Kopf. Irgendwie hatte er das Gefühl, nach rechts zu müssen, also fädelte er sich in die erste Straße ein, die rechts vom Kreisverkehr abging. Oranjebovenstraße, nie gehört. Aber egal, es musste einen Weg geben. Nach einem längeren Stück sah er vorne an der nächsten Kreuzung ein großes Hochhaus. Das kannte er, dort wurde die größte Zeitung der Stadt gemacht, an deren Kreuzworträtsel er und Ohg sich fast jeden Tag die Zähne ausbissen. Hier war also Westen, aber er musste ja in den Osten. Weiter vorne war der Checkpoint Charlie, den kannte er auch, also war Osten rechts. Vor dem Zeitungshaus bog er rechts ab und fuhr ziemlich wild einmal links und wieder rechts und dann wieder rechts. Mittlerweile schmetterte er ein altes griechisches Trinklied, um sich Mut zu machen.

Er befand sich auf einer riesigen Straße und fuhr auf eine große Coca-Cola-Reklame zu. Jetzt war er richtig in Schwung. Er radelte drauflos und ließ sich auch von hupenden Autos nicht beirren. Die Straße wurde eine Brücke, rechts im Fluss lag das Schleusenbecken, und es ging bergab. Ag gab dem Rad die Zügel frei und schrie aus Leibeskräften: »Yiieeeeeeeeeehaaaaaaaa!!« Als er den kleinen Abhang hinunterraste, sah er zu seiner unaussprechlichen Freude den viereckigen Turm des Roten Rathauses auf der linken Seite auftauchen. Willkommen daheim, dachte Ag und ordnete sich in die Linksabbiegerspur ein.

Cheng wusste nicht mehr weiter. Er stand an einer Kreuzung mit einem seltsamen, spitzzackigen Häuschen mit fünf Ecken, offenbar war es ein Gasthaus. Gleich rechts war die große Brücke, die über die Schleuse hinüberführte. Von dem Fahrradfahrer mit dem Futter für Bang Bang war nichts zu sehen. Cheng stieg ab.

Als ihn der Mann in dem grellroten Hemd und der Mütze erblickte, rief er: »Fischerinsel. Hier lebte um 1500 bis 1540 der Kaufmann Hans Kohlhase, dem Heinrich von Kleist in seiner Erzählung Michael

Kohlhaas ein Denkmal gesetzt hat. Das Restaurant auf der Ecke heißt Ahornblatt, erbaut 1971 bis 1973, abgerissen im Jahr 2000, wieder aufgebaut 2006. Nicht zu empfehlen ist dort die Grützwurst mit Kartoffelsalat, alles andere ist okay.«

Cheng staunte. Dieser Mann wusste offenbar alles. »Guten Abend«, sagte er.

»Guten Abend«, erwiderte der Info Grande und lockerte seine Schultern.

»Ich muss etwas wissen, ganz dringend.«

Der Info Grande lächelte und sagte mit sonorer Sonderstimme: »Ich bin ein Info Grande. Informationen sind der Zweck meines Daseins.«

»Ich suche einen Mann.«

»Alle Informationen zu diesem Straßenabschnitt gehören zum Free Content Bereich. Alles andere ist Premium Content und gebührenpflichtig. Zahlen Sie bar oder mit Karte?«

Cheng überlegte. »Ist hier in dieser Straße vor kurzem ein Mann auf einem Fahrrad vorbeigekommen, der zwei große Plastiktüten mit chinesischem Essen bei sich hatte?«

»Die Antwort ist gebührenfrei und lautet nein.«

»Können Sie mir sagen, wo ich ihn finden kann?«

Der Info Grande hielt die Hand auf. »Simple Query, ein Euro.«

Cheng seufzte und holte einen Euro aus der Tasche.

»Die Antwort lautet ja. Restguthaben 70 Cents.«

»Wie muss ich fahren, um ihn zu finden?«

»Sie fahren jetzt hier über die Mühlendammbrücke und weiter vor bis zum Molkenmarkt. Dann biegen Sie links ab in die Spandauer Straße. In der Spandauer Straße müssen Sie ... Ihr Guthaben ist aufgebraucht.«

Cheng suchte nach einem weiteren Euro, fand aber nur fünfzig Cents. Seine Geldbörse war in seiner guten Hose im Spind im Lokal. Er hielt dem Info Grande das Geldstück hin.

»Tut mir Leid. Simple Query Mindesttarif ein Euro.«

»Ach bitte, es ist sehr wichtig.«

»Nein, ich arbeite nicht unter Tarif. Ich habe Kassenbewusstsein.«

Cheng zuckte mit den Schultern, bedankte sich höflich und machte sich auf den Weg. Am Molkenmarkt fuhr er links. Er rollte an der Fassade eines großen roten Hauses mit einem viereckigen Uhrenturm vorbei und spähte umher. Links oder rechts? Cheng entschied sich diesmal für rechts und bog an dem großen Haus ab. Er fuhr die Front entlang, an der sich offenbar der Haupteingang befand und erreichte die andere Ecke des Gebäudes. Geradeaus führte der Weg in eine Fußgängerzone und zu dem großen Turm, der aussah wie ein Essstäbchen mit Mumps. Cheng fuhr wieder rechts und suchte die Front des roten Hauses ab. Da sah er das Fahrrad. Er ballte die Faust. Es stand abgeschlossen an einem Fenstergitter, das Essen war verschwunden. Cheng fuhr ein Stück in die Fußgängerzone hinein und schloss sein Fahrrad an den Pfosten eines Verkehrsschildes. Dann ging er zu dem Fahrrad, das er gesucht hatte. Gleich daneben war eine dunkelrote Metalltür in die Mauer eingelassen. Cheng drückte die Klinke. Die Tür war abgeschlossen.

Bang Bang war irgendwo in diesem Haus. Die Bestellung, die ihm vor einer knappen Stunde in seine Küche geflattert war, entsprach dem Speiseplan, den er höchstpersönlich für den Bären entwickelt hatte, als er noch im Zoologischen Garten gearbeitet hatte. Irrtum ausgeschlossen. Und jetzt? Das Gebäude sah offiziell aus, wichtig und pompös. Sollte er die Polizei alarmieren? Die würde ihn sofort der Ausländerbehörde ausliefern. Eigentlich musste er von hier verschwinden. Aber Bang Bang war gefährlich, er musste diesen Mann wiederfinden. Cheng lief um das große Gebäude herum und suchte nach einem offenen Fenster.

»Zum Abschluss der Nachrichten die Verkehrsübersicht auf Radio THF, The Hit Factory, direkt aus dem Wellness Lufthotel®. Wie immer präsentiert von Blockado: Saftige Steaks ...« Ein dumpfer Laut ertönte, ein Knuff und ein Uff, dann räusperte sich Ikarus Meyer und sprach weiter: »Diesmal präsentiert von der Rote Bete Fraktion und ihrem charmanten Chefideologen Rettich. Der Kampf geht weiter, das ist unser Motto. In der Sonnenallee ist zwischen Pannierstraße und Hermannplatz in Richtung Hermannplatz wegen einer Wanderbaustelle nur eine Spur befahrbar. Die Uhlandstraße ist zwischen Güntzelstraße und Hohenzollerndamm wegen einer Grundsanierung noch bis Dezember total gesperrt. Wegen Bauarbeiten an den Yorckbrücken ist die Yorckstraße in beiden Richtungen nur einspurig befahrbar. Achtung! Wegen einer außerplanmäßigen Punktlandung bleiben der Pariser Platz und die anliegenden Straßen bis morgen um 6.30 Uhr gesperrt. Die Bergungs- und Aufräumarbeiten am ehemaligen Brandenburger Tor werden die ganze Nacht andauern. Geblitzt wird heute Nacht auf dem Hindenburgdamm in Lichterfelde sowie in Reinickendorf auf der Aroser Allee und der Frankfurter Allee Höhe Mainzer Straße. Lassen Sie sich nicht erwischen. Die Verkehrsübersicht wurden Ihnen präsentiert von der Rote Bete Fraktion. Der Kampf geht weiter.«

Marietta, die in ihrem politischen Leben Tomate hieß, schlief tief und fest. Sie hatte Muskelkater in den Schultern und den Beinen vom Tragen der Tabletts und von der kleinen Treppe, die in den hinteren Teil von *Ritz & Rübe* führte. Einmal hatte ihr Sören, der sich Rettich nannte, ausgerechnet, dass sie an einem Arbeitstag vermittels dieser Treppe mit sieben Stufen 1800 Höhenmeter überwand. Eine richtig schöne Bergtour, hatte er gesagt. Für vier Euro in der Stunde, damit sich ein paar Pfeffersäcke ihre spätbürgerliche Wampe vollhauen konnten. Es ist ein Job, hatte sie geantwortet und mit den Schultern gezuckt. Die ihr jetzt höllisch wehtaten.

Ob sie das Klopfen schon beim ersten Mal gehört hatte, wusste sie später nicht mehr. Es war laut und schnell. Sie setzte sich auf und spürte jeden Muskel. Verdammte Scheiße, die Bullen! Zucchini und Möhre hatten sie bestimmt schon. Marietta zog sich an. Sie hatte keine Lust, unter den schleimigen Blicken von einer Handvoll Jungbullen, die hinter der Glasscheibe ihrer Helme unbehelligt glotzen konnten wie in einer Peepshow, ihre Wäsche zusammenzusuchen. Wenn sie hier rausgehen würde, dann hocherhobenen Hauptes. Sie übte ein paar Ellbogenchecks. Das Klopfen wurde lauter.

»Aufmachen!«

Marietta schlüpfte barfuß in ein Paar Sneakers und ging zur Tür. Das Holz vibrierte unter den Schlägen.

»Wer ist da?« Sie hoffte, dass ihre Stimme so unbeteiligt wie möglich klang.

»Ich bin's, mach auf.«

Sören?

»Ich bin's, Sören, mach schon auf.«

Marietta öffnete die Tür einen Spalt und blickte in das wie immer leicht zweifelnde Gesicht des Genossen Rettich.

»Überraschung«, sagte er und zauberte hinter seinem Rücken einen Strauß roter Rosen hervor. Aus seiner Jacke schälte er einen Laib Brot. »Brot und Rosen für die schönste Frau der Welt.«

»Bist du bescheuert, mitten in der Nacht so einen Aufstand zu machen. Ich dachte, es sind die Bullen.«

»Äh ... das hier sind Blumen für dich.«

»Ja, sie sind sehr schön.«

»Darf ich ...«

»Möchtest du vielleicht ...«

»Reinkommen.«

»Aber gerne, du Wahnsinniger.«

Sören betrat die Diele, und Marietta schloss die Tür. Ihr Herz schlug bis zum Hals.

»Wo warst du?«

Sören zuckte mit den Schultern und suchte in der Küche nach einer Vase. Dabei wusste er doch genau, dass keine da war. Marietta holte ein Weizenglas aus dem Büffet, füllte Wasser ein und stellte es auf den Küchentisch. »Wo warst du?«

Sören drapierte die Rosen mit einer Akribie in das Weizenglas, als hätte er am nächsten Morgen die Große Floristenprüfung. Er trat einen Schritt zurück und betrachtete sein Meisterwerk. Dann schnitt er sich eine Scheibe Brot ab. »Möchtest du auch etwas? Ich hab solchen Hunger.«

»Sören, jetzt sag mir bitte endlich wo du warst. Wo ist der Panda?«

Sören holte sich eine Handvoll Oliven und eine Paprikaschote aus dem Kühlschrank. Er setzte sich an den Tisch und schmierte sich Margarine aufs Brot. »Keine Ahnung, wo der Panda ist. Ich war bei Leonie und hab ihr Bastard zurückgebracht. Sie ist gestern aus dem Urlaub zurückgekommen. Wieso fragst du?«

»Weil du ihn entführt hast, deswegen.«

Sören schüttelte nachdrücklich den Kopf. »Ich habe Bastard nicht entführt. Leonie hat ihn mir gebracht, als sie in den Urlaub fuhr. Er hat meine gesamte Wohnung vollgehaart. Manchmal ist es nicht leicht, Tiere zu lieben.«

Marietta schlug mit der flachen Hand auf den Tisch, dass das Weizenglas klirrte. »Nicht Bastard. Spiel nicht den Doofen hier. Den Panda hast du entführt.«

Sören erstarrte. Mit dem Brot vor dem geöffneten Mund sah er aus wie eine Figur aus Dornröschens schlafendem Schloss. Langsam drehte er seine Augen Richtung Marietta. »Was? Du hast sie wohl nicht mehr alle! Wie kommst du denn darauf?«

»Weil du uns kleinbürgerlichen Scheißern zeigen wolltest, was eine richtige politische Aktion ist. Und da dachte ich ...« Sie brach ab. Sören hatte das Brot fallen lassen und lachte laut und hemmungslos. Er musste sich den Bauch halten, so sehr musste er lachen. Irgendwann brachte er nur noch ein Geräusch zwischen Quieken und Stöhnen heraus. »Und das habt ihr geglaubt?«

»Du hast dich ja so super-revolutionär aufgespielt.«

Sören hob das Brot auf, nahm einen Bissen und sagte im Kauen: »Ich bin auch revolutionär. Ich habe Radio THF überfallen.«

»Was?«

»Ja, der Wortknecht dort muss Werbung für Steakhäuser vorlesen. Ich habe ihn vom Mikro geholt und mein veganisches Manifest live in der Sendung vorgelesen.«

Marietta wusste nicht, ob sie über diese Neuigkeiten froh sein sollte. »Und wie hat er reagiert?«

»Er hat mir einen Job angeboten.«

»Was?«

»Sag doch nicht immer ›Was?‹. Ja, ich soll dort noch mehr Manifeste vorlesen. Da haben viele Leute angerufen, die meine Sachen gut fanden. Nächste Woche soll ich wieder hin. Ich darf schreiben, was ich will.«

Marietta schüttelte den Kopf und rollte mit den Augen.

Sören nickte nachdrücklich. »Es stimmt wirklich.« Er stand auf und holte sich ein Bier aus dem Kühlschrank. »Ich hätte nie gedacht, dass man den bürgerlichen Medienbetrieb so leicht unterwandern kann.«

»Erzähl keinen Mist, Sören.«

Sören wühlte in seiner Jackentasche und legte drei zerknüllte Hundert-Euro-Scheine auf den Tisch. »Hier, Genossin Tomate. Mein Vorschuss. Übermorgen machen wir den Vertrag. Du sprichst mit dem Moderator, Chefautor und politischen Gewissen der Rote-Bete-Fete, der ersten vegetarischen Gewinn-Show im Radio: Ohne Fleisch dein Preisch. Endlich habe ich das Ohr der Massen.«

»Und wo ist der Panda?«

»Ich habe keine Ahnung. Den habe ich noch nie gesehen. Ich gehe nicht mehr in Zoos, das weißt du doch.«

Marietta betrachtete sich die Rosen, ihren kauenden verstrubbelten Freund und sein vor Aufregung glühendes Gesicht. »Ja, das weiß ich«, sagte sie. »Komm, wir gehen ins Bett.«

Cheng war einmal um das Große Rote Haus herumgelaufen und stand wieder vor dem Fahrrad, mit dem der Mann, der Bang Bang sein Futter besorgte, gefahren war. Es war zwecklos, er kam nicht hinein, es sei denn, er schmiss eine Scheibe ein. Eigentlich war er ganz froh darüber. Wichtiger war es jetzt, die Polizei zu alarmieren. Aber wie? Er konnte nicht persönlich dorthin, wegen diesem Ärger mit der Ausländerbehörde. *Flög ich zu dir*. Warum um Himmels willen »flög«? Er musste eine Telefonzelle finden. Cheng spazierte ein Stück in die Fußgängerzone hinein. Am Bahnhof gab es bestimmt Telefonzellen.

In diesem Moment fuhr ein Krankenwagen aus der Ausfahrt des Großen Roten Hauses, langsam und ohne Licht. Cheng hatte gar nicht bemerkt, dass das Tor geöffnet worden war. Hoffentlich hatten die Leute ihn nicht gesehen. Er duckte sich hinter einen riesigen Blumenkübel und spähte durch die Rosen hinüber zu dem Krankenwagen.

Der Krankenwagen bog nach rechts auf die Straße. Cheng sah eine Gestalt in einer orangefarbenen Jacke, die schnell das große Gittertor verschloss. Danach machte sich die Gestalt am Fahrrad zu schaffen und schleppte es zur Ladeklappe des Krankenwagens. Als sich die Klappe öffnete, steckte sich Cheng schnell die Hand in den Mund, damit er nicht laut aufschrie. Für einen Moment konnte er einen schwarz-weißen Kopf mit pelzigen Ohren sehen. Cheng huschte geduckt zu seinem Fahrrad und nestelte mit zitternden Händen an seinem Schloss herum.

Er war gerade rechtzeitig zur Stelle, als der Krankenwagen rechts auf die große Straße bog und in die Richtung fuhr, aus der er vor einiger Zeit von diesem spitzzackigen Gebäude hergekommen war. Cheng, der einmal im Radfahren Jugendmeister der Provinz Sichuan gewesen war, folgte dem Wagen. Er würde sich auf keinen Fall abhängen lassen. Während seine Beine langsam warm wurden und unablässig in die Pedale traten, dachte er über die Polizei nach. Ihm fiel die Zeitung ein, die im Restaurant auslag. Cheng konnte die Zeitung fließend lesen. Das Deutsch, das dort verwendet wurde, entsprach dem ersten Unterrichtsjahr. Heute war es wieder eine Schlagzeile über den Panda gewesen. Und der Name des Kommissars stand auch dabei. Wie hieß er doch gleich? Pasolini? Pankreas? Pachelbel? Der Krankenwagen war schon an dem Platz mit den beiden Hochhäusern vorbei und fuhr immer weiter in den Westteil der Stadt hinein. Jetzt ging es an einem Kanal entlang. Cheng hob sich aus dem Sattel und holte wieder ein Stück auf.

Lange, nachdem Lenny die Ratte sich verabschiedet hatte, saß Pachulke noch bei einem Glas Rotwein an seinem Tisch und dachte nach. Über Blaschko von Goltz und über den Tierpark, über den Panda und über seinen Beruf. Blaschko von Goltz eilte der Ruf voraus, in zahlreiche fragwürdige baupolitische Entscheidungen in der Stadt verwickelt zu sein. Bisher hatte Pachulke das für die üblichen neidischen Gerüchte in der Branche gehalten. Aber nach den beiden Begegnungen mit dem Mann, der bereits als die überragende Unternehmerpersönlichkeit seiner Generation gehandelt wurde, wünschte er sich, es möge etwas dran sein. Irgendetwas, mit dem man diesem Menschen Dreck am Stecken nachweisen konnte.

War es möglich, dass sich der Regierende Bürgermeister Und Geliebte Bausenator auf ein derart tollkühnes Spiel einließ? Öl im Tierpark? Pachulke mochte es nicht glauben. Andererseits hatte er bis vor einer Woche nicht geglaubt, dass man einen Panda entführen würde, und er hatte auch nicht gewusst, dass es dressierte Kakerlaken gab, die Metzgereien überfielen. Die Welt spinnt, dachte Pachulke, und hier spinnt sie ganz besonders. Was konnte er jetzt machen? Für eine Durchsuchung bei Blaschko von Goltz gab es nicht den geringsten Anlass. Er konnte ihn ärgern, aber Blaschko von Goltz würde zurückschlagen, wenn sich ihm eine Gelegenheit bot. Um dem Regierenden Bürgermeister Und Geliebten Bausenator den Bären aufzubinden, musste er Bang Bang erst einmal finden.

Kurz nach eins trat Pachulke auf die Straße. Er machte einen kleinen Spaziergang, und während er im Gehen weiter nachdachte, erreichte er gegen zwei das Rote Rathaus. An einem Nebeneingang standen ein paar Leute. Pachulke grüßte kurz und gesellte sich zu ihnen. Alle paar Minuten kam jemand dazu. Kurz vor halb drei standen ein gutes Dutzend Männer und Frauen vor der Tür, als ein quietschgelber VW-Bus herangefahren kam und einparkte. Ein Mann in einem gelben Overall stieg aus, klapperte mit einem großen Schlüsselbund und sperrte die Tür auf. Die Putzkolonne folgte im Gänsemarsch.

In einem kleinen Raum zogen sich die Leute ihre Schürzen, Haarnetze und Handschuhe an. Der Vorarbeiter kam zu Pachulke hinüber.

»Dich kenne ich noch nicht. Bist du zum ersten Mal hier?«

»Hier ja, aber geputzt habe ich schon oft, geht alles über die Tutor. Die Papiere sind in der Zentrale.« Tutor war die studentische Arbeitsvermittlung.

»Ha!« Der Vorarbeiter betrachtete Pachulke von oben bis unten. »Wohl ein ewiger Student, was? Welches Semester?«

»Im sechsundvierzigsten Semester. Bärenkunde.« Pachulke knöpfte den blauen Arbeitsmantel zu, den er aus irgendeinem Spind genommen hatte.

»Na, dann komm mal mit, Bärenforscher.«

Pachulke hatte Glück und wurde zusammen mit zwei Kollegen für den Keller eingeteilt. Er stieg die kleine Wendeltreppe hinunter und fragte sich, warum er so hoffungsfroh war. Würde der Panda jeden Moment um die Ecke biegen? Die Kollegen erklärten ihn als Neuling für die Toiletten zuständig und gaben ihm ein kleines Wägelchen an die Hand, das unten bereitstand. Dann setzten sie sich auf den Treppenabsatz und bauten Joints. Pachulke besah sich Schrubber, Wischmopp, Besen, Lumpen, Tücher und Putzmittel und stiefelte kommentarlos davon. Das Wägelchen zog er hinter sich her. Wer arbeitet, muss keine Fragen beantworten.

Er wusste nicht, wie groß der Keller war, aber wenn das ganze Gebäude unterkellert war, konnte er hier eine Ewigkeit suchen. Mit seinem Wägelchen zuckelte er einen Flur hinunter, den er für den Hauptstrang hielt, bis dieser einen anderen Gang kreuzte. Pachulke entschied sich für links und bog ab. Der neue Gang zog sich endlos. Gelegentlich öffnete sich nach links oder rechts eine Nische. In jeder waren mehrere Türen. Jedesmal steckte er den Kopf hinein und lauschte, drückte auf jede Klinke. Vergeblich. Er lief so lange, bis der Verdacht in ihm aufstieg, dass er sich auf einer riesigen Kreisbahn bewegte. Ein ungewöhnlicher Duft kitzelte ihn in der Nase. Bär war das nicht. Er merkte, wie seine Augen feucht wurden. Tränengas! Offenbar hatte es hier in der letzten Zeit eine Demonstration gegeben, die gewaltsam aufgelöst worden war, oder es lagerten geheime Kampfstoffe hier, deren Verpackung undicht geworden war. Er bewegte sich auf eine bestimmte Nische zu, und seine Augen tränten stärker. Jetzt roch er auch kalten Zigarettenrauch und Bierdunst, klassische Hinweise auf gelangweilte Bewacher.

In einer Nische standen unter einem kleinen Tischchen drei leere Bierkästen. Es gab zwei Türen. Die eine war offen und gehörte zu einem Abstellraum, in dem kaputte Möbel und sehr viele sauber gestapelte Portionen Katzenfutter lagerten. Die andere war verschlossen. Pachulke holte seinen Dietrich heraus und fummelte am Schloss herum, bis es mit einem leisen Klick aufsprang. Langsam zog er die Tür auf. Ein atemberaubender Gestank schlug ihm entgegen. Der Raum war früher einmal eine Toilette gewesen. Pachulke erinnerte sich dunkel, dass das Haus in grauer Vorzeit eine Kohlezentralheizung gehabt hatte. Im Keller lebten die Leute, die mit großen Schaufeln die Öfen füttern mussten. Das war Jahrzehnte her, und das Gemeinschaftsklo hatte bis heute keine neue Verwendung gefunden. Pachulke betrat den Raum. Die Toilettensitze waren aus Holz. Auf dem Boden unter den Oberlichtern lagen ein alter Futon und ein Kinderschwimmbecken, das halb mit Katzenstreu gefüllt war. Wie im Pandahäuschen. Auf dem Boden verstreut lagen überall kleine Klümpchen Bärenkot. Pachulke bückte sich und berührte eines mit der Fingerspitze. Es war nicht mehr warm, aber noch weich. Er musste sie um weniger als eine Stunde verpasst haben. Aber Bang Bang hatte gelebt. Tote Bären scheißen nicht. Er packte etwas von dem Bärenkot in ein Papiertaschentuch und steckte es sich in die Brusttasche. Dann verließ er das Pandagefängnis und machte sich auf die Suche nach dem Ausgang.

Nach einer kleinen Ewigkeit gab Pachulke auf. Er fand nicht mehr zurück. Er hätte mit seinem Handy die Polizei rufen können oder Zabriskie. Aber weil ihm der Fall offiziell entzogen war, zögerte er. Außerdem war es ihm peinlich, dass er die Treppe nicht mehr finden konnte. Also ging er erst einmal in das Gefängnis von Bang Bang zurück. Wenn ihn die Polizei abholen sollte, dann dort.

»Auf geht's«, sagte er zu dem Wägelchen, das er zur Tarnung immer noch dabei hatte. Nach einem weiteren längeren Fußmarsch stand er wieder in Bang Bangs Verlies. Luft, dachte er. Er stellte sich auf das Pandaklo und öffnete das Oberlicht. Beinahe wäre es ihm auf den Kopf gefallen, die Metallbügel waren nicht eingehängt. Er stellte sich auf die Zehenspitzen. Das Fenster war schmal, aber nicht zu schmal, wenn man den Rahmen aus der Fensteröffnung ausbaute. Er schob das Pandaklo ächzend beiseite, holte sich den kleinen Tisch aus dem Vorraum und stellte ihn unter das Fenster. Mit seinem Schweizer Taschenmesser drehte er die Schrauben heraus, die den Rahmen in der Außenmauer hielten. Als er fertig war, klopfte er mit einem Stuhlbein, das er in der Möbelkammer gefunden hatte, vorsichtig gegen den Rahmen. Erst tat sich nichts, aber nach ein paar kräftigeren Schlägen fing es an zu rieseln und der Rahmen bewegte sich. Noch einmal und noch einmal, und Pachulke hielt ihn in der Hand. Vorsichtig stellte er ihn auf den Boden. Die Fensteröffnung war jetzt groß genug für ihn. Er steckte den Kopf nach draußen und atmete die Luft eines hellen, neuen Tages ein. Dann stemmte er die Hände auf den Bürgersteig und zog sich ins Freie. Pachulke ging zum Molkenmarkt. Schnell ins Präsidium, dachte er, und winkte sich ein Taxi heran.

Zabriskie lag auf einem Eisbärenfell vor dem offenen Kamin, in dem im ersten Licht des Tages die letzten Reste zweier großer Holzscheite verglommen. Gleich würde sie auf die Holzveranda des kleinen Häuschens treten und in das erfrischende Wasser des unberührten Sees hüpfen, während Ole, der zwar kein Fleisch, dafür aber Fisch aß, zwei Forellen mit der bloßen Hand für sie beide fangen würde. Zabriskie griff nach Oles Hand und legte sie sich auf den Hintern. Hier bitteschön, genau hier sollte sie hin. Sie zog sich die Decke über die Schultern. Ole lag an ihrer Seite und schlief tief und fest. Die vergangene Nacht gehörte sicherlich zu den angenehmeren in ihrem Leben. Zum Glück musste sie heute erst um zehn im Büro sein. Nachdem sie im See gebadet und auf der Veranda gefrühstückt hatte. Also weiter. Und bitte nicht stören.

Das Telefon läutete einmal, und das Bärenfell verwandelte sich in ein Spannbettlaken. Zweimal, dreimal, viermal. Kamin, Veranda, Häuschen und See verschwanden. Nur Ole lag noch da, sein weiches Gesicht auf dem Kissen. Zabriskie ächzte sich auf die Knie und nahm den Hörer ab.

»Guten Morgen, Frau Kollegin«, sagte eine männliche Stimme, die leicht näselte.

Zabriskie wusste nicht genau, ob Dorfner feixte. Aber wenn, dann war es ihr Fehler. Sie hatte ihre Verabredung mit Ole Dorfner gegenüber deutlich genug erwähnt: »Guten Morgen, Dorfner. Schön, so früh deine Stimme zu hören. Was kann ich für dich tun? Ist wieder Papierstau?«

Dorfner sog hörbar die Luft ein. »Nein, ist es nicht. Außerdem habe ich den Kopierkurs beim zweiten Mal locker bestanden. Hier ist eine Zeugin. Eine Frau.«

Zabriskie kratzte sich am Knie und gähnte. »Wirklich? Kein Transsexueller?«

»Sie hat den Panda gesehen. Sagt sie.«

Dorfner suhlte sich in der Tatsache, dass er ihr diese Information überbringen konnte. Das war selbst über das Telefon zu hören. »Ach wirklich«, sagte Zabriskie. Dass so etwas Dorfner passieren musste.

»Ich weiß nicht, ob ich ihr trauen kann«, fuhr dieser fort. »Ich denke, wir beide werden uns einfach mal ohne Zeitdruck in mein Gesprächszimmer begeben.«

»Das kommt überhaupt nicht in Frage, Dorfner.«

»Hier geht es schließlich um ein Pandaleben. Da müssen andere Rechtsgüter zurückstehen.«

Diesmal feixte er wirklich.

»Dorfner, wenn du dieser Frau, dieser Frau ...«

»Gnerk. Paula Gnerk.«

»Wenn du Frau Gnerk auch nur ein Haar krümmst, werde ich dir die Dienstvorschriften eigenhändig in dein krankes kleines Gehirn hineinprügeln.«

»Das ist kein Umgangston unter Kollegen. Im Übrigen ist Gefahr im Verzug, und ich werde hier an Ort und Stelle selbst entscheiden. Du hast ja erst um zehn Dienstbeginn. Bis dahin hab ich sie durch.« Er schnaufte. »Durchgecheckt, wollte ich sagen.«

»In zwanzig Minuten bin ich da. Mistkerl.« Zabriskie legte auf und sprang aus dem Bett. Sie duschte und frottierte sich in vier Minuten und zog sich in zwei Minuten an. Sie wuschelte durch Oles Haare und überzog sein Tiefschlafgesicht mit einem Mosaik von kleinen Küssen. Sie zog die Lederjacke an, nahm den Helm von der Garderobe und rannte nach unten. Mit dem Motorrad war sie in acht Minuten im Präsidium. Sie rannte am Pförtner vorbei und die Kellertreppe hinunter. Sie kannte Dorfners Versteck. Seit sie gemerkt hatte, dass er ernsthaft mit Folter liebäugelte, versuchte sie, die Kontrolle über dieses Szenario zu behalten. Pachulke interessierte sich für so etwas nicht weiter. Eines Abends hatte sie den Keller des Präsidiums abgesucht und sich einen eigenen Lageplan angefertigt. Jetzt kam es ihr sehr gelegen, dass sie den Plan auswendig gelernt hatte.

Sie rannte durch den Hauptgang des Kellers, die Heizungsrohre zogen sich über ihrem Kopf entlang. Einmal rechts, durch eine graue Metalltür hindurch, links in einen kleineren Gang. Sie blieb stehen.

Ihr Atem ging ruhig. Über einer roten Metalltür hing eine Lampe an der Wand, die rot leuchtete. Ein Schild hing über der Klinke: *Bitte Ruhe. Vernehmung*. Das Mark erschütternde Jaulen, das von innen erklang, löste bei Zabriskie eine Welle der Wut aus. Sie trat ins Zimmer.

Die Zeugin Paula Gnerk saß auf einem Zahnarztstuhl. An den Handgelenken und Fußgelenken war sie gefesselt. Am Gestänge des Stuhls festgebunden war ein kleiner Hund, dessen Gebell offenbar schon seit langem in ein hohes dünnes Winseln übergegangen war. Assistent Dorfner stand vor einem kleinen Schiebewägelchen aus Metall und betrachtete sich das Sortiment der Folterinstrumente wie ein Gast, der sich angesichts des opulenten Buffets nur schwer entscheiden kann.

Zabriskie erkannte einen Elektroschocker, einen Schlagstock und eine kleine Peitsche. Etwas, das wie Zahnarztbesteck aussah, lag in einer Metallwanne mit klarer Flüssigkeit. Eine glimmende Zigarette lag in einem Aschenbecher. Dabei rauchte Dorfner gar nicht.

Dorfner sah Zabriskie nicht. Er trat auf einen Fußhebel und der Zahnarztstuhl fing langsam an zu wackeln. »Das ist nur zur Lockerung«, sagte er zu Frau Gnerk, die erwiderte: »Lassen Sie mich sofort los.« Das Hündchen wimmerte weiter.

Mit einem Sprung landete Zabriskie hinter Dorfner, schlang ihm die Arme um den Bauch und hob ihn hoch. »He, Moment mal!«, rief Dorfner, aber bevor er »Was soll denn das, bitte schön?« sagen konnte, lag er gefesselt auf dem Bauch. Zabriskie konnte es sich nicht verkneifen. Sie gab ihm einen kleinen Tritt in den Hintern. Dann stoppte sie den Stuhl und befreite Frau Gnerk.

Diese zeigte ihre Erleichterung mit keiner Miene, bückte sich und band ihr Hündchen los. »Ach ja, meine gute Penny, ist ja alles gut.« Das Hündchen beruhigte sich schnell und leckte Frau Gnerk das Gesicht. In die Stille hinein sagte Zabriskie, so förmlich, wie es nach den bisherigen Geschehnissen noch möglich war: »Wollen wir nicht nach oben in mein Büro gehen und Ihre Aussage protokollieren?«

Frau Gnerk nickte. »Selbstverständlich. Wird denn Ihr – äh – Kollege mitkommen?«, fragte sie und warf einen kurzen Blick auf den gefesselten Dorfner, der mit dem Gesicht nach unten stumm und stocksteif dalag.

»Nein, keine Sorge, der bleibt hier. Gehen Sie doch schon mal nach draußen, wir beide hier müssen noch ein kurzes dienstliches Gespräch führen.«

Frau Gnerk trat mit ihrem Hund auf dem Arm vor die Tür. Aus dem Zimmer war kein Wort zu hören, nur ein dumpfes Geräusch, als habe jemand gegen einen Sandsack geboxt. Dann erklang die Stimme des seltsamen Kriminalbeamten, der gesagt hatte, das Verhör müsse in seinem Büro im Keller stattfinden: »Nein, Zabriskie, das kannst du doch nicht machen, das ist Körperverletzung, hör sofort auf. Ich zeig dich an, ich werde dich melden. Dafür hast du keine Ausbildung.«

»Gehen wir«, sagte Zabriskie zu Frau Gnerk und übernahm die Führung. Sie liefen durch die Kellergänge. »Geht es Ihnen gut?«, fragte Zabriskie.

»Ach ja, es geht schon. Es war nur alles – sehr merkwürdig.«

»Sind Sie verletzt?«

»Nein, nur erschrocken.«

Sie erreichten die Treppe, und Zabriskie sah, dass Frau Gnerk schon wesentlich weniger blass aussah als vorher in Dorfners Verlies.

Sie ging zur Pförtnerloge am Eingang des Polizeipräsidiums. »Tach Kollege. Kriminalassistent Dorfner lässt Ihnen ausrichten, er befindet sich zur Zeit in einem Selbstversuch in seinem Experimentierkeller, die Raumnummer ist 0.17. Dort möchte er um zwölf Uhr befreit und abgeholt werden. Er dient mit seinem Leib der Wissenschaft.«

Der Pförtner nickte und sagte: »Geht klar, wird gemacht.«

Zabriskie wartete stumm, bis der Pförtner ächzend nach einem Zettel und einem Bleistift griff und notierte, so dass Zabriskie lesen konnte: *Dorfner in zwölf Stunden aus seinem Hobbykeller holen.*

»Gut so?«, fragte er.

»Gut so.« Zabriskie nickte, drehte sich zu Paula Gnerk um und stieg mit ihr zusammen die Treppen hoch. Im Büro setzte Zabriskie Kaffee auf, und als beide Frauen eine aus der Kantine gemopste, dampfende Tasse vor sich stehen hatten, erzählte ihr Frau Gnerk, was sie gesehen hatte.

»Wir wohnen im Nikolaiviertel, und wenn ich meine Penny abends Gassi führe, gehen wir gerne am Roten Rathaus vorbei. Ist ein richtig angenehmer Spaziergang, ein knappes halbes Stündchen.«

Zabriskie nickte und hackte das Gehörte in ihre Reiseschreibmaschine, die sie nach Dienstschluss stets in den Metallschrank sperrte.

»Und wie wir da so an der Fensterfront entlangspazieren, da wird Penny unruhig und fängt an zu jaulen. Merkwürdig, dachte ich, da steht ja ein Fenster offen, und Penny hat auch ganz doll an ihrer Leine gezogen, so kenn ich das gar nicht von ihr. Ist eben eine ganz Neugierige, was, meine Kleine?« Sie fischte in ihrer Handtasche, und ein Hundekeks verschwand im Maul von Penny, die Penthesilea hieß, wie Zabriskie inzwischen wusste. Sie hatte ein schweinchenrosa Fell, staksige Beinchen und große braune Augen.

»Penny hat an das offene Fenster hingerochen und ... Mir ist das äußerst peinlich und deswegen habe ich mich auch nicht sofort gemeldet. Sie hat in das Fenster hinein ihr kleines Geschäft verrichtet. In das Rote Rathaus hinein. Dabei ist sie so gut erzogen. Und dann kam dieses Vieh aus dem Loch herausgeschossen. Es hat nach mir geschlagen. Schauen Sie mal.«

Sie zog ihren linken Schuh aus und legte ihn auf Zabriskies Schreibtisch. Zabriskie sah zwei Schlitze, die sich quer über die Schuhkappe zogen.

»Hier ist es mit den Krallen drüber. Ich habe wirklich Glück gehabt. Ein wenig näher am Fenster, und mein Fuß wäre ab gewesen. Von Penny wollen wir ja gar nicht reden, was Penny?«

Sie überzuckerte das Tier mit Liebkosungen.

»Und Sie sind sich sicher, dass es der Panda war?«, fragte Zabriskie

»Ob es *der* Panda war, weiß ich nicht. Aber es war ein Panda. Der hat nach seinem Prankenhieb nämlich das Gleichgewicht verloren und ist runtergefallen. Ich habe mich noch einmal gebückt und konnte sehen, wie er da auf dem Boden gelegen hat.«

Zabriskie lächelte, als sie das Protokoll der Aussage von Paula Gnerk auf den Schreibtisch von Maik Bullerjahn platzierte. Wenn er Bang Bangs Entführung weiterhin der Rote Bete Fraktion in die Schuhe schieben wollte, durfte er sich erst mal ausdenken, warum die Terroristen im Roten Rathaus untergekommen waren.

Viel Spaß, Kollege. Und jetzt auf ins Rote Rathaus. Sie hatte sich von Frau Gnerk das Fenster genau beschreiben lassen, es lag unter einem Relief, das die Einweihung der ersten U-Bahn-Station zeigte. Frau Gnerk kannte die Stelle ganz genau.

Was Zabriskie am oder im Roten Rathaus wollte, wusste sie nicht genau. Den Panda retten, irgendwie. Und möglichst den Regierenden Bürgermeister Und Geliebten Bausenator auffliegen lassen. Schlimmstenfalls würde sie ein paar Journalisten alarmieren und vor laufender Kamera die Scheibe zu Bang Bangs Verlies einschlagen. Sie rannte die Treppe nach unten und dachte an Dorfner. Rumpeldipumpel du nur schön weiter auf deinem Stuhl, bis dir die Lust am Foltern vergangen ist.

Auf dem Bürgersteig stieß sie mit Pachulke zusammen.

»Was ist denn mit dir passiert?«, entfuhr es ihr. Pachulke hatte rotgeränderte Augen, trug einen blauen Arbeitsmantel und stank wie ein Bär. »Ich weiß, wo Bang Bang ist«, setzte Zabriskie nach und wollte Pachulke mit sich ziehen.

»Ich weiß, wo er war«, sagte Pachulke und hielt sie fest. Er erzählte, was er im Roten Rathaus gefunden hatte.

Zabriskie ließ die Schultern hängen und wusste nicht, ob sie sauer auf Pachulke sein sollte. Er hatte sie gerade vor einer Dummheit bewahrt, aber trotzdem hätte sie den Panda gerne befreit.

Langsam trottete sie hinter Pachulke zurück ins Büro. Während Pachulke die Dienstdusche aufsuchte, um sich frisch zu machen, trank sie ihren Kaffee, der kalt geworden war.

Als sie eine weitere, diesmal heiße Tasse geleert hatte, kam Pachulke frisch geduscht und rasiert an seinen Schreibtisch. Die durchgemachte Nacht sah man ihm nicht mehr an. Ihr Vorgesetzter war hart im Nehmen, manchmal zu hart.

»Und?«, fragte Zabriskie. »Hast du mit Lenny geredet?«

Pachulke erzählte vom gestrigen Abend und Lennys Vermutungen.

Zabriskie schüttelte den Kopf. »Für diese Story spricht einzig und allein die Tatsache, dass Lenny sich noch nie geirrt hat. Aber jeder irrt sich mal. Ich glaube erst an das Öl, wenn ich es sprudeln sehe.«

»Aber der Panda war im Keller, das kannst du mir glauben.« Pachulke holte das Papiertaschentuch aus seinem schmutzigen Hemd, legte es auf den Tisch und faltete es vorsichtig auseinander. »Hier, das ist von gestern Nacht. Es ist völlig ausgeschlossen, dass sich die Rote Bete Fraktion im Keller des Abgeordnetenhauses einnistet, und keiner kriegt etwas davon mit. Das muss von oben gedeckt worden sein.«

»Schon möglich«, sagte Zabriskie. »Aber glaubst du, dass Bullerjahn das wissen will?«

Pachulke schüttelte den Kopf und griff zum Telefon. Der Pandakot war etwas für Engine Plink.

Der Chef einer kleinen Renovier- und Entrümpelungsfirma, der in diesem Moment in einem stark riechenden Raum im Keller des Roten Rathauses stand, schüttelte den Kopf. »Junge, Junge. Hier haben ja die Vandalen gehaust.«

Staatssekretär Prunk deutete auf einen alten Futon und den Rest des Inventars. »Der Saustall hier muss verschwinden. Und danach wird alles neu gestrichen. Heute Abend muss es fertig sein, verstanden?«

»Verstanden.« Der Entrümpler entfaltete eine große Mülltüte, um erst einmal das gigantische Katzenklo leer zu schaufeln.

»Was oder wer war hier eigentlich drin?«, fragte er.

»Sie werden hier nicht fürs Fragen bezahlt«, zischte Prunk zurück. Die Tür war offen gewesen und das Fenster ausgebaut worden. Das machte Prunk Sorgen. Bang Bang war zwar rechtzeitig weggebracht worden, aber jemand war heute Nacht hier gewesen und hatte das alles gesehen. Prunk hatte auch schon eine Vermutung, wer dieser Jemand gewesen war. Egal. Heute Abend würde sein Chef, was das hier anging, wieder eine frisch geweißelte Weste haben. Der Dienstleister neben ihm, dieser neugierige Knilch, würde alles sofort zur Müllverbrennungsanlage bringen.

»Wo würdest du einen Panda verstecken?«, fragte Pachulke seine Kollegin, die es sich auf ihrem Sessel bequem gemacht hatte und einen Apfel verspeiste.

Pachulke tippte auf die Schreibtischplatte. »Blaschko von Goltz hat irgend so eine Angel- oder Jagdhütte in der Nähe von Rheinsberg. Sie liegt weit weg vom nächstgelegenen Dorf, ist aber mit dem Auto trotzdem schnell zu erreichen. Das wäre ein gutes Versteck für so ein großes Tier, und wenn alle Stricke reißen, lässt man ihn einfach frei.«

Zabriskie schüttelte den Kopf: »Tzuwoitwög«, gab sie schmatzend von sich und biss erneut zu.

»Der Regierende Bürgermeister Und Geliebte Bausenator lebt in einem Reihenhäuschen in Marienfelde, dort kann sich der Panda unmöglich aufhalten.«

Zabriskie nickte stumm und kaute vor sich hin.

Pachulke spann den Faden weiter. »Wenn der Panda im Roten

Rathaus war, kann er jetzt natürlich auch in einem anderen öffentlichen Gebäude sein, vielleicht in einem stillgelegten Grenzwachturm.«

Zabriskie zuckte mit den Schultern.

»Oder in einem Boot, einem Lastkahn. Ein stillgelegter Lastkahn, in so einem Ding kannst du fünf Pandas halten.« Ihn schauderte bei diesem Gedanken.

Eine Weile war nur das Kauen von Zabriskie zu hören. Schließlich hatte sie fertig gegessen. Sie rülpste dezent und warf den Apfelstrunk gekonnt in Pachulkes Papierkorb. »Drei Punkte.« Sie lehnte sich zurück. »Weißt du, Pachulke, meine Großmutter hat mir früher immer gesagt: Wenn du einmal einen Apfel verstecken musst, versteck ihn am besten in einem Korb mit Äpfeln.«

Pachulke sah sie an. »Du meinst ...?«

»Ich meine, dass wir Bang Bang da suchen sollten, wo ihn jetzt im Moment bestimmt keiner vermutet.«

Die beiden warfen sich einen langen Blick zu. Pachulke schüttelte den Kopf. »Nein, das halte ich für ausgeschlossen. Da ist viel zu viel Pressevolk. Die wollen doch über die neuen Tiere schreiben, die aus dem Tierpark hergebracht worden sind.«

Zabriskie schüttelte den Kopf: »Nach der Evakuierung sind jetzt drei Ruhetage angesetzt. Kein Mensch da. Kontaktsperre.«

»Wir sind von dem Fall abgezogen. Hast du einen Vorwand, warum wir in den Zoo sollten?«

»Bullerjahn ist noch nicht im Dienst. Es geht hier um ein Pandaleben.« Das waren die Worte, die Dorfner gebraucht hatte. Ups.

Es klopfte. Ein Kollege streckte den Kopf herein und sagte: »Kommissar Pachulke, da ist ein Mann, der Sie sprechen möchte. Es geht um den Panda.«

»Bedaure«, sagte Pachulke. »Wir sind mit dem Fall nicht mehr befasst. Soll auf den Kollegen Bullerjahn warten.«

»Tut mir Leid, er sagt, er will nur mit Ihnen sprechen. Es ist ein Japaner oder ein Chinese oder so was.«

Pachulke setzte sich kerzengerade hin, warf Zabriskie einen Blick zu. Seine Kollegin grinste zurück und setzte sich ebenfalls wieder aufrecht. »Schicken Sie ihn rein«, sagte er laut.

Ein Mann, der die blau-weiß karierte Hose eines Kochs trug, trat ins Büro.

»Herr Pachulke?«, fragte er und stellte sich vor Pachulkes Schreibtisch.

»Sie sind Herr Bolle?«

»Bolle, ja. Eigentlich lieber Cheng.«

»Herr Cheng. Was führt Sie hierher?«

»Ich habe heute Nacht am Roten Rathaus einen Krankenwagen gesehen, der den Panda abtransportiert hat.«

»Hat der Panda noch gelebt?«

»Das konnte ich nicht sehen.«

»Und wo sind sie hin?«

»In den Zoologischen Garten zurück, in das Pandahäuschen.«

Pachulke schwieg und sah aus dem Augenwinkel, dass Zabriskie vor sich hin mümmelte und auf ihre Tischplatte stierte, damit sie nicht laut herausplatzte.

»Sind Sie sicher?«

»Natürlich bin ich sicher. Ich wohne dort.«

»Gut«, sagte Pachulke, und stand auf. »Jetzt haben wir sie.«

»Ich kann es nicht mehr hören, lass mich endlich in Ruhe«, sagte Ag und steckte sich die Finger in die Ohren.

»Mein Kopf, mein Kopf, er tut so weh. Und du bist nicht gekommen, sondern hast dir beim Ithaker die Plautze vollgehauen.«

»Es war ein Unfall, ich hab's dir doch schon hundert Mal erklärt.«

»Ich will einen Arzt, einen Vertrauensarzt. Ich muss ins Krankenhaus, ich muss zur Kur.«

»Das dauert doch jetzt höchstens noch ein paar Stunden, und dann sind wir aus allem raus. Mensch, Ohg, vielleicht bist du morgen schon auf den Seychellen und streckst die Zehen ins Wasser.«

»Gibt es Gehirnchirurgen auf den Seychellen?«, fragte Ohg und legte vorsichtig eine Hand auf seinen Verband.

»Nun hör doch endlich mit dem Gejammer auf. Wir verlieren doch jede Autorität gegenüber dem Tier.«

Bang Bang lag auf seiner Couch und starrte regungslos auf den Fernseher.

Mit quietschenden Reifen hielt der Wagen vor dem Elefantentor. Pachulke und Zabriskie stürmten an der verdutzten Kartenverkäuferin vorbei, die weiterhin Bang Bangs Devotionalien feilbot.

»Polizei, wir haben's eilig!«, schrien sie und rannten, was das Zeug hielt. Der Zoo war menschenleer. Als das Pandahäuschen in Sichtweite kam, blieben sie stehen. Leise näherten sie sich der roten Metalltür. Der Kies knirschte brüllend laut unter ihren Füßen. Vor der Tür zogen sie ihre Dienstwaffen.

Zabriskie und Pachulke sahen sich an. Er legte die Hand auf die Klinke, nickte kurz, dann riss er die Tür auf.

»Eins, zwei, drei, vier Eckstein, keiner darf versteckt sein! Legen Sie die Waffen weg, Widerstand hat keinen Zweck!«, brüllte Zabriskie.

Die beiden Pandabewacher gafften die beiden Polizisten an.

»Stimmt's, Ihr arbeitet für den Regierenden Bürgermeister Und Geliebten Bausenator?« Zabriskie wedelte mit der Pistole vor der Nase des Typen mit dem fleckigen Kopfverband herum.

»Nein, für Blaschko von Goltz.«

»Halt bloß den Mund«, fuhr ihn der andere an. »Wir sagen gar nichts.«

»Gar nichts«, sagte der mit dem Kopfverband leise und blickte an die Decke, als lausche er dem Klang seiner Stimme hinterher.

Bang Bang beobachtete die Szene mit wachsender Verzückung. Er lag auf seiner Couch und sah sich mit einem Auge »Peking Opera Blues« an. Egal, wer die beiden waren, die gerade hier hereingestürmt waren, sie mochten seine Wärter nicht. Das gefiel ihm. Er warf einen Blick auf den kräftigen, untersetzten Mann, der Ag lauter Fragen stellte, während Ohg mit seinem unerträglichen Gejammer weitermachte. Für einen Moment sah der Mann zu Bang Bang hinüber und ihre Blicke kreuzten sich. Der Blick des Mannes war müde und leer, als wäre er auch ein Zootier. Bang Bang drückte auf die Fernbedienung und die Kampfschreie und Tschinellen gellten ein wenig lauter aus dem Fernseher. Vorsichtig ließ er sich auf den Boden des Käfigs gleiten und robbte langsam zur Schließluke, die zum Freigehege führte. Er nöckelte daran herum. Sie ließ sich öffnen. Vorsichtig schob er sie zur Seite. Leise, keinen Mucks. Er steckte den Kopf ins Freie und zog seinen Allerwertesten hinterher. *Befreie deinen Geist und dein Hintern wird folgen*. Das Freigehege lag groß und einladend vor ihm. Er tapste an den Rand und warf einen Blick in den leeren Wassergraben. Dann setzte er sich auf den Hintern und rutschte langsam die Schräge hinunter. Lief über verquollene Brötchen und vergammelte Bambusreste. Die Geschenke seiner Fans. Er schüttelte den Kopf. Kletterte auf der anderen Seite nach oben. Hielt sich am Ast eines Baumes fest und zog sich langsam über die Kante. Etwas klopfte aus der Ferne, leise aber bestimmt. Bang Bang sah sich um. Er war frei. F-R-E-I. Und jetzt? Erstmal abtauchen.

Als er drei Schritte gemacht hatte, war das Klopfen zu einem Hämmern geworden. Das Inferno brach los. Ein Hubschrauber schoss über seinen Kopf hinweg, flog eine Kurve wie ein angriffslustiges Insekt und stand über dem Pandahäuschen. Sirenen heulten und Megaphone röhrten ihre unverständlichen Lärmgewitter in die Morgenluft. Ein kleiner Räumpanzer rollte den Weg vom Elefantentor herauf, eskortiert von schwer bewaffneten Polizisten, die aus dem Unterholz hervorquollen. Bang Bang machte auf dem Absatz kehrt. Er konnte sich nur im Zoologischen Garten verschanzen. Doch auch von der anderen Seite marschierte die Polizei auf.

Maik Bullerjahn war in sein Büro gekommen und hatte gerade Paula Gnerks Aussage gelesen, da erreichte ihn der Anruf von Prunk. »Sie müssen Bang Bang befreien, bevor es Pachulke und Zabriskie gelingt.«

Prunk war es auch, der die Kohorte anführte, die vom zweiten Eingang aus Kurs auf das Pandahäuschen genommen hatte, und auf die Bang Bang jetzt entschlossen zustürmte.

»Sie können hier nicht durch!« Der Staatssekretär stellte sich Bang Bang in den Weg. »Sie sind Eigentum des Zoologischen Gartens und befinden sich im Strafvollzug.«

Fahr zur Hölle, brummte Bang Bang. Er fuhr seine Krallen aus und verpasste Prunk eine Maulschelle, dass dieser drei Meter durch die Luft flog und mit dem Kopf gegen den Käuzchenkäfig knallte.

Prunk's not dead, dachte der Staatssekretär, aber da täuschte er sich. Der letzte Vorgang seines Gehirns beschäftigte sich mit dem Kauf eines neuen Paares Herrensocken. Was trägt man zu metallic-blau? So starb er.

Ehe sich die Polizisten von ihrem Schreck erholt hatten, war Bang Bang schon an ihnen vorbeigeflitzt und hatte einen kleinen Vorsprung herausgearbeitet.

Bullerjahn fasste sich als Erster. »Volles Rohr!«, brüllte er, und die Scharfschützen feuerten hinter Bang Bang her.

Bang Bang schlug einen Haken, einen zweiten, dann wurde er getroffen. Der Schuss warf ihn zu Boden, es hatte ihn in der rechten Schulter erwischt. Schnell rappelte er sich wieder hoch. Sie kamen.

Und sie hatten Hunde. Er rannte los. Bang Bang lief um sein Leben. Er merkte, dass er Blut verlor. Vor ihm tauchte ein übermannshoher Zaun auf, dahinter sah er Wasser. Ein Kanal, wie es schien. Bang Bang sprang hoch und klammerte sich oben am Zaun fest. Er wollte sich hochziehen, aber seine rechte Pranke war fast taub. Er war zu schwach. Schon waren die Hunde da und schnappten gierig nach ihm. Mit letzter Kraft schaffte es Bang Bang. Er warf eine Hinterpfote über den Zaun und schob den Hintern hoch. Jetzt saß er rittlings auf dem Zaun. Ein Hund sprang hoch und biss ihn in die Hinterpfote. Bang Bang kippte nach außen und plumpste in einen Strauch. Als er wieder stand, konnte er nicht mehr richtig sehen. Die Polizisten hatten den Zaun erreicht und formierten sich wieder. Ihre tobenden Hunde waren ihnen im Weg. Bang Bang taumelte auf das Wasser zu, das er nur noch durch einen blutigroten Schleier sah. Er stürzte sich kopfüber in die Fluten. Über ihn peitschten die Kugeln der Scharfschützen hinweg. Bang Bang tauchte tiefer, immer tiefer, bis ihn die kühle, lautlose Dunkelheit ganz umfing.

Die Polizisten kletterten über den Zaun und schwärmten mit gezückten Waffen aus, immer am Kanal entlang. Eilig herbeigeorderte Hundertschaften durchkämmten den ganzen Tiergarten, und Taucher suchten den Grund des Landwehrkanals ab. Aber es war vergeblich: Bang Bang blieb verschwunden.

Als der Hubschrauber über dem Pandahäuschen schwebte, und Pachulke sein eigenes Wort nicht mehr verstehen konnte, stürzte er aus dem Pandahäuschen. Zabriskie folgte ihm und schloss die Tür. Sie sahen, wie Bang Bang getroffen wurde und sich ein Polizeiarzt über den leblosen Prunk beugte. Pachulke suchte nach einer Ausrede für seine Anwesenheit im Zoo. Aber sie hatten ja Ohg und Ag und ihre wortreichen und detaillierten Aussagen.

Ag und Ohg sahen sich an. Vor der Tür stand die kleine drahtige Polizistin mit der Tätowierung. Beide vermuteten, dass die Frau Kampfsport beherrschte. Sie wollten nicht verhauen werden. Sie wollten weg. Schließlich nickte Ag mit dem Kinn Richtung Pandakäfig. Er konnte sehen, wie sein Vorschlag in Zeitlupe durch die Gehirnwindungen Ohgs sauste, bis über sein Gesicht ein Leuchten ging und er sagte: »Wie der Bär.«

Etwas später standen sie im Freien und wischten sich auf dem Rasen die verschimmelten Brotreste und den Schlick von den Schuhen. Die Verfolger Bang Bangs tobten durch den Zoo, aber in die entgegengesetzte Richtung. Ag und Ohg spazierten wie zwei verspätete Zoobesucher ohne Hast zum Elefantentor.

Am Kassenhäuschen zeigte Ag eine gefälschte Zoojahreskarte vor und sagte: »Hier ist etwas auf meinen Namen hinterlegt worden.« Die Kassiererin händigte ihm einen gefütterten Umschlag aus, in dem sich ein Autoschlüssel befand. Ag verließ den Zoo und steuerte auf einen alten roten Golf zu, der direkt vor dem Eingang geparkt war. Er öffnete die Türen, und er und Ohg stiegen ein. Beide griffen hinter ihren Sitz und holten einen schmalen Aktenkoffer nach vorne. Die Schlösser der Koffer klickten, und als sie einen Blick hineingeworfen hatten, seufzten sie. Sie lachten und gluckten.

Ag ließ den Motor an, löste die Handbremse und sah nach hinten, ob die Spur frei war. Dann hielt er inne und öffnete die Tür.

»Was tust du?«, fragte Ohg.

»Ich will mir noch eine Postkarte vom Panda holen. Gegen das Heimweh. Willst du auch eine?«, fragte er und umfasste den Griff seines Koffers.

»Nein, ich will von diesem Drecksvieh für den Rest meines Lebens nichts mehr hören und sehen«, zischte Ohg. »Mach hinne, wir müssen hier weg.«

Ag nickte und ging den kurzen Weg zum Kassenhäuschen. Er deutete auf den Postkartenständer, öffnete den Koffer und holte einen Hunderter hervor.

»Größer haben Sie's nicht?«, fragte die Kassenfrau und schüttelte den Kopf.

»Doch, natürlich«, sagte Ag. »Was immer Sie wollen.«

Die Kassiererin musste lachen.

In diesem Moment explodierte der Golf.

Ag ließ alles fallen und stürzte auf das Autowrack zu, aus dem heiße Flammen stoben und dicker schwarzer Rauch aufstieg. Er roch verbranntes Fleisch. So ähnlich hatte es gerochen, als vor vielen Jahren im Sommer ein Nachbarskind beim Spielen in den Gartengrill gefallen war. Er konnte Ohg nicht sehen.

Ag taumelte zurück zum Kassenhäuschen, nahm den Koffer, stopfte sich die Postkarte in die Hosentasche und stürzte die Budapester

Straße hinunter, bis er am Bahnhof Zoo ein Taxi fand.

Die Kassiererin starrte auf das brennende Auto. Das Lachen über Ags Witz war auf ihrem Gesicht festgebacken. Nach einer Weile rannte sie in den Zoologischen Garten hinein.

Pachulke saß mit Zabriskie wieder im Büro und betrachtete die nagelneue Glasscheibe, die gestern eingesetzt worden war. Glück gehabt. Manchmal dauerte es einen Monat, bis eine neue Scheibe kam.

Die Tatsache, dass einer der beiden Pandabewacher in seinem Fluchtauto bei lebendigem Leib verbrannt war, führten Pachulkes Gedanken wieder zum Gabelstapler und zu Lenny zurück. Drei Menschen waren ermordet worden, ein vierter hätte sterben sollen, wenn es nach dem Plan des Bombenlegers gegangen wäre. Der Golf war auf Blaschko von Goltz zugelassen, aber dieser hatte ihn vergangene Woche als gestohlen gemeldet. Ag war verschwunden, und irgendwie wünschte ihm Pachulke, dass er heil aus der ganzen Sache herauskam. Dieser zitternde magere Mund, in dem die Zahnlücken saßen wie fette schwarze Fliegen auf einem toten Tier, hatte ihm und Zabriskie eine Geschichte erzählt, die seine leider viel zu späte Vermutung bestätigte, dass die Mörder des Gabelstaplers und die Entführer des Panda mit der Rote Bete Fraktion nicht das Geringste zu tun hatten.

Der Tod von Prunk löste bei Pachulke und Zabriskie nur mäßige Betroffenheit aus.

»Ob sie ihm wohl ein Heldendenkmal setzen auf dem Friedhof?«, fragte Zabriskie. »Schließlich ist er in Erfüllung seiner Dienstpflichten ... äh ... gefallen. Sagt man das so?«

»Erst gestrauchelt und dann gefallen. Äußerst fraglich, ob dies in Erfüllung seiner Dienstpflichten geschehen ist.« Pachulke hatte im Lauf der Jahre ein so intimes Verhältnis zum gewaltsamen Tod bekommen, dass er niemandem ein solches Schicksal wünschte. Doch als er mitansehen musste, wie Prunk auf den Panda zustürzte und wild gestikulierte, war ihm durch den Kopf geschossen: So viel Blödheit muss bestraft werden. Und ein Regierender Bürgermeister Und Geliebter Bausenator ohne Prunk war so schnell nicht zur nächsten Vision fähig. Stille Schadenfreude dagegen empfand er über das spurlose Verschwinden von Bang Bang.

»Der lebt bestimmt noch«, mein Zabriskie. »Die Scharfschützen von Bullerjahn schielen doch alle.«

»Ja, aber sie haben ihn getroffen. Wenn er keine Versorgung bekommt und sich infiziert, hat er schlechte Karten.«

»Wir müssen jedenfalls darauf achten, ob irgendwann Folteropfer auftauchen, die an seine Methoden erinnern. Schließlich ist auch er ein Verbrecher«, sagte Zabriskie, und Pachulke verspürte grimmige Freude über ihr »auch«, während er den Obduktionsbericht für *Sorg, Bernhard* in einen Ordner heftete. Vermutlich würde ihm auch dieser Fall entzogen werden, aufgrund persönlicher Befangenheit.

Am Nachmittag hatten sie einen Termin beim Polizeipräsidenten. Dieser war ein bebrilltes Männlein von einhundertzweiundfünfzig Zentimetern. »... auch wenn mir die Haare zu Berge stehen.« Diesen Witz machte er gerne. Sein kahl rasierter Kopf mit der Nickelbrille, mit der er aussah wie ein zu klein geratenes John-Lennon-Double aus einem Baghwan-Kloster, lugte über den riesigen Schreibtisch, sein Wassergraben zum Schutz vor der Welt und ihren Bewohnern.

»Das glaubt Ihnen doch kein Mensch«, hatte sein Vorgesetzter lächelnd gesagt, als ihm Pachulke so forsch und stringent, wie er konnte, die Zusammenhänge zwischen Panda, Öl, den Mordfällen und Blaschko von Goltz erläutert hatte. »Wissen Sie was, mein lieber Pachulke. Sie und Frau Zabriskie, Sie hatten in den letzten Monaten eine harte Zeit. Sie haben viel gearbeitet. Auch die Presse hat Sie nicht geschont. Ich verfolge das sehr aufmerksam. Spannen Sie doch einfach ein paar Tage aus. Sie kriegen beide zwei Wochen Soforturlaub. Überstunden abfeiern steht bei Ihnen mal wieder dringend an. Vergessen Sie die Geschichte. Die Pandas kommen und gehen, das Dienstverhältnis bleibt bestehen. Verwöhnen Sie sich.«

»Ja, aber es sind drei Menschen ermordet worden«, gab Pachulke zu bedenken.

»Eben, das reicht doch, finden Sie nicht? Ihre Theorie ist hanebüchen, und das wissen Sie. Lassen Sie sich durch den Tod von Herrn Sorg nicht auf Abwege bringen. Das könnte gefährlich für Sie werden.«

Pachulke biss sich auf die Unterlippe. Manchmal liebte er die Gefahr.

»Weißt du schon, wo du hin willst?«, fragte Zabriskie, während Pachulke in dem Papierstapel auf seinem Schreibtisch wühlte. Wo war bloß die Gabel, Engine Plinks »Beweisstück Nr. 2«?

Zabriskie würde heute noch ihren Flug nach San José buchen. Sie würde ihre Mutter zum Geburtstag überraschen, hatte sie Pachulke erzählt. Sie packte ihre Schreibmaschine ein und schien ein letztes Mal zu überlegen, ob sie nichts vergessen hatte. Offenbar nicht. Ihr Arbeitsplatz war sauber und leer wie eine frisch renovierte Wohnung.

Sie klopfte mit der Faust auf Pachulkes Schreibtisch. »Tschüss, Pachulke. Grüß mir den Panda, wenn du ihn siehst. Und fahr irgendwohin, wo du auf andere Gedanken kommst. Du kannst ihn nicht ins Leben zurückgrübeln.«

Weg war sie. Pachulke lächelte schief und steckte die Gabel aus dem Pandakäfig in das Jackett. Vier Zinken, drei Zwischenräume, drei Zinken, zwei Zwischenräume, zwei Zinken, ein Zwischenraum. In diesem Moment flog eine Kokosnuss durch die Scheibe und landete auf seinem Schreibtisch. Er seufzte. Ausweitung der Kampfzone. Offenbar wollte man ihm jetzt jeden Tag die Scheiben einwerfen. Das Fensterglas war als entscheidendes Element gesellschaftlicher Repression ausgemacht worden. War es nicht durchsichtig wie der Klassenkompromiss, glatt wie die Lügen der Propaganda, undurchdringlich wie das gesellschaftliche Gewaltverhältnis? Pachulke fand, ein bisschen hatte auch er das Zeug zum Guerillero. Vielleicht konnte er bei einer lustigen kleinen Sekte anheuern, als Ghostwriter.

Im Innern der Nuss fand er die Botschaft. *»Hallo Bulle! Tja, also, wie sollen wir es sagen. Wir lösen uns auf. Schluss mit den Überfällen. Klar, das kommt etwas überraschend, aber du sollst es als Erster erfahren. Unsere Strategie hat sich der breiten Bevölkerung als nicht vermittelbar herausgestellt. Der Name wird langweilig. Unsere Gemüsemasken sind aus Plastik. Sie stinken, und wenn man sie in der Maschine wäscht, schrumpfen sie ein. Möhrchen hat sich in eine Metzgerin verknallt. Schon vor zwei Wochen. Hat sich bloß nicht getraut, was zu sagen. Mit der will er am Wochenende grillen gehen. Wir kommen alle mit. Fickt Maiskolben! Wir wollen Halskoteletts!*

War alles in allem 'ne unheimlich wichtige Erfahrung für uns, bestimmt, das wollen wir gar nicht bestreiten. Was haben wir uns die Köpfe heiß geredet. Aber irgendwann muss auch mal Schluss sein. Fleischt sehen wir uns mal in einer Talkshow zum Thema Ernährung. Mach's gut, Bulle. Rote Bete Fraktion. Diese Auflösungserklärung wurde maschinell erstellt und ist deshalb ohne Unterschrift gültig.«

Pachulke stieß etwas aus, das halb Schrei und halb Seufzer war und klebte den Brief an die Hängeregistratur. Er verräumte noch ein paar Kleinigkeiten und verließ das Büro. Im Parterre rannte Engine Plink an ihm vorbei.

»Ach, Frau Plink, ich wollte Sie was fragen«, sagte Pachulke.

Engine Plink bremste so heftig ab, dass sie fast in Pachulke hineinschlitterte.

»Ja?«

Pachulke griff in die Tasche seines Jacketts und zog ein kleines Stück Papier hervor.

»Ich dachte Sie interessieren sich vielleicht für Opern.«

»Hin und wieder.«

»Ich habe eine Karte übrig. Tosca. Ich werde da heute Abend nicht hingehen. Es ist sehr angenehm, wenn man ein paar Stunden in einer Loge sitzt und dabei der Musik lauschen kann. Ich dachte, Sie wollten vielleicht ...«

»Sie wollen mich alleine in die Oper schicken?« Engine Plink stemmte die Arme in die Hüften und sah Pachulke von oben bis unten an. »Ein Charmeur der alten Schule sind Sie nicht gerade, wissen Sie das?«

Pachulke kratzte sich am Kinn. Zusammen mit Engine Plink in die Oper, auf diese Idee wäre er in hundert Jahren nicht gekommen. »Das heute Abend ist ein Notfall. Wenn Sie nicht wollen, werfe ich die Karte einfach weg. Ich kann da heute nicht hin, es geht nicht. Nicht heute. Aber wenn Sie wollen, lade ich Sie gerne in die Oper ein, wenn ich aus dem Urlaub zurück bin. Ich dachte nur, eine so rational denkende Frau wie Sie ...«

»Jetzt ist es aber gut, Herr Hauptkommissar. Bevor Sie sich um Kopf und Kragen reden, geben Sie mir die Karte und fertig.« Engine Plink schnappte sich die Karte aus Pachulkes Hand, zog die Lippen zu einer kleinen verkniffenen Schnute zusammen und schüttelte nachdrücklich den Kopf. Dann verwandelte sich ihr Gesicht, und in Sekundenbruchteilen erschien ein zauberhaftes Lächeln, das Augen, Mund und Wangen zum Leuchten brachte. »Sie sind offensichtlich in hohem Maße urlaubsreif. Wir sprechen uns, wenn der Erholungseffekt eingesetzt hat.«

Pachulke sah ihr hinterher und verließ das Polizeipräsidium mit dem nagenden Zweifel eines Elefanten, der aus dem Porzellanladen kommt.

Pachulke hätte sich gerne in die letzte Reihe gesetzt, aber die Trauergemeinde in der Aussegnungshalle am Friedhof an der Großgörschenstraße war zu klein. Also saß er in der zweiten. Vor ihm saßen die Schwester des Gabelstaplers und die Bordellbesitzerin aus der Buttmannstraße mit drei der Huren. Ferner war noch ein Vertreter des Weddinger Einzelhandels, Abteilung Haushaltszubehör zugegen. Er roch dezent nach Apfelkorn und lobte den unermüdlichen Einsatz des Gabelstaplers für die Belange seiner Branche im Ausschuss für Alles. Pachulke erfuhr, dass der Gabelstapler nur Ersatzmann für eine Frau im Erziehungsurlaub gewesen war, eigentlich nur dritte Wahl. Der vorgesehene Nachrücker war kurz nach Beginn seiner Amtszeit ins Delirium gefallen.

Der Trauerredner versuchte mühsam, die Handvoll Fakten, die ihm die Schwester des Gabelstaplers in einem Gespräch aufgetischt haben musste, zu einem Lebensbild zusammenzuzwingen. Er machte ellenlange Sätze und verwendete Fremdwörter, denen Pachulke nicht im Dunkeln begegnen wollte: Idiosynkrasien, Exzesse, Utopien, Nihilismus. Die Huren sahen sich ratlos an. Pachulke hörte, wie sich die Chefin nach links beugte und flüsterte: »Fade Kindheit, wilde Jugend, große Träume, keine Tugend.« Jetzt nickten die anderen.

Die Schwester des Gabelstaplers war eine Unternehmensberaterin aus Bad Homburg. Sie hatte die Beerdigung organisiert. Mit ihrem breiten, aber nicht fetten Gesicht und ihrer tadellosen Frisur sah sie aus wie ein Stofftier, das die Stofftiermama gezwungen hatte, sich hübsch zu machen, weil die Stofftiertante zu Besuch kam. Während der ganzen Zeremonie hielt sie die Arme vor der Brust verschränkt und trommelte mit den Fingern der linken Hand gegen ihren rechten Oberarm. Sie reichte Pachulke flüchtig die Hand, als dieser ihr sein Beileid aussprach. Auf seine Frage, warum ihr Bruder nicht nach Bad Homburg überführt werde, erwiderte sie mit einer Einfühlsamkeit, die sie sich vom Munde abgespart zu haben schien, es sei sein letzter Wunsch gewesen, hier beerdigt zu werden. Das werde sie selbstverständlich respektieren. Wenn es nach ihr gegangen wäre, hätte sie ihn vermutlich mitgenommen. Jetzt musste sie zwei Gräber pflegen lassen. Das der Eltern und das ihres Bruders. Ihre rastlosen Augen schienen ständig, selbst auf dem Weg zum Grab, überall irgendwelchen Schmutz zu entdecken, der vermutlich keinem der sonst Anwesenden aufgefallen wäre, weil er immer schon hierher gehört hatte. Bad Homburg musste sehr sauber sein.

Die verschiedenen Friedhofsverwaltungen in der Stadt schienen sich abgestimmt zu haben, und nach einem Kaffee mit den Huren, die ein paar echte große Tränen vergossen und dem Gabelstapler Züge verliehen, die Pachulke selbst bei aller Trauer nie entdeckt hätte, folgte die zweite Abteilung der Feierlichkeiten.

»Bang Bang wurde ein Opfer der Rote Bete Fraktion. Gestern schossen sie ihm in den Rücken, als er versuchte, seinen Peinigern zu entkommen. Bang Bang war unser Freund und unser Vorbild. Mit ihm ist ein unersetzliches Stück der Stadt von uns gegangen. Viele Menschen hat er zueinandergeführt, viele kaufkräftige Touristen hat er angelockt, unendliche Güte und Reinheit lagen in seinem Wesen. Jetzt haben ihn feige Fun-Guerilleros«, die Gäste in der ersten Reihe wischten sich verstohlen die Augen, »aus unserer Mitte gerissen. Wir trauern und sind bewegt.« Mit diesen Worten endete die Ansprache des Regierenden Bürgermeisters Und Geliebten Bausenators auf dem Tierfriedhof Falkenberg in Hohenschönhausen. Gestern hatte er kurzfristig einen Teil des Friedhofs zum Ehrenhain erklärt. Einige Hunde mussten deshalb umgebettet werden.

»Armer Yorick«, sagte einer der Totengräber, als er den Schädelknochen einer Dogge ausgrub, die er erst vor einem halben Jahr beerdigt hatte. Über einem großen Grab war der Panda im offenen Sarg aufgebahrt worden. Das ehemals maoistische Ehepaar Turbanke hatte sich auf Anfrage des Regierenden Bürgermeisters Und Geliebten Bausenators bereit erklärt, Mung Mung für einen nicht näher bestimmten guten Zweck zur Verfügung zu stellen, wenn man ihnen dafür die Bergungskosten erließ. Seit dem Morgen der Beerdigung strömten die Leute herbei und erwiesen dem falschen Bang Bang die letzte Ehre.

Auch Pachulke wollte sich die Zeremonie nicht entgehen lassen. Er sah, wie nach dem Defilee und der Rede der Sarg verschlossen wurde. Die Scharfschützen von Maik Bullerjahn schossen den Ehrensalut, und ein Trauergast erlitt dabei einen Streifschuss. Mit dem Wappen der Stadt bedeckt, versank der Sarg unter den feierlichen Klängen des Belegschaftsorchesters des Zoologischen Gartens in der Grube. Danach begannen die Totengräber mit ihrer Arbeit. Pachulke wollte dem Regierenden Bürgermeister Und Geliebten Bausenator unbedingt persönlich kondolieren. Er wollte ihn berühren. Aber immer wenn er dachte, er könne seine Aufwartung machen, war der Kerl in einem

Grüppchen wichtiger Leute verschwunden. So leicht wollte sich Pachulke aber nicht abschütteln lassen.

Die Trauergäste strebten zum Ausgang. Der Regierende Bürgermeister Und Geliebte Bausenator stieg in seinen Wagen und sagte zu seinem Chauffeur, der rot verweinte Augen hatte: »Und jetzt nach Spandau.« Dort stand um drei Uhr die Beerdigung von Staatssekretär Prunk auf dem Programm, und auch hier war der Regierende Bürgermeister Und Geliebte Bausenator der Trauerredner. Weil alles so schnell gehen musste, hatte er einen Redenschreiber verpflichtet. Das tat er sonst nie. Und weil er als verantwortungsbewusster Regierungschef immer sparen wollte, hatte er sich für beide Beerdigungen nur eine Rede schreiben lassen. Jetzt hatte er den Salat.

War Prunk wirklich »der possierliche, pelzige kleine Kerl, der schon bald nach seiner Ankunft die Herzen im Sturm eroberte?« Wohl eher nicht. Aber was war er dann? Was wusste er über Prunk? Nicht viel. Vielleicht war das ein Aufhänger: »Staatssekretär Prunk hat nie viel über sich geredet. Dem können wir uns nur anschließen«, und Schwamm drüber. Prunk hatte seine Tante gehasst. »Seine Tante, die er von Herzen liebte und mit der er jede Woche Minigolf spielte, bleibt jetzt neffenlos zurück.« Das war schon besser. Die Rede nahm Gestalt an. Als sie den Beamtenfriedhof Spandau erreichten, war Prunks Abgang in Würde eine reine Formsache.

Auf dem Friedhof stand eine eher zufällig zusammengewürfelte Auswahl von Stützen der Gesellschaft herum wie auf einer Cocktailparty, auf der der Champagner ausgegangen war. Diesmal konnte sich Pachulke in die letzte Reihe verdrücken. Er registrierte, dass seine Anwesenheit Getuschel auslöste, und der Regierende Bürgermeister Und Geliebte Bausenator praktizierte gekonnt einen Tunnelblick. Pachulke gelang es nicht ein einziges Mal, seine Augen einzufangen.

Auch Prunk war aufgebahrt worden und lag in seinem feinsten Zwirn und mit der einzigen Krawatte, die er besaß, auf seidenweiß ausgeschlagenen Kissen. Die Krawatte trug als Design eine Liste der Besoldungsgruppen, und die Krawattennadel war auf Prunks letzter befestigt worden. Blaschko von Goltz hatte einen Kranz mit metallicblauer Schleife geschickt.

Die Rede des Regierenden Bürgermeisters Und Geliebten Bausenators war kurz. Auf dem Weg zum Grab zog sich der Trauerzug ein wenig auseinander und Pachulke sah seine Chance. Mit ein paar schnellen Schritten scherte er nach links aus, und wie ein Raser auf der Autobahn drängelte er sich zum Regierenden Bürgermeister Und Geliebten Bausenator hinüber. Dieser hatte intensiv auf den Boden gestarrt. Als Pachulke ihm die erhobene Hand entgegenstreckte, als wollte er ihn ohrfeigen, sie jedoch dann senkte und ein »Mein allerherzlichstes, tief empfundenes Beileid für diese beiden schweren Verluste« ausstieß, erschrak der Regierende Bürgermeister Und Geliebte Bausenator und sah sich um. Vermutlich nach Prunk, dachte Pachulke, aber Prunk konnte ihm nicht helfen. Der Regierende Bürgermeister Und Geliebte Bausenator trottete mechanisch weiter, Pachulke blieb auf gleicher Höhe, die entsicherte Hand bewegte sich keinen Millimeter zur Seite.

Schließlich konnte der Regierende Bürgermeister Und Geliebte Bausenator nicht mehr anders und reichte Pachulke die Hand. Sie war weich, schweißnass und kalt. Pachulke drückte sie, als könnte er ihn damit zum Sprechen bringen.

Der Regierende Bürgermeister Und Geliebte Bausenator verzog das Gesicht und murmelte: »Das wäre doch nicht nötig gewesen.«

»Doch, doch, das ist mir eine Herzensangelegenheit«, sagte Pachulke und ließ ihn los.

Am Grab bildeten alle einen Halbkreis und Pachulke ließ den Regierenden Bürgermeister Und Geliebten Bausenator nicht aus den Augen, bis ihm jemand auf die Schulter tippte. Dädalus Meyer stand vor ihm und raunte ihm ins Ohr: »Sie haben uns alle überrascht, Herr Kommissar. Ich dachte, Sie sind schon auf dem Weg nach Arkadien.« Er lächelte dabei.

Pachulke lächelte nicht. »Nach einem solchen Fall sollte man den Toten das letzte Geleit geben.«

Dädalus Meyer wiegte den Kopf hin und her. »Mir ist da noch etwas eingefallen. Ihr Besuch bei mir und die fehlende Stimme bei der Abstimmung im Hundertelfer-Rat am Mittwoch. Das hat mir keine Ruhe gelassen.«

Pachulke hielt den Atem an.

»Ich habe mir mein nicht mehr ganz junges Gehirn zermartert und dann ist es mir wieder eingefallen. Der Regierende Bürgermeister Und Geliebte Bausenator hat sich der Stimme enthalten. Ich habe vergessen, das auf dem Formular einzutragen. Aber es war so. Wir haben das alle begrüßt, weil er bei dieser Gewissensentscheidung so keine Vorentscheidung getroffen hat.«

»Na, das erklärt ja alles«, sagte Pachulke. »Da hätte ich ja eigentlich auch selber draufkommen können. Ich nehme an, Blaschko von Goltz erinnert sich auch daran.«

»Selbstverständlich, Herr von Goltz sitzt in der ersten Reihe gegenüber der Regierungscouch.«

»Wie hat Herr von Goltz eigentlich am Mittwoch gestimmt?«

»Auch Herr von Goltz wollte niemand unter Druck setzen. Er hat einmal dafür und einmal dagegen gestimmt.«

»Ach, er hat zwei Stimmen?«

»Ja, aus historischen Gründen.«

»Vielen Dank für die Informationen, jetzt kann ich wirklich im Urlaub die Seele baumeln lassen. Es gibt eben doch für alles eine vernünftige Erklärung.«

Als Pachulke zum Ausgang strebte, klebte die Kälte der Hand des Regierenden Bürgermeisters Und Geliebten Bausenators noch an seinen Fingern. Aber er war froh über seine Sturheit. Wenn Blaschko von Goltz mit dem Regierenden Bürgermeister Und Geliebten Bausenator während der entscheidenden Abstimmung im Ausschuss für Alles auf der Toilette gewesen war, wie es von Goltz behauptet hatte, hätten drei Stimmen auf hundertelf fehlen müssen, nicht eine. Und wenn Dädalus Meyer die beiden bei der Abstimmung gesehen hatte, konnten sie nicht pinkeln gewesen sein. Ob ihm das etwas half, wusste Pachulke nicht.

Ole küsste Zabriskie auf den Mund und umarmte sie.

»Du brauchst nicht warten, bis ich abgeflogen bin«, sagte sie zu ihm. »Außerdem stehst du im Halteverbot.«

Ihre große Reisetasche war gerade auf dem Förderband davongefahren, jetzt wollte sie in die Wartelounge. In etwas weniger als zwölf Stunden würde sie in Kalifornien landen. Ihre Mutter war so baff gewesen, dass ihr selbst für die üblichen Ermahnungen die Worte gefehlt hatten.

Sie küsste Ole und pustete ihm ins Ohr.

Er zog die Schultern hoch und verzog das Gesicht. Dann fragte er: »Sehen wir uns wieder, wenn du zurück bist?«

Zabriskie ließ ihren Blick über seine Hände und Schultern, seine Lippen und seine blonden Haare wandern, dann schüttelte sie langsam, aber entschlossen den Kopf. Sie grinste, als sie sagte: »Nein, ich denke, das ist keine wirklich gute Idee. Außerdem weißt du ja, wie wichtig eine abwechslungsreiche Ernährung ist.«

Ole musste auch grinsen und nickte.

Wahrscheinlich gab es Pastinake heute Abend bei ihm zu Hauses, dachte Zabriskie. Hausmannskost. Nahrhaft und gehaltvoll. Sie winkte und verschwand durch die Glastür.

Nach einem kurzen Zwischenstopp in der Wohnung, bei dem Pachulke etwas Kleidung, einige CDs und den Discman in eine Tasche gepackt hatte, war er mit dem Taxi zum Flughafen Tegel aufgebrochen. Sein Weg führte ihn ins Reisebüro. »Ein Land ohne Tiere«, sagte er der erstaunten Dame hinter dem Schreibtisch.

»Wetter, Entfernung, Preis, Unterkunft, ist das alles egal?«, fragte sie und holte schnell ein paar Kataloge heran.

»Alles egal, nur keine Tiere bitte.«

Es stellte sich heraus, dass es fast keine Gegend auf der Welt ohne Tiere gab, außer ein paar vulkanische Geröllhalden auf Island, aus denen tödliche Schwefelgase aufstiegen.

»Also gut, möglichst wenig Tiere«, lenkte Pachulke ein. Schließlich einigten sie sich auf die Färöer, nachdem die Frau von einem Landstrich in Griechenland, in dem sich gerade ein schwerer Chemieunfall ereignet hatte, energisch abgeraten hatte. Auf den Färöern gab es nur Schafe und Papageientaucher, auf manchen Inseln nicht mal das. Der letzte Panda war dort im Jahr 1260 gesehen worden und hatte sich als Schaf entpuppt. Unter Garantie, hatte ihm die Frau im Reisebüro versprochen, lebte dort heute kein einziger Panda mehr. Pachulke war zufrieden. Er freute sich auf schaflose, einsame Nächte. Mit den Papageientauchern würde er sich arrangieren. Man musste im Leben immer Kompromisse eingehen.

Im Büro des Regierenden Bürgermeisters Und Geliebten Bausenators saß ein bleicher Blaschko von Goltz. »Na, dann ist ja alles halb so wild«, sagte er und warf einen wilden Blick auf einen Schrumpfkopf im runden Regal mit den Gastgeschenken. Eine brasilianische Delegation hatte ihn vor einigen Jahren hier abgeliefert. Dem jüngsten der drei Brüder, Gustav von Humboldt, war nicht die erfolgreiche Karriere seines Bruders Alexander als Naturforscher beschieden gewesen. Auch Blaschko von Goltz fühlte sich ausgelaugt und schrecklich klein.

»Halb so wild, halb so wild!«, schnauzte ihn der Regierende Bürgermeister Und Geliebte Bausenator an. Kurz zuvor war Blaschko von Goltz im Büro im Uhrenturm aufgetaucht. Er hielt sich an einer schwarzen kleinen Mappe fest, aus der er routiniert wie ein Dealer an einem Blackjacktisch ein paar Papiere hervorzauberte und auf den Tisch legte.

Der Regierende Bürgermeister Und Geliebte Bausenator konnte mit dem kleinlauten Gesichtsausdruck seines Freundes nichts anfangen. Aber als er die Papiere überflog und sein Blick an einer Zahl hängenblieb, verfinsterte sich sein Gesicht. *Gesamtaufkommen: 3000 Liter.*

»Das sind eben alles Abweichungen, die im Rahmen der heute möglichen wissenschaftlichen Messgenauigkeit einfach mal vorkommen.« Blaschko von Goltz zuckte mit den Achseln, als habe er einen Tic.

Der Regierende Bürgermeister Und Geliebte Bausenator hatte seine Oberlippe nach oben geschoben, dass diese fast seine Nasenlöcher verschloss.

»Guck doch mal«, zirpte Blaschko von Goltz weiter. »Der Fehlerquotient liegt bei 0,025, das ist kein wirklicher Top-Wert. Ich habe dir aber vorher gesagt, dass es keine todsichere Angelegenheit ist.«

»Totsicher, dass ich nicht lache. Ich habe meinen Staatssekretär verloren, einen Mann, der in blinder Loyalität an mir gehangen hat. Die Stadt hat einen Tierpark und einen Zoodirektor weniger. Bang Bang, eine unserer wichtigsten Einnahmequellen, ist weg. Ich habe mit zwei von deinen nervtötend dummen Bauarbeitern wochenlang diese Anrufe eingeübt. Einer der beiden lebt und weiß alles über uns. Ich habe dir deine kleinen Gefallen, wie du sie nennst, getan und dem Produkt in jeder Art und Weise gedient. Und jetzt kommst du hier mit deinen dämlichen Expertisen angekrochen. Du elende Null. Du Blindgänger!«

»Wir haben es hier mit toporiginellen, außergewöhnlichen geologischen Formationen zu tun. Erdverwerfungen, tektonische Anomalien«, machte Blaschko von Goltz weiter und fixierte dabei ein Tischbein.

Kurz gesagt: Es gab kein Öl. Das heißt, es gab zwar Öl, aber kein natürliches Vorkommen. Am Rande des Tierparks war vor einigen Jahren eine illegale Müllkippe entstanden, und von dort war das Altöl immer an einer bestimmten Erdschicht entlang in einen Hohlraum gesickert, der sich just unter der Stelle befand, wo Blaschko von Goltz die Probebohrung für die Fundamente des neuen Affenhauses hatte durchführen lassen. Eine zweite Messreihe hatte jetzt ergeben, dass es sich dabei nicht um 1,2 Billiarden Gigabarrel feinstes Rohöl, sondern nur um 3000 Liter krudes Altöl handelte.

»Und was, bitteschön«, schrie der Regierende Bürgermeister Und Geliebte Bausenator und schüttelte Blaschko von Goltz am Hemdkragen, »was sage ich den Opecs, wenn sie morgen zu einem Überraschungsbesuch kommen? Hä?«

Blaschko von Goltz zuckte mit den Schultern wie ein flugunfähiger Vogel.

»Glaubst du vielleicht, ich will mich weltweit zum Gespött machen?«

Blaschko von Goltz schüttelte heftig den Kopf.

»Wie möchtest du sterben? Bei den Krokodilen oder hier?«

Blaschko von Goltz hielt den Kopf bewegungslos, weil er das für eine Fangfrage hielt.

Es klopfte an der Tür, und die Sekretärin steckte den Kopf herein. »Hier ist ein Brief für Sie gekommen, Chef.«

Der Regierende Bürgermeister Und Geliebte Bausenator ließ Blaschko von Goltz widerwillig los und besah sich den Brief. Es war *sein* Brief, sein Brief an Herrn und Frau Opec. Er stieß ein kalt gepresstes Lachen aus. Nasowasaberauch. Er hatte die Briefmarken vergessen.

»Na, dann ist ja alles halb so wild«, sagte Blaschko von Goltz, der dem Regierenden Bürgermeister Und Geliebten Bausenator über die Schulter gelugt hatte. Er richtete seinen Hemdkragen. »Der Tierpark ist eine Top-Location. Ich sage nur: Filet, Filet, Filet. Jetzt können wir dort irgendetwas anderes Tolles bauen. Vielleicht eine Werft!«

Bang Bang schloss die Augen und hörte wieder das Dröhnen des Wassers und das stampfende Schleusentor, das von zwei Seiten auf ihn zukam, als es sich schloss. Unter Wasser war er einfach drauflosgeschwommen. Hätte er die andere Richtung gewählt, wäre er sicher

Opfer eines verunglückten Schusses im Getümmel geworden – oder wie auch immer man das hinterher bezeichnet hätte. Aber als er auftauchen musste, um Luft zu holen, sah er alles auf einen Blick.

Da waren die schießwütigen, uniformierten Flachköpfe, die über den Zaun klettern wollten. Sie hatten ihre völlig hysterischen Hunde nicht mehr unter Kontrolle. Bang Bang hatte den beiden gierigsten noch schnell ins Maul gepisst, bevor er vom Zaun gefallen war. Im Moment achtete keiner auf die Wasseroberfläche.

Da war das Ausflugsboot, das gerade in der Schleuse festmachte, als Bang Bang ins Wasser sprang, alle Gäste an Deck. Jetzt stierten sie erwartungsvoll in die andere Richtung, weil gerade ein Jongleur am Schleusenufer seine Show abzog, während seine weibliche Begleitung den Hut hinhielt und am Schiff entlanglief.

Da war das offene Schleusentor.

Bang Bang war untergetaucht und losgeschwommen. Trotz der Schusswunde konnte er seine rechte Pranke wieder bewegen. Unter Wasser sah er den weißen Schiffsbauch schimmern. Dann gurgelte und sprudelte es, das Wasser um ihm herum kochte, und der dunkle Schatten des Schleusentores schob sich zwischen ihn und das helle Schiff. Er schwamm schneller, holte alles aus seinen Muskeln heraus, was er ihnen in den langen Monaten der Gefangenschaft mühsam antrainiert hatte, zielstrebig in die brodelnde Gischt hinein. Das Tor streifte seine Hinterpfote. Er konnte nichts mehr sehen und schwamm, bis er mit dem Kopf gegen den Bootsrumpf stieß. Er hatte es geschafft, zumindest bis hierher.

Vorsichtig tauchte er zwischen Boot und Schleusenmauer aus dem Wasser. Kein Bulle zu sehen, der Jongleur ließ die Keulen kreisen, das Publikum klatschte. Er hangelte sich das Schiff entlang nach vorne. Das Schleusen dauerte, noch war Zeit. Er musste raus, bevor das Schiff weitertuckerte, sonst würde er in die Schraube geraten. Als er am Bug angekommen war, schwamm er immer an der Wand entlang Richtung Schleusentor. Da hörte er vom oberen Deck den Schrei, der ihm das Blut in den Adern gefrieren ließ. »Guck mal, Papa, da schwimmt ein Bär im Wasser.«

Kinderpack, Dreckspack, dachte er und verschwand unter der Wasseroberfläche.

In der Mitte des Schleusentores tauchte er wieder auf und hielt sich an einem Ring fest, der knapp über der Wasseroberfläche hing. Endlich schob sich das Tor langsam nach links und rechts auf. Als der Spalt breit genug war, tauchte er wieder und schwamm los. Er hielt sich ans rechte Ufer, denn der Zoo war links. Immer noch keine Bullen zu sehen. Von Ferne hörte er den Hubschrauber puckern. Er legte möglichst lange Strecken unter Wasser zurück und nutzte die Bäume am Ufer des Kanals als Deckung. Schließlich fand er am linken Ufer, was er gesucht hatte: die Mündung eines Abwasserkanals, der muffig, dunkel und menschenleer aussah. Er schwamm hinein, und bald watete er in einer knöcheltiefen Schlammschicht durch das stinkende Wasser, das ihm bis zu seiner Narbe reichte.

Zabriskie sah sich um. Es war kurz vor sechs. Über der Bucht von Monterey senkte sich langsam die Sonne und gab immer noch so viel Wärme ab, dass es sie im T-Shirt nicht fror. Sie nippte an ihrem Frozen Margharita und dehnte und streckte sich. Der Geburtstag war besser gelaufen als erwartet. Erstens hatte ihre Mutter sich über die Geschenke gefreut. Zum einen die obligatorische Verlängerung ihres Brigitte-Abos. »Dass du daran gedacht hast«, sagte ihre Mutter.

Zum anderen ein Zehnliter-Fässchen Weissenoher Dunkel aus dem Schmankerlverkauf, der sich in der Landesvertretung des Freistaates Bayern befand. »Das trinken wir an Thanksgiving«, sagte ihre Mutter.

Die übliche Strafpredigt, die sich um die Frage drehte: »Wie du immer noch in einem Land leben kannst, wo sie uns alle verachten?«, hatte sich Elvira Barthelmeß, verwitwete Zabriskie, geboren in Kitzingen, diesmal verkniffen, obwohl sie auf ihre Heimat der Kühnen seit dreißig Jahren nichts kommen ließ. Das hatte an Orville gelegen. Der neue Freund ihrer Mutter war beim traditionellen Festtagsschmaus mit Schweinebraten, Blaukraut und Kartoffelknödeln dabei gewesen. Zabriskie hatte ihre Mutter fragend angesehen, als Orville mit einem Strauß Blumen und einer Schachtel Pralinen auf der Schwelle des Trailers gestanden hatte. Doch Elvira Barthelmeß hatte ihm einen feuchten Kuss auf die Backe gedrückt und augenzwinkernd zu Zabriskie gesagt: »He keeps me company.«

Orville wickelte ihre Mutter um den Finger. Selbst, als er ihre hausgemachten Knödel als Baby-Basketballs bezeichnete, schäkerte Sie mit ihm. Orville war früher Fischer gewesen, heute arbeitete er ab und zu für das große Aquarium in Monterey und fuhr mit Touristen in die Bucht hinaus. Er hatte eine Kompassrose auf die rechte Schulter tätowiert, und er und Zabriskie fachsimpelten ausführlich über Tattoos. Auch ihr »Darling, davon bekommst du skin cancer« hatte sich ihre Mutter diesmal verkniffen. Sie hatte Zabriskie nur ein Loch in den Bauch gefragt, ob es vielleicht einen Mann in ihrem Leben gebe. »Einen, Mami? Hunderte!«, hatte Zabriskie fast wahrheitsgemäß gesagt, und ihre Mutter hatte Mitleid bekommen mit ihrer einsamen, allein stehenden Tochter, die ihre zarte Seele mit Sarkasmus schützte. Außerdem wollte sie natürlich wissen, wie es im Kampf gegen »das Gesindel« stand, und Zabriskie erzählte die Geschichte mit dem Panda. Es war ein heiterer entspannter Abend gewesen. Als Zabriskie auf ihr parfümiertes Bettlaken sackte, fragte sie sich, was wohl aus ihrer Mutter geworden wäre, wenn sich ihr Vater, dieser fahrlässige Mistkerl, 1974 in Vietnam nicht hätte erschießen lassen. Orville war ein Glücksfall, auch für sie selbst.

Sie nippte gerade wieder an ihrem Cocktail, da bemerkte sie einen Mann, der am übernächsten Tisch das Glas auf sie erhob. Er war klein und hatte kurze schwarze Haare, die glänzten wie das Fell eines Otters. Sein unaufdringlich muskulöser Körper war in einen dunkelgrauen Maßanzug gepackt, seine Augen durch eine dieser superschicken Sonnenbrillen mit einem einzigen schmalen durchgehenden getönten Glas verdeckt. Anders als alle anderen Männer, die Zabriskie mit diesem Accessoire gesehen hatte, brachte er ein interessiertes und interessantes Lächeln zustande, als er Zabriskie zuprostete. Zabriskie erwiderte den Gruß. Der Mann stand auf und näherte sich ihrem Tisch, das Glas in der Hand. Zabriskie seufzte. Noch zehn Tage.

Im seichten Wasser fand Bang Bang eine Nische und setzte sich. Vor dem Gestank zog er die Nase kraus. Er wollte seine Gedanken ordnen, aber es gelang ihm nicht. Im Finstern, angeschossen, dem Tode zweimal um Haaresbreite entronnen, stierte er vor sich hin. Er war wie betäubt. Als hätte man ihn an eine große Glocke gefesselt und einmal lang und festlich durchgeläutet. Die Betäubung hatte auch ihr Gutes. Er wusste, wenn er wieder bei Sinnen war, würden die Schmerzen kommen. Also saß er so lange still da, bis er glaubte, dass es draußen Nacht geworden war, und schleppte sich dann weiter zum nächsten Ausstiegsloch. Er hatte Glück. Als er wieder auf der Erdoberfläche stand, befand er sich auf einem gekiesten Weg. Um ihn herum war es still. Ihm gegenüber hinter einem Zaun stand ein Gartenzwerg mit einer Angel in der Hand an einem kleinen künstlichen Teich. Dahinter ein Gartenhäuschen. Ringsherum weitere Zwerge, Teiche, Häuschen. Kein Licht brannte.

Bang Bang drückte vorsichtig die Tür zu dem Grundstück auf und schloss sie wieder. Er ging zu dem künstlichen Teich und fraß die sieben fetten Goldfische. Dann wälzte er sich im Wasser, damit er den Schlamm und den Gestank notdürftig loswurde. Er knackte das Schloss der Laube und trat ein. In der Kochnische fand er eine alte Tüte Spiralnudeln, eine Packung Kekse und ein Glas Gurken. Er fraß alles auf, legte sich auf das Sofa und schlief sofort ein.

Als er erwachte, schien die Abenddämmerung in sein Fenster, und er hörte Stimmen von draußen. Er schlich ans Fenster, das gekippt war. Im Nachbargärtchen saßen zwei fette Männer und zwei fette Frauen in Shorts und T-Shirts und tranken Bier.

Ein Mann prostete einer Frau zu und sagte leicht schlingernd: »Jetzt trinken wir mal auf Beate und ihre große Fahrt. Wann genau geht's denn los?«

Beate, eine Frau mit einem runden Gesicht und kurzen schwarzen Haaren, prostete zurück und sagte: »Übermorgen, 5.30 Busbahnhof.« Sie war ein dunkler Typ, und Bang Bang erkannte den Anflug eines Oberlippenbärtchens.

»Und du hast gar keine Angst, ganz allein bis nach Bejing?«, fragte die andere Frau.

»Ach was!«, sagte Beate. »Ist doch eine Gruppenreise im Bus. Außerdem will ich unbedingt mal die Verbotene Stadt sehen. Seit Jahren schon.« Sie kicherte, und Bang Bang konnte sehen, wie sie für einen kurzen Moment den Neid in den Augen der anderen genoss. Seinen bohrenden Blick in ihrem Rücken spürte sie nicht. Er hatte soeben beschlossen, dass Beate die Verbotene Stadt nicht sehen würde, jedenfalls nicht bei dieser Reise. Geduldig lauschte er dem Gespräch der vier, die einander ihr Leid über unfähige Hausverwaltungen und tumbe Nachbarn klagten. Nebenbei erwähnte Beate noch eine Metzgerei bei ihr im Haus, die Opfer eines veganischen Überfalls geworden war. Um Mitternacht war die hoffnungsvolle Fernreisende ziemlich betrunken. Bang Bang wartete, bis es ganz spät geworden war, dann suchte er in den Gelben Seiten, die er in seinem Häuschen gefunden hatte, nach der Adresse der Metzgerei.

Pachulke sah sich um. In der vorhanglosen Öffnung seines Zimmerfensters zeigte sich das erste Licht des Morgens. Er knüllte sein Kopfkissen zu einem dicken Paket, klopfte es windelweich und legte die verschwitzte Seite nach unten auf das Laken. Draußen rollten die Wellen unablässig ans Ufer. In seinem Kopf rollten unablässig die gleichen Fragen durch sein Hirn: Wer hatte den Gabelstapler umgebracht? Wie konnte er es beweisen? Warum war er sich so sicher, dass es Blaschko von Goltz war? Er wusste, dass es Blaschko von Goltz gewesen sein musste. Nicht persönlich natürlich, wozu gab es Dienstleister? Wozu gab es den Regierenden Bürgermeister Und Geliebten Bausenator? Aber Blaschko von Goltz hatte diesen Mord zu verantworten, Punkt. Und wo immer die Rote Bete Fraktion steckte, sie hatte nichts damit zu tun. Aber Pachulke wusste nicht, warum er das wusste.

Auf dem Flug und bei seinem ersten langen Spaziergang war er immer wieder seine Besuche in der Goltzschen Villa durchgegangen, den Garten, das Treppenhaus, das Gewächshaus, die Kolibris, den Wellnessbereich, die Gespräche. Diese öde jugendliche Stimme mit dem Sonnenbank-Timbre. Er kam nicht drauf. Er musste es vergessen, damit es ihm einfiel. Irgendwann würde er darüberstolpern. Und danach würde er es beweisen. Er musste es beweisen. Er sah auf den Radiowecker, dem er trotz dänischer Gebrauchsanweisung das Wecken abgewöhnt hatte. Es war kurz vor zwei. Pachulke seufzte.

Um 5.30 Uhr huschte eine gedrungene Gestalt über den Zentralen Busbahnhof. Der Funkturm stand im fahlen Morgenlicht, und überall wuselten die Passagiere durcheinander. An Plattform 17 hielt der Bus nach Bejing. Die Gestalt trug, wie es schien, einen schwarz-weiß gemusterten Hosenanzug aus Kunstfell und Fellhandschuhe. Ihr Gesicht war von einem Schleier verborgen, der von einem schicken kleinen Hut herunterhing. In der einen Hand hielt sie ein Täschchen, mit der anderen Hand zog sie einen Trolleykoffer hinter sich her.

Der mürrische Busfahrer verstaute den Koffer, indem er ihn unten ins Gepäckfach warf, und Bang Bang stieg in den Bus und setzte sich in die letzte Reihe ans Fenster. In dem Trolleykoffer befanden sich dreißig Tüten mit Kroepoek. Er hatte den Verdacht, dass er auf dieser Reise nicht mit einem artgerechten Speiseplan rechnen konnte. Die Frau, die Beate hieß, war so betrunken gewesen, dass sie sich nicht mehr wunderte, als letzte Nacht früh um vier ein Pandabär in ihrer Wohnung gestanden hatte. Mit einem Handkantenschlag schlug Bang Bang die Frau k.o. und fesselte sie im Bad an die Heizung. Kein Telefon in der Nähe, dafür Wasser und sogar eine Toilette. Ein fairer Kompromiss.

Er durchsuchte systematisch die Wohnung, bis er die Reiseunterlagen fand. Sie waren in einer Schublade im Wohnzimmerbuffet. *Erleben Sie eine einmalige, unvergessliche Fahrt durch die herrliche Landschaft Innerasiens: Reisen Sie über Polen, Weißrussland, Russland, Kasachstan, Usbekistan, Kirgisien und China bis Bejing in drei aufregenden, prall gefüllten Wochen. Sie fahren im klimatisierten Luxus-Bus mit extra viel Beinraum und 3-Sterne-Bordküche und übernachten in unseren patentierten sight&sleep-Liegesesseln, einer echten Weltneuheit, die langwierige Übernachtungen vermeidet. Auf unserer Fahrt durch einige der schönsten Gegenden der Erde haben Sie die Gelegenheit, zahlreiche traditionelle Märkte zu besuchen, zum Beispiel den Wärmedeckenmarkt von Bischkek, den größten der Welt. Die einheimische Bevölkerung bietet ihre Produkte zu einem fabelhaft günstigen Preis und völlig unverbindlich für Sie an. Als Teilnehmerin dieser einzigartigen Fahrt erhalten Sie ferner einen formschönen Eierschneider, der sich spielend leicht reinigen lässt, nur 137 Gramm wiegt, und den Sie selbstverständlich behalten dürfen.*

Eierschneider. Hmmm. So etwas ähnliches kannte er für den Umgang mit Zuhältern. Bang Bang verspürte ein unangenehmes Ziehen in der Lendengegend. Wichtiger waren der Pass und das Ticket, die ebenfalls in dem Umschlag mit der Reisebeschreibung lagen. Am nächsten Tag wusch er seine Wunde aus und legte sich einen Verband an. Danach glich er sein Aussehen dem der Wohnungsinhaberin möglichst genau an, wobei er sich von ihrem penetranten Gewimmer und Gewinsel nicht im Geringsten beirren ließ. Sie wusste nicht, wie gut sie es hatte. Immerhin lebte sie noch.

Je länger er jetzt im abfahrbereiten Bus saß, desto inständiger hoffte er, dass der Platz neben ihm leer bleiben würde. Doch als der Busfahrer den Motor bereits anließ, und alle sich aufgeregt anblickten, stieg noch eine Frau ein und setzte sich neben Bang Bang.

»Hach, nu muss ich mir erst mal verpusten. Stellen Sie sich vor, die Taxizentrale hatte mich glatt vergessen. Eine Unverschämtheit, so was. Da will man sich einmal etwas Besonderes gönnen, und dann vermasseln sie es einem beinahe.«

Die Frau musste tief Luft holen, und Bang Bang blickte angestrengt aus dem Fenster.

»Ich freue mich ja so«, sagte seine Sitznachbarin und knuffte Bang Bang in die Schulter, »dass ich in Ihnen eine so erfahrene Reisebegleitung gefunden habe. Sie strahlen so eine Ruhe und Gelassenheit aus, das sehe ich gleich.« Sie drehte sich im Sitzen halb auf Bang Bang zu, hielt ihm die Hand hin und sagte: »Jähnisch ist mein Name, Mathilde Jähnisch. Ich habe ein Hutatelier in Wilmersdorf. Es ist kürzlich überfallen worden. Vielleicht haben Sie davon in der Zeitung gelesen. Sie tragen ja auch ein entzückendes Hütchen hier«, sagte sie und deutete auf den Hut mit dem Schleier, den Bang Bang in Beates Kleiderschrank gefunden hatte.

Er drehte sich widerwillig zu Frau Jähnisch, nickte ihr kurz zu, wischte mit seiner Pfote vor seinem Maul hin und her und schüttelte den Kopf.

»Ach meine Teuerste, Sie sind stumm. Was für ein Jammer, aber das macht nichts, wir werden uns schon vertragen. Mein Mann hat auch nie besonders viel geredet, aber er hat alles verstanden, was ich gesagt habe.«

Bang Bang schwieg und dachte an die Frau in ihrem Badezimmer. Wer sie wohl finden würde und wann? Schließlich begann heute ihr Urlaub. Er zuckte mit den Schultern. So war das Geschäft.

Schon am ersten Tag begriff Bang Bang, dass Frau Jähnisch der beste Schutz war, den er sich hätte wünschen können. Noch vor der polnischen Grenze wusste jeder im Bus, dass er stumm war, und fortan behelligte ihn niemand mehr mit Fragen. Bei den Passkontrollen übernahm Frau Jähnisch das Reden für ihn. Mit der Zeit fand er sich in ihrer Lebensgeschichte zurecht, die sie Tag für Tag mit ihm teilte. Als sie ihm erzählte, wie sie wegen der veganischen Terroristen von einem schwermütig dreinblickenden Kommissar vernommen worden war, grinste Bang Bang in sich hinein. Der Bulle. Ohne ihn wäre er jetzt nicht hier.

Pachulke biss noch einmal von dem herrlichen Lachsbrot ab, das ihm seine Zimmerwirtin, Frau Simonsen, auf den Verandatisch gestellt hatte. Ihr Mann hatte einmal als Fußballprofi in der Bundesliga gespielt. Jetzt war er hier Trainer. »Sie sollen sich entspannen, nicht grübeln. Gehen Sie ein wenig spazieren. Gehen Sie in die Sauna. Lassen Sie alle fünfe grade sein.« Auch sie hatte dieses niedliche Lispeln.

Die kleingeschnittenen Zwiebeln knirschten, als Pachulke das Lachsbrot zermalmte. Das Meer spielte in vielen verschiedenen Grautönen und war groß und strahlte Ruhe aus. Auf einer Wiese tummelten sich ein paar Lämmer und blökten leise. Fünfe grade sein lassen. Das hatte Zabriskie gesagt, die sich jetzt auf dem Jazzfestival tummelte. Er hatte sie angeraunzt, als sie beide bei Blaschko von Goltz waren. Manchmal war sie eine Spur zu witzig. Fünfe grade, das war auf den Rückenkratzer gemünzt, den dieses sexy Faktotum namens Eugène in der Hand gehalten hatte. Er merkte, wie er in Gedanken zurück in das Gewächshaus ging. Ihm wurde warm.

Halt! Erhole dich. Vergiss es. Er warf einen Blick auf die aufgeschlagene Tageszeitung und versuchte vergeblich, die dänische Überschrift zu entziffern. Vielleicht war der dritte Weltkrieg ausgebrochen. Du hast jetzt Pause. Denk an Frau Simonsens Rat. Mach einen Spaziergang. Zähl die Papageientaucher, zähl die Schafe. Pachulke zählte fünf Lämmer. Fünfe grade, fünf Finger, fünf Freunde, fünf Sinne, fünf Zinken, fünf Jahreszeiten. Verflucht. Pachulke verschluckte sich und bekam einen Hustenanfall. Er röchelte und griff um sich, bis auf einmal Frau Simonsen hinter ihm stand und ihm auf den Rücken schlug, als wollte sie mit der bloßen Hand den Teppich ausklopfen. Pachulke hustete ein paar Krümel Brot und halbzerkauten Lachs in seine vorgehaltene Hand, lächelte, als sei nichts gewesen, und sagte: »Vielen Dank, es geht schon.«

Frau Simonsen fragte: »Haben Sie eine Gräte gefunden? Dann werde ich mit dem Fischhändler schimpfen. Sie sollen nicht ersticken, Sie sollen sich erholen.«

»Oh, es geht mir blendend«, sagte Pachulke. Er wollte, dass sie ging, weil er sich seine Essensreste in den Mund schieben wollte. Sie tat ihm den Gefallen.

Die leere Vitrine. Das Gewächshaus. Eine Zinke für jede Jahreszeit, weil Flora Agrippina aus dem Rheinland kam. Fünf Zinken hatte der Rückenkratzer. Eine Sonderanfertigung mit einem Griff aus Elfenbein. Der weiße Griff in der gebräunten Hand von Eugène. Zwei und zwei ist fünf, dachte Pachulke. Er sah Blaschko von Goltz vor sich, der ihm kondolierte, während ihm Eugène den Rücken mit der Gartenharke kraulte, die dem Gabelstapler gehört hatte. *Bei einem Todesfall fällt es einem schwer, die richtigen Worte zu finden. Ich fühle Ihren Schmerz.* Was für ein elendes Schwein. Pachulke war der Appetit vergangen. Er ließ das angebissene Brot liegen, zog seine Windjacke an und brach zu einem langen Spaziergang auf. Er wollte bei der Erholung ganze Arbeit leisten. Er brauchte gute Nerven, wenn er zurückkam. In dieser und in den folgenden Nächten schlief er so gut wie seit Jahren nicht mehr.

Strahlend war Frau Jähnisch vom traditionellen Waffenmarkt in Saratov zurückgekehrt. »Ach, endlich. Mein Enkelsohn hat sich doch so sehr ein bisschen waffenfähiges Plutonium für seinen Schemiebaukasten gewünscht. Das kriegen Sie bei uns nirgends, nicht einmal im KaDeWe, nicht einmal beim BND.« Sie seufzte. »Sie wissen ja, wie das ist. Wenn's einer hat, wollen es alle haben. Das ist eben so bei Kindern. Und ein paar Monate später liegt das Zeug zuhause rum, und irgendwann kriegt's der kleine Bruder. Aber als Oma hat man einfach ein zu weiches Herz.« Sie seufzte über sich selbst und wuchtete ächzend ein kleines Bleiköfferchen auf die Gepäckablage. Als sie sich setzte, sagte sie: »So ein großer Koffer für nur fünf Gramm. Aber das Zeug soll ja nicht ungefährlich sein.«

Als sie Karakol hinter sich gelassen hatten und Richtung Südosten der kirgisisch-chinesischen Grenze entgegenfuhren, wurde Bang Bang unruhig. Er hatte kein Auge für die spektakuläre Landschaft, er schlief schlecht und spähte bei jedem Halt aus dem Fenster, auch nachts. Auf einmal war alles so nah. Nach der letzten Grenzkontrolle erhob er sich und vertrat sich im Gang die Beine. Dann deutete er mit der Vorderpfote auf seinen Sitz und machte eine einladende Handbewegung.

Frau Jähnisch war begeistert. »Oh, dass ist ja ganz reizend, dass Sie mich am Fenster sitzen lassen wollen. Ich bin ja so neugierig darauf, wie Schina aussieht.«

Bang Bang war nicht neugierig. Wenn die Leute aus dem Zoologischen Garten gepetzt hatten, war er in China schon längst zur Fahndung ausgeschrieben. Deshalb wollte er nicht mehr aus dem Fenster starren. Dies tat jetzt Frau Jähnisch, die beständig erzählte, was sie sah. Bang Bang vertiefte sich in ihre Strickzeitschriften.

Sie durchquerten die Autonome Uigurische Region und erreichten Lanzhou. Nach dreihundert Kilometern weiter in südöstlicher Richtung teilte sich der Weg. Nach Osten ging es nach Bejing, da wollte Bang Bang unter keinen Umständen hin. Aber Richtung Süden ging es nach Sichuan. Dort, acht Stunden nordwestlich von Chengdu im Bezirk von Ping Wu war er zu Hause.

Er sah sich um. Die schreckliche Frau, die fast drei Wochen neben ihm gesessen hatte, und ihre Freundinnen aus der Reisegruppe probierten in der hinteren Ecke des Parkplatzes ihre nagelneuen Glocks aus Saratov aus. Eine alte Coladose mit chinesischen Schriftzeichen diente ihnen als Ziel. Die Schüsse klangen gleichmäßig über den aufgeplatzten Beton. Die anderen Reisegäste hockten auf den schmuddeligen Bänken und knabberten an ihrem Proviant oder lasen im Reiseführer über die Sehenswürdigkeiten von Bejing. Der Busfahrer rauchte eine Zigarette und blätterte in dem speckigen Pornoheft, das er schon bei der Abfahrt auf dem Busbahnhof in der Windschutzscheibe liegen gehabt hatte. Auf der Fernstraße donnerten die Lastwägen vorbei.

Die große Uhr, die auf einem hohen Betonpfeiler ruhte, zeigte kurz vor neun. Gemächlich tappte Bang Bang zum Rand des Parkplatzes. An dessen Ende begann ein festes, dichtes Unterholz, unwegsam und abweisend für den Ungeübten. Durch dieses Gestrüpp musste er sich zu Fuß zum Hotel Wolong nach Süden durchschlagen. Dort in der Küche arbeitete Sing Sing. Er war einer der zuverlässigsten Pandas der Organisation und würde ihm weiterhelfen. Er brauchte einen Arzt und eine Waffe.

Die Morgensonne kitzelte ihn an der Schnauze. Die Coladose lag zerfetzt auf dem Boden. Frau Jähnisch holte eine leere Wodkaflasche aus ihrer riesigen Handtasche und stellte sie unter dem Gejohle der anderen Frauen auf ein ausgebranntes Autowrack, das friedlich vor sich hinrostete. »Zwanzig Schritt, bis zur letzten Scherbe!«, schrie Frau Jähnisch und winkte die anderen mit der Glock zu sich.

Ein Panda hat neun Leben, aber die Flucht hatte ihn drei gekostet, das wusste er. Eines oben auf dem Zaun, eines in der Schleuse und eines für die Schußwunde. Er spürte die Kugel, die in seiner vernarbten Schulter saß. Er musste an seinen anderen Traum denken, den von seiner Flucht. Darin konnte er durch Wände gehen, durch dichte Bambuswände. Er war sicher vor aller Augen. Niemand konnte ihn sehen oder berühren. Ein altes Lied fiel ihm wieder ein, das sie nach gelungenen Projekten immer gesungen hatten. Er summte den Refrain. »Bück dich, kleine Pandamamsell, dann mach ich dich glücklich.« Einen Arzt, eine Waffe und ein Weibchen. Und ein paar Wochen Ruhe. Er sah, wie die anderen Passagiere wieder in den Reisebus stiegen. Frau Jähnisch plauderte mit einer Musiklehrerin aus Friedrichshain, die den Bus jeden Abend zum Gospelsingen ermuntert hatte, und fuchtelte mit ihrer Glock in der Gegend herum. Sie sah sich suchend um. Wahrscheinlich nach ihm.

Seltsame Leute, diese Menschen, dachte Bang Bang und warf das Schleierhütchen auf den Boden. Er holte tief Luft und betrat das Unterholz. Dann war er weg.